大鱼

有爱的青春陪伴者

吹梦到西洲

苏画弦／著

百花洲文艺出版社
BAIHUAZHOU LITERATURE AND ART PRESS

图书在版编目（CIP）数据

吹梦到西洲 / 苏画弦著. — 南昌 : 百花洲文艺出版社, 2018.7

ISBN 978-7-5500-2838-8

Ⅰ. ①吹… Ⅱ. ①苏… Ⅲ. ①长篇小说 - 中国 - 当代 Ⅳ. ①I247.5

中国版本图书馆CIP数据核字(2018)第106425号

出 版 者　百花洲文艺出版社
社　　址　江西省南昌市红谷滩世贸路898号博能中心A座20楼　邮编：330038
电　　话　0791-86895108（发行热线）　0791-86894790（编辑热线）
网　　址　http://www.bhzwy.com
E-mail　bhzwy0791@163.com

书　　名　吹梦到西洲
作　　者　苏画弦
出 版 人　姚雪雪
责任编辑　王俊琴
特约编辑　高彦清
封面设计　刘　艳
内页设计　cain酱
封面绘制　花　鹁
经　　销　全国新华书店
印　　刷　长沙鸿发印务实业有限公司（长沙黄花工业园三号　邮编410137）
开　　本　880mm×1230mm　1/32
印　　张　9.5
字　　数　238千字
版　　次　2018年7月第1版
印　　次　2018年7月第1次印刷
书　　号　ISBN 978-7-5500-2838-8
定　　价　36.80元

赣版权登字：05-2018-211

序 1 · 两个幸运儿

巫山（知名作者，作品《暮色深处的你》等，愿一生写作，一生快乐。）

从这一刻开始，希望往下读的“你”和“我”都能成为两个幸运儿，如果能产生思想的碰撞就更好不过啦。

我和画画认识有好几年，也在魔都面基了几次，是一对名副其实的好朋友。她写这本书的时候，经常开玩笑说我是这本书的“干妈”，因为我见证了这个故事从一个雏形到生成完整的轮廓，最终面世的全过程。

不得不说，《吹梦到西洲》是她非常用心也很用力的一本书。我觉得自己很幸运，能成为这本书的第一个读者，同时也很感谢她邀请我作序。为了能好好地推荐这本书，我想了很多个开头，不知怎么开始才好，事实上，我的脑袋里一直不停地回响着一句话：“我真是太幸运了。”

为什么幸运？因为这个故事真的真的让我很惊艳。

首先，这不是一个普通的爱情故事，因为许多言情小说给予读者的是一场对爱情的虚假幻想，无论阅读的时候怎么感叹它的美好，但合上书都知道这不可能成真。真正的好故事是让你相信生命中一定会有这样的爱情，且能够从中看到光亮。这本书里的爱情很难拥有 20 个小时的相处时间，也难以拥有从清晨到日落的耳鬓厮磨，更不是一场你追我赶的盛大狂欢。相反，在这个故事里爱是沉静的，像一条流淌了千年的长河。但它也是浓烈的，像天坛火窖中酒，像无边无际的月光。

其次，这个故事里除了爱情，更有深刻的人性，以及那些有关生与死、爱与恨的挣扎。画画笔下创作的每一个人物都是那样的鲜活，面目可憎却又性感可爱。这里面所有的人物都不是尽善尽美、非黑即白。她告诉我们，不管未来遇见多么黑暗的时刻，依旧要相信身边存有一线光明和温暖。这本书虽然构架庞大，人物关系错综复杂，但最后呈现出来的故事脉络就像一棵百年老树，拥有漂亮的纹路和让人窒息的真实，她写了百年以来永不褪色的人性，而这，恰恰是一个爱情故事最原始的样子。

假如你认认真真地看完这个故事，还不能让你发出一声“妈呀，原来这才是真相”又或是“天啊，怎么可以这样”，那么，也许你只是做了一场梦。

这个故事里有很多梦境，有的让人遗憾，有的让人悲愤，有的让人回味无穷。

梦是一个连锁反应，就像蝴蝶效应那样。

就像你在梦中可能会遇见这样的场景：某一天你因为无聊从高楼之上扔下一个空的易拉罐，路边的行人感觉到头顶有团阴影而下意识地躲闪，结果撞到了路边的小孩，小孩摔在街道中心又引发了一场交通意外，来不及刹车的司机汗如雨下，电话里的妻子正在痛哭……

在这个梦里，你的无心之举改变了至少四个人的命运。很假吗？不，很真实，因为现实往往就是这个样子。唯有在这样的真实里，你才有可能看到真正意义上的爱情，而这也是这本书所蕴涵的真谛。

读完这本书，我总忍不住感叹，它脉络里的爱太复杂，太发人深省，也太干净了。为什么要说干净，因为在这个“梦”里，在至少四个人被改变的命运中，最后的走向仍旧是光明的。我也相信，这是作者想传达给你的两样东西——温暖、治愈。这不是简单的两个词，而是人性。

譬如赵院长那样在利欲浮浪之间挣扎的领导，也会独自在黑夜里懊悔与迷惘。

譬如年主任那样善良温柔的男人，内心也深藏一段难以启齿的过去。

譬如宋晚那样普通纯真的小女孩，也曾渴望拥有轰轰烈烈的爱情。

又譬如男主角江牧毒舌又深情，而女主角林念恩坚强又柔弱。

又譬如温柔的人都害怕残忍，暴戾的人都恐惧独身。

我们都是复杂的矛盾体，但唯有真理是亘古不变的——人之初性本善，没有人能拒绝温暖。

一切但凭感知。

说到这里，我想也许你已经迫不及待地想要翻过这一页往下看，但容许我再多说两句。我期待你能有所表现，在看完这本书后不只是哭一场或是笑一场，哪怕只是动过那么一丁点念头，能让你感受到这个故事之内、之外的一些东西，那么它就是鲜活的。

我想，这的确是个值得一读、让人有所思考的故事。

序 2 · 是呀，我们注定要遇见

颜小玩（资深图书策划编辑）

谢谢亲爱的你翻开了 wuli 画画的新书《吹梦到西洲》，看到了我这篇序。

画画邀请我写序的时候，我犹豫了一下。我大概有四年没有为作者作过序了，而且我写文的技能没有点满，哈哈哈，可我好喜欢这本书，就硬着头皮写了。

从事编辑这个行业已经是第八年了，我一直相信作者、编辑、读者之间是有可爱的缘分存在的。比如过去埋头写稿的画画，现在在编辑部写序的我，将来抱着书读到这里的你。这种对话很奇妙，对吧。

在八年里，我结识了许多超棒的作者，我们一起讨论小说的人设和剧情大纲，我们变换时空走进故事里，看遍悲欢，走遍古今，过一遍主角们的人生。我觉得我很幸运，因为除了作者之外，我可能是第一个读完故事的人。

我在这些故事里看过世间百态，也体验过浪漫与深情。等故事印成铅字，装帧包装好，便成了你们在书店里带回家的书。而这些作者朋友，也在这些年里成了读者深爱的“太太”。

最近，有一个特别火的话题：如果提前知道你要面对的人生，你是否还有勇气前来？

当然要来，不来的话我们所喜欢的一切、所经历的美好，都不复存在。

我们每一个人的一生，也像我们看的每一个故事，有起承转合、悲欢离合，才会动人，才值得拥有。我们看过很多快穿和穿越文的主角会回到过去，改变未来，你会感受到新奇有趣和完全不一样的历险，但与现实不一样，已是不一样的阅历与人生。

说回新书，我为什么一眼就看中了画画的这个作品，并且与主编第一时间敲定签下了它。

如果你喜欢像《请回答1988》《Signal》这一类豆瓣高分剧，为导演和编剧的妙思与细致折服的话，你应该会喜欢这部《吹梦到西洲》——由一本红色笔记，开启的不可思议的梦境历险。每一趟旅行，你都不会空手而归。我保证，当你开始看第一个故事，你就会被一根看不见的线牵引，翻书翻得停不下来。

如果你喜欢与众不同的男女主角，戴金丝眼镜妖媚众生的大催眠师与从事临终关怀看透众生送走每一个灵魂的女社工，这么带感的CP你觉得如何？

如果你喜欢天马行空的幻想，我们送给你一本可穿梭时空的红色笔记，进入梦里回到过去，你会去做点什么呢？

如果你热爱一环紧扣一环的烧脑小说，它也一定不会令你失望。这一本9个月200多天来我们反反复复推敲时间线和事件线，不下10次的主线与人物设定推翻与重建的作品，直到我写序的现在，它还在被画画修改细节与文字。就在今天，画画还告诉我，直到反反复复修改了很多次，她突然找到了笔下这些人物的灵魂。在这里，我要特别感谢画画，我见过太多的作者修稿是为了达到出版要求，而她真的是为了向我们每一个读到这本书的人，呈现一个最好的故事，这一版最后的定稿让我特别惊艳。真的真的很用心，可以说是十万分的诚意了。

以上，就是我的安利。

感恩这一次幸运的相遇，给阅读本书的你比一个小心心❤。

对了，我喜欢这句诗，所以画画的这个书名，我们用的原书名没有改动。

——南风知我意，吹梦到西洲。

目录

contets

目录

contets

新年伊始，西洲正式获封“全国污染最严重城市”。
零点的钟声敲响，全国各地都陷入狂喜，除了西洲。
大型工厂全部关停，商企纷纷撤出。
曾经 GDP 跻身全国前列的光辉历史一去不复返。
这位“宠妃”被打入冷宫，仿佛在一夜间萎靡不振。
萧瑟的街道如同一只无力的鹰爪，
城市上方的天空模糊得像是涂了一层铅。
让人看不到半点生机。

楔子
故事从这里开始

西洲，敬亭山。

山下不远处的工厂里，一排竖起的烟囱正向上排出袅袅白雾。蔚蓝的天空下，层峦叠嶂的翠绿一眼望不到边。

林念恩拾阶而上，哼着小调的少男少女一股脑儿从她身旁快速掠过。

她下意识地避让，不料身后还有人。对方走得急，他们撞了个正着，只听沉闷的声响，一只铝合金的银箱子掉在地上，周身反射出耀目的亮光。

“抱歉，抱歉……”林念恩正想过去将它捡起来，却冷不丁撞入一道沉沉的视线。

酷酷的棒球帽、纯色的 T 恤、白色的运动鞋……蓬勃的少年气息扑面而来。

男生没理她，蹲下身子将箱子打开检查，黑色的镜筒从绒布里露了出来，看上去价格不菲。而那镜筒蓦地生出一道裂缝，不过须臾的时间便蔓延到地面，像是要把脚下的路生生劈开。

林念恩整个人僵直在原地，眼睁睁地看着那道裂缝如游蛇般逼近自己。

原本明亮的光线变得混沌起来，尖叫声此起彼伏，石块、泥土、树木……一切都开始疯狂下坠，距离她不远的男生也向后仰去。

“小心！”她的叫声湮没在一派地动山摇中。

几乎是条件反射般地，她抓住了他的手。一股巨大的拉力将她猛地拽向地面，她整个人趴在石块上，胳膊上有血汩汩地往外流。

男生悬在半空中，脚下是万丈深渊。

“抓紧我！”她咬紧牙关，手臂因过度负荷近乎失去知觉。

“放开。”男生挣脱她，昏暗不明的视线里，他的那双眼睛格外平静。

一切都被黑暗吞噬了。

……

林念恩从梦中惊醒时，窗外夜色正深，天空灰蒙蒙的。天气预报说今晚有强降雨，云层格外厚重，几乎要压下来。

宽阔无人的街道，像是谁都没来过，又像是谁都没离开。

床头柜上是一个相框，上面是一张全家福。旁边放着一个笔记本，鲜红的牛皮纸上印着繁复的花纹，看上去古朴、陈旧。

忽而，一阵强劲的风卷起窗帘，笔记本快速地翻动。

最终它停在哪一页，故事便从哪里开始。

雨，终于来了。

第一章 无名尸骨

·真正高明的催眠师，不需要借用一草一木。只要他看着你，就足以沧海桑田。梦和现实……你靠什么区分？也可能你现在的所见所闻，都只是一场梦。

1

西洲医院，社工部。

新年，冬末。

“你们听说了吗？昨天上午敬亭山下有具白骨被挖了出来。法医鉴定后说那尸骨的主人是个十七岁左右的少女，死亡时间差不多在八年前。而且因为地质气候和事故发生时坠亡的惨烈，尸骨损坏严重……难怪前段时间老有人说敬亭山晚上有鬼火闪动，搞不好是怨灵太多。”

实习生裴梦尧平日最爱说鬼故事吓唬其他女孩，她一说完，其他几个胆小的姑娘已经皱着脸吞了吞口水。

宋晚若有所思地接口道：“你说这个，我倒是想起来一件事。前两天我去重症监护室的时候，有好几个护士对我说，她们曾经看到有白色的身影半夜从监护室门口闪过，并且只要那身影一出现，没过多久就会有人去世。”

原本热闹的办公室突然安静了几秒，大家面面相觑，都是一副不敢置信的模样。

“真的假的？我鸡皮疙瘩都起来了……”

宋晚听了，连忙凑到人堆里，摆出一张严肃脸：“听说凌晨三点是阴气最重的时候，你们说，会不会是病人的……”

“魂……魄？”伴随着冷幽幽的两个字，一只手从后面拍在了宋晚的肩膀上。

“啊——”凄厉的惨叫一呼百应。

宋晚吓得脸色惨白，心跳快得吓人。

所有人连忙站起来，异口同声道：“念恩姐！”

林念恩用手戳了戳宋晚的脑袋，叹了口气：“平常连侦探片都不敢看的人，竟然还在这儿聚众讲鬼故事，要是给主任看到，免不了一顿训。”

宋晚委屈地撇撇嘴，带着哭腔：“这可不是鬼故事，人家护士都说见过啊。”

“行，以后多给你排几个夜班，到时候你专程过去鉴定一下。”

“啊？我才不敢，我还想多活几年呢……”宋晚拉了拉林念恩的袖子，哭丧着脸。

“那还不赶紧去工作，现在可是上班时间。”林念恩抬眼扫了一圈，大家憋着笑纷纷散开了。

林念恩进更衣室前，将裴梦尧拉到一边：“最近这段时间，你不仅工作任务不能按时完成，还总在查房的时候玩手机。”

“有消息过来我才会看，并没有玩啊……是谁又在背后嚼舌根？”裴梦尧不服气地撇撇嘴。

“这不是嚼舌根，而是各科室对我们社工部的日常反馈。你刚来我们这里实习没多久，我可以给你慢慢进步的时间和机会。但是如果你自己不端正态度，那不管过多久，你都很难有进步的。”

裴梦尧本来还想辩解什么，但看林念恩表情严肃，只好讪讪一笑，吐了吐舌头说：“我错了，以后一定改正！”

“希望你说到做到，去忙吧。”林念恩摇了摇头，转身进了更衣室。

裴梦尧忍不住对着她的背影翻了个白眼。

“等我实习完了，才不要再待在这个鬼地方！”她冷哼一声，“我听之前来这里实习的学姐说，这个林念恩从来不会因为病人的去世而掉眼泪。这么冷酷无情的人，难怪到现在还没有男朋友。”

“这么冷血？一点也不像社工的样子啊……”

“可是大家都说她除了对工作比较严苛外，私下里是个很有亲和力的人，就是不太热衷派对这样的娱乐活动罢了。”

叽叽喳喳的议论突然被一阵急促的敲门声打断。

林念恩刚换好白大褂出来，她打开门，发现是重症监护室的护士。大概是一路跑着过来，她的双颊通红，说话时还喘着粗气："不好了，昨天刚收进来的 15 床病人突然大吵大闹，吊瓶砸了一地，里面都乱成了一团，年主任叫我赶紧来找你。"

15 床？这个病人她还没顾得上接手，没想到这么快就出了岔子。

"好，宋晚你跟我去，其他人在原地待命。"林念恩不敢再耽搁，说完就快步走了出去，宋晚紧随其后。

电梯里，林念恩一边扎头发一边回想这个病人的资料。15 床的病人是个女孩，叫姜珞，西洲人，二十五岁，基因型多发性骨髓瘤末期，目前临床尚无治愈先例，基本已处于临终阶段。她刚入院就做了一次大手术，好不容易才捡回一条命。

等她赶到病房，入目之处一片狼藉。穿着病服的女孩正被几个医生按在床上，仪器发出刺耳的声音，点滴瓶在地上摔出了一个裂口，空气中蔓延着刺鼻的药水味。

旁边的姜妈妈哭得上气不接下气，嗓音又苦又哑："我还不如跟你一起死了算了，你爸也不在了，留我一个人在这世上做什么？"

林念恩让宋晚先将姜妈妈带到外面去安抚。她缓缓地走到床边，柔声对姜珞说："你好，很抱歉今天才来见你，我是这个医院的医务社工，我叫林念恩。之前在金华医院陪伴你的许社工是我的好朋友。"

姜珞原本失去焦距的眼睛终于动了动，但什么都没说。

"这样，我让医护人员先出去，我在这里陪着你，我们聊会儿天，如何？"

林念恩弯着腰，尽量和对方的视线平行。

最终，姜珞点了点头。林念恩心中松了一口气，重症科主任年永春赞许地对她竖了个大拇指。

原本按着姜珞的医护人员迟疑着松开手，这时，姜珞突然死死地盯着蹲在地上做清扫的保洁员的动作。

保洁员正在用报纸将地上的玻璃碴儿包起来，下一秒姜珞突然冲了过去，一把夺过那包东西拼命地往嘴里塞。

原本已经快走出病房的人见状连忙又冲了过来，两个人抓住她的手，一个人想将她嘴里的东西拽出来。

"报应报应……都是报应！"姜珞反复地说着这句话，她用力挣脱束缚，抱着头躲到了角落里，浑身发颤。

“她是不是疯了？”周围有人小声说。

林念恩也十分困惑，她本以为刚刚是个不错的开始，但突然间情况却变得更加棘手。她想，姜珞的那双眼睛，看上去一点也不像精神失常的人会有的。

脚边不知何时多了一条银质手链，应该是刚才姜珞在挣扎时掉落的。她蹲下身准备捡起来，可有一只手比她更快。她抬起头，视线中陡然闯入一道颀长的身影。

“你们先出去。”低沉醇厚的声音落在空气里，带着一种波澜不惊的清冷和笃定。

林念恩只来得及看到他的侧脸，他便从眼前匆匆晃过。

此人身形修长，穿着便装，身份不明。等她站定，他已经走到姜珞的身旁蹲下来，剪裁服帖的皮革外套显得他肩膀十分宽阔。

“你是……”林念恩话还没说完，年永春对她使了个眼色。原来副院长赵泽远正背着手站在门外，他对他们招招手，所有人都乖乖地退到了门外。

赵泽远聚精会神地看着病房里的情况，大家都没说话。林念恩见那年轻男人正埋首帮姜珞戴手链，单看背影都能觉察到他的温柔。姜珞已经没有再发抖，只是仍坐在地上，双眼睁大，呆呆地看着面前的人。突然，她摸着自己的手链，痴痴地笑了，目光中盛满了爱意和贪恋。

不知道那年轻男人说了什么，只见姜珞点了点头。然后他牵着姜珞的手，将她从地上拉起来，步子走得很慢。之后姜珞竟乖乖地躺回了床上，她的另一只手压在手链上，生怕有人会夺走似的。很快，她闭上了眼睛，嘴角弯起一个恬静的弧度。

赵泽远突然感叹道：“这种清醒催眠，我以前只在书上和电影里见过，这次是头一回亲眼看到。”

林念恩一怔，突然明白过来。上周有传言说赵泽远三顾茅庐挖回来一个宝贝，据说是美国S大心理学系的博士。现在看来，那个宝贝应该就是眼前的这个人。原来他刚才对姜珞实施了催眠，没想到短时间内就有如此效果。

病床上的姜珞已经睡着了，那男人细心地替她掖了掖被角，然后走出病房。

推拉门缓缓合上。

“她一时半会儿醒不了，医生现在可以进去了。”他的两只手插在口袋里，尽管有领导在场，他说话时仍透着几分桀骜。

林念恩终于看清他的正脸。

以前宋晚总在她耳边叨叨，说什么男人一旦穿了白大褂，颜值能直接上升一个台阶。

这话她从没放在心上，直到这一刻。

他身形很高、面容冷峻，在一众亮眼的白色里格外出挑。薄薄的日光斜切下来，给他那副无框眼镜镀了层金色的边。黑色短发看上去利落而清爽，高挺的鼻梁之下，颌骨流畅的弧度清晰可见。

只是他的那双眼睛，悉数隐匿于光影之中，让人看不真切。

但是，那双眼睛熟悉极了，之前那个惊险而诡谲的梦境中，她拼命想要拉住的人正是他……

赵泽远拍了拍那年轻男人的肩膀："做得好，不枉我跟江教授说破了嘴皮，让他把你从国外请回来。"

顿了顿，他转过身对着在场的所有人说："本来想在下周的媒体宣传会郑重介绍的，赶早不如赶巧……这位是江牧，心理学高才生，也是咱们科研所江东元教授的独子。他将担任我院的特聘心理医生，主要负责为临床无法接受麻醉的病人催眠以及心理疏导。还有，因为他和江教授负责的重大课题需要大量临床案例支撑，你们平常也都要尽量支持他，这也算是我们医院的一项成果了。"

林念恩还在回想那场梦，什么也没听进去，除了"江东元"这三个字。

这个名字对她来说不算陌生。江东元曾经和她的父亲在西洲科研所共事，他是她父亲的下属。她对他的印象不深，只记得以前他经常来家里和她父亲小坐。没想到世界这么小，这个江牧竟然是江东元的儿子。

见赵泽远笑得合不拢嘴，她心中也有几分动容。自从西洲没落，医院也跟着人才流失严重，不少专家辞职去了外地。在这个节骨眼上，还有人愿意加入，的确是一件振奋人心的事。

"咳咳，对了……这位是我们社工部的顶梁柱林念恩，她临床经验比较丰富，你们以后可以通力合作，多多交流。"

林念恩将目光转向江牧。

不知是谁在喝拿铁，空气中浮动着甜甜的奶味，周遭霎时安静下来。这一刻，太阳被薄云掩住，有漏网的阳光从他的镜片上一晃而过。

她抬起头，对上那双被隐去锋芒的眼睛，如黑曜石般璀璨明亮，又如潭水般冷冽深邃。

他也沉沉地看向她。

四目相对，她伸出手，笑容清甜：“你好，我是林念恩。很好奇你刚刚究竟对病人做了什么，看上去效果惊人。”

江牧垂下眼，伸出手，虚握住她的指尖，抬眼时嘴角上扬：“那只是一点心理暗示罢了，不过……”他话锋一转，“这种突发情况可大可小，贸然处理只会惹出麻烦。按病人刚才的状态，无论是伤人还是伤己，结果都不会太好。”

他嗓音低沉，此时如被风推动的海浪般缓缓而出。

短短两句话，好像有点不对劲。他是在嘲笑她业务不精，还是指责她险些酿成大祸？不管是哪一种，都让她很不舒服。

她咬了咬牙，但面上仍端着笑：“哦，多谢提醒。隔行如隔山，我们有不同的切入点。催眠解决不了根源上的问题，只是让人逃避现实，躲在梦里。”

此话一出，空气中突然多了几分尴尬。

众人面面相觑，心想这个林念恩也太不给领导面子了，她不看僧面也该看佛面啊。

江牧看着她，倒没急着答话。

两人对视了片刻，林念恩突然有点后悔。她向来不是冲动的人，今天是中了什么邪？

“你们俩以后有的是时间沟通，人家江医生第一天过来，还没熟悉环境呢。”赵泽远连忙上前打圆场。

领导一发话，其他医生也连忙附和，气氛又活络起来。

林念恩耸耸肩：“抱歉，我刚刚也就随口一说。总之，欢迎你来我们医院。”

她向其他人点点头，算作告别。

“你可能有点误解。”突然，清冽而沉稳的声音撞入耳膜。

林念恩愣了愣，回过头，看到江牧微微昂着下巴，目光幽深迫人。

“第一，在医院工作，无所谓什么切入点，没什么比病人的安危更重要。刚刚的情境，如果病人误伤了自己或是伤了你，责任在谁？”

他顿了顿，突然拿下眼镜，好似无意地揉了揉眉心。

“第二，我很好奇，梦和现实……你靠什么区分？也可能你现在的所见所闻，都只是一场梦。”

他的眼镜还拿在手上，而他的那双眼睛此时毫无遮挡地直视着她，如深渊般悠远冷寂。

林念恩忽然听见四周响起了钟表上指针嘀嗒走过的声音，紧接着，地上出现了一只怀表，她弯腰去捡，那表像是突然张开血盆大口，将她的整只手臂都吞噬进去，她吓得连连后退……

“念恩姐？”

她猛地回过神，忽然看到宋晚正站在她身旁。地上没有怀表，四周和往常一样。

至于赵泽远，早已带着所有人浩浩荡荡地离开了，只留下一排白色的影子。

“你是不是也看呆了？这个人排场可真够大的，还没开始工作就有赵院长亲自带着。不过我刚刚瞄了一眼，他长得可真帅啊！”宋晚依依不舍地看着已经走远的一队人，内心已经有无数只小鹿在乱撞。

林念恩的心跳尚未平复，后背也冷汗涔涔。

如此听了，心中有些发闷。自己刚刚产生的幻觉一定是拜那个江牧所赐，他分明是给她下马威，好让她知道催眠的厉害。

真是够阴险的！

“咳咳，你什么来的？怎么一点动静都没有？”

宋晚一愣：“我刚刚走过来的时候，就看到你傻站在这里，像丢了魂一样。”

“昨晚没休息好。”林念恩连忙岔开话题，“姜珞的妈妈怎么样了？”

宋晚吐了吐舌头，连忙答：“已经好多了，护士正在给她输葡萄糖。”

“她怎么说？姜珞以前也出现过这种情况吗？”

宋晚摇摇头：“以前没有过。她说早上有个护工拿了一沓报纸进来，大家也没注意，姜珞就突然那样了……”

报纸？林念恩的脑中浮现出姜珞将报纸往嘴里塞的画面来，突然灵光一闪。

“你继续陪着姜珞的妈妈，有任何情况立刻通知我。”

林念恩快步走去保洁室，恰好那个保洁阿姨正在收拾垃圾。她心下一喜，忙问道：“阿姨，刚刚那个 15 床的报纸，您是不是全部收走了？可以给我看一下吗？”

“你来晚了一步，那堆垃圾已经被送走咯，怕是找不回了！”

“这样啊……我知道了。”林念恩有些失望，心中不由得生出几分异样。

“你们怎么都要这个报纸？刚才有个大帅哥也来找我要，奇怪……”阿姨摇了摇头，又继续干活了。

林念恩脑中陡然闪过一双让人无法抗拒的眼睛，轻易便叫人深陷其中。她以前听过一堂课，主讲的老师也是一位催眠师。他说：“真正高明的催眠师，不需要借用一草一木。只要他看着你，就足以沧海桑田。”

或许，江牧就是这样的存在。

2

傍晚，林念恩去看望姜珞时，对方正熟睡。

不知做了什么梦，姜珞突然哭着从床上坐起来，拉着林念恩的手说：“如果时光可以倒退就好了，现在我有报应了，都是我的错，我的错！”说完，她又如一株枯萎的芦草瘫倒下去，重重地喘着气。

静谧的空气里，林念恩取出笔记本，忽然发现手心里像是有一股灼热感散播开，原本空白的页面变成了写着日期的格子。

2018 年 1 月 18 日。

照此推算，再过十天，姜珞就会离世。

虽然这样的情况对林念恩来说，已经不是第一次了，但她的心还是不由自主地向下一沉。

这个笔记本是她很小的时候得到的。

年少时，在老家的她意外落水，被救出后一直高烧不退，险些没命。好在有惊无险，转危为安，清醒后就意外地发现了这个本子。当时她并没有从老家带走它，直到太奶奶家的房子拆迁，整理东西的时候又发现了它。

时隔多年，像是命中注定般，笔记本回到了她的手中。那一年，恰逢她入职西洲医院，专门为临终病人服务。一个偶然的机会，她发现这个笔记本并不是普通的东西，像是有预示功能，一旦上面出现日期，便意味着有病人正等待着她去解开心结。

一个日期，一场梦。

林念恩记得太奶奶生前总爱说：“人生如梦，梦如人生，说不定我们每个人都活在梦中。”

可什么是现实？什么是梦？这问题江牧也问了她，究竟答案是什么……她不知道。

她唯一清楚的是，有了这个笔记本做梦境的媒介，那些濒死之人都将在梦中获得救赎与解脱。每一天，医院都有人离开人世，但并不是每个人都能有这样的机会。冥冥之中，这个笔记本有自己的选择。

而姜珞，就是下一个被选中的人。

可不知为什么，和之前的病人相比，林念恩隐隐察觉到有什么不对劲的地方……

每周例会。

因为社工部主任还在日本做交流，林念恩仍旧代班主持会议。她刚走进会议室，便看到女孩们都在兴奋地议论着什么，个个面色绯红，像盛放的桃花。

“这个新来的江医生已经成功引起了我的注意，只可惜他似乎对周围的人和事都不太关心。怎么说呢……他对每个人都是点到即止的礼貌和友好，不至于让你觉得高高在上，也不会让你觉得触手可得。”

“人家自小在美国长大，肯定阅人无数，寻常人自然不能引起他的注意啊。”

“有道理，我听说昨天就有好几个自称睡眠不好的小护士去找他，可他五分钟就把人家打发了。”

“要是可以的话，我真希望能被他催眠一次，五分钟也是好的。这样就可以肆无忌惮地盯着他看了！”

“你前几天还无精打采地吵着要辞职，现在怎么突然变得这么兴奋？”

“想辞职的可不止我一个，现在想找个大一点的商场逛逛都难，人家都说不久之后西洲就会成为一座空城。只不过……现在我改变主意了，我要坚守到最后一刻，和西洲共存亡！”

“帅哥的魅力就是不一样……”一片嘘声。

“对了，我有一个惊天发现！你们难道没有发现江医生经常换眼镜吗？今天是优雅金丝圆边，昨天是黑色复古半框，前天是轻薄无框，大前天是深玳瑁经典方框……我敢说，他绝对是一个眼镜控，说不定家里有一整个柜子都放着眼镜！”

“你观察得可真仔细，不过他看上去不像是近视，应该只是用眼镜装饰。

你们听没听说过一句话，戴眼镜的男人大都性欲很强，因为是斯、文、败、类……”

站在门口的林念恩终于听不下去，风风火火地走进来，将一堆文件夹掷在桌子上，发出一声重响。

议论声陡然中止，一伙人纷纷垂下头不敢再说话。

“催眠虽然短时效果好，但病人醒来后呢？还不是要继续面对问题？如果不从根源上找出问题所在，倾尽全力去解决问题，到头来也不过是些花头罢了，你们能不能把精力多放一些在工作上？我……”

“咚咚咚——”

发言突然被人打断，林念恩皱了皱眉。她回过头，只见穿着一身白大褂的江牧正抱着双臂斜倚在门边，乌黑的短发衬着一双熠熠生光的眼，衣服笔直的线条更显身形修长。

他的鼻梁上正架着一副金丝圆边眼镜，看上去像民国时期留洋回来的贵公子。

女孩们都看直了眼，下一秒，她们又有些尴尬地瞥了林念恩一眼，真是说曹操曹操就到。

“抱歉打扰一下，我有点事想找林社工帮忙。”江牧望向她，沉沉的声音如同拨动低音琴弦般缓缓而出。

林念恩发现自己的注意力也集中在了对方的眼镜上，一时间有些发窘。她慌忙移开视线：“进来说。”说罢，她又对宋晚交代了两句，转身进了办公室。

江牧对在场的人微微颔首，紧跟其后。

三秒后，女孩们像炸开了锅，所有人纷纷抻长了脖子往办公室里看。

办公室里。

“不知道有什么可以帮到江医生？”林念恩驻足，露出礼貌而疏离的笑。

“出于收集案例和研究的需要，我想看一下病人姜珞之前在医院接受医务社工服务的资料。”江牧的目光从办公室里一堆卡通人偶和粉嘟嘟的抱枕上掠过，语气淡淡的。

林念恩奇怪地看向他：“很抱歉，恕我不能提供。这好像不是江医生你的工作范畴？”

闻言，江牧不禁多看了她两眼。

面前的女人有一头乌黑的长发，此时束在脑后，露出光洁的额头。一张脸莹白如瓷玉，在暖气的作用下透着浅浅的粉色。本该是恬静柔和的样子，却偏偏要露出敌意和冷冽。

看见她脸上的防备和抵触，他倒也不恼，随手从桌上拿起一本册子翻了翻。

“对病人的心理辅导……”他笑笑，“这好像也不是你们的工作范畴。”

这一刻，林念恩满脑子都是刚入行时来自各方的质疑和瞧不起。

她曾试图向每一个人解释“心理医生和医务社工看待问题的角度不同”“社会工作更强调人与环境的互动”……然而一番热忱并没有换来别人的理解和尊重。所以她宁可没日没夜地扎在临床，用行动来证明一切。当她成功地劝服一个想要自杀的患者并让其结束对医院无休止的谩骂后，质疑声才慢慢减弱。

此时，她突然意识到，昔日的那些流言蜚语不过是一些假想敌，面前的这个人才是她真正的对手。

“如果我说我给不了你，你是不是又想像上次一样对我催眠，然后把东西拿走？”林念恩也冲他笑了笑。

这笑容落在江牧眼里，像是得不到糖果的孩子爬到桌子上示威。

“上次的事并非我的本意，希望你不要介意。”

林念恩疑惑地看着他缓缓走向自己，一时间竟觉得空气加快了流动，她的手下意识地在口袋里微微收紧。

“其实，催眠能做到很多你想不到的事，有好的，也有不好的。”他凑近她，近到……她能清晰地看到他的瞳仁。

“你……”她突然发现身体像是不受自己控制了一样，四肢僵直，什么话也说不出来。

江牧细细观察着她的反应，而后扬起一抹若有似无的笑意。

“我有很多方法可以达成目的，你一定要选最复杂的？”他的声音又缓又沉，视线专注而炽热。

林念恩费了很大的力气才挪动步子，她暗暗咬牙：“我的确给不了你，因为资料今天都拿到主治医生那边去了，等会儿我让人给你送过去。”

“谢了。”江牧扶了扶镜架，干脆地离开，带起一阵风。

在他离开之后，林念恩开始自我检讨。

她实在不明白，为什么江牧一出现，自己就全面开启了战斗模式，像是极力想要证明什么一样。

反观对方，应付起她来游刃有余。

这实在太奇怪了。

重症监护室。

林念恩去查房时，发现姜珞的病房外站着一个年轻男人，他正在门口徘徊。等她走过去，他便转身离开了。他在旁边的长椅上留下一盆紫色的风信子，上面挂着一张小卡片：早日康复——陆洋。

林念恩抱起那盆风信子，心中觉得奇怪。她有一个大胆的想法，或许这个叫陆洋的人与姜珞的心结有关，自己可以趁此机会试探一下。

这样想着，她便抱着风信子拉开了门。

病房里，姜珞正坐在床上望着窗外发呆，她面容憔悴，看上去一点力气也没有。

“刚刚有人留下这盆花就走了，好像是叫……陆洋，是你的朋友吗？”林念恩一边说，一边将风信子递到她面前。

谁知姜珞看也不看：“把它丢了。”没有发脾气，语气悲凉得让人心酸。

林念恩意识到什么，心中一动，仿佛看到了突破口。她想了想，笑道：“多好看的花，不如我先帮你养着，你什么时候想要再跟我说。”

姜珞既没说好，也没说不好，表情淡淡的。

“我不过是个濒死的人，不要把时间浪费在我的身上。没有人能帮我，除非人生重来一次。”她扯了扯嘴角，像是在笑，可下一秒眼泪便止不住地流下来。她胡乱抹了抹，却越抹越多。

从始至终，林念恩都只是坐在一旁，什么也没说。

不知过了多久，姜珞突然破涕为笑，这是林念恩第一次看到她的笑容，纯粹、清澈，让人想到白净的栀子花。

“听说你很冷血，竟然连纸巾都不给我递过来。”这话听上去是埋怨，但姜珞却是笑着说的。

林念恩挠了挠头，若有所思地说：“是这样的。我读研的时候，有个老师曾对我说，当别人哭的时候不要忙着递纸巾，因为会传递‘不许你哭’的信息。但我觉得能哭出来是件好事，每个人来到世界上的第一件事就是哭，那是生命的开始。当一个人连哭都不会了，才是真的可怕。”

姜珞饶有兴趣地看向她，原本晦暗的眼睛像是突然亮起了火，但很快又熄灭了。

“你知道吗？我曾经有过连哭都哭不出来的时候。我伤害了一个女孩，那时她才十七岁，还是一个花季少女，但是……如果可以，我真想做一个可以回到过去的梦。”

“如果这个梦永远都不能成真呢？”林念恩问道。

“若是场美梦，也值了。”姜珞的目光中写满了憧憬和祈盼。

这场对话比想象中的顺利很多，林念恩临走时对姜珞说：“今晚早点睡，愿你有个好梦。”

等林念恩查完房回办公室，宋晚将两份报纸递到她手里：“喏，我打听过了，那天送到姜珞的病房的就是这两份报纸。”

“干得不错。”她对宋晚竖起大拇指。

宋晚见她手里拿了一盆紫色风信子，颇有兴趣地打量一番。

“听说紫色风信子代表歉意和原谅，怎么，是谁做了什么对不起你的事吗？”

林念恩想，难道陆洋是姜珞以前的旧爱，后来做了对不起姜珞的事？她摇摇头，觉得自己想太多了。

她放下花：“你将姜珞之前接受心理疏导的相关内容整理出来，复制一份给江牧送过去。”

宋晚顿时眼睛一亮，又像是想到什么，她一脸狡黠地笑道：“人家江医生可是来专程找你拿的哦。”

“去还是不去？”林念恩一个眼神扫过去。

宋晚顿时乖乖闭嘴，溜回了座位。

林念恩无奈地摇摇头，转身便去研究手头的两份报纸。

一份是《娱乐周刊》，一份是《西洲晨报》。她将每条新闻的标题都浏览了一遍，城市建设、社会趣闻、法制专栏……杂乱的信息让她毫无头绪。

正当她准备合上报纸时，一则新闻突然跳入她的眼帘。

“昨日上午，有人于敬亭山下发现一具白骨。经法医鉴定，尸骨的主人为十七岁左右的少女，死亡时间约在八年前。”

十七岁的少女？

林念恩想起姜珞的话，心忽地往下一沉。

这天晚上恰好轮到林念恩值班。

整个住院部都静悄悄的，刺眼的白炽灯将走廊照得通透。

去往姜珞的病房时，林念恩忽然想到护士私底下的传言，那个突然闪过的身影也许说的就是自己？她突然有点想笑。

病床上的姜珞正在睡梦中，但看上去睡得不踏实。心电监护仪上的指标还算正常，可不知为什么，林念恩的心竟没由来地突突直跳。

手中的那个笔记本在此时变得鲜红，封皮像是被血浸染了一般，它迫不及待地翻动起来……

3

2010 年 5 月 28 日，西洲，敬亭山。

林念恩环顾左右，蔚蓝的天空下是层峦叠嶂的山峰，迎面而来的山风送来清新的空气。

眼前的场景和之前她做的那个噩梦竟然惊人的相似。

“医生阿姨，我想问一下，观星台怎么走？”一个孩子的声音从身后传来。

林念恩转过身一看，面前站着的竟然是几个十二三岁的孩子。

她弯下腰问：“你怎么知道我是医生？”

其中一个孩子指着她身上的衣服说：“因为您穿着白大褂啊。”

林念恩低头一看，发觉自己果真穿着上班的衣服，心中不禁有些异样。

凭着儿时的记忆，她指着左边的那个指示牌说：“沿着那条路走到底就能看到……不过，你们去观星台做什么？”

“看流星啊！难道您不是专程来看的吗？”

流星？林念恩一愣。她四下看了看，发现有很多人都在往观星台的方向走。

那几个孩子礼貌地跟她说了谢谢，然后便蹦蹦跳跳地跑远了。

突然，她在人群中看到一张熟悉的脸。是姜珞，和医院里的她截然不同，现在的她及肩的黑色短发，白皙粉嫩的皮肤，俨然是十七岁少女应该有的样子。她旁边的男生阳光帅气，两个人紧紧牵着手，看上去格外般配。

“陆洋，最近你不要来找我了，不然被我妈看到，我又要挨骂了！”姜珞皱着眉，长长地叹了一口气。

“好，听你的。反正只要你相信我就可以了。”男生捏了捏姜珞的脸，笑容宠溺。

而在他们的身后，跟着一个同龄女孩。在三五成群的游客中，她显得形单影只，一双俏媚的丹凤眼里夹着几分怨念，看得人不寒而栗。

其他同学想拉她一起：“周璇，和我们一起去玩吧。”

“走开！”她狠狠地甩开对方的手臂，大步跟上前面的陆洋和姜珞，但由于刚刚动作幅度太大，她的手链从手腕上脱落，掉在了地上。

林念恩走过去将它捡了起来，突然觉得有些似曾相识。

“小姑娘，你的东西掉了。”

那女孩疑惑地回过头，看到林念恩手中的东西，脸色突然变得十分难看，快步走过来一把将链子夺过去。

“不要碰我的东西！”说完，她便扭头走了。

旁边有路过的人好奇地投来目光。

林念恩十分诧异于那女孩浑身散发出的戾气，不过是个妙龄少女，看上去似乎对周围的一切充满了敌意。

突然间，身后传来沉闷的声响，像是撞击的声音。她听到有人连声说“抱歉”，她转过头，便看到有人正蹲下身去捡一个银色的箱子。

眼前的这一幕仿佛和记忆中的某个画面猛然重合。

还没等她反应过来，脚下的路便突然生出闪电般的裂缝。电光石火间，她只来得及抓住那个男生的手臂。身下是万丈深渊，天地间混沌一片。他仰起头看着她，英挺的脸上是黢黑且令她熟悉的一双眼。

他整个人在半空中微微晃动，可眼睛里却没有半分惊慌。

“放开。”他说。

“江医生——”

……

林念恩猛地从一张单人床上弹了起来，心脏疯狂地跳着，像是要冲破胸膛。她第一反应是摸了摸自己的胳膊，发现完好无损，顿时松了一口气。

然而周遭陌生的环境又让她警惕起来。

四处光线很暗，唯一的光源来自正对着她的磨砂门。这是一间医生休息室，但看上去有点陌生。和她见过的休息室不同，这里一点都不杂乱，十分整洁。米色的布艺沙发和白色的办公桌椅，除此之外便是一个极具现代风格的书架。里面大多是一些硬壳的外文书，看上去复古又厚重。

空气净化器仍在运作，不时地发出杂音。

她下了床推开门走出去，刺目的光线让她眯起眼睛。不远处有人正低头看书，整个后背都抵在椅子上，两条大长腿肆意地伸向前方。见她走出来，头也不抬。

“醒了？”带着几分慵懒的声音。

“江……江医生？”林念恩霍然睁大眼睛，大脑在这一刻嗡嗡作响。梦中那个她努力想要抓住的人，在生死攸关时却对她说“放开”的人，此时就这样出现在她面前。

书“啪”地被合上。

江牧从座位上站起来，衣服的下摆轻轻一扬。他走到林念恩面前，镜片下的瞳孔里盛满了笑意，他的目光在林念恩的脸上打了个转：“大家都是同事，麻烦管理一下你的表情，因为看上去像是见到了……鬼。”

似乎是句调侃，可一想到梦中自己眼睁睁地看着江牧坠入深渊，林念恩就一点也笑不出来。

“我为什么会在这里？我记得我在姜珞的病房。”

江牧并没回答她，而是将手中的一份资料晃了晃：“不如你先回答我，为什么送了份错误的资料过来？”

“错的？”林念恩皱了皱眉。

“你自己看。”江牧将资料递了过来。

林念恩疑惑地翻了翻，心中顿时一阵懊恼。原来宋晚送错了资料，这根本不是姜珞的。那家伙平常不是这么粗心的人，该不会是故意让她在江牧面前出洋相吧？看来回去得好好说说她。

“抱歉，应该是她弄错了。现在太晚了，天亮后我亲自将资料送过来。”她顿了顿，语气中有些不耐烦，“现在你总该告诉我，为什么我会出现在这里？”

“身为一个医生竟然深更半夜在病人床边睡得不省人事，为了防止你被扣工资，我就近把你带到这里休息……”江牧扬了扬眉，“中途闹了这么大的动静也没把你吵醒，我的病人都渴望拥有你这样的睡眠质量。”

林念恩有些语塞，她此时拼命回忆，也只勉强记得自己在姜珞的床边坐了一会儿，后来发生了什么她完全没有印象。幸好江牧将她带出来，要不然遇到值班医生，又得费一番口舌。

“谢谢你啊……可能我太累了。”此时面对江牧，林念恩始终觉得很诡异，似乎梦中的江牧和眼前的江牧在某一秒反复重合和分离。

“这么晚，我也不好在这里继续打扰，我就先回去了。”说话间，她已快步走到门口。不料手刚扭动门把，一股与她相反的力道竟将门重新按上，霎时间清冽却又浓郁的味道从四周侵袭而来。

“这么晚出现在病房，该不会有什么不可告人的秘密吧？”温热的气息从头顶铺洒下来，林念恩忍不住缩了缩脖子，心跳快得要冲出胸膛。

“说说你刚才的梦。”他缓缓道。

透过门上的玻璃，林念恩看到他修长而笔直的脖颈、肩膀宽阔的线条……甚至他按在门上那只骨节分明的手。

而他那双漆黑的眼睛正毫不避讳地看着她，在透明的镜片下显出几分异样的鬼魅。

空气好像在这一刻突然凝滞。

明明是寒冬，温度不算高，但林念恩连手心都在冒汗。她深吸了一口气，转过身直视江牧的眼睛：“你们学心理的是不是都对别人的隐私很感兴趣？”

江牧扬了扬眉毛：“你好像对心理学成见不浅。”

林念恩笑了笑，不置可否。

“那你为什么要问我的梦？”

“因为你在梦里叫了我的名字。”他的声音低沉而有力，如同一记闷雷在林念恩的心底轰然炸开。

全身的血液都在这一刻涌了上来，她避开对方的视线，故作淡定地说：“会不会是你听错了，也许是我梦到了什么江河湖海……”

这话说出来，她自己都觉得没有说服力。

江牧饶有兴致地看着面前的女人。可能因为刚睡醒，她的双颊异常红润，让他想到小时候母亲种的杜鹃花。

“看来是个不错的梦。”他的嘴角浮起淡淡的笑意。

下一秒，他向后退了两步，走到桌前拿起一个红色的笔记本：“这是我在你脚边捡到的。这本子的材质很特别，封面上的花纹并不常见，没想到你喜欢这么复古的东西。”

林念恩看了，顿觉心头一震。

“只是个普通的本子罢了，不值钱。”在江牧专注的视线里，她心虚地避开他的视线，表面没什么波澜，心已经扑通扑通地狂跳起来。

“其实，你一点也不适合撒谎。”江牧正站在窗前，窗外是巨幅的夜幕。偶尔那么一瞬，他的目光投过来，沉得像一汪无垠的潭水。

他在试探她。

他到底知道了什么……又知道多少？

“你到底什么意思？”

她话音刚落，江牧忽然敛了笑意，他示意林念恩不要出声，而后指了指窗外。因为整个住院部呈回字形，重症监护室就在对面。

林念恩不解地走过去，只见白晃晃的灯光下，一个鬼鬼祟祟的身影正朝姜珞的病房走去。她的脑海里顿时闪过一个人的名字——陆洋。

心中隐隐觉得不安，她低声道：“这个时间来病房，我先过去看看。”

“一起。”

简短有力的两个字从耳旁传来，林念恩微微怔了怔，点头答了声“好”。

4

病房。

天空阴沉沉的，仪器的监测声衬得周围越发安静。

陆洋正捧着姜珞的手安静地坐在床边。他没有开灯，显示屏上的光打在他的侧脸上，看上去竟有几分诡谲。

“你不肯见我，我不怪你。可是那些事已经过去这么多年，你非要那么执着，不放过我？”

他看着病床上的姜珞，似乎陷入了沉思。蓦地，他的手渐渐伸向了呼吸机，像是用尽了全身的力气，颤抖着、僵直着，一点点靠近。

“你干什么？”林念恩不解地看着他的举动，脑海中冒出很多不好的念头。

陆洋的手一顿，转过头来。

“做什么亏心事呢？”江牧走过去，突然一把捉住陆洋的手，“到现在手还在抖。”

林念恩反应过来：“你想拔呼吸机？”

“不是！”陆洋的额头和鼻尖都在冒汗，一抹慌乱从他的眼底匆匆滑过，但很快就又变成了从容的样子。

陆洋甩开江牧的手，嘴边甚至浮现出一抹轻飘飘的笑容。

“你说得不错，我确实曾经无数次想要拔掉那根管子，这样她就不用再继续忍受病痛的折磨。但这也只是想想罢了，我可没那么蠢！”

不料他话音刚落，所有的检测仪器几乎在同一时间发出警报声。江牧最先反应过来，按了警铃，之后快速拿出手电筒检查姜珞的眼底。

陆洋脸上的笑容彻底消散，取而代之的是恐慌。他一边摇着头后退，一边喃喃自语：“我什么都没做……我什么都没做……这不关我的事……”

值班医生和护士已经赶了过来。

走廊里，白晃晃的壁灯一路排开，有人听到动静探出脑袋看了眼，很快又缩了回去。

确实，抢救这种事在重症科实在见怪不怪。

五分钟后，匆匆跑来的年永春也加入了抢救队伍。

红色的抢救灯已然亮起，空旷的走廊再次沉寂下来，像是什么也没发生一样。

陆洋靠着墙坐了下来，双手抱头，什么也没说。林念恩则有些茫然地在长椅上坐下来，闭上眼开始理头绪。

一直以来，她都以这个笔记本为媒介，给那些即将离开人世的临终病人一个回到过去的美梦。当他们苏醒过来，大都能感受到心结已解的释然。

可这次不一样的是，她竟然一同被笔记本带入病人姜珞的梦中。

为什么她也会被拉入梦中？

她的心底生出一种强烈的直觉，这个梦不是偶然，像是想要透露什么讯息给她。

流星雨！

林念恩霍然睁开眼，打开手机的网页，输入“西洲敬亭山流星雨”几个字。很快一堆新闻涌了出来，其中有一条引起了她的注意。

“流星雨引致踩踏事件，多人受伤，一人失踪……”

似乎是个事故？她看了一眼上面说的时间，竟然是 2010 年，距离现在已经过去了八年。那一年她读高三，印象中确实曾有过去敬亭山的集体活动，但她因为生病了并没有参加。

“敬亭山，敬亭山……”林念恩在口中默念，像是突然间想起什么，八年前一人失踪，而前几天有人在敬亭山下发现了一具十七岁少女的尸骸？

难道是……

急救室突然有了动静，两扇玻璃门自动推开，年永春和其他几名医护人员走了出来，江牧也在其中。

姜母连忙冲上去：“年主任，我女儿怎么样了？”

“你放心，她的生命体征已经稳定下来，你可以进去看她，但她还没清醒。”

“谢谢医生！谢谢医生！”

见姜母进病房后，年永春将林念恩拉到一边，满脸凝重地问：“姜珞最近有没有什么反常的言行？”

林念恩想了想，说：“我查了她以前所有的就诊资料，再结合我和她为数不多的几次面谈，她应该有一个很大的心结，但并不愿意细说。她母亲那边似乎也不愿提及，由此看来，那肯定不是什么简单的事情……”

“或许，有人知道那个心结是什么。”江牧的目光落在陆洋的身上。

一夜折腾，天已蒙蒙亮了，医院开始正常运转，四下里充斥着各种声响。

第二章
一念红尘

·有人说，学心理学的人都是半个疯子，而江牧不仅是疯子，更是个偏执狂。或许有一天她终将明白，他总有特定偏好，而她恰好在他的偏好范围内。

1

姜珞陷入了一场诡异的昏睡。

情况特殊，几乎全市的血液科、神经科专家汇集一堂。

“所有身体功能正常甚至面色红润，就是眼睛不睁开。更奇怪的是，她的脑内电波频率很高且波动大，完全不像睡梦中的人，倒像是一个正经历着喜怒哀乐的正常人。”

“这在目前的临床研究中简直史无前例，不如联系华尔森教授咨询看看？他在这方面比较有经验……”

“恐怕不行，我听说他最近正闭关研究课题，根本联系不上。”

……

专家们议论纷纷，但最终还是得不出一个答案。

除此之外，西洲医院还有个不同寻常的传闻——一向被当作行业标兵、工作楷模的林念恩最近很不在状态，不是开会迟到就是频频走神。

十一点刚过，食堂早已排起了长队，周围闹哄哄的，林念恩正耷拉着头排队。

“往前走。”沉沉的声音突然在耳边响起。

林念恩吓了一跳，转过头竟看到江牧。他扬了扬下巴，示意她跟上前面的队伍。

“抱歉。”她连忙往前走了两步，下意识地将头发往耳后捋了捋。

他今天戴了副复古圆边的眼镜，配着一身白衣，显得格外俊朗。这个人到底有多少眼镜？那日他摘了眼镜，老远就能看到陆洋去了对面的病房，可见并不是近视。可他不仅戴眼镜，还每天都不重样。

性欲强的……斯文败类？

这话好像是那些小姑娘说的。

“你简直跟丢了魂一样。”

话音刚落，不知从哪儿跑来两个孩子，在人群中嬉闹起来，林念恩正想避开，突然有人将她护到一侧。

“谢谢。”

江牧没说什么，打完饭和她面对面坐下。

“你看起来脸色很差。”他特意给她拿了一盒酸奶。

“最近睡眠不太好，白天精神就跟不上。”林念恩摸了摸脸，轻笑。手中的酸奶冰凉凉的，心中却是一暖。

“有所耳闻。”江牧垂头喝了一小口汤。

林念恩怔了怔，有些不知道如何接话。她忽然想到，或许自己可以向面前的人求助？毕竟他也是这一行的专家，可是自己该怎么开口呢？

她瞥了一眼他餐盘里的菜，随口问：“今天难得供应糖醋鱼，就在刚刚那个窗口。”

“没兴趣，又酸又甜，看着像躺在一摊混浊的血里。”江牧答得干脆。

“没人问你为什么。”林念恩讪讪地笑了笑，有点懊悔选错了话题。

江牧好像有所察觉一般，忽然抬头：“有什么需要我帮忙的？”他放下筷子，目光穿过薄薄的镜片，毫不避讳地迎向她，幽深而静谧。

林念恩竟莫名有些紧张，下意识地攥紧了手，但很快又像是下了某种决心，说：“怎么样才能在醒来后记得做过的梦？我做梦总是很快就忘了，最多记得一些片段。”

江牧想了想，说：“做梦通常发生在 REM（眼球快速运动）阶段，即由浅层睡眠进入深层睡眠。如果此时被惊醒，梦被打断，那么记忆就会在大脑里停留较长的时间。大多数人都会继续进入慢波睡眠阶段，海马体消极怠工，记忆流失。最简单的方法，是你梦醒时就仔细回忆。”

“原来如此。”林念恩怔了怔。她曾经和心理学的高才生接触过，印象都不太好。因为那些人都自视甚高，大多喜欢堆砌专业术语来昭显自己的才华。而江牧的这番话通俗易懂，语气自然得像是闲话家常。

他忽然抬手将眼镜取下来，又从口袋里拿出一块米色的手帕，细细擦拭。戴眼镜就是这样，总是需要清理它，随时随地。

真不明白一个不近视的人为什么那么喜欢戴眼镜呢？

“如果你不介意，或许我有办法能让你记起来。”他的眼睛忽然专注地看向她，墨黑的瞳仁清澈透亮，似能洞察一切。即便隔着一张桌子，她也能看到他乌黑而浓密的睫毛。

接下来发生的一切，她事后回想起来，仍觉得不可思议。

银色的勺子在骨节分明的十指间高速翻转，下一秒她仿佛置身一个三维空间，周围有嗡嗡嗡的响声，规律而有节奏。

渐渐地，她的眼前出现了多年前的敬亭山，悬崖边有三道身影在争吵，其中有两个是她认识的，正是陆洋和姜珞。另外一个是之前跟在他们身后，那个叫周璇的女孩。

不知三人说到什么，周璇突然激动地挥起手臂和姜珞纠缠在一起，陆洋跟在二人身后想要找机会上去制止。最后，不知怎的，周璇脚底一个打滑，整个人不受控制地从悬崖上滑落……

“怎么样，是不是想起了什么？”江牧的声音将她骤然拉回现实，她的心剧烈地跳动着，似乎要冲出胸膛。

“是和姜珞有关的梦吗？”他重新戴上眼镜，好像刚刚他只是完成了擦拭的动作而已。

林念恩没有贸然回答，但心中似乎有个答案呼之欲出，困扰她数日的问题在顷刻间有了线索。那些相似的场景、相似的人，其实都是指引她继续向前探寻的指向标，在那条路的尽头是真相，是姜珞困于梦境不愿意醒来的症结。

至于面前的这个男人，他应该知道些什么，但又想要从她口中得知更多。

“我其实并不太清楚……到底梦到了谁，我说过，我记不起来。”她下意识地避开江牧的视线。

“我也说过，你不适合撒谎。”江牧的声音原本就低沉有磁性，此时一字一顿，像是带着最极致的蛊惑，渗透在空气里，侵入呼吸和血液。而他的眼睛像一汪深潭，在无垠的潭底像是埋藏着数不尽的宝藏。

她好像突然明白他为什么喜欢戴眼镜了。

“我……”林念恩有些蒙。

“我听过一场很有趣的讲座。主讲人是专门研究加德满都的老学究，他说啊，在这个世界上，每当人犯错时都希望从头来过。但时间既不能停滞也不能倒退，唯一能做到的只有回忆。回忆本身没有行动力，梦恰好能弥补这一点，通过进入梦境达成未完的心愿，听上去实在很美妙。”

林念恩只觉得心猛然一沉，而后开始突突狂跳。背脊渗出一层细密的冷汗，她瞪大眼睛看着他。

“进入梦境通常都需要某种媒介。也许在这个世界上，真的存在能让人进入梦境的东西……你觉得呢？”江牧的语气越发低沉，这种声音十分吸引人的注意，就像一个不断转动的漩涡，将周遭的一切都缓缓吸了进去。

“真的吗？听上去有些不可思议。”林念恩讪讪地笑了笑，身子不由得往后缩了缩。

“据说你的临终关怀服务一直做得很好，我一直很好奇，你具体会做些什么？”

“我……”

他步步紧逼，她节节败退。

“也许，你的梦境就是姜珞心中无法释怀的心结，是她过去的记忆。”江牧下了结论，并冲她眨了眨眼，“这实在是个很有意思的推测。”

林念恩猛地从桌前站了起来，端起餐盘，尽量保证语音平稳：“的确有趣，江医生的想象力很好。不过我手头还有事要做，失陪。”

江牧看着她仓皇而逃的背影，怔了怔，唇边浮起一丝玩味的笑。

那天晚上，他原本应该下班回家的，不料却在经过病房时突然被一种感觉击中，莫名地停住了脚步。那种感觉熟悉又陌生，好像一团柔和的光不停地吸引着他向前，一步步将他带入了姜珞的病房，最后他看见了熟睡的林念恩以及她身边那个看似普通的红色笔记本。

那抹鲜红的颜色让他的心莫名地怦怦怦乱跳，这是一种前所未有的经历。

他觉得自己需要弄明白这其中的缘由。

林念恩几乎逃一般地离开了食堂，身后的那道视线灼热而摄人。

回到办公室后，她瘫坐在沙发上，眼前的那张报纸仍旧出现了无名尸骨的报道，上面写最近很多有失踪人口的家庭前去做鉴定，都是近十年在警局备过案的，但目前尚无人与那尸骨匹配。

她想，也许那具尸骨，就是周璇。

2

深夜。

林念恩带着笔记本去了姜珞的病房。

姜珞仍旧在沉睡，面色红润、呼吸均匀，但此时此景竟给人一种毛骨悚然的感觉。

夜色微凉，笔记本悄然翻动起来，哗哗的声响逐渐化成了眼前被风吹动的树枝。

……

2010 年 5 月 28 日，西洲，敬亭山。

同一天，仍旧是敬亭山，天色已晚。这一夜因为有难得一遇的流星雨，所有人都一股脑儿地涌去了观星台。

林念恩被人群挤到了最里面，没走一会儿，她突然看见两道熟悉的身影在树下说话，正是学生时代的姜珞和陆洋。

“你老实告诉我，是不是周璇她爸爸给了你什么好处，才让你答应搬走？你难道忘记我爸是因为什么死的了？如果不是因为她爸爸强行要我们搬离，我又怎么会和那些人起冲突？我爸又怎么会突发脑梗？”姜珞的声音有些尖锐，带着无尽的失望和悲痛。

“叔叔的死我也很难过，但是珞珞，没有用的，大家迟早都会搬走，只不过有人早一点看透就妥协了，有的人依然还在等待奇迹。其实换个角度想想，这个房子太老了，咱们去一个新小区生活不好吗？你明知道化工厂的兴建不是你我这样的普通人能够左右的，与其做无谓的抗争，还不如就此罢手……”陆洋企图说服姜珞，但似乎没什么用。

一直在旁边偷听的周璇走了过来：“说到底还是你自己没想明白，你们那片老城区本来就要拆迁，你爸老糊涂，你也不劝劝他，还是陆洋聪明，这世道就该这样，我和你这野蛮人没什么好说的。”

“我是野蛮人？那你爸爸是什么？你爸要建化工厂，你知道那对西洲的环境有多大的伤害吗？”

“能赚钱不就好咯，我管那些做什么？”说罢，周璇挽起陆洋的手臂，得意地朝她吐了吐舌头。

姜珞气得追上去，三人又争吵起来，不觉间离悬崖越来越近。

就在这时，远处的人群中突然爆发出惊呼声，原来有一颗流星从天际划过。紧接着，越来越多的流星出现在夜幕中。周璇顾着看流星，也没注意脚下的路，被石头绊了一下，脚一崴就顺着悬崖掉了下去。电光石火间，陆洋扑过去拽住她的手，姜珞也趴在崖口拽住她的另外一只手。

天空中，流星一颗颗划过。人群不受控制地向不同的方向涌去，此起彼伏的尖叫声已让人分不清是惊喜还是惊惧。

事情发生得太快，让人措手不及，周璇最终还是坠入了黑暗。

陆洋面色灰败地望着远处，而姜珞瘫坐在地上，哭着说：“对不起……对不起……”

……

林念恩满头大汗地在一张床上醒过来，刚刚的梦境清楚极了，他们说过的话、脸上的神情都清晰地在脑海中浮现。

她正处在一间备用的抢救室里，周围有很多仪器，她的手指上被安放了好几个感应夹。她看了一眼自己的心率，高得吓人。

宋晚推门进来：“念恩姐你醒啦？你刚刚晕倒了，可把我们吓坏了，现在感觉怎么样？”

“晕倒？哦……我还好，你知道的，我最近睡眠不好，可能有点头晕……”林念恩揉了揉眉心。

宋晚似懂非懂地点了点头：“那就好。哦对了，15号床的姜珞醒了，她想见你。”

“真的吗？我马上过去。”林念恩连忙从床上跳下来，鞋都没穿好就往姜珞的病房跑去。

等她到时，陆洋已经在病房里。他看上去憔悴了很多，胡子拉碴，整个人无精打采的。

“我以为我再也不会见你了，因为看到你，就会让我想到当初在警察询问时撒谎说没见过周璇的自己。”

“够了！够了！我说……够了。”陆洋忽地捂住耳朵，五官因为极度扭曲而皱成了一团。

姜珞并没有停止，她的表情淡淡的，甚至还扬起一抹浅笑：“你也觉得很痛苦对不对？我们隐瞒了那么多年，如果当时我们就说出真相，也许周璇的尸骨早就被找到了。”

当年他们都抓住了周璇的手，可周璇不停地挣扎，将他们往下拽，慢慢地，他们也快要掉下悬崖了。就在那一瞬间，姜珞想到自己被强行拆迁逼死的父亲，也不知是报复心理作祟，还是汗液让手打滑，她一下子松了手，可随即反应过来又去抓周璇，谁料……陆洋也同时松了手。

“你这个彻头彻尾的胆小鬼。”

陆洋怔怔地看着她，表情从惊恐到哀求，最后演变成愤怒。他冲上前抓住姜珞的肩膀：“是！我是胆小鬼！如果我不胆小，当时就被她拉下去了，今天找到的就是两具尸骨！可是姜珞你不要忘了，你也是间接害死她的凶手！”

“是，我们都做错了，所以我们才会变成现在这样。”姜珞闭起眼睛，眼泪簌簌地往下掉。

当时那样的情况，他们因为自卫而松手其实情有可原。只是他们不该因为害怕而对警察隐瞒真相。之后就是一步错，步步错。

“那你现在想怎么样？想说出实情吗？”

“我说出去的话，周璇那个有钱的父亲能饶过你吗？他们的科顿集团还能要你吗？你好不容易得来的职位岂不是化成了泡沫？你那个想要成为人上人的梦想不就夭折了？”姜珞挤出笑容，“陆洋，我不说，是因为我还念着以往的旧情。所以你醒醒吧，别再这样下去了，我知道你也不好受。”

原来她什么都知道……

陆洋瞪着她，像是无形中被一把利刃戳中。

当初他还鬼迷心窍，想要拔掉她的呼吸机一了百了，现在想想，自己简直蠢透了！

“我做了一个好长的梦，梦见自己回到过去，好像重新活了一遍。你知道吗？这一次我拉住了她的手，直到最后一刻。”姜珞忽地扯出一抹笑，“其实周璇并没有错，她喜欢你，给你最想要的东西，这都没有错。错的是我们，没有及早说出真相，愧于天地，深陷泥沼，越来越深。”死一般的静默里，姜珞冲他摆摆手，“陆洋，希望下辈子咱们都能做个好人。”

她将一条银质手链递给他：“我曾经很珍视这份礼物，但后来丢了。我找了很久都没找到，没想到那天在悬崖边我拉着她，她吊在半空中，我才发现这条手链竟然在她的手腕上。可是后来她的手滑下去，手链就断了，也成了我永远的罪证。现在它随你处置，你走吧。”

姜珞摆摆手，闭上眼，恍惚间好像又回到了过去。

那是一个盛夏，十几岁的她和陆洋坐在树下吃甜筒，不远处的楼房的墙壁上被画了一个醒目的“拆”字，鲜红而刺眼。

她问：“你说我们这里会不会以后也要被拆掉？”

陆洋笑着说：“就算以后真被拆掉，你去哪儿我就去哪儿，我们……永远都不分开。”

她舔了一口冰冰的奶油，又问：“真的不会分开吗？不管过多少年？”

陆洋摸摸她的发顶：“嗯，不管多少年。”说完，他趁她不注意，从口袋里摸出一条银质手链，低下头小心翼翼地替她戴在了手腕上。

“我要用这条手链拴着你，这样就不会把你弄丢了。我要一辈子带着你、陪着你。”

她抬起手，痴痴地看着手链：“这条手链一定很贵吧，你哪儿来的钱？”

陆洋目光闪烁，想了想说：“是……是我……打工赚的。”

“谢谢你，很漂亮，我以后天天都戴着。”她甜甜地笑起来。

陆洋挠了挠头，憨憨地笑了：“你喜欢就好。这东西贵是贵了点，不过以后等我能赚钱了，会买比这贵十倍、一百倍的手链给你。只要你喜欢的东西，哪怕是天上的星星，我也摘来给你。”

本是感人肺腑的一段告白，可她却“扑哧”一声笑了起来：“你可真傻啊！”

夏夜蝉鸣，月朗星稀。

她忘不了当时陆洋的眼睛，亮得像是坠入了星辉。

她也忘不了自己还没来得及说出的那句话。其实那时她根本不需要天上的星星，因为最亮的那一颗，始终就在她的身旁。

后来她终于明白，原来最傻的人自始至终都是她自己一个人。

3

姜珞走了，死亡日期正是 2018 年 1 月 18 日。

一直情绪激动的姜妈妈竟然没有哭闹，安静地为女儿换了一身漂亮的衣服。她不停地跟姜珞说话，有埋怨、有委屈、有开心也有悲伤。直到最后一刻，姜珞要被推走时，那个一直维持坚强的母亲突然仰头哀号了一声。

那声音像是用尽了浑身力气，在整个走廊上方久久盘旋。

在疾病面前，人类和医学都是渺小的。

周围的人都忍不住红了眼眶，除了林念恩。

裴梦尧一向乖张倔强，此时也是忍不住掉了两滴眼泪。她对宋晚说："念恩姐果然没有掉眼泪，真可怕。一开始我还不相信，总觉得像她这样看上去外表温婉的女人应该有一颗多愁善感的心，况且做社工本来就比其他人情感更丰富一点。没想到她当真如此绝情。我原本并不想做临终关怀，这种成日要面临死亡的工作，简直要让人压抑死了！"

"那你为什么还是选择了这份工作呢？"

裴梦尧想了想，突然笑嘻嘻地说："因为医院的工作听上去就高大上啊，临终关怀听上去也特别有那种……怎么说呢，灵异感，特别适合我回宿舍向她们吹牛用。"

宋晚戳了戳她的脑袋，愤愤道："你要是继续抱着这样的心态，念恩姐肯定会让你走人的，她最讨厌对工作不认真的人了。"

"宋晚姐姐，我说错话了。我刚刚啊，就是开个玩笑，你别当真。"裴梦尧吐了吐舌头。

"你还小，并不懂临终关怀的意义。以前念恩姐跟我说，死亡只是生命的另一种样子。现在人们总是觉得要对新生命注入百分之百的热情，比如满月宴、百日宴、周岁宴，只不过是一个懵懂的婴儿，就搞得花样百出。可对死去的人呢，大家又总是在人死之后才大肆操办，可那个时候为时已晚。其实对姜珞而言，这段旅程结束了，她就可以开始全新的一段。只是可怜她的母亲，要独自一人生活下去。"

裴梦尧似懂非懂地点了点头："你说的也是。其实今天还有一个母亲也很伤心。你知道吗？那具在敬亭山下发现的无名白骨终于有了身份，她竟然是科顿集团董事长周振的独生女周璇，听说是八年前去看流星雨时意外丧生的。"

这样的英年早逝，确实令人唏嘘。

殡仪馆的车开来后，林念恩的工作彻底结束。

江牧正站在她身边，他今天穿了一件浅蓝色的衬衫，和白色放在一起，竟让人想到圣托里尼的岛屿风光。

“其实八年前我也去过敬亭山，那晚的流星雨的确令人难忘。”

林念恩猛然想起那个梦，她的心怦怦直跳，一时间有很多问题想问他，可是话到嘴边，她又有所顾忌，最后只得说：“原来江医生喜欢这么浪漫的东西。”

江牧不以为然：“我高中时加入过天文社，宇宙本来就令人神往。你该不会以为我是去许愿的吧？”

林念恩一时语塞。气闷之余她又觉得不可思议，自己会在梦中遇到江牧……难道只是巧合？

“许愿怎么了，有愿望有梦想，才能激励自己奋斗啊。”她回过头礼貌地笑了笑，眼中透着几分不服气。

江牧从镜片下瞥了她一眼：“这么重的黑眼圈，昨晚奋斗的缘故？”

林念恩讪笑着垂下眼：“我一向认真。”

“挺好，那看来我也要努力了。”江牧与她告别，手插在口袋里，潇洒离去，经过时带起一阵清爽的风，有淡淡的、好闻的气味。

林念恩看着他的背影，心里闷闷的。

其实昨晚她被噩梦侵扰，一整宿都没睡好。

梦里是她已故的父亲，他站在办公室的窗边，深夜的狂风卷起窗帘，几乎要将他的身体击垮。他的脸色惨白如石灰，整个人摇摇欲坠。

年幼的她战战兢兢地在一旁，她的父亲忽然紧紧地抓住她的肩膀：“爸爸对不起你们！爸爸也是没有办法，太痛苦了……太痛苦了！只有死了才能让我得到解脱，只有死了才能让我得到解脱……”

……

一想起梦中父亲歇斯底里的吼叫和他狰狞的面孔，林念恩就觉得脊背一阵发凉。

十五年前，她和往常一样去上课，谁知中途班主任突然将她叫出去，神色慌张。班主任只告诉她家里出了事，让她赶紧回去一趟。她当时并没有多想，进家门的时候，看到客厅里围了很多人，母亲的眼泪像是已经流干了，整个人木然地坐在沙发上，脸上什么表情都没有。

房间里站了很多父亲以前的同事，大家都用一种同情和怜悯的目光看着她。

他们说，爸爸因为意外事故不小心坠了楼，当场不治身亡。

这么多年过去，她和母亲都走出了那段痛苦和绝望的时光。

可是为什么她会突然做这样一个梦？印象中，父亲总是那么和蔼风趣，她甚至没有见他大声说过话。梦中父亲那双布满血丝的眼睛像是藏了很多话，可惜再也无法说与她听。

或许是这段时间，她因为姜珞的案子费了不少心力，脑袋里一直有根筋紧绷着，她需要好好放松一下。

4

周璇是和姜珞在同一天火化的，设下的灵堂恰好相邻，陆洋没到场，谁也没送。不过后来听说他从科顿集团离开了。

姜珞的个案告一段落，林念恩按照工作流程，继续与姜珞的母亲保持联系。虽然对方一时间难以走出丧女的悲痛，但在林念恩的疏导下，她也明白女儿被病痛折磨的痛苦，离开对女儿来说是一种解脱。如此，她也渐渐接受了女儿的离开。

机缘巧合下，林念恩突然得知除了她以外，还有一个人经常去看望姜珞的母亲，是陆洋。

红色的笔记本上，那行死亡日期逐渐消失，连带着姜珞这一生的爱与恨都一并封藏。

只是林念恩还没弄明白，为什么会在梦里遇见江牧，他的出现真的只是巧合吗？她觉得手中的这个笔记本好像突然间变得不一样了。冥冥中，仿佛有一股强大的生命力正在苏醒，而这一切……似乎都源于一个人的出现。

社工部。

从日本回来的蔡丽文主任主持了新一周的例会，林念恩简明扼要地对姜珞的个案进行小结与汇报。

谁知会后蔡丽文突然问她：“这次协助你处理个案的是那个被全院传疯了的冷面帅哥？”这位年过四十的女士时刻保持着少女心，或许正是因为有她，整个社工部才会如此其乐融融。

宋晚故作遗憾地说：“可惜人家今天刚好不在医院，听说被江东元教授叫去了科研所。”

“那真是太遗憾了。”蔡丽文默默抹泪。

见她们眉飞色舞地启动八卦模式，林念恩无奈地摇摇头，抱着文件夹走出了会议室。她在自己的办公桌前坐下，突然被一瓶牛奶吸引了视线。

早上她去重症查房，路过江牧的办公室，碰巧撞见一个小护士将一瓶热牛奶放在了他的桌子上，之后脸颊绯红地跑走了。或许是跑得太急，那牛奶上粘着的字条被吹到了地上。

她踌躇片刻，最终还是过去将字条捡起来，眼神下意识地扫过上面的内容。

“你的嘴唇像牛奶一样温暖和柔软。”

如此露骨的情话让林念恩起了一身鸡皮疙瘩。现在的小女孩都这么直接了？难道是她老了？她不禁缩了缩脖子，默默将字条放回了原处。

谁知她一转身，竟看到江牧斜靠在门边，单手插在衣兜里，眉目幽沉。他今天戴着一副厚重的黑框眼镜，看上去竟有点像拿着放大镜的老学究。

他的目光从她的脸上一晃而过，最后落在了那瓶牛奶上。

林念恩大脑当机了两秒，然后条件反射地开始撇清关系：“不是我的，只是刚好看见有东西掉下来了，就帮你捡起来。”

江牧轻轻“嗯”了一声：“挺巧。”

说完，他走过来，抽走她手里的字条，扫了一眼。

林念恩搓了搓手：“现在的小女孩文采都这么好，哈哈……”

“哦，那你是认同这个比喻了？”

说认同……不对。

说不认同……也不对。

林念恩见他嘴角噙着笑，摆明了就是在逗她。这样的眼镜配上这样的神情，简直就是斯文败类的最佳体现。

“我突然想起有点急事，回见。”她现在只想赶紧离开这个是非之地。

江牧随即将手里的东西揉成一团扔进纸篓里。

林念恩一怔：“你……你就这样？”

“不然怎样？留着做念想？还是说到处留情？”他拎起牛奶推到她怀里，“我不喜欢拖泥带水，牛奶你喝了吧。”

玻璃瓶还有余热，暖洋洋的。

在那之后，林念恩莫名其妙被塞了很多东西，小到爱心盒饭，大到演唱会门票，各式各样的礼物都有。一开始她是拒绝的，可拒绝之后礼物还是会继续出现。慢慢地，她也习以为常了。

其实林念恩经常听到办公室里的那些女孩议论江牧，说他会依照心情选择眼镜，这是充分基于归纳研究得出的结论。

譬如，他戴金丝圆边眼镜时，心情应该很好，别人和他打招呼，他都会微笑颔首。

又譬如，他戴透明无框眼镜时，冷漠得像是三九天里的寒冰，基本都惜字如金，走路速度也比平常快。

再譬如，他戴复古黑框眼镜时，很难看到他笑，但也不会太高冷，只是说话的样子很严肃，喜欢皱着眉头。

但总体而言，他对女孩都格外礼貌，看似很好接近，其实无形中早已设下界限，一旦逾越便会使人恍然大悟，原来他的温柔都是假象。

他就像莹白的月光，本以为和阳光一样热情温暖，实则他仅仅只是对太阳光的反射，越是靠近，越会察觉到耀目背后的冰冷。

可那些女孩又说，江牧对她是不一样的。可具体是怎么个不一样？无人能解答，连林念恩自己都想不明白。

有人说，学心理学的人都是半个疯子，而江牧不仅是疯子，更是个偏执狂。

或许有一天她终将明白，他总有特定偏好，而她恰好在他的偏好范围内。

第三章
迷雾白城

·很多时候我们都无法改变过去发生的事情，只能改变它们对我们的影响。

1

刚立春，西洲医院便开始组建派往白城的全科医疗队。

说起白城，它原本只是板块交界处的一片荒漠，后来气候异常，季风发生角度偏转，被风带来的种子在此生根发芽。一些漂泊无定所的人在这里定居下来，年复一年，过着与世无争的生活。

有人说，白城是个世外桃源，这里的人还过着男耕女织的自然生活，没有互联网更没有高科技。

也有人说，白城是个晦涩阴暗之地，有巫蛊和食人怪，外人不可随意靠近。

三个月前，瘟疫在白城爆发。自那之后，卫生部门要求周边的医院定期派驻医疗队伍前往白城进行健康检查，以防止传染病的传播。文件一下，各家医院相互推脱，最终推来推去竟推到了西洲医院的头上。

院长因为身体原因，很多事情都交由赵副院长去做。

大家都说这个活儿是块烫手山芋，可赵泽远非但没有难过，反而认为这是一个宣传医院的绝好机会。

年永春被任命为组长，他在周一的全院会议中以之前情绪激动的姜妈妈为例，给予医务社工极高的肯定。他主动提出让社工部也派两名有经验的工作人员随队前去。

蔡丽文既兴奋又感慨，说话时声音都在抖："我们一定会好好做的。"

一回办公室，她就激动地握住林念恩的手说："这次去白城，你代表的是整个医务社工行业。我向赵院长推荐过了，这次就派你和宋晚过去！"

"听说白城是个很闭塞的村落,鲜与外界通信。而且这地方处于板块交界处，地壳很不稳定。还好我不用去这个鬼地方，听上去就可怕。"裴梦尧从电脑前抬起头，不由得打了个寒战。

"本来我还以为自己能够去那边是天大的福分，可听你这么说，又有点心慌慌。现在真怕那边网不好，该不会是要体验古代人的生活吧？"宋晚撇撇嘴，长叹一口气。

裴梦尧幸灾乐祸地笑起来。

林念恩瞪了她一眼，安慰宋晚："虽然大家都说那是蛮荒之地，但用咱们的优势视角想想，那边的空气应该很好，至少不用整天戴口罩，呼吸净化之后的空气了。"

"好吧，也只能这样想了。"宋晚耸了耸肩。

坐在电脑前的裴梦尧伸了个长长的懒腰："对了对了，周五信息科那边有个小活动。可以去免费蹭吃蹭喝，顺带能够结交新朋友，怎么样？我给你们一起报个名？"

"有帅哥吗？"宋晚顿时来了兴致。

"信息科那几个人，我都见过，实在难以有期待。不过啊，听说新来了一批实习生，小鲜肉加分！"

宋晚连忙举起手："报名！报名！是不是帅哥，去看看就知道了。反正有吃有喝，不亏的。"

一旁的林念恩则显得格外淡然："祝你们玩得开心，我这种老年人还是更喜欢在家睡觉。"

"难得放一天假，在家睡觉多无趣啊……"宋晚撇了撇嘴，不以为然。

裴梦尧连忙说："多参加这种活动能够抗衰老，机会难得，走过路过不要错过！"

"就是就是，去嘛去嘛……"宋晚发起撒娇攻势，拽着林念恩的胳膊左摇右晃。

"那好吧，我去做个观众好了。"林念恩想到前阵子从未停歇的忙碌生活，突然萌生出一种冲动。或许她确实应该多参加活动，就当放纵一把。

可不久之后，她就明白了什么叫追悔莫及。

周五晚上，大伙一起吃完饭便走流程似的去了 KTV。所有人都兴致勃勃，唯有林念恩坐在沙发上发呆。别人唱完歌，再难听她都配合地鼓掌，她觉得自己这个观众当得很称职。

有人点了当红女歌手阿哲的歌，林念恩听着听着，脑海中就突然飘过赵天佑英俊的面孔，以及他说过的话——

“念恩，以后我不在的时候，不允许你喝酒。”

其实过了这么多年，她觉得自己已经快把他忘了，可是一处在这种喧闹的场景里，酒精涌上来，她的脑袋里就止不住地浮现一些往事。所以，她才格外排斥这种活动。

想到此时可能因为她晚归而在家里闹腾的卢卡，她又一阵失笑。

卢卡是一只短腿柯基，它是赵天佑在三年前送她的，两人分手后，她一直将它养着。

还记得对方送她小狗的那天，是飘着雪的年末。

南方的冬天阴冷到了骨子里，可赵天佑偏偏能够等在楼下整整两个小时。他冻得鼻尖通红，手不知搓了多少回，但仍将幼小的卢卡塞在毛衣里，最靠近心脏的位置。

“对不起……对不起……我一下子给忘了时间，你是不是冻坏了？”当时刚上大学的林念恩还留着学生气的齐肩短发，细碎的刘海下是一双像小鹿一样灵动的眼睛。

她的眼里满满的都是心疼和后悔。

“没等多久，就……就一会儿。”赵天佑察觉到自己的舌头有些僵硬。

女生扑哧一声笑了出来。

他一个警告的眼神扫过去，她便努力憋住笑，但伪装能力太差，五官都簇在一起，看上去格外滑稽。

“没良心。”赵天佑佯装生气地偏过头。谁知下一秒，女生朝着手心用力呵了一口气，然后飞快地搓热手心，一把捧住了他的脸摆正，强迫他看着她的眼睛。

“下次不准这么傻了，知道吗？”林念恩的声音甜丝丝的，带着少女独有的温柔。

赵天佑先是呆怔几秒，而后猛地将她拉入自己的怀抱，嘴角微微抿起：“我知道。”

“汪——”

许是小狗遭到挤压后发出了抗议，林念恩“哎呀”了一声，只觉左脸颊上有什么湿热的感觉传来。她低眉一看，竟是圆滚滚的一双眼睛正直勾勾地看着她，让她的心都跟着化了。

“生日礼物。”赵天佑的声音沉沉的，胸膛发出微微的震动。

“哦……原来是你啊。真是个坏东西，占了我家天佑的便宜不说，还来占我的便宜！”她从赵天佑的怀抱里钻出来，小心地将狗狗捉出来捧在怀里，目色温婉。

蓦地，她的右脸也袭来一片冰凉，耳畔传来男生低沉的嗓音。

“这样才公平。”

林念恩不敢置信地抬头看他，只见男生抿着嘴角，脸颊不知是冻的还是害羞，透着浅浅的粉色。有晶莹的雪花落在她的眼角眉梢，还有他高挺的鼻尖上。

呸！那些浪漫的场景此时想起来都令人反胃。

那时候有个肤白貌美的系花，名叫徐哲哲。她曾笑着问赵天佑：“这么好看的女孩得什么样的男生才能配得上？听说她有男友了，也不知道是什么样的。”

赵天佑对这个话题兴致寥寥，只随意说了个“哦”字。

结果没过两天，在同学的订婚宴上，她亲眼看到系花搂着赵天佑毫不扭捏地献上深吻。

那大概是她此生最难堪的时刻之一。

此时屏幕上这个美得犯罪的女孩，可不就是那个徐哲哲？谁也没想到，系花不仅人长得美，还有一把好嗓子，还没毕业就被经纪公司相中，从此一炮而红。

三年来赵天佑杳无音讯，林念恩每每看到徐哲哲有绯闻，第一时间就会想到他，简直阴魂不散。

这样想着，她心底一阵烦闷，不自觉地就把手伸向了被摆成三角形的啤酒瓶堆。

之后便一发不可收拾。

毫无意识的状态持续到第二天下午。她最后的记忆停在江牧拎着一袋零食饮料推门进来，后面发生了什么，她忘得一干二净。

卢卡一边狂吠一边咬她的脚。她这才爬起来收拾第二天的行李，顺带把卢卡送到了宠物店寄养。

晚上她试探着向同事打听昨晚自己酒醉后的事，结果那几个喝得比她还多，一齐断了片。

后来她也懒得再多问，直接挂了电话。

2

第二天大家在机场集合时，林念恩没有想到江牧也在其列。

宋晚兴奋地在她耳旁说：“听说上次白城闹过瘟疫后，很多村民都有了神经衰弱的后遗症。赵院长特意从心理科调了个医生随行，哪知道那医生突然家中有事，所以临时换成了江医生，这简直是个大福利！”

林念恩的心蓦地漏跳了一拍，没接话。

或许是意识到她们的目光，江牧原本在和同事说话，突然间目光落在林念恩的脸上。但如同蜻蜓点水般，很快又转开了。

林念恩心中闪过一丝异样，并没有多想。

在前往白城的专机上，邻座的方瑞君慢悠悠地取出一粒维C放到嘴里，然后将盒子递到林念恩面前：“来一粒？女孩子可离不了它。”

方瑞君是妇产科的主任，也是这次外派白城的随行人员之一。林念恩因为工作原因平时和他们来往密切，但上司蔡丽文十分厌恶方瑞君，不管是全院会议还是大型活动，两人都是能隔多远就隔多远，所以林念恩也鲜和方瑞君有直接对话的时候。

“谢谢方主任。”她用掌心接过来，“每天都吃吗？还是您会保养。”

方瑞君笑笑：“每天都吃。你现在还年轻，等到了我这个年纪就知道很多保养都是从点滴小事做起的。”她顿了顿，突然问她，“说起来，前天晚上江医生亲自送你回家，你和他很熟吗？”

林念恩吓了一跳，半天没反应过来。

“我……我那天喝多了，完全不清楚到底发生了什么……”她下意识地看了一眼右前方靠窗坐着的江牧，心突突直跳。

方瑞君笑了笑：“你那晚确实醉得不省人事，本来啊，院里有的是单身汉自告奋勇要送你，谁知被江医生抢了先。我还在纳闷，都说江牧对女孩子毫无兴趣，怎么突然间主动起来？”

“您别多心，其实我和江医生主要是因为之前有个案子合作过一段时间，并没有什么其他的……”林念恩讪讪地笑了笑，心中已是翻江倒海。

这酒果然不是好东西，难怪过去某人一直强烈反对她在外面喝酒。不得不承认，自己的酒品实在差得惊人。只是这江牧竟会主动将她送回家，那么一路上她说不定对着他大发酒疯。

如此想象一番，她忍不住全身打了个颤。

江牧对这件事绝口不提，反倒令人生疑。她捶了捶脑袋，但仍旧什么也想不起来。

“你别紧张，我就是随口一说。”方瑞君见她一脸凝重，笑了笑，低头看杂志去了。

另一边的宋晚嘟囔着翻了个身，又沉沉睡去。林念恩想着，以宋晚八卦的性格肯定不知道这件事，要不然早就来“兴师问罪”了。听说那晚很多人都玩high了，场面肯定很混乱，也许知道这件事的人不多。

她在心里安慰自己。

飞机在一片无人区降落。

林念恩辗转了一路，心想可以趁着向江牧道谢探一探他的口风。她连忙掏出手机编辑了一条短信发过去，内容是：“我这人一喝酒就容易断片，刚刚才知道前天是你送我回的家……非常感谢，给你添麻烦了。另外，我家卢卡没有咬你吧？它对生人总是很凶。”

信息刚发送成功，手机便进入无信号状态。林念恩盯着屏幕，顿时有些哭笑不得。

“这么着急，给谁发短信呢？”宋晚连忙将脑袋凑过来，睡了一路的她精神抖擞，满脸都写着亢奋。

“没信号呢……”林念恩将手机利落地塞回包里，指了指远处，“有人来了。”

来人是一位年轻的女孩，名叫叶霜。她的皮肤很黑，有一双让人过目不忘的丹凤眼。她年纪虽轻，接人待物却格外老练，一张脸不苟言笑。

之前就是她负责代表白城与西洲医院联络。

年永春笑着感叹：“你们这儿空气太好，我来了都不想走了。”

“如果你们个个都留在这儿，还不弄得乌烟瘴气的。”叶霜的一句话霎时让空气中多了几分尴尬。

年永春倒也不在意，但其他人都忍不住在心里犯嘀咕，互相交换眼色。

叶霜将他们带到了海边，映入眼帘的是湛蓝的天空和洁白的云朵，优美的海岸线包裹着那片汹涌着的深蓝。

宋晚看到江牧和自己上了同一艘船,忍不住对一旁的林念恩一阵挤眉弄眼。

但林念恩此时根本顾不得这些，她浑身紧绷地站在船只的最中间，眼睛死死地看着脚下，不停地做深呼吸。她小时候差点在海里丢了性命，在那之后的很多年，她都害怕靠近水。

船只缓缓推进，开阔的视野中突然升起了薄薄的一层雾。不远处有几个硕大的风车，葱茏的树影若隐若现。

不知怎的，船底突然碰了礁石，带起一阵剧烈的晃动。林念恩本来就紧张，此时下意识地拉住身旁的人，面色苍白。

“怕水？”

江牧的声音在她耳畔响起，沉沉的声音顿时让她心安。

远处响起了号角声，穿过雾气，眼前骤然出现一处秀美的小村庄。船上的其他人都兴奋地抻长脖子去看风景，没人注意到林念恩抓着江牧的那只手，也没人听到他们不咸不淡的对话。

“抱歉，我小时候对水有不好的记忆，所以……”林念恩慌忙松开手，但因为刚刚用力过猛，硬生生在江牧的袖口上留下一道褶印。

江牧并没在意，闻言挑了挑眉：“特定恐惧症，临床很常见。”

他顿了顿，将声音压下来：“白天我的班很满，你晚上来找我。”

本来船上位置就不大，刚刚因为那阵颠簸，她抓着他的胳膊就靠了过去。现在他一低头，温热的鼻息似乎就在她耳畔，偏偏他最后的那句话，听着竟有些暧昧。

这一紧张，刚刚的不适感顿时散去不少。

她讪笑着往后挪了一小步：“谢谢江医生给我走后门。”

宋晚不知从哪儿冒了出来：“什么后门？我也要！”

“怎么哪儿都有你……”林念恩用胳膊肘捣了宋晚一下，根本不敢再去看江牧的表情。她此刻真希望船能快点到岸。

十分钟后，船只缓缓停靠。

宽阔的青石板路仿佛延伸到天的那一头，四处都是一派祥和。令所有人诧异的是，这里竟然有小型的风能发电站和大片的太阳能集热板。

下船时，林念恩忽然听到有人指着江牧的袖子说了什么。

然后某人只说了四个字：“小猫挠的。”

她脚下差点踉跄了一步。

叶霜将他们带到一所废弃的学校里。周围有杂物堆积，临时被改造的集体宿舍是大通铺，顿时有人开始抱怨环境差。叶霜耳朵尖，立刻就沉下脸说：“这儿穷乡僻壤，可比不得你们金窝银窝。”说完，板着脸扭头就走。

方瑞君看着她的背影，不由得叹了一口气：“可算走了。现在这些小姑娘的脾气，可比我这上了年纪的中年女人大多了。我参加了这么多次医疗服务队，头一回遇到态度这么差的。”

同行的其他医生说道：“我听说这个叶霜是资深志愿者，别看她年纪小，其实已经在白城待了好几年。她以前也去过非洲和中东做志愿者，是个很厉害的女孩。”

宋晚连连赞叹：“真厉害……这样看来，她也是个热心肠的人，和咱们的工作倒是有相像的地方。”

“咱们初来乍到，凡事不用太较真。那叶霜应该和我们不熟悉，所以还没信任。时间长了，应该会好一些。”林念恩如是说。

“希望如此。”方瑞君苦笑。

全世界的医生都一样，不能接受脏乱差的环境。一伙人开始里里外外地清扫，简单吃了午饭后就按照之前的分组入村给村民体检去了。林念恩和江牧分别待在两组，林念恩竟然有种松了口气的感觉。

一想到那晚自己醉酒的样子落在了江牧眼中，她就忍不住一阵心虚发慌。

白城没有高楼大厦，都是独栋的平房院落。听说是因为地壳不稳，为了方便地震逃生设计的。

一伙人挨家挨户地跑，医生给村民做检查，林念恩就和这家的其他人闲聊，或者跟着去田间干活的人主动搭话。

回来时，她路过一棵老槐树。树下有人在下棋，旁边站着几个围观的人。

“你们这儿的风能和太阳能看上去还真挺不错的，是你们自己弄的吗？”

旁边观棋的人答：“这都多亏了顾先生。”

林念恩对他们口中的“顾先生”格外好奇，她笑着问：“您说的这位‘顾先生’到底是什么人啊？我去哪儿能见到他？”

正在下棋的老大爷捋了捋胡子：“他可是个有学问的人，只是他现在生病了，住在山上，也很少到村里来。”

“病得严重吗？如果他不方便来我们的医疗站，我们可以上门服务的。”林念恩拿出本子，“具体地址您和我说一下……”

“这个恐怕不行，顾先生不喜欢生人打搅他。”

“将军！”另一位大爷得意地收走那枚“将”，而后叹了口气，“这位顾先生也是个可怜人，他的妻儿意外丧生，一时想不开跳了海。后来被我们村的人误打误撞地救回来，这才捡回一条命。这人啊，一旦在鬼门关绕了一圈，什么想不开的事都能想明白了。”

“听上去挺让人难过的。那这么说，顾先生不是本地人，他原先是住在哪里的呢？”

赢了棋的大爷摇摇头：“这个我们也不清楚。”

一盘棋下完，大家也都散了。林念恩心中觉得奇怪，对那位“顾先生”更多了几分好奇。回程的路上，她太专注于想事情，忘了看路，一不留神竟误入一条无人小径。四处有茂密的丛林，不远处隐约露出房子的一角。

天色渐晚，光线逐渐微弱。她本想掏出手机照明，接连两声新消息的提示音在这时响了起来，她的心猛地一颤。

突然，她的胳膊被一股力道拉向一边，一股熟悉的味道将她团团笼住。她小时候学过防身术，此时几乎条件反射地顺势抓住对方的手，本想反扭过去，对方反应比她更快，径直将她压向一旁的石壁。

“是我。”沉沉的两个字在耳畔响起。

林念恩仰头一看，这才发现是江牧。他身上的黑色夹克贴着她的手腕，凉丝丝的，一双隽黑的眼睛透过镜片盯着她，微微有些反光。

而在她刚刚站的位置，再向前一步竟是一个深坑。掉进去虽不致死，但也不会让人好受。

“乱跑还不看路。”他眉头皱了皱。

“谢谢你啊……我一不小心走错了路。”林念恩有些不好意思。

“看得出来。”

“那……你怎么也在这儿？”

江牧露出一抹冷飕飕的笑容：“想看看你什么时候能发现走错了。”

“早不提醒我……”林念恩忍不住在心里翻了个白眼。

“刚刚看到你的短信，不过道谢这种事还是当面说比较有诚意。”

暮色四合，林念恩看向他，酝酿了一下，而后突然弯起一抹灿烂的笑容：“谢谢江医生前天送我回家，我感激不尽。”

江牧用中指扶了扶镜框：“你以后最好别在外面喝酒。”

林念恩怔了怔，只觉他话里有话。

“你看起来弱不禁风的，没想到还挺重，我为了抱你，到现在手臂都还很酸。”江牧说罢，还煞有介事地甩了甩胳膊。

酸？那笑意纵使隔着镜片都足以让她无地自容。林念恩不由自主地低下头，耳根不禁泛起一抹红晕。

短暂的沉默后，她攥紧了手，故作镇定道：“我不喜欢欠人情，回去了请你吃饭。”

“吃饭道谢大概是上个世纪的事，你要怎么谢我……等我想好了再告诉你。”江牧露出满意的笑容。

“故弄玄虚……”林念恩干笑了两声，不想再继续这个话题，转而指着不远处的房子，“那里面也有住人吗？不知道有没有列入要接受体检的名单里。”

江牧扫了一眼：“看上去像是没人住，回头和主任说一下。不过，现在到了饭点，不要让别人等我们。”

“那好吧。”林念恩点点头，乖乖跟着江牧走了。

夕阳的余晖透过云层，整个白城都被染成了橘色。返程的路上，林念恩主动分享下午得到的信息，她的整张脸都被映得红彤彤的，嘴巴张张合合。

江牧瞥了一眼，从侧面的角度看过去，她的眉目细腻，鼻尖挺翘，嘴角含笑。

不知怎的，像是想到了什么，他倏地移开视线。

一长一短的影子映在石板路上，林念恩说着说着，见江牧一路沉默，她觉得自己有点自讨没趣，下意识翻了翻刚刚还没来得及看的信息。她点进去，发现是裴梦尧发来的。

第一条是一幅图，像素略渣。暧昧不明的光线里，披着头发的女人正将一个男人抵在墙壁上，踮着脚，几乎整个人贴了上去。

第二条是一句话：“念恩姐，你和江医生……什么情况！！！”

林念恩脚步一顿，突然体会到晴天霹雳的感觉。

“怎么了？”江牧停下脚步，侧头看过来。

“没……没什么……”林念恩有些心虚，“一个有趣的图片罢了，哈哈！”她干笑了两声。

江牧眉毛一扬，倾身凑过去：“独乐乐不如众乐乐？”

林念恩顿时将手机藏到了身后，口不择言道：“私……私房图，非礼勿视。”

“哦……”尾音拖得极长，江牧笑着摆摆手，“那就不看了吧。”他没再说什么，转头走了。剩下林念恩长吁一口气，心想还好自己反应够快，不然若是给他看到这张图片还不知道要尴尬成什么样子。

回去的路上，她望着前面挺拔的背影，开始努力回想那天晚上发生的事情，可越想越觉得大脑里一片空白。她怎么也无法相信，自己酒后乱性已经到了非礼男同事的地步。江牧对此只字不提也许只是希望息事宁人，装作什么都没发生。但是以她对他的了解，这种可能性实在太小，说不定他正在心底盘算着如何算这笔账。

这样一想，她顿时更觉懊恼和沮丧。一时间也不知道该怎么回复，干脆装作没看到，直接将手机关了。

3

宋晚刚摆好碗筷，就看到江牧大步流星地走过来，他身后跟着面色极差的林念恩。这场景顿时燃起了她的八卦之魂，她连忙打趣道：“哎，我们在这里饿得前胸贴后背的，你们俩到现在才回来，快给我们个交代。”

不等江牧回答，林念恩连忙抢着说：“我们是在路口遇到的。”

江牧不置可否，笑着进了房间。

宋晚对着林念恩一阵挤眉弄眼，悄悄说：“干吗此地无银三百两……”

林念恩瞪了她一眼，恨不能堵上她的嘴。

不知是谁说了句：“方主任好像还没回来？”

话音刚落，外面便传来喧闹声。大家还没反应过来，只见一个女人追着方瑞君跑进了院子。他们身后也跟来了不少村民，但没有一个人敢上前。不仅是因为那女人手里拿着刀，更是因为她怀着孩子。

方瑞君连连后退："你现在怀着孩子，要冷静一点……"

"孩子？我的孩子死了……如果不是你故意刺激我，我的孩子不会死的！我要杀了你，给我的孩子偿命！"那女人神色凄厉，举着刀便往前冲。

林念恩眼疾手快地将方瑞君拉到一边，一时间，四下充斥着尖叫声和哭喊声。

"张姐！"临时赶到的叶霜对着那女人大叫了一声，空气骤然间沉寂下来。

那女人怔了怔，回过头看着她，突然眼眶一红："小霜，我的孩子死了啊！"她这一哭，像是陷入了巨大的悲恸中。

"我知道，我知道你心里难受。你先把刀给我，当心伤了自己……"叶霜一边安慰她，一边试图去拿她手上的刀。

围观的人大气都不敢出，只目不转睛地看着他们。

眼看刀就要被叶霜拿到手上，那女人却将手向后一缩，原本毫无焦距的眼睛突然睁大："你是谁？是你说那些话来刺激我，所以我的孩子才没有的！你是刽子手！我要为我的孩子报仇！"

叶霜并没料到那把刀会突然刺向自己，一时间没来得及避开。电光石火间，胳膊上传来一股不小的力道，她听到刀落下时带起一阵风，鼻翼间袭来一股医生身上特有的消毒水味。

"年主任！"

宋晚尖叫出声，只见年永春的胳膊上已渗出鲜红的血，顺着白大褂流出来，看上去触目惊心。

"这是哪家的孩子？一直在哭，怎么哄都哄不好，谁那么不负责任把孩子丢在这儿？"

从房间里从容走出来的江牧顿时成为焦点。他嗓音本就低沉，此时刻意放慢了语速，空气仿佛都跟着静止了一秒。

那女人被他怀里抱着的一个玩具娃娃吸引了视线。其实这个娃娃是儿科医生带来哄孩子打针的玩具，没想到这个时候竟派上了用场。

"孩子？是我的孩子！"那女人双眼有些发直，拿着刀朝江牧走了过去。

大家都不禁为他捏了一把汗。而让所有人都震惊的是，那女人像是害怕刀伤了"孩子"，小心翼翼地将手里的刀放到地上，然后慈爱地将"孩子"从江牧手里抱了过来。

就在这时，江牧快速地在对方眼前打了个响指。

林念恩发现此时的江牧没戴眼镜，他的目光紧紧锁定那个女人。

“你也太粗心了，怎么能把孩子一个人丢在那儿？”

“对不起，刚刚……刚刚我在忙……一转头，她就不见了！”

“你看她哭得多可怜。天已经这么黑了，快抱孩子去睡吧。”他的声音仍旧低沉沉的，像是带着最极致的蛊惑，但又像是无形中在发出指令。

那女人抬起头看了江牧一眼，目光已有些涣散，她喃喃自语：“宝宝乖，妈妈陪你去睡觉觉……”她一边说着一边抱着“孩子”往外走。

空气像是静止一般，四处都静悄悄的。

“谁是她的家属？”江牧问。

一个年纪稍大些的女人连忙说：“我是她婆婆。”

江牧交代：“她自己会抱着‘孩子’去睡觉的，你们切记不要刺激她，就远远地跟着。”

“好……”那妇人似懂非懂，像是仍处于震惊中，但还是依言照做。

一场闹剧总算告一段落，随行的护士连忙上来为年永春包扎。

叶霜本是一副冷冷的样子，但看到年永春胳膊上的伤口时，语气顿时软了下来：“刚才的事，谢谢……”

年永春乐呵呵地说：“我也有个女儿，如果现在还在我身边，估计也和你一般大了。你们年轻女孩可不能随便留疤，到时候好看的衣服都穿不了。我反正是个老头，一点皮肉伤不碍事。”

他刚说完，便痛得倒吸一口冷气，顿时有点不好意思，连忙责怪护士：“你这下手也不知道轻重……”

“扑哧——”叶霜忍不住笑出了声，但很快又板着脸，没再说什么。

旁边惊魂未定的方瑞君问叶霜：“那个孕妇究竟是什么情况？她怎么饭吃得好好的，会突然拿起碗砸人？她平常也这样吗？还有，她的孩子死了……是什么情况？”

叶霜想了想，说：“是这样的，这个张大姐以前怀第一胎的时候，遇到了一个碎嘴的产科女医生。当时张大姐本来就胎像不稳，有次去产检，恰好听到这个女医生和同事说她老公在外面有了人。之后她郁郁寡欢，没过几天就流产了。

从那之后，夫妻俩就成日地闹矛盾，后来她丈夫经常因为工作不回家，她的精神就越来越差，不仅失眠，严重的时候见什么砸什么。但我还是第一次看她伤人……今天可能是因为看到你穿着白大褂，一时间让她想到那个害她流产的女医生了……”

叶霜这样一说，大家也都明白了过来，一时间唏嘘不已。

“唉，她也是挺可怜的，那些造谣的人太可怕了！怎么能去刺激孕妇？”

听了这话，方瑞君的脸色有些惨白，她的手紧紧地攒成一个拳头，良久才放开。

宋晚并未注意到她的反应，话锋一转：“不过……江医生可真厉害啊，刚刚是用了清醒催眠吗？”

原本站在一旁沉默着的江牧若有所思道：“事发突然，我没有办法给她做心理建设。刚才她的意志正处于最薄弱的时候，比较容易接受我的隐喻，直接将那个娃娃当成了她的孩子。”他顿了顿，“愤怒大多是因为自责和愧疚，挽回孩子是她本身就幻想过多次的情境。对方想要什么，你就给她什么，先激发她的潜意识，这样病人就很容易跟着暗示走了。”

这番话一说完，连林念恩都觉得江牧周身散发出强大的气场。

“原来如此……真神奇啊！”宋晚忍不住赞叹。

她突然又想到什么，悄咪咪地指着江牧的脸说：“原来江医生不戴眼镜也这么帅，是不是只有在催眠的时候才能看到你把眼镜摘下来？”

此话一出，顿时吸引视线。

“看心情，其实我偶尔也会摘下来。”江牧这话是对着林念恩说的，说完他还冲着林念恩眨了眨眼睛。

那一刻不知道是不是林念恩看花了眼，她竟觉得在某人的眼睛里看到了星星，忽闪忽闪，挠得她心痒。

宋晚看了看林念恩，又看了一眼江牧，不禁感慨：“啊……我好像闻到了甜甜的味道……”

“我看你是饿过头了。”林念恩没好气地白了宋晚一眼，强行将她带走，以防她说出更多不合时宜的话。

晚上临睡前，林念恩听到那些人议论起年永春今日的举动，一个个都夸他有男子气概。但也有人说，年永春本来早就可以升职，但他自己要求留在重症科。

重症科的工作负担重，又是医患矛盾的集中爆发区，实在算不得好差事。还有人说因为今天这出闹剧，那个一向冷言冷语、不好接近的叶霜都因为年永春对他们客气了不少。

在叽叽喳喳的议论声中，她很快入了梦。

4

第二天一早，昨晚闹了大动静的张姓孕妇一家便急匆匆赶了过来。

如今白天仔细一看，之前挥刀见人就砍的恐怖女人此时竟摇身一变成了温婉恬静的准妈妈。她很内向，都是她的婆婆在说话：“昨天真是对不起，我也不知道怎么补偿你们……”

恰好方瑞君从房间里走出来，她脸色很差，黑眼圈也重得吓人。

老妇人见她如此，更加愧疚，连忙拿出几张百元钞票往她手里塞：“方医生，真的对不起，昨晚让你受惊了……我家里钱不多，这些你先拿着！”

方瑞君先是往后躲了躲，而后又将钱往外推：“不用给钱了，一点皮外伤，没有关系。毕竟……毕竟事出有因，我能理解。”

两人推让了一会儿，那老妇人也没再坚持。她此行的主要目的其实是想带着儿媳妇去找江牧看病。村里人都对江牧的催眠术感兴趣，一听说他要看诊，竟有不少人跑来围观。

“我现在越来越觉得江医生有魅力了！”宋晚忍不住看向已被围得水泄不通的心理科，满眼都是憧憬。

林念恩收回视线，问她：“仔细想想，如果这个个案给你做，你能想出什么样的方案？”

宋晚愣愣地看着林念恩。

“再者，你能想出几条心理科医生不能做的，而我们社工能做的？”

“这……”

“主任派你来可不是花痴的。”林念恩摇了摇头，转身刚要进病房，不料险些与方瑞君撞了个正着。

“抱歉。”方瑞君头也不抬，脸色仍旧不好，匆匆走了。

宋晚看着方瑞君的背影，忍不住碎碎念：“昨晚大半夜的……方主任好像做了噩梦，还抓着我的手说对不起，吓得我后半夜都没睡好。她今天还魂不守舍的，该不会真被那个孕妇吓到了？”

“也许吧。”林念恩看着方瑞君的背影，一副若有所思的样子。她昨晚做了个梦，梦中的她找到了那座掩映在山中的木屋，刚想推开门，梦就醒了。

早上年永春和她说，那个房子里住的是一位癌症晚期的病人，对方拒绝任何探访。

但是出于好奇，下午忙完工作后，林念恩还是按照记忆中的路线去了山上，冥冥中总觉得像是有什么东西在牵引着她向前走，四下除了风声再无其他。

虽然时间还早，但天色阴沉沉的。她止住脚步，一颗心惴惴不安。

“林社工，顾先生想邀请你来家中做客。”叶霜不知道从哪儿走了过来，林念恩吓了一跳。

“你……你怎么突然出现在这儿？”

叶霜回头指了指不远处的院落：“顾先生的家就在那儿，他在二楼看到你，就让我请你过去。”

林念恩见她并无恶意，也就放下心来：“我是不小心迷了路……那我跟你过去。”

两人一路走过去约二十米远，视线所及之处是一个宽敞的复式木屋，橘色的灯将屋外的树丛映出层层暗影。

虽然已是初春，但房间里还在用暖气。卧室里的男人半靠在床上，本是高大的身形，此时像是因为疼痛佝偻着全身，脸部有些浮肿。

林念恩见过很多癌症晚期的病人，大抵都是这样的症状。

“冒昧打扰，勿怪。你好，我是顾怀生。”

林念恩收回视线，整理了下思绪：“顾先生太客气了。我本来就是来这里为大家服务的。只不过看上去您似乎需要看医生，如果您不方便，我可以让他们上门……”

顾怀生摆了摆手，打断她：“我的病我自己清楚，药石无灵。其实我本该早些去见你们，好尽地主之谊，无奈身体不争气……听说昨天张家的媳妇用刀伤了你们的医生，要不要紧……咳咳咳……”男人开始剧烈地咳嗽，虽然他捂着嘴极力克制，但还是有鲜红的血从指缝中渗出来。像是患了肺病，看起来已经很严重了。

叶霜急忙拿来药片和水给他服下。

“那其实也是个可怜人，孩子没了，丈夫也为了躲她长时间不在家。”

林念恩答：“能理解。其实，这几天在白城，也听说了您的事迹，一直很好奇您的庐山真面目。那个孕妇的事情算事出有因，我们方主任也不是爱计较的人。”

咳嗽渐渐止住，顾怀生问道：“方主任？方瑞君医生吗？”

“您知道她？”

顾怀生点点头：“十年前我在你们医院接受过她的帮助。”

林念恩有些惊讶：“方瑞君帮助过您？”

“呵，没错，她的确帮助了我很多。”他的眼底闪过一抹嘲讽。

林念恩心中有些奇怪，但又说不出哪里奇怪。

叶霜被顾怀生支开了，只留下他们两人。林念恩发了信息给宋晚，说自己在外面有点事，晚些回来。

“林小姐，此番找你来是因为我听闻西洲医院除医术外最有名的是临终关怀，说起来，这倒是很适用于现在的我。不知道你是否愿意和我这个将死之人聊一聊？”

林念恩心下一时闪过数个念头，可面对这样的顾怀生，她似乎没有理由拒绝。

“我从不拒绝病人的主动求助。”她摸了摸口袋，习惯性地拿出随身的笔记本。鲜红的封皮此时有些灼烫，她心中觉得异样，抬手翻开后果真看到一行日期，上面写着：2018 年 3 月 13 日。

而今天是 3 月 10 日，也就是说顾怀生将在三天后去世？一想到这儿，林念恩的心里一阵发紧。

“你很敬业，随身还带着本子。”顾怀生的视线扫过来。

林念恩一时紧张，几乎是条件反射般地合上笔记本，一颗心突突直跳。

“以前上夜班，我们都习惯和衣而眠，以便应对突发性的急诊。”

顾怀生笑了笑，继而说：“接下来我说的一切，希望你不要告诉他人。”

“当然，只要不涉及伤害您自身或是他人，我都将为您保密。”

“谢谢。”

窗外的光线越来越暗，顾怀生开始断断续续地说一些陈年往事。因为体虚，而说话又很耗力气，他的语速不快，时而有长时间的停顿，林念恩都会耐心等他。

从他的口中，林念恩得知他原来是西洲本地人，从事新能源的开发和利用。

只是十八年前政府开始推行 γ 计划后，他被调去工厂，专门负责燃料利用与净化。后来因为更换净化器的事，他得罪了领导……

谈及此处，他的眼睛里写满了憎恨和不甘。

“我本来早该死的，只是上天多给了我这十年寿命，可能是为了完成我的心愿吧。你看，这里的天空多蓝，现在走出去还能看到满天繁星。可是你们那里呢？应该早就看不到了吧。”

林念恩苦笑着点点头，如今的西洲几乎只剩下一个空壳，每年都有人在往外搬。不要说星空，现在即便是晴天也像隔着一层灰色。

“我理解您的意思。正如您所说，这十年生活在一个山青水绿的环境里，是很多人都羡慕的。”

窗外的天空已泛着藏青色，不远处传来虫鸟之声，但反而更显静谧。

“林小姐，你觉得这世上有后悔药吗？如果没有的话，每个人是不是都该为自己的行为负责？有些事是不是没办法原谅和放下？”他再次咳嗽起来，比之前更剧烈。

叶霜急慌慌地跑进来，顾怀生冲她摆手：“我没事……山路不好走，你送林小姐回去吧。”

他又对林念恩露出抱歉的笑意：“不好意思，今天就先到这里吧。谢谢你听我啰嗦了这么久，等我好一些，我还会找你的。另外，有个不情之请，希望你不要和别人提起我的名字。”

“好，只要是您不愿意公开的信息，我们都有义务保密。那您好好休息。”林念恩站起身，将本子放回口袋里，忍不住说，“很多时候我们都无法改变过去发生的事情，只能改变它们对我们的影响。”

顾怀生将她的话又喃喃念叨了一遍。

他突然说：“你长得和我的一位故人很像，他是我最敬重的恩师。如果他还在该有多好……”

林念恩觉得奇怪，本想追问，却见顾怀生已经疲惫地闭上了眼睛，只好作罢。

回去的路上，林念恩回过头去，斑驳的树影早已将那木屋遮盖住，一般人即便路过此地也根本发现不了。

“也许有点唐突，不过我确实很好奇你和这位顾先生是什么关系？”临别前，林念恩终于忍不住问道。

“我经常四处做志愿者，有一次遇到坏人，是他帮我解了围。那时，他是我心目中的盖世英雄，现在也是。”叶霜的语气比平时软了不少，眼睛里似有光芒闪动。

叶霜回去后，林子里突然窜出来一只小黄狗，尾巴左右摆动。她忍不住蹲下来摸了摸它的脑袋，不禁想起了卢卡，也不知道它在宠物店待得习不习惯。

小黄狗舔了舔她的手，便扭头一晃一晃地跑走了。林念恩撑着膝盖打算站起来，谁知脚下踩了石块，一个重心不稳便狼狈地跌坐在地上。脚踝处传来一阵剧痛，背脊爬满一层冷汗。

等她咬着牙站起来，发现只能一瘸一拐地往回走。

有急促的奔跑声传来。

她抬起头，看到江牧眉头紧锁：“怎么弄的？你的手机也打不通。”

“呃……去看了一个病人，手机没电了，回来的时候不小心崴了脚。”林念恩避开他的视线，一时紧张，脚落到地上，顿时倒吸一口冷气。

江牧知道她没说实话，但还是弯下腰，沉声道：“上来。”

林念恩有些迟疑，没动。

“原来是要抱？”江牧嘴角勾了勾，长臂一伸，作势要将她打横抱起。

“哎哎哎，不用了不用了，还是背吧。”林念恩垂着头，一颗心怦怦直跳。她趴在江牧的肩头，闻到他身上淡淡的、好闻的味道，竟有些贪恋此刻。

以前她在选修课上听老师说，免疫系统的不同导致体味千差万别。通常个体间免疫系统差异越大，便会彼此吸引。由此产生的直接效应便是让后代获得更全面的免疫基因组合，这是人类进化的成果。所以自己和江牧的免疫系统应该有很大差异，那么后代……

意识到这个可怕的念头后，她吓得浑身一哆嗦，之后她索性闭上眼不说话，两人一路沉默。

“想好了吗？”距离住处还有五十米时，江牧微微侧过头，鼻尖上扫过一缕发丝，痒痒的。

“想什么？”林念恩有些心虚。

“你下午到底去了哪儿、见了什么人、做了什么事。”他耐心地提醒她。

“就是去一个病人家……”林念恩有些心虚，眼看着不远处的盈盈灯火，连忙拍了拍他的肩膀，“你先放我下来。”

“不放。”江牧转过头，镜架在眼底投下一道光影。那双眼睛黑沉沉的，看不出喜怒，“要么和我说，要么和所有人说。”

身旁的景物仍在倒退，他没有任何要停下来的意思。他的话带着浓浓的压迫感让她有些措手不及，她忽然意识到，在一个心理学的疯子面前，蹩脚的谎言一戳击破。

“我去见了顾先生。”她妥协地垂下头。

“你怎么会突然去见他？”

“他找我是为了做临终关怀，具体事情我不方便透露。”

“临终？为什么偷偷摸摸的？他不是拒绝任何人探访吗？”江牧皱了皱眉。

“其实我也不知道他为什么会突然找我。只是他和我说以前在西洲医院接受过方主任的帮助，但具体怎么帮助的我也不清楚。至于他的病，可能他知道已经药石无灵，所以也不想折腾吧……”

“他以前去过西洲？”

“嗯。”林念恩打了个呵欠，眼看着离他们住的院子越来越近，她慌忙说，“就放我在这儿好了，我自己可以进去。”

江牧脚步不停，说：“背到哪里，选择权在我。”

林念恩一怔，顿时什么也说不出来，只好将头往下埋了埋，暗中祈祷不要碰到什么人。

谁知某人突然停住脚步，像是从喉头滚出了几个字：“别乱蹭，痒。”

“哦……”她再也不敢随便乱动了。

他直接将她带去医务室。年永春刚来换班，听说林念恩摔伤了，连忙给她做了检查。

好在没有伤筋动骨，擦了药酒便没什么大碍了。

第四章
因果轮回

·偶尔去治愈，常常去帮助，总是去安慰，其实倾听本身就是最大的安慰。

1

晚饭后，林念恩和衣躺在了床上，做了一个很长的梦，梦中回到了十年前。

2008年5月25日，西洲医院。

那一年整个城市还没有变成现在这种乌烟瘴气的模样。

科顿集团正投资兴建工厂，硕大的排气管道冒着蒸蒸白气，他们对外说用了最先进的净化装置，排放出来的所有东西都是无污染的，几乎没有人怀疑。

当时 γ 项目所带来的高速发展让西洲人都沉浸在骄傲和喜悦里，没有人会想到那些由 γ 元素所带来的污染几乎都是不可逆的。

林念恩此时正站在西洲医院妇产科的办公室门口。

“……你的孩子有很大的概率是畸形，原因我之前也和你说过，可能是你们长期居住在化工厂附近的缘故。你的太太现在月份大了，引产有一定风险……”

林念恩觉得说话的人声音有点熟悉，她悄悄伸头去看，如她所料，对方正是十年前刚来西洲医院进修的方瑞君。方瑞君扎着马尾辫，一张脸稚气未脱，她对面坐着一个男人，是年轻的顾怀生。

短暂的沉默。

“方医生，你也说是很大的概率会畸形，但依然可能是正常的孩子？”

“这种概率微乎其微，更何况，畸形胎会增加孕妇生产的风险，你要拿你的妻子甚至孩子的一生做赌注吗？”

“我自己的孩子，我自己做主。无论如何，我都要生下他。”挺着大肚子的年轻女人推开了办公室的门，她很瘦，神情中透着坚毅和笃定。

方瑞君的表情仍旧淡漠，没有丝毫动容：“好吧。既然你们如此坚持，我也无话可说。这两天我会让社工部联系你们，如果最后你们沟通的结果仍然是顺产，那我尊重你们的选择。”

之后，顾怀生扶着妻子回了病房。

夫妻俩都沉默着不说话，良久，女人突然红着眼睛一拳又一拳地打在丈夫的胸前：“都怪你，非要留下来！那个化工厂每天产出那么多废气，就是因为这样我们的孩子才会……什么污染不污染的，和你又有什么关系，难道比我们的孩子还重要吗？如果这个孩子没了……我会恨你一辈子！”

顾怀生咬着牙，任凭妻子发泄，声音发哑：“小心动了胎气……”

女人终于安静下来，她的手无力地下垂，一时间泪如雨下。

画面一转，霎时间周围变得阴森森的，林念恩忽然看到一道白色的身影悄无声息地从眼前飘过，她的手里拿着一把刀，而她走去的地方正是那女人的病房。

“方主任？”林念恩连着叫了几遍，但对方毫无反应。

直到那把刀被高高地举到空中……

林念恩像是被梦魇住似的，头上、背上全是汗。

幸亏宋晚把她叫醒了。已是凌晨，她坐起来时还有些魂不守舍。刚刚的梦境中，方瑞君举起刀的那个画面犹在眼前。

上次接姜珞的个案时，她曾屡次进入案主的梦。而那些湮没于时光的遗憾、悔恨、愤怒与悲悯，都能在梦中找到源头。

那么她再次进入患者的梦境，会不会又是一种警示？

如果此刻有人能和她一起商量就好了，她的脑袋里顿时闪过了江牧的脸。可这样做更会加深他的疑虑，那么她心底的秘密恐怕再难守住。

“念恩姐，你到底怎么了？刚刚怎么叫你都叫不醒，我去找人来给你检查一下吧。”

“江牧呢？”林念恩连忙拉住她，“他现在在哪儿？”

宋晚一脸诧异地看着她：“他就在外面，正准备出去找方主任……”

林念恩心下一沉：“方主任怎么了？”

“她晚饭后出去散步，那会儿还没下雨，但是一直到现在都没回来……哎？你去哪儿？”

林念恩觉得太阳穴突突直跳，她穿好衣服出了门，脚踝虽有些酸痛，但一时也顾不上这些。

外面下着绵绵细雨，江牧和其他几个男医生站在屋檐下，正准备出发。

“人找到了！”年永春一边收伞，一边指着后面。只见几个青年抬着一个担架走了进来，上面躺着方瑞君，她的腿受了伤，浑身打着颤，之前那位孕妇家的婆婆为她撑着伞。

“方医生在半山腰摔伤了腿，恰好刮在了生锈的钉子上。”

院子里顿时乱作一团，林念恩只觉脑海中还不断浮现出梦中的情景。她心中莫名有些不安，像是预感到会出什么事一样。

有护士来为方瑞君包扎，年永春一脸担忧地问：“下这么大的雨，你怎么会突然上山？如果我们晚去一步，后果简直不堪设想……”

方瑞君似乎也吓坏了，不管别人问什么，她都一句话不说。

林念恩站在人群之外，紧紧地攒着手。

“方主任最近到底怎么了？自从来了这里就多灾多难的，这几天一直做噩梦不说，出去一趟还受伤了，唉！”宋晚也是忧心忡忡。

“是啊，确实奇怪。”林念恩随口答道。她回过神，突然看到了叶霜的身影。对方冲她招了招手，她连忙趁大家不注意走了过去。

“顾先生想见你。”叶霜的一双丹凤眼红通通的，像是刚哭过。

“现在？可是我们这边有点……”林念恩见她如此，一时间也不好推辞，点了点头便和她上了山。

等到两人赶过去，顾怀生已经失去了意识。因为疼痛，他的额头上都是冷汗。

“我去找呼吸科和胸外科的医生。”

“不行！”叶霜拦住林念恩，但又迟疑着放开。她陷入苦苦的挣扎，两只手紧紧攒成拳头。

林念恩忍不住问：“现在还有什么比救命更重要？”

“我们要尊重他的意愿，他最恨医生……他的病究竟到了什么程度，我知道，他自己也知道。他陷入昏迷前跟我说，他有很重要的话要对你说。”

看着床上了无生气的人，林念恩捏紧了口袋里的笔记本。她让叶霜离开，只留下自己和顾怀生。

等到一切平复下来，她走到了床前。

鲜红的笔记本再次翻动起来……

2

2008 年 8 月 6 日，西洲。

梦里正是深夜。

漫天都是滚滚的浓烟，红通通的火光几乎燃着了半边天。整个夜空仿佛霎时间进入极昼，消防车的鸣笛声不绝于耳，林念恩站在围观的人群中，看到那个大型化工厂随着一声巨响轰然倒塌，热浪和冲击波将天都照亮了。

紧接着，她看到了顾怀生。

他的眼睛空洞而无神，愤怒、无奈、释然。最终，他头也不回地逃走了。

这场爆炸无人伤亡，但他还是因为故意纵火罪和损坏公物罪站在了法庭上。提供线索的是个尚未成年的高中生，看到对方的脸时，林念恩坐在旁听席里险些惊叫出声。

那个孩子正是十五岁的陆洋，他刚离开法庭就被人塞了一笔钱。

顾怀生被判了六年，但因为他有一位怀孕的妻子，法庭特准他先前往医院陪产。可等他赶到医院，只见到了一具冰冷的尸体。医生告诉他，他的妻子因为受了刺激早产，已不治身亡。

画面霎时间翻转，等她再睁开眼，竟看到顾怀生抱着妻子的尸体走到海岸边，最后他慢慢走入海水中。

天空呈现出诡异的鲜红，像极了那日火光冲天的夜晚。

而林念恩似乎也跟着他们一起沉入海底，冰冷而咸涩的海水带来令人绝望的窒息。

研究梦学的老师曾和她说，人不可能在梦中感受自己没经历过的感觉。因此再可怕的梦都会在临死或遭受巨大疼痛前的关键时刻戛然而止。

可这种被水淹没的痛苦，她经历过，而且一辈子都忘不了。

……

林念恩睁开眼时，发现自己正躺在沙发上。而江牧趴在旁边，双眼微阖。

不远处的顾怀生还躺在床上。

她垂下头，忍不住又仔细打量江牧。他没戴眼镜，浓密的睫毛在眼底投下一圈阴影。那双平日里深邃而隽黑的眼睛不见了，只留下一抹温和无害的睡容。

四下里静悄悄的，渐渐地，她的手不受控制地伸向江牧的脸，最终骤然停在半空中。

“我还以为你又要非礼我。”如墨的眼睛霍然睁开，露出狡黠的目光，亮得像是落入了星辉。

林念恩下意识地往后缩了缩：“这就算非礼了？”此时她的脑袋空白一片，机械地回响着他的那个“又”字。

“那怎么样才算？”江牧站起来活动了两下筋骨。

气氛尴尬了几秒。

林念恩避开他的视线，转而问：“你是怎么到这里来的？顾先生……”

“他还没醒。我来的时候你已经睡着了。叶霜去给方主任送治破伤风的药，我跟着她一路过来。”江牧的表情突然变得严肃起来，‘不久之前，方主任差点性命不保。”

“怎么会这样？她不是就伤了腿吗？”

“山上刚动过工，她的腿被废弃的工料上的钉子划破了，需要打破伤风针。可破伤风的药剂用完了。”江牧的神色难以捉摸，“有人提供了一个古方，险些让她中毒。”

林念恩惊讶地睁大了眼睛，心底有个答案呼之欲出。

那些梦在脑海中逐一串起来，但她还是理不出半点恳绪。如果说方瑞君曾是顾怀生妻子的首诊大夫，那么当年他妻子的死是否与她有关？

“学弟，你说的大概是我吧。没想到你这么快就认出我了……咳咳……”顾怀生的声音有些沙哑，像是用尽了全身的气力。

两人一齐回过头。

顾怀生不知何时醒了，他艰难地坐了起来，脸上泛着病态的潮红。

江牧和林念恩互相对视了一眼。暖黄色的光线里，江牧坦言：“我原先只是怀疑。毕竟天底下姓顾的人那么多，专攻新能源的人也不少，总想着不会那么巧……用雄黄粉加维C让人中毒，除了你，我也想不到别人了……顾怀生，顾学长。”

江牧还在美国读高中的时候，曾在校庆时见过顾怀生，那时候他还是学校荣誉榜里的知名校友。一众金发碧眼的照片里，顾怀生的东方面孔显得格外出彩。他以新能源开发部负责人的身份站在礼堂的演讲台上侃侃而谈：“你们今天所学的所有知识，都能够随时应用在生活中。举个例子，维 C 是一个强还原剂，它可以将五价砷还原成三价砷，而砒霜的成分就是三氧化二砷……”他当时随口说的话给江牧留下了深刻的印象。

从西洲来白城的飞机上，江牧曾听到方瑞君和林念恩的对话，得知方瑞君有每日吃维生素 C 的习惯。叶霜送来雄黄粉配的破伤风药时，他及时制止了她。

“其实那年我也只是随口一说，任何没有加以计量的禁忌都是伪科学。我不过是给她一点教训罢了……”顾怀生笑得有些落寞。

原本他不该是现在这样。

曾经的他有自己钟爱的事业，有相濡以沫的妻子，甚至还有一个即将出世的孩子。

他也曾有满腔热血和为理想奉献终身的卓越情怀。

γ 元素投入生产后，他身为新能源开发利用部门的领军人物，不能眼睁睁地看着科顿集团胡乱为了利益停用净化装置。他抗争过、努力过，曾熬了整整两个通宵证明出新净化器的不合理性，也曾声嘶力竭地对周振说：“我是一个快要做父亲的人，您也是一位父亲。您一定不希望您的女儿将来生活在看不到阳光的地方，更不希望她因此而影响健康！”

然而那个高高在上的大老板对他的哀求根本不屑一顾。那些让他耗尽心力的东西最终如同垃圾一样被人踩在脚下。

他终于明白，周振的贪婪和无知只不过是冰山一角。

那个时候没有人担心污染，他们甚至天真地以为科技能解决一切难题。

也许毁掉那座工厂是他一时冲动，但他也没有想到，科顿集团竟然在他跳海之后还兴建了新工厂。声势浩大的拆迁逼得多少住户叫苦连天，甚至引发了命案。这些还是后来他被白城的人救起后在报纸上看到的。

久久的静默中，林念恩想到了因为拆迁脑梗突发死亡的姜珞父亲，想到了因此和姜珞分开的陆洋，想到了摔下悬崖的周璇。

原来很多事情都是早就注定好的。

科顿集团的周振滥用职权，强行更换质量不达标的净化器，最终逼得顾怀生炸了工厂，新工厂的兴建因缘巧合又引发了周璇的意外，不知道那位董事长是否会在女儿死后有一点点醒悟？

“那方医生……”

“她当年为了一己之私被周振收买，害得我妻子受了刺激一尸两命。这笔账，法律没法帮我算。”

所以几个小时前，他亲自发消息约见方瑞君，无非是想要一句实话。

方瑞君冒雨前来，说当年自己是为了留院名额，才答应周振将顾怀生被判刑的事告诉他待产的妻子。

她说，真正想害他的人不是她，他也不该来找她。

她也说自己时常梦到他的妻子大出血的场景，夜夜难眠。

她甚至每年清明都会去海边给他们送一束花。

可是即便如此，他也无法原谅她。当他看到西洲医院发来的医疗队名单时，他就知道这是上天赐予他最后的机会。

因果循环，自食恶果。

方瑞君会在白城遇到那位和顾怀生妻子有同样遭遇的女人，甚至遭受其莫须有的唾骂和指责……这份阴错阳差，或许并没有错，只是冥冥中早已被设好的相遇。

顾怀生一边笑，一边红了眼眶：“其实十年前我投海被救时，就将一切都放下了。我曾将所有热忱献于我毕生的理想和信仰，最终帮助白城远离浮华的喧嚣世界，换得今日的一片净土。我觉得我做到了，所以也没必要残喘于世。生命无所谓长短，我无法选择何时生，却可以选择在什么时候结束。”

林念恩心中有些酸涩。她的脑海中闪过了很多画面，有姜珞和陆洋在树下牵手走过的情景，也有顾怀生把耳朵贴在妻子肚子上的情景，甚至有陆洋拿到做证的报酬奔去店里买下那条手链送给姜珞时，满头大汗、有些紧张但又满怀期待的模样。

那一年牵动西洲的计划究竟毁了多少人的生活？

此时她口袋里躺着的这个笔记本，或许就是为了在冥冥中给予他们救赎。

处于弥留之际的顾怀生又说了很多陈年往事，包括儿时上学的趣事，甚至和妻子的相知相许。说到激动时，他突然看向一旁始终沉默的江牧：“江学弟，还记得以前 Eric 常挂在嘴边的一句话吗？”

江牧怔了怔：“只有服从大自然，才能战胜大自然。”

那是他们在美国读书时，生物老师 Eric 的口头禅。

“这话得配上他那两条灵活的眉毛说……才有意思。”

两人相视一笑。

江牧想说些什么，但最后看着顾怀生的脸，他什么也没说。

还记得那时顾怀生在礼堂里意气风发，台下座无虚席，赢得无数追捧和赞许。可眨眼间，他就这样走完了一生。

顾怀生最后又说：“告诉你们俩一个秘密，我刚刚做了个很长的梦。梦里的我没有去纵火炸了化工厂，而是选择陪在她的身边。虽然她最后还是因为难产去世，但至少我能一直陪在她的身边，直到最后。那样真好，那样真好……”

3

两日后，在外逃亡十年的顾怀生安详地闭上了双眼。而警方接到了通知，那起十年前的工厂爆炸案也以犯人的离世就此结案。

林念恩按照工作流程为顾怀生处理了临终，整个白城都陷入一片宁静。

按照顾怀生生前的遗愿，他的骨灰交给叶霜，最终撒于那片深海。来送他的人很多，沿着海岸线站了整整数十米。没有敲锣打鼓，更没有震耳的鞭炮声。

生命本不需要刻意的迎来送往，生与死都是最自然简单的事情。

当天下午，城南的一户人家有产妇难产。

方瑞君腿伤未愈，拄着拐棍坚持去帮人做剖腹产，站了整整六个小时。当那声啼哭划破长空时，林念恩忽然想起顾怀生对她说的一句话：“她比我幸福，能够迎接那么多生命来到这个世界上，他们……都是对她的救赎。”

一切成埃落定后，她反倒毫无睡意。她的脑袋里乱糟糟的，像是有很多呼之欲出的东西横亘在那儿，可无论她怎么想，还是得不出个所以然来。

趁着夜色，她索性大着胆子往海边走去。

海风绵延，激起一层层浪花。她原本还有些害怕，但最后还是克服恐惧缓缓张开双臂，头发和长裙随风飞舞。

“你还是那么喜欢在晚上出来晃悠。”懒洋洋的声音里透着一抹清冷。

林念恩吓得浑身一个激灵，下意识地往后退了一步。如水的月色下，江牧正盘腿坐在距离她不远的地方。只不过刚刚月亮被云遮住，她并没注意那团黑影，只当是石块。他的脚边放着一堆空啤酒罐，手里还拿着一罐。

“彼此彼此，不过至少我没有酗酒……”她像是想到了什么，顿时没了声音。

江牧什么也没说，只是仰头喝下一大口，良久像是从鼻腔里挤出一个“哼”字。

“怕水还到海边来？”

林念恩扬起下巴，带着几分不服气：“越怕什么，就越要尝试啊。”

“那你坐下来。”他的声音里像是沾着酒气，在夜色里撩拨心弦。

她犹豫了一下。

“试试感受它。”他在发出指令，而她竟真的依言照做。

海浪带来星星点点的水汽，她弯下腰，指尖浸在水里，凉得她浑身一颤。

不能再多了，她畏缩着想往后退。谁料身旁有只手忽地捉住她的手腕，下一秒就有沁人的凉意蔓延至全身。

“这样才能完全感受。”

月色之下，她在江牧的脸上看到极其灿烂的笑容，但稍纵即逝，她以为自己看花了眼。他的手烫得惊人，可夜里的水又格外凉。

如此一冷一热，她心底思绪翻涌，竟半天说不出话来。

“好点了？”他已放开她，抬手握住酒罐仰头喝了一大口。

“可能……”她有点词穷，半晌才想起来问他，“你怎么一个人在这儿喝酒？”

“现在不是两个人了？”他睨了她一眼，又是笑。

林念恩想，他大概是有点醉了。

一罐酒喝尽，江牧许是觉得腿麻，不得不换了个姿势。他将腿伸长，双手撑在身后，歪过头问她：“你们社工是不是最擅长和别人聊天？”

林念恩一时语塞，心中推敲着这句话的意图。她思索道：“与其说是聊天，不如说是倾听。读本科的时候，我曾经在书上看到这么一句话‘偶尔去治愈，常常去帮助，总是去安慰’，其实倾听本身就是最大的安慰。”

“所以？”江牧随手又开了一罐酒，他有些心不在焉，脑海里有很多人一闪而过。

“所以……想说什么就说吧，我保证只进不出。”林念恩恬然一笑。

那时的她并没有看懂江牧眼里的悲戚和落寞。

江牧瞥了她一眼，只觉她的眼睛像是夹杂了海风送来的水汽，泛起盈盈亮光。

他盯着她看了一会儿，突然弯起嘴角：“拜托，你不会真以为我要向你倾诉吧？其实我的言外之意是，你们最多也就是聊聊天罢了。”

“你……”林念恩忍不住翻了个白眼，语气中透着得意，“那张家媳妇的病虽说你帮她缓解了不少，可是你却不知道她婆婆一直在私下埋怨她气走了自己的儿子，甚至责怪她没有本事保住她的第一个孙子。正是因为这些环境因素，那孕妇的病情才逐渐加重。所以，我们的聊聊天可能比你想象的要有用得多。”

江牧配合地竖起大拇指：“听上去很厉害，所以你最后解决了这个问题？”

林念恩摇摇头：“说解决还太早，但至少可以慢慢缓和他们的家庭关系。”

“拭目以待，以后咱们有的是合作的地方。”江牧冲她举起酒，而后仰头饮尽。

林念恩将头抵在膝盖上，忽然想到今天叶霜临走前说的话——

“其实顾先生没有伤害过任何人，即便是方瑞君，她也是自己因为心虚才摔伤的。我知道她有吃维C的习惯，也知道维C和雄黄混在一起会引发中毒，所以破伤风的药是我自作主张送去的……顾先生一直没有害人之心，他才是真正的受害者！”

“我小时候没爹疼没娘爱，只有顾先生对我好。我其实挺羡慕他的妻子，他们……现在应该已经团聚了吧。”说这话的时候，叶霜的表情仍旧淡淡的，她抬头看着天空，脸上虽有泪痕但浮现出浅浅的笑意。

这世上有太多说不清道不明的缘分，善缘有，孽缘也有。

当姜珞弄丢了陆洋送给她的手链时，又怎么会知道它背后的牵扯和羁绊。而陆洋是否知道他一次又一次的一念之差将多少人推向了万劫不复？

一间工厂灰飞烟灭，无数间工厂拔地而起。

这一死一生中，又生出无尽的事端。

虽然现在西洲的所有工厂都被关停了，但那些已发生的恩怨情仇并不会随着时间消逝。

“说起来，你是不是还欠我一个解释？”江牧的声音将她从思绪中拽了出来。

她有些蒙：“什么解释？”

“和上次在姜珞的病房一样，这次你又在顾怀生的床边睡得不省人事。别和我说是因为太困了，巧合的事情我只勉强信一次。”江牧支着脑袋看向她，目光灼热得令她心慌。

“确实……是太困了，不然还能是什么？”林念恩心虚地避开他的眼睛，下意识地往旁边挪了挪。

看着她的举动，江牧反而更加确定了一个想法。他手中微微用力，啤酒罐变成扭曲的形状：“你该不会……又去了顾怀生的梦境里？”

林念恩讪笑着摇了摇头：“抱歉，我不太清楚你在说什么。时候不早了，我们回去吧。”

江牧倒也没着急逼问她，他素来最不缺的便是耐心。

“好，我送你。”他起身将罐子收拾好丢到了一旁的回收桶，而后走过来将手伸向了她。

谁知林念恩刚抓住他的手，脚下的地面霎时间摇晃起来，剧烈的震动激起硕大的浪花，漫天的水汽霎时间倾洒下来。

她并没有想到，电光石火间，一股不轻不重的力道将她拽入一个温热的怀抱。她的头埋进了他的肩颈，有熟悉且好闻的气味混着啤酒香将她团团包裹。周围充斥着轰隆巨响和水花迸溅的声音，而此刻她却只能听见彼此的心跳。

这样的天摇地动只持续了几秒，很快便在顷刻间沉寂下来，像是一切都没有发生过。

林念恩连忙推开他往后退了半步：“听说……听说这里地壳很不稳定，没想到是真的……”海风呼啸而来，吹乱了她的发梢和裙摆，也吹乱了她的心。

“上次你欠我的人情，我现在想好要怎么还了。”

云影浮动，露出被遮挡的月光。

江牧原本没入夜色的脸渐渐变得明亮起来，他的眼睛幽深而专注，似是不经意地扫过她因为紧张而微微抿起的嘴唇。

刚刚的那一刻，馨香入怀。他忽然想到那晚在 KTV，让人眼花缭乱的光线里，他坐在林念恩身边，眼看着已有醉意的她将别人递给她的话筒又塞到他手中，甚至歪着头甜甜地说：“江、江医生，你、替、我……唱，好不好？”

包括这句话在内，之后的所有事情竟都被那个女人忘得一干二净。可那晚他是清醒的，也许有些账就是要慢慢算，而有些情……也要慢慢还。

此刻，在林念恩不明所以的目光里，他的声音低哑而带着几分撩拨——

“告诉我，赵天佑是谁？”

空气仿佛凝滞住，冗长的静默中，林念恩下意识地攥紧衣摆，脑中嗡嗡直响，她的思绪像是不受自己控制般胡乱游走。

第五章
意乱情迷

·他以前在美国遇到过各色各样的女孩，但唯独没见过像林念恩这样不解风情的。可人心就是这样，越是难啃的骨头，越能激起探求的欲望。如果对象是她，或许他愿意为此等待。

1

从白城回来的第一天，林念恩便意识到自己还有个亟待解决的大麻烦。

午饭时，裴梦尧端着餐盘坏笑着在她对面坐下来：“念恩姐，你这一趟回来好像有点怪怪的啊……”

“什么意思？”林念恩并没有理解她的意思。

裴梦尧观察着她的表情，狡黠一笑：“我觉得你和江医生之间有点怪怪的。”

林念恩手中的筷子突然一滞，但很快恢复如常：“哪里怪？”

“就是……早上晨会的时候，我看到你们俩明明都快迎面撞上了，你突然就往相反的地方走，好像故意躲着人家一样。”

林念恩快速眨了两下眼睛，叹了一口气：“我上次是不是说过，你们要把注意力放在该放的地方，而不是没事就八卦。任务不够多，我可以多分配一些给你。”

她本以为裴梦尧会立刻服软，谁知对方眼睛滴溜溜一转，突然对着她身后喊了句：“江医生！”

这一声险些让林念恩被一口汤呛住，她几乎条件反射地端起餐盘说：“我突然想起来有个病人家属约了我访谈，时间差不多了，我先走一步。”

“哎哎，逗你的。”

裴梦尧见恶作剧得逞，坏笑着冲她挑了挑眉：“你是不是应该解释解释KTV 那晚的事情啊？”

林念恩心中虽气恼自己这么轻易就上了别人的当，但面上仍是镇定自若。可眼看着裴梦尧朝她晃了晃手机，她心知有些事躲也躲不过。她四处看了看，然后压低了声音问：“说吧，到底怎么样才肯把这照片删了？”

“那你先告诉我，你和江医生到底是什么关系？”

“我已经和你说过了，同事关系。”林念恩恨不能仰天长叹。

“同事能……那样？”裴梦尧撇撇嘴，并不打算罢休。

“你不信我也没辙。我真的有工作，你自己慢慢吃，然后好好想一想如何向我汇报最近这段时间实习生的工作。你在这儿也实习了不短时间了，前两天你的导师还联系我说要听你的中期汇报。”

裴梦尧立马认㞞：“念恩姐，我错了……”

林念恩笑着睨了她一眼，端起餐盘走了。

“这下玩过头了。”裴梦尧叹了一口气，随手点开了手机上的两张照片。

其实那天她也喝多了酒，晕晕乎乎地去卫生间。路过一个包间时，恰好看到门半敞着，靠在门边的位置有两个人贴得极近。她原本只当是有情人的情不自禁，可没想只是那么匆匆一瞥，便看到了熟悉的面孔。

顿时酒醒了大半。

也许是酒精作祟，后来她回到包厢便也将这件事忘到了脑后。第二天猛然想起来时还以为那是一场滑稽的梦，直到从手机里翻出这两张有些模糊的照片。

没想到平日看起来一本正经的林念恩也有这么不为人知的一面，说不定她能靠这张照片换来一个理想的实习成绩。

想到这里，裴梦尧顿时喜上眉梢。

林念恩走出食堂后，在原地愣了两秒，右手不自觉地攥成了一个拳头，心中懊恼。

本以为回了西洲，结束了在白城抬头不见低头见的日子，她可以松一口气。谁知刚回来就接到通知，说是明天早上的经验交流会上，她要和江牧一起汇报案例。

这次的白城之行上了新闻头条，舆论反响都十分正面，政府特此给予嘉奖。院里甚至下了血本，奖励了整个医疗队一次为期四天的豪华温泉行。

这场经验交流会面向媒体，更是面向全国。

林念恩想，这么重要的场合，免不了要和江牧商讨一番。但她只要一想到KTV的那个乌龙，就觉得无法坦然面对他。

如此拖到下午，她便有些如坐针毡，不时地看看手机，或者是去办公室门外溜达一圈儿。

宋晚从隔间里探出一个脑袋，一脸疑惑："念恩姐，你是不是在等什么人？"

"没有，只不过坐得久了就要起来活动一下。"林念恩面不改色地说着，却不想蓦地撞上裴梦尧意味深长的目光。

她不由得打了个寒战，转身就进了办公室。

五分钟后，她将资料打印好往桌子上一拍，叫了宋晚进来，表情肃穆："你把这个送去江医生那儿，里面是我写好的案例分析。你提醒他，明天的汇报很重要，让他晚饭后来找我。"

宋晚将"哦"拖了个长音，笑着跑走了。

之后整整一个下午，林念恩接待了两位案主，都是重症科年永春那边介绍过来的。

等她终于结束所有会谈时，天色已经完全暗了下来。

从个案室出来，她满脑子还是刚刚丈夫险些对妻子施以暴力的场景。

一个曾因过失伤人入狱的男人、一个没有工作企图抛弃孩子的母亲、一个还没上户口但是危重症的婴儿。这刚回来就遇上棘手的案例，林念恩不知是该为深得领导信任而骄傲，还是为自己的劳碌命感到无奈。

刚进办公室，一道熟悉的身影便出现在她的眼前。

"在别人的地盘是不是太随意了点？"林念恩指着他交叠的大长腿没好气地说。

江牧随手将手里的资料丢到桌子上，抱起双臂笑笑："我等了你整整一个小时，中间还帮你去打了食堂的最后一份饭。不能随意点？"

林念恩的目光顿时聚焦到他面前的饭盒上，肚子十分配合地响了起来。

"你怎么知道我没吃饭？"她咽了咽口水。

"你的下属特意告诉我，你今天下午忙到没空吃饭。"

下属？能这么多事的不是宋晚就是裴梦尧。

林念恩一时发窘：“多少钱，我转账给你。”说完，她伸手去拿饭，不料中途被人拦截，顿时愣住，不解地看向他。

“不好意思，我只接受道谢，不接受转账。”江牧抿了抿嘴角，长臂伸过去将饭盒拿了回来。

但是林念恩的动作更快：“君子一言驷马难追。”她抱着饭盒直接坐去了离江牧最远的地方，然后粲然一笑，“谢啦。”

江牧的目光扫过去，突然觉得心情甚好，不自觉地扬起嘴角。

林念恩一边吃饭一边想，今天的江牧戴的是金丝圆边眼镜，莫非心情很好？竟然这么好心给她带了饭。

“不客气。”他说。

空气中蓦地浮起一股淡淡的情愫。

此时正是交接班的空当，办公室里只剩下江牧和林念恩两个人。明晃晃的白炽灯下，只有净化器呼呼的运作声、林念恩刻意压低的咀嚼声和江牧手指敲击键盘的声响。

等她吃饱喝足，沉默许久的江牧突然开口道：“案例我看完了，字数不多，问题倒不少。”

林念恩一怔，旋即反驳：“什么意思？”

“这个案例的重点在于两个学科的交叉。”江牧冷哼一声，将电脑翻转过去面向她，“我按照你给我的资料重新整理了一份，你看看。”

林念恩疑惑地定睛一看，只见自己大段大段的材料已经被整理成言简意赅的要点，尤其重点说明了医务社工和心理科交叉互补的地方。

“这上面还有几个地方需要你补充。另外……至于你说的排练，我认为没这个必要。因为明天我没办法参加汇报，得去科研所一趟。所以，一切就拜托给你了。”江牧笑着扬了扬眉。

“什么？你还真会临阵脱逃，难怪你那么轻松。”林念恩既惊讶又生气，脑海里不断循环滚动着“无耻”二字。

“这种事于我而言并没有什么负担，倒是你，一副如临大敌的样子。”

“站着说话不腰疼。”林念恩撇撇嘴。

“还要不要我帮你？”

他在威胁她？

低沉的嗓音配上幽深的一双眼睛，林念恩顿时想起那一晚在白城海边的场景。

……

“告诉我，赵天佑是谁？”

“前男友。”

“你知道我平生最讨厌什么？就是被别人当作替身。”江牧说这话的时候，明明是弯起了嘴角，但那笑容冷得像是三九天里尖锐的冰锥，毫无预兆地扎在她的心上。

时至今日，她仍然没有勇气问他那日在KTV究竟发生了什么，她不是没有设想过，只是还没想好要怎么为那日的行为负责。

所幸在那之后，江牧对那晚的一切只字不提，像是全然忘记了一般。

门外有人经过，林念恩收回思绪，随手用鼠标圈定了几个地方：“这里，这里……还有这里，我来补充，其他的地方你先写一版，然后我们再一起讨论。”

说罢，她避开他的视线去电脑前忙活了起来，以此来掩饰自己发烫的脸。

江牧看她如此，觉得有趣。

或许她一点也不像传闻中那样，是个冰山美人。至少在他这里，她是截然相反的。

键盘的敲击声、鼠标的点击声在顷刻间响了起来，清脆而有节奏。

那天晚上，林念恩不记得自己什么时候睡着了，入梦前她记得江牧正对着电脑指指点点，偶尔低头在纸上标记着什么，字迹苍劲有力。莹白的光映在他的脸上，显出下颌精致的棱角。

四周还浮动着一股熟悉的气味，淡淡的，却不容忽略。

之后她做了一个梦，梦里是她的父亲，他正和一位年轻的男人面对面站着，两人皆是满脸愁容。

“怀生，我知道你不甘心，但现在仅凭你我二人之力，根本不是他们的对手。你现在还年轻，不知道生活的艰险。我已经向上面申请将你调离科研所，后面这个项目你也别插手了。”

“老师！我不同意！如果我不留下来，他们会更加无法无天的！更何况……

我走了您怎么办？”

“我无所谓，都这把年纪了，大不了解甲归田，回老家种地……”

“可是……”

“没什么可是，就这样决定了。”

……

林念恩醒来时，天刚蒙蒙亮。她正躺在休息室的床上，身上盖着厚厚的医用毛毯。她连忙走到桌边，打开电脑就看到最终定稿的材料都整齐地被收在文件夹里。

她松了一口气。

去卫生间洗脸时，她的脑袋里又出现了刚刚的梦境。冰凉的水让她整个人都打了个激灵，她忽然想到了一件事。

当初她第一次去见顾怀生时，他曾说自己长得像他的一位故人，那个人正是他的恩师。

而梦中的顾怀生称父亲为老师……

莫非顾怀生是父亲林柏森的学生？她那会儿年纪小，可顾怀生不可能不认识她。即便凭她的名字也该知道她是谁，可为什么他不直接挑明？

她第一时间想到了叶霜，以叶霜和顾怀生的关系，说不定知道什么。可遗憾的是，她一时间联系不上叶霜。

或许是她太心急了，仅仅凭一个梦境也不能说明什么。

她摇了摇头，决定先摒除杂念过了汇报那关再说。

2

上午九点，会议准时召开。

轮到林念恩汇报时，临时出了点状况：投影仪故障，PPT 无法正常播放。

蔡丽文见她在台上手忙脚乱，眉头蹙成了一座小山。

林念恩看着台下的几架摄像机，努力让自己镇定下来。原本因为紧张和局促而一片空白的脑海里突然浮现出一些人，有那位时而疯癫的张姓孕妇，也有那个打心底怨恨儿媳妇但为了孙子假装和善的婆婆，甚至还有江牧昨晚对她说的话：“这种汇报不是表演，最重要的东西都在你的脑子里。”

旁边技术部门的人还在努力救场，但林念恩深吸了一口气，笑着对他摇了摇头：“就这样说吧。”

宋晚和裴梦尧在台下一起给林念恩比了个加油的手势。

“其实在白城遇到的那位孕妇，她并不属于我专长的临终关怀，但那确实是一个非常典型的个案，我是头一回和心理科的医生合作。刚开始接触那位孕妇时，她只愿意接受催眠疗法，并对我的到访婉拒。但是那天当我有点狼狈地被送出门时，恰好听到她的婆婆责骂她。其实这对婆媳在人前一直都表现得很亲密，我忽然发觉，催眠有催眠的厉害之处，但那永远不是事情的根源。人在环境中，如果我们不走入案主的生活环境，就永远不能找到症结所在……”

整整十五分钟，林念恩将整个案例的经过娓娓道来，台下的人都听得专注。

她下台时反而觉得紧张，手心不住地冒汗。掌声从稀稀拉拉到集中热烈，她那颗悬着的心终于落了下来。

那一刻，她竟然在想，如果江牧在这里看到这一切，会不会也为她鼓掌。

随后上台的方瑞君获得了全场的关注，她因为带伤做剖腹产手术的事迹被媒体重点报道，并受到了院内的最高表彰。

让林念恩有些意外的是，年永春在最后总结时竟然专门提到了叶霜，并将她招入了医院的应急志愿者团队。只是叶霜那个人，喜欢在外漂泊且居无定所，并没有出现在会场。听年永春说，叶霜又去了非洲做志愿者，临行前和他通了个电话，答应加入志愿者团队，之后就再无音讯。

林念恩苦笑，这的确是叶霜的行事作风。

散会后，林念恩刚走到走廊的拐角处，忽然收到了江牧的短信：“打算怎么谢我？”

短信后面竟还有一张她站在台上侃侃而谈的照片。

她刚想回他，一抬头便突然看到蔡丽文伸手将方瑞君拦了下来，连忙下意识地往后躲了一小步。

“恭喜你啊。”蔡丽文冷笑。

“谢谢，你们社工部也很厉害。你应该很开心，有人能够接你的班了。”方瑞君正处于极度喜悦中，说话时语调都拔高了两度。

“既然知道她是我的人，就麻烦你收起那些龌龊的心思。这次好在有惊无险，我不和你计较。如果下次再让我看到，我一点也不介意丢了这张老脸陪你去领导办公室走一趟。”

方瑞君脸色大变，但仍旧端着笑：“没有证据的事情，最好不要胡乱说的。”

蔡丽文笑了笑：“是吗？看来你知道我在说什么。”

“你……”方瑞君皮笑肉不笑地扯了扯嘴角，“其实大家都是女人，更年期没什么不好意思的。如果需要检查，随时欢迎你来我的办公室。但是现在我很忙，还有好几个病人在等我。”她说罢，正想绕过去，却又被对方拦住。

“这里人来人往的，我俩拉拉扯扯的多不好？”方瑞君咬着牙说。

蔡丽文抱着双臂，俨然不是平日里慈眉善目的样子：“有人我也不怕，心虚的是你。我听说十年前那起爆炸案的犯人终于在白城找到了，他的妻子你还记得吗？当年你可是她的主治医生。”

方瑞君面色一僵：“我经手过那么多病人，哪里会记得清楚。”

“哦，不记得了？那我来提醒你一下，你当年对人家十月怀胎的妻子说了什么？”蔡丽文紧紧抓住方瑞君的胳膊。

“我不知道你在说什么。”方瑞君奋力拨开蔡丽文的手，然后慢条斯理地整了整衣服。

“你当然知道我在说什么。当你站在台上拿着写了‘医者仁心’的奖牌时，可曾想过你做过的那些事？我们同期进医院，你却早早留院，硬生生挤掉一个实力远超你的医生。上头有人就是不一样，可是偷腥也要注意点吧，别留下把柄。”蔡丽文冷睨了她一眼，松开手离开了。

方瑞君呆怔在原地，脸色有些发白。但不过须臾，当旁边有人路过时，她很快调整好状态，微笑着点头致意。

刚刚剑拔弩张的架势很快消散。

“念恩？”

林念恩没想到方瑞君拐了弯走向自己。她努力自然地和方瑞君打招呼：“方主任，您看到蔡主任了吗？我刚刚找了一圈也没找到她。”

方瑞君闻言，神色稍缓，指了个方向说：“我刚和她碰见，她应该是去住院部了。”

“好的，我知道了。”

“今天你在台上表现得很不错，很有你们主任当年的风范。”方瑞君笑着拍了拍她的肩，之后潇洒地转身离去。

林念恩看着她的背影，脑中顿时浮现出在白城做过的梦。

十年已过，沧海桑田，早已物是人非。如今顾怀生一家人都已不在，似乎那些陈年旧事和恩恩怨怨也一并随风远去，再无人问津。可还有那些在世的人，他们依然还深陷于往日的恩怨和心结中，等待着时间给予的洗礼与救赎。

直至这一刻，她才终于搞清楚方瑞君和蔡主任素来不和的原因。只是让她意外的是，蔡主任竟然也是知情者。而她口中对方瑞君的那些控诉是真的吗？这个方瑞君到底藏了多少秘密？简直让人不寒而栗。

3

难得没有晚班，林念恩下班回家后简单煮了面应付晚饭，之后便抱着卢卡进了卫生间。

小家伙喜欢洗澡，站在盆里很乖巧，一动不动。

电话铃声响起来的时候，她根本没有听到，多亏卢卡“汪汪”叫了两声，她才慌忙跑去接电话。屏幕上闪动着“江牧”两个字，她一边按着卢卡，一边用肩膀夹着电话。

“江医生？”

“是这样，我这边有个新案子，患者有两年以上的间歇性失眠，我给她治疗了一段时间，发现她的家庭有点问题。想了想，或许你会有好的方法。”

林念恩没想到他打给她是因为工作上的事，她很快答应下来：“好的，如果她本人同意的话，我可以安排时间和她见面。她的个人信息，在征得她同意后你发给我看一下。如果不同意也没关系，我可以从会谈中了解。”

“嗯，这两天我不在医院，具体的等下次见面再说。”

林念恩答了声“好”。

就在她以为对话已经结束的时候，电话那边又传来他低沉的嗓音：“早上发你的东西，收到了？”

她反应了一会儿才明白对方说的是什么：“收到了啊。”

“那你想好怎么谢我了？”

林念恩怔了怔，忽然有点哭笑不得：“江大医生，我可从没见过像你这样做什么都要讨回报的人。”

电话那头沉默了几秒。

林念恩以为自己玩笑开过头了，正想着该如何救场。

下一秒，江牧的声音又响起来：“那要看找谁讨。”

窗外夜深了，林念恩握着电话，心跳和呼吸都乱了。她随手在抹布上蹭了蹭泡沫，一手抓着电话，打趣道：“也对，以江医生在院里的人气，上赶着让你讨债的小姑娘多的是。”

江牧没急着辩驳，倒像是默认。

隔着电话，林念恩几乎能想象到他此时扬起嘴角的样子。

空气中突然多了几分难以言喻的暧昧，烧得林念恩的耳根微微发烫。

卢卡忽然在水里扑腾了两下，林念恩随口问道：“那个……院里组织的温泉度假，你去吗？”

“你去，我就去啊。”

他这个“啊”字听上去像挑逗，又像一声叹息。

林念恩忽然有点后悔接了这通电话。

手机突然发出了低电量警示音，她还没反应过来就黑屏了。

世界霎时间归于宁静。

卢卡疯狂地开始甩动身子，水滴凉丝丝地落在身上，她越发觉得浑身发热。

电话这头，也是一派沉寂。

江牧听着手机急促的嘟嘟声，不由得苦笑了一下。

其实他以前在美国遇到过各色各样的女孩，但唯独没见过像林念恩这样不解风情的。可人心就是这样，越是难啃的骨头，越能激起探求的欲望。如果对象是她，或许他愿意为此等待。

灯灭了，困意袭来。

他素来睡眠质量不差，也很少做梦。可这个夜晚，他睡得极不踏实，梦中回到了自己的孩童时代，不仅是自己，还有在他的记忆中渐渐模糊的哥哥。

……

是夜晚，暖黄色的台灯将整个房间都染出了一种暖意。

哥哥江野从抽屉里拿出一个盒子，打开后递到他眼前：“小牧，这个笔记本是我上次做野外素拓时捡来的。我当时一眼就看到了它，这种红色我还是第一次看到，那么鲜艳，像是被血染过一样，绚丽而极致。”

……

光影变换，眼前的一切都消失了。

他又看到年幼的自己揉着眼睛打开房门，看到江野正在玄关处换鞋。

“哥哥，你这么早要去哪儿啊？爸爸妈妈呢？”

江野向他比了个噤声的手势：“他们还在睡觉，你也再去睡一会儿，哥哥有点事出去一趟。”

“哦哦，好，哥哥再见！”

随着大门“砰”的一声关上，整个世界仿佛地动山摇。四处的光都暗了下来，等他睁开眼，已经是在西洲市郊的墓园。

所有人穿着黑色的正装自觉地排成一个纵队，神色肃穆地依次将纯白的花束放在墓碑前，到处都是呜咽声。

他看到年幼的自己不小心跌坐在墓前，手边那个红色的笔记本突然快速翻动起来。

耳边突然响起很多杂乱的声音……

“从今天起，我们就叫你小野。”

“你以前不是最爱吃糖醋鱼吗？以后妈妈天天给你做！”

“没有江牧，从今天起，你就是小野，小野！”

……

梦醒时，天还没亮。

江牧豁然睁开眼，正对着灰色的天花板。他的身上爬满了冷汗，胸膛快速起伏。

年少时的一次高烧，让他丢失了部分童年记忆。

他只记得自己有个哥哥江野，却在十六岁时意外辞世。

在后来很长的一段时间里，江家再无江牧，只剩江野。父母通过这样病态的方式缓解伤痛，却从没有人关心过他的想法。仿佛这是他的义务，是他生来就要承受的。

他的母亲因为受了刺激与他的父亲和平离婚，他被送去了美国，一去十八年。

说来也怪，这么多年过去，他从没梦到过那些往事。

蓦地，他的脑海中突然跳入了那个红色的笔记本。这东西他在林念恩的手中也见过。可它怎么会是江野的？除非是梦境与现实出现重合。

他翻了个身，脑袋里的思绪像是被打了无数个死结，一时间毫无头绪……

没过两天，温泉之旅如期而至。

出发前一晚，林念恩收拾行李时还是随手将那个红色的笔记本放进了行李箱。她并没有想到，这东西很快就派上了用场。

次日，气温已升至 20℃。

江牧穿了件石板灰的纯色衬衣，袖口高高挽起，绅士地帮女士们搬东西，引来一众好评。

今天的他戴了一副轻薄的无框眼镜，他们第一次见面时戴的就是这个。

林念恩回想了一下之前办公室里小姑娘一路的话，好像是说这个眼镜代表着冷漠和不说话？

“这位小姐，你已经盯着我好几分钟了。”

林念恩回过神，看到江牧正要帮她搬行李，她连忙制止了他：“不用，我自己可以。”

说完，她一咬牙，东西便稳稳当当地落在了行李架上。回过头，丢去一个眼神，竟透着一丝得意。

旁人可能注意不到，但江牧做这一行久了，最擅长捕捉细节。

林念恩从他身旁路过时，突然听到他的一句调侃：“做你男朋友挺轻松。”

声音太轻了，以至于她不得不朝他看过去。

“什么？”其实她听清楚了，只是一时间不知道该怎么回。

后面有人上车往里面走。

“上次跟你说的事，我已经和对方联系好了，现在就看你的具体时间。”

林念恩愣了好一会儿才想起他说的是上次要转介的个案，她点点头，慌忙在座位上坐下来。

宋晚回头瞥了一眼江牧，又戳了戳林念恩的肩膀：“哎哟，你们俩现在越来越熟了，悄悄话一套一套的。”

“拜托，我们聊的是工作。”林念恩苦笑。

“明白，打着工作的旗号。”

“……”林念恩没再理会她，索性塞上耳机转过了头。透过车窗，她看到江牧仍在给后面的人帮忙，举手投足间更显得腰背挺拔健硕。

这次他们去的地方是一家集休闲娱乐与养生疗养为一体的高端会所，能够来这里的人大都是非富即贵。多亏了西洲医院和这里签有合作协议，林念恩一行人才有机会来这里享受四天。

一安顿好，所有人就迫不及待地去各种娱乐区域找乐子。

林念恩向来晕车，一沾床就睡了过去，直到宋晚打电话喊她去打网球。这家会所不仅提供运动器具，连网球装都有。

但林念恩对网球有种心理抗拒，然而宋晚在电话里和她一通软磨硬泡，她还是答应了。

去网球场的路很远。路痴的她误入一条幽深小径，谁知竟撞上一个精神恍惚、穿着病号服的老人，那人抓着她就问："我要找我女儿，你看到她了吗？"

没等林念恩反应过来，他又大喊："我女儿有危险……有危险！是你！你要杀了我的女儿！是你……不是我！"

老人看上去已经神志不清，浑身都在发抖，面色惨白。

林念恩连忙拨打这里的急救电话，随后赶来的救护人员用最快的速度将老人送入了急救室，现场顿时嘈杂一片。

林念恩拉住一个人问："不好意思，我想问一下，刚刚那个人是谁啊？"

对方睨了她一眼："他可是大有来头哦，科顿集团的董事长周振。唉，之前新闻不是说他的女儿八年前就死了嘛，我经常看到他一个人偷跑出来，喜欢胡言乱语，见到谁都说要找女儿，这都不知道第几回了。有钱人啊，最后还不是落得这么个下场。"

竟然是那个周振，林念恩的心底顿时掀起千层浪。

当初姜珞的案子里，他的女儿周漩不幸坠落悬崖，时隔八年才找回了尸骨。听说从去年开始他的身体就不太好，查出癌症后就去国外接受了治疗。但前不久女儿下葬的事给了他很大的打击，偶尔会出现精神恍惚的症状，多次进出疗养院。

这些也都是那些爱八卦的女孩子私下里议论的。

没想到世界这么小，有些人像是注定会遇见。世间万事，兜兜转转，最后又绕回了原点。

4

如此一弄耽搁了不少时间，等林念恩赶去网球场，那里已经围了不少年轻女孩，其中也不乏中年妇人。她们一个个看上去激动得脸颊绯红，甚至不时地发出尖叫声和呐喊声。

“大姐，你怎么现在才来，我还以为你临阵脱逃了！”宋晚连忙拽着她挤到了最前面，兴奋地指着一道身影，“你看你看！没想到江医生还有这样的一面，运动中的男人简直超有魅力。你都不知道，我们来的时候已经没场地了。那个男生是主动向江医生挑衅的，本来江医生不想理会，可对方偏偏不依不饶。后来江医生只好说，如果他能赢下这局，场地就让给我们用。”

“挺能算计的，绝不吃亏啊。”林念恩笑了笑。

“这不是算计，这是有谋略。”宋晚连忙补充道。

林念恩不想和她争辩什么，转而将目光投向了赛场。

夺目的光线里，江牧着一身白色 polo 衫和同色短裤，好身材显露无遗，甚至给脱下白大褂的他增添了几分清爽的少年气息。

因为要打球，他没戴眼镜。一双眼睛专注而深邃，预判精准。对方的攻势越猛烈，他反而越从容，胜负一目了然。

如此气场和魅力，林念恩也忍不住多看了几眼。

霎时间，惊呼声响彻长空，江牧给出漂亮的一个反击，抬手时衣服微微上移，露出精瘦的腰线。由此，轻松拿下第一局。

宋晚突然侧目打量了林念恩一番，忍不住挤眉弄眼道：“念恩姐，你今天这身装扮不错嘛。你就应该多穿这种衣服，显得年轻多了。”

一双纤细的大长腿在短裤下显得格外动人，长发在头顶束成马尾，这样的林念恩看上去的确活力四射。

“我平常是有多老？”林念恩忍不住苦笑。她看着熟悉的球场，心底像是突然有什么潜藏已久的情愫涌动起来，快速地撞击血脉。

然后，她走上场和江牧的对手交涉了片刻。很快，男生将球拍交给她，眼里写满了不敢置信。

江牧本来在一旁喝水，旁边围了几个想要搭讪的女孩，他神色淡漠，只微微颔首。直到林念恩突然出现在球网的另一端，他的眼睛像是霎时燃起了光亮。

“比一局？”她远远地冲他比了个手势。

江牧怔了怔，嘴角一弯，走上场，手中的网球在指尖跳跃。蓦地，他将球扔向对面，把首发交给她。

挺绅士啊，可林念恩并不会手下留情。

她稳稳接住，下一秒便开始了凌厉的攻势。

宋晚和身边的其他同事在一旁看得目瞪口呆，只觉场上的两人像是势同水火，比起刚刚那场毫无悬念的比赛，这场较量可有看点多了。

林念恩鲜和别人提起，她儿时曾经接受过专业的网球训练。以前每每遇到烦心事或者想不明白的事，就喜欢去打网球，运动后出一身汗，好像那些想不明白的事情就能豁然开朗。

她会结识前男友赵天佑，也是因为一场校内网球赛。只是两人分手后，她就再也没有拿起过网球拍。

今天，是她时隔三年第一次打网球。

江牧一开始只守不攻，大概是在试探和观察。但他很快就化守为攻，出手既快又准。

观众这时才意识到，上一场的江牧只是随便玩玩，这场才是真正的高手对决。

最后的结果出来时，林念恩还是以一球之差输给了江牧。两人都已大汗淋漓，周围是此起彼伏的欢呼声。

女同事们此时也忘了花痴，都第一时间将林念恩围住：

“深藏不露啊！”

“你刚刚简直太帅了，你都不知道，好多男的看得眼睛都直了！”

……

相对于这些夸赞，林念恩觉得此时浑身的畅快最让她愉悦。

她忽然想到一句话：一生中所遇到的所有事情都有其存在的意义，坚持下去说不定就有意想不到的收获。

网球是这样，那个笔记本也是这样。

即便现在有再多问题摆在眼前，那些因为她的帮助而安然离世的人就是最佳的证明，证明……这一切都不是徒劳无功。

她将拍子还过去，那个男生想要留她的手机号，她一时间有些踌躇。谁知身后突然伸过来一只手搭上她的肩膀，力道不轻不重，却足以划清界限，似乎宣告了她的归属。

“留号码可以，我的就行。”听上去本是句调侃，却偏偏透出一抹冷冽的寒意。

同性之间总有说不清的默契，那男生看了他一眼，自觉地离开了。

林念恩的注意力都在某只手臂上，并没有察觉到其他。

“怎么不拿出刚刚和我打球的气势？”江牧收回手，递给她一瓶矿泉水。

“战场和情场，当然要区别对待。何况我还没用十成的功力。”

“哟，专业的？”

林念恩扬起下巴，难掩得意：“算是吧，只是好多年没碰了，手都有点生。最后那个球，我本来是可以赢的。”

“看来是我侥幸。”江牧被她傲娇的模样逗笑了。

林念恩忽然发现不戴眼镜的他笑容很柔和，那种笑意是从眼底迸发出来的，让他平日里冷峻的五官在顷刻间鲜活起来。

和他认识至今，她时常觉得看不清他。他给人的感觉就像他频繁更换的眼镜一样多变，或许那些镜片只是他的伪装。

那么，此时的他，此时的笑，是真切的吗？

两人并肩往前走，午后的阳光投下层层树影，四下里一派春意。

难得有机会调侃他，林念恩随意寻了个话茬：“不过……刚刚你这一出手，我的桃花运都没了。”

“烂桃花，不要也罢。”

“我看人家挺好，说不定是天赐良缘。”刚刚出了一身汗，林念恩心情正好，便也随口胡乱调侃一番。

江牧扫了她一眼，没说话。

他黝黑的瞳孔里，女人的双颊透着浅浅的杏花粉，额间的碎发被汗浸湿，显得她下颌尖尖，让他轻易便想起幼时外婆家院子里的杏花。

那是他所记得的，为数不多的画面。

和江牧在一起，林念恩习惯了冷场。她也没放在心上，随口问他：“你之前和我说，催眠有很多功能，有好的也有不好的。那什么是好的？什么是不好的？”

江牧思忖道：“通常外行人都认为催眠很好干坏事，因为它能轻易影响人的意识，让对方听话或者接受暗示。拿删除记忆来说，有的人因为忘记痛苦的而重获快乐，有的人因为忘记重要的而遗憾终生。”

林念恩一脸好奇：“这么神乎？这个技能挺好，万一惹别人生气了，还能删除他的记忆，挺省事。”

江牧睨了她一眼：“别人是谁？”

“嗯……比如……比如你对象啊。女孩子很容易生气的，你倒好，省得哄别人，催眠就搞定了。”

“那你容易生气吗？”

林念恩还沉浸在对催眠的遐想中，一时没反应过来，下意识地摇了摇头。

江牧停下脚步，静静地凝视她，眼底生出些笑意：“容易生气也没关系，比起删除记忆，催眠更擅长哄人。”

谁生气？哄谁？

林念恩只觉脑袋里嗡嗡直响。

她有点后悔，自己没事儿找一个玩心理的瞎聊什么。

正当她不知该如何接话时，手机适时地响了起来，是年永春打来的。

5

等她匆匆换了衣服赶去会所疗养区的住院部，年永春已经在那里等着她了。

“年主任，这么着急，是有什么事吗？”

“念恩，我找你来，是想将我的一个老朋友交给你。其实咱们这次出来是休假的，本不应该找你，但这也是凑巧，他也在这里疗养。”

“您的朋友？不知您说的是哪位？”

“科顿集团董事长，周振。”

林念恩一时有些没反应过来，只觉得最近发生在自己身上的巧合多得有些过分。

年永春见她呆怔着不说话，连忙说：“吓到了？其实你就把他看成一个生命垂危的长者就行了。”

“没……没有。只是没想到年主任还有这么厉害的朋友。”

年永春的脸色微微变了变，笑容有些不自然：“也就是医生和病人的关系，后来次数多了，也就熟悉了。”

“好，您先别着急，我去看一下周先生。”

年永春欣慰地点点头，亲自为她打开了房门。

林念恩走进去，只见病床上的周振双目紧闭。他的体征微弱，但还算稳定。她仔细去看，发现他的嘴巴张张合合，似乎在说什么。

床头柜上有一只快递盒，一些纸屑散在地上。顺着这个快递盒向衣橱去看，依稀能看到很多一模一样的盒子堆在那儿。

“听医生说，他最近常做噩梦，半夜醒来后浑身冒虚汗。心理医生看过后就说他是有心结，只是试了很多种方法也没什么疗效。”

林念恩回过神，想了想说：“要不要找江医生试试？他不是很擅长催眠疗法吗？”

年永春点点头：“等他醒了，我就去联系江医生。”

离开病房后，林念恩想到了在姜珞梦中坠崖的周璇，而顾怀生对着周振苦苦哀求的场景也还历历在目。

她忽然有种强烈的预感，这个周振也是被笔记本选中的案主。想到这里，她快步回了房间，赶忙从行李箱翻出笔记本。

一切如她所料，上面显示的时间是：2018 年 4 月 25 日。

而今天，是 4 月 20 日。

6

温泉池。

下午打了球，晚饭后林念恩便去了这里最有特色的户外温泉。她挑了个红酒的，温度很高，一下水好像浑身的毛孔都张开了。

她惬意地闭上眼睛，脑袋里闪过杂七杂八的人或事，意识一不留神就飘远了。

这一睡，她做了个梦。

2007 年 9 月 25 日，西洲，华庭别墅区。

梦中的她身处一栋华美的宅院，只是家居装饰像是十几年前的旧风格。

门铃声突然间响了起来，很快有人开了门，像是早就等在门边一样。

林念恩从走廊往下看，只见一个面容姣好的年轻女人走进来，她的脸上化着淡妆，但依旧遮不住黑眼圈和疲惫。她穿着一件深棕色风衣，最高的一颗扣子紧紧地贴着脖子，浑身上下都是十分老旧且保守的款式。

这人看着眼熟，正是方瑞君。

周振像是刚刚睡醒，身上还披着一件睡衣。那时的他还没有受病痛折磨，正当壮年，面色红润。

他直接搂着方瑞君的腰坐到了沙发上："来这么早？"

"这几天院里忙，晚上都要加班，这会儿好不容易有点时间出来一趟。"方瑞君刚说完，便忍不住打了个呵欠，眼睛顿时腾起了水汽，十分惹人怜。

她忽然笑起来，低声道："我知道这周末你老婆和孩子不在家。"

周振也笑："我只提过一次，你倒是记性好。"

方瑞君叹了一口气："我不止记性好，能力也强，所以科里有什么活都让我做。"

周振有些心疼地说："这么忙，干脆别在医院做了，我给你在公司里安排个闲职得了！"他一边说着一边用手在她的脸蛋上摩挲。

"我知道你的心意。只是我学医苦了这么多年，好不容易学成，我视它为自己的理想，再累我也愿意。"方瑞君此时还是个刚刚走出校园的青涩女孩，骨子里仍旧有几分热血情怀。

"现在说的比唱的好听，以后等你尝到苦头，自然就会求着我给你转行了。不过啊，我就是喜欢你这个充满斗志和干劲的样子……"周振哈哈笑了两声，手臂用力一带，方瑞君便整个人扑入他的怀里。

"以后的事以后再说，现在只要你能让我留在医院就行，过完年就要确定最后的留院名额了……"方瑞君借势趴在他的胸口上，手指似是不经意地从上面划过。

本就是清晨，周振立时被撩拨得燥热难耐。他一把捉住方瑞君的手用力吻了一口："这事儿有什么可担心的，你就好好在那儿待着就行。别说留院名额，就是你想当个主任，我也能让你达成心愿。"

方瑞君霎时笑靥如花："我自己也会努力的，只要别人不使什么手段将我挤走就行。"

周振冷哼一声："挤走？就是你们医院那个叫蔡丽文的？好像挺受上面器重的，不过你放心，有我在，没人能抢走你的任何东西……"他抬了抬方瑞君的下巴，当即便要吻下去，谁知手机铃声突然大作。

他刚刚兴致上来，并不打算理会。谁知这电话像是故意跟他作对一样，没过一会儿又重新响了起来。

方瑞君被吻得有些意乱情迷，但还是伸手从他口袋里摸出手机递到他耳边，不小心按了免提。

电话接通，对方的声音听上去有几分火烧眉毛。

“周董，很抱歉这么早打扰您。我听说您打算换掉我们的净化装置？这可不是开玩笑的事情，为什么我之前完全没听说……”

周振心中不由得窜起一团火，他从沙发上坐了起来，跷着二郎腿咒骂道：“顾博士，请你搞清楚你自己的身份和说话的口吻。这个项目本身就是我投资的，且不说我是不是真打算撤换这批装置，你都无权在这里指手画脚，我做任何决定都没有义务通知你。”

对方沉默了两秒，再说话时声音有些不自然，但已柔了下来：“很抱歉，我刚刚有点着急了。但是这件事如果是真的，我希望您能慎重考虑一下，我……”

周振的脸顿时沉了下来，有些不耐烦：“现在还没到上班时间，我没时间听你在这里啰唆。”说罢，他掐了电话往沙发上一扔，看上去怒气满满。

方瑞君见状，连忙靠过去抱着他的胳膊问：“又是那个顾怀生？”

“可不是？我打算换掉现在厂里的净化装置。那些东西成本高而且耗能大，得不偿失。也不知道是哪个王八蛋走漏了消息，我这八字还没一撇，就传到那个姓顾的耳朵里去了。我真怀疑他在我身边安插了奸细！”周振点燃了一根烟，眉头微蹙。

“这个顾怀生好像总是惹你生气。”方瑞君眼睛滴溜溜一转，她一边帮周振按摩，一边说，“我恰好有个朋友，也是做净化设备的。要不然改天我让他过来和你见个面……反正这整个西洲也不是只有一个顾怀生，何必受他的气？”

周振沉默了片刻，而后说：“这个顾怀生背后靠着科研所，我不能不考虑这一层。总之，这事还不着急，等我确定了，再见也不迟。”

方瑞君连忙点点头：“你别为这样的人生气就行，犯不着。”

她抬头瞥了眼墙上的挂钟，起身道：“时间差不多了，我先走了。”

“还早，不着急。”周振抬手将她的腰往回一钩。

“好啦……我真要走了……”

“时间还早……”

剩下的话，悉数湮没于口舌之间。方瑞君半扭着头，露出晶莹的锁骨和姣好的曲线，周振的手在她的身上胡乱游走。

这样香艳的画面让林念恩都羞于去看。

刚刚眼前的一切让她有点难以置信，平日里那么正经低调的方主任，竟然和科顿集团的老总有这样见不得人的关系。

“不行……不行……”方瑞君突然从周振的怀里挣脱出来，她红着脸，像是有什么难言之隐。

周振脸色一变，沉声道：“怎么了？别别扭扭的！”

“我……怀孕了。”方瑞君小心翼翼地抬头瞥了他一眼，又说，“而且应该是个男孩……”

“当真？”周振的脸上霎时间洋溢着喜悦和兴奋，他将方瑞君抱起来打了个转，脑袋贴在她的肚子上，“我终于要有个儿子了！”

“你现在马上搬到我这儿来养胎，医院的工作你立刻给我辞了，我来和你们领导直接说……”周振旋即拿了手机要打电话。

方瑞君连忙拽住他的手，愠怒道：“你先别急，要我生这个孩子，我有两个条件。第一是我一定要在医院上班，直到休产假。第二是你必须尽快离婚，然后和我领证，我可以暂时不要婚礼。我在妇产科见多了那些未婚妈妈的痛苦和世态炎凉，我曾经发誓自己绝对不会走上这条路。况且……况且你当初和我在一起时就说在准备离婚的事……这都大半年了！”

周振见她这副样子，半天没说话。

复古的旧式老钟铛铛敲了两下。

方瑞君的心也跟着凉了下来，她提了包转身欲走：“看来是我多想了，我明白了。”

周振拉住她：“我答应你，但现在还不行，你给我一点时间。”

“真的？”

“我什么时候骗过你。好了，我送你去医院，但是你要答应我，不能过度劳累。”

方瑞君原本强忍着的眼泪在这一刻却夺眶而出，她以为这是幸福的见证。她也以为面前的这个男人是真的爱她，可后来她才发现，自己只猜对了一半。这世上有太多人，永远不会对一件东西、一个人付出全部的真心。

林念恩正听得出神，突然间被一股力道拉了过去。

她踉踉跄跄地被拉进书房里，嘴巴被人紧紧捂着，鼻翼间袭来熟悉的味道。

楼下传来了关门声，四周归于宁静。

“江牧……”模糊不清的声音穿插在两人都有些急促的呼吸里。

清晨的阳光透过百叶窗在男人的肩膀上投下一格格光影，擦过他的鼻尖和下颌优美的弧度。可等她的视线顺着往下走，竟发现对方裸着上半身，肌肉的线条明晰而刘畅。

再往下……她连忙转开视线，涨红了脸说：“你放……放开我。”

“没看出来，你竟然喜欢看那种画面。”江牧松开手，走到窗边掀起了窗帘的一角，恰好看到周振的车开出了院子。

“彼此彼此。”林念恩讪讪一笑，她努力移开视线，忽然奇怪地看着他，“你怎么会在这里？这里是我的梦……”

“这也是我的梦。”江牧环抱着双臂斜靠在桌子上，目光不由自主地从面前的女人身上掠过。

林念恩低头看了眼自己身上的泳衣，又看了一眼江牧，心中不由得打起了鼓。莫非他和她一样在泡温泉的时候睡着了？

在江牧的手边，一个相框引起了她的注意。可是还没等她看清楚，就听到江牧沉声说：“有人来了。”

上楼的脚步声隐隐传来。

“去那边。”林念恩指了指不远处的壁橱，而后便拉着江牧钻了进去。里面的空间很小，有浓浓的木香。

两人几乎紧紧挨在了一起，林念恩整个人缩成一团，额头抵着江牧的下巴，她不敢动，一时间连手都不知道往哪儿摆，只觉周围的空气突然升了温，每一秒都格外难挨。

“别乱动。”他的声音低哑而温软，在此时狭小的空间里更添了几分暧昧和躁动。

“抱歉，抱歉……”不知怎的，她的脑中突然不自觉地浮现了刚刚客厅里的画面，霎时全身的血液都一股脑儿涌了上来，身体也像是不受自己控制般，意识也渐渐抽离……

第六章
一吻天荒

·在那样自由开放的国度，他始终觉得两性之间的任何亲昵举动都可以被情感以外的因素所解释。包括她接连强吻和壁咚他。也包括他在十分钟之前，想要吻她的冲动。

1

林念恩在汤池醒来时，还处在梦中的紧张和慌乱中。宋晚正一脸担忧地看着她，而在她的身边，还有几个医院的同事。

“念恩姐，你怎么又和上一次一样，怎么都叫不醒？你的脸怎么那么红？你泡了多久了，一次最好不要超过十五分钟啊。”

林念恩用手摸了摸脸，果然是惊人的烫。

“我可能下午打球打得有点猛，不留神就睡着了……”她看了眼不远处的时钟，“十分钟而已。”

“十分钟就能睡得这么沉，厉害厉害……”

林念恩从汤池里走出来，披上浴袍：“你们慢慢泡，我先回房间了。”

她一路走一路回想刚刚的梦境，没想到在梦里耽搁了那么久，现实世界竟只过了短短的十分钟。刚刚在梦境里，周振和方瑞君的对话透露出不少惊人的信息。这个周振口口声声说只要他打个招呼，方瑞君就能在医院里平步青云。更让人惊讶的是，方瑞君竟然怀过周振的孩子，而方瑞君至今未婚，难道周振并没有兑现他的诺言？

但更奇怪的是，江牧为何也会突然出现在梦中？

她满怀心思地走出了女汤部，一不留神竟与另一个穿着浴袍的人迎面撞上。

明晃晃的光线中，清新的日系轻音乐在整个大厅里回荡。江牧似乎也在思索什么，头发半干，张牙舞爪的。

原本优雅的金边眼镜此时戴在他的脸上反倒有些莫名的……可爱。

两人面面相觑，不禁愣在了原地。

林念恩只觉脑海里突然浮现出江牧刚刚裸着上半身的样子，脸不由自主地红了起来。

“你……”

“你……”

两人同时怔住。

“你刚刚……”

“你刚刚……”

四目相对，林念恩一脸莫名地说：“搞什么……”她话音未落，突然看到江牧上前一步，抓着她的手臂便往电梯走。

“换个地方说话。”

两人一路穿过长廊，暖黄色的壁灯暧昧而沉寂，他的侧脸几乎融进了光晕里。

“啊？”林念恩就这样任由他一路抓着往前走，心中像是有什么奇怪的东西涌动着，暖暖的、痒痒的。

不远处，年永春本来在大厅的休闲区看报纸，刚刚那两人的一举一动都落在了他的眼中。他忍不住笑着摇了摇头，心想着年轻可真好。

考虑到林念恩的房间还有宋晚住，江牧将她带到了自己的房间。

虽然一路上在想“就这样大晚上去一个男人的房间”怎么想都不太合适，可当她刚走进去，就惊讶得话都说不利索：“你……你搞特殊？这房子就你一个人住吗？”

她四处打量了一圈，顿时有点哭笑不得。亏得她刚刚还想着两人面对一张床的尴尬，可此时她连卧室的影子都看不到，自己俨然是走入了一间豪华的客厅，五米开外还有一个适合喝咖啡的露台。

“习惯一个人住而已。”江牧走进衣帽间，换了一身简单的 T 恤走出来。

林念恩没再说什么。

江牧见她仍是一副羡慕的表情，不由得弯起了嘴角。

“好了，既然我们都有话要说，不如你先说。”江牧先开口。

两人面对面坐下来。

“嗯……是这样的，我刚刚做了一个梦。”林念恩顿了顿，开始在心里组织语言，毕竟想要把这件事的前因后果说清楚，并不是个容易的事。

“这么巧，我也做了一个梦。”江牧抬眸望向她，“而且，梦到了你。”他的声音格外低沉，仿佛无形中将她缓缓拽入一汪深潭。

“所以说，我们在梦中相遇了？”话一出口，林念恩自己都愣住了，一时间有些百思不得其解。其实她知道自己为什么会入梦，但并不知道为什么江牧也会和她一样。

姜珞、顾怀生、周振。

围绕这三个人的恩恩怨怨，又被牵扯出多少人和事？她一次又一次地被拉入他们的梦境，像是有什么推动她一步步地揭开真相。可是自己和江牧，究竟与这一系列事情有怎样的渊源？

“你能不能具体说一下，为什么你会进入那个梦境？”

“这个可能要问你。”江牧顿了顿，“或许你得先告诉我，有关那个红色笔记本的事。”

林念恩心中咯噔一下，神色紧张起来：“什么事？你想问什么？”

“其实它就是你进入病人梦境的钥匙。”他的话语调平平，却让林念恩不由得背脊发凉。

林念恩猛地从沙发上站起来，不敢置信地看着江牧：“你早就知道？”

见她如此激动，江牧反倒单手枕在脑后，靠在沙发上：“那次你在病房昏睡，我只是怀疑。后来你来找我咨询梦境，就加深了我的怀疑。在白城时，你有一次在顾怀生的病床边睡得不省人事，手里紧紧地抓着那个笔记本。我几乎就可以断定，它和你的每一次昏睡都有联系，或者说……它是一种媒介。”

林念恩没有认同，也没有否认，但她的手下意识地抓着浴袍的裙摆，这暴露了她内心的波动。

“多年前，我就从国外的科学杂志上看到有关时空穿越的研究。也许在未来的某一天，你可以通过粒子分解、VR 的隔空成像甚至以分离脑电波的方式将你传送回过去的任何时候。”

“你该不会是说那些美国的科幻电影吧？”

江牧不置可否，徐徐道：“就像很多年前人类还无法想象互联网时代、数字时代这样的问题一样，一些先导意识在最终都会引领一个新时代的到来。几十年前，有一位量子物理学家提出了‘梦境是一种平行时空’，在人类的无数个梦境中，每个人都曾无限接近一个宇宙，只是我们尚无法得知人类究竟是以一种什么样的状态存在于梦境中。”

“可能是灵魂吧。”林念恩笑了笑。

江牧突然取下眼镜擦拭，这个动作莫名让林念恩有些紧张。

“如果我说，现在不论我们说什么、做什么，其实都是在我们的梦中？”他的眼睛沉沉地凝视她。

林念恩怔怔地看着他的眼睛，四周的静谧让她感到紧张和害怕。她甚至有一秒在想，自己会不会已经被他给催眠了。她忍不住伸手挡住自己的眼睛：“你别这样看着我！也别催眠我……拜托。”

没料到对方有如此反应，江牧手中动作一滞，露出歉意的笑容：“你别紧张。其实不瞒你说，在来这里之前，我也做了一个梦，梦中出现了这个笔记本，在梦里，这个笔记本在我哥哥的手里。”

“你哥哥？”闻言，林念恩渐渐放下手，重新镇定下来。她刚刚有点太紧张了，以至于反应过度。

江牧说：“他已经去世了，死于十八年前。”

林念恩的脑海中忽然出现了那个救她于深海中的少年，她慌忙问：“几月？”

“九月。”

她失望地摇摇头，时间对不上。当年她落水的时候天气冷得吓人，正是十一月。

“或许这也是我能和你一起进入梦境的原因，冥冥之中，我们和笔记本都有联系。”江牧笃定地看着她。

林念恩吞了吞口水，只觉脑袋嗡嗡直响。

周遭安静极了。

她终于开口：“我的确觉得，遇见你之后，很多事情都变得和过去不一样了。尤其是和这个笔记本有关的事。我想你应该明白，在我们生活的世界里，暂时还无法对所有事情进行科学的解释，所以在今天之前，我以为它将永远是我一个人的秘密。”

江牧接口道：“从今天起，它不是了。”

林念恩猛然一怔。

“我希望你能对我坦诚，这样我们才能真正弄明白这一切究竟是怎么发生的。”他的视线专注而笃定，林念恩看着他，手下意识地攥紧。

最后，她深吸了一口气：“你给我一点时间，让我回去仔仔细细地理清楚，等我想好了再来找你。”

“当然。”

江牧忽然想起自己出入那个梦境时，像是有什么东西从脑海中悄然划过。有熟悉的、不熟悉的人和事从原点放射开来，而他甚至还没来得及看清楚其中的一个，一切又都消散了。

他并不确定，这一切是否是由那个笔记本引起的。

林念恩回到房间时，宋晚还没回来。林母打电话过来，两人闲聊了几句。

林妈妈说：“西洲是没有任何前景的，今昔不比往日。人家都抢着逃离那个鬼地方，你还一个劲儿往里面挤。你外公天天惦记你，你就不能让我们省点心吗？”

林念恩在床上打了个滚：“妈，这事以后别再提了。以后我如果真想离开，自然会走，但一定不是现在。”

“算了，我现在是管不了你了。不过我真觉得乡下挺好的，吃的东西都是自己种的，很放心，也不用处理什么杂七杂八的事情，日子过得很舒坦。”

听到母亲这样说，林念恩松了一口气。十五年前父亲去世后，她始终觉得母亲走不出那段阴影。这么多年过去，母亲都不愿意再嫁。一年前母亲吵着要搬去邻市乡下的姥姥家，她本是不同意的，她觉得城市的生活条件总要好过乡下，自己也好就近照顾她。

可现在她改变主意了，只要母亲自己觉得好，那她也觉得好。

林念恩欣慰地笑了笑：“你过得好，我在外面工作也能放心一些。好了，时间不早了，你也早点休息吧。”

“好，反正你自己一个人在外面，要照顾好自己。还有！赶紧找个好男人嫁了我就谢天谢地了！你姥爷可说了，下个月他过生日，你一定要带男朋友回来，不然不让进家门。”

林母果断挂了电话，林念恩简直哭笑不得。

她长吁了一口气，懒懒地倒在床上，面朝天花板发呆。一时间脑袋里像是有很多人在打转，而每个人之间都有着千丝万缕的联系。

或许此行并不是一次休假，而是一个全新挑战的开始。

2

次日一早，林念恩接到年永春打来的电话。周振已经清醒过来，他接受了年永春的建议，让江牧和林念恩一同为他疏导。

等她赶去那儿，江牧已经到了。

透过门上的玻璃窗口，她看到江牧正在和周振说话。看上去像是在轻松地聊着家常，但周振的身体十分僵直，眼睛死死地盯着一个方向。

半小时后，江牧走了出来。

“怎么样了？”林念恩问他。

“他的心结是噩梦。他反复梦到女儿周璇浑身是血，控诉是他害死了她。”江牧停顿了一会儿，若有所思，“病房里有很多快递盒，我问他这些快递的来源，他不清楚。只说自周璇下葬后，每隔一段时间他就会收到一份，里面都是周璇生前喜欢的一些东西，比如布偶、偶像唱片、特定品牌的衣服，最近的一次是这个。”

他从口袋里拿出一条手链，林念恩定睛一看，心中不由得咯噔一下。

这条手链正是姜珞的。或者准确来说，是姜珞丢失后，被周璇捡去私藏的。她记得姜珞临终前将这条手链交给了陆洋，如今距离周璇下葬已经过去了三个多月，这条手链怎么会出现在周振手里？

林念恩眉头紧锁，百思不得其解。

“除此之外，每份快递里都有人用同一种字体在卡片上写着‘爸爸，是你杀了我’。周振说，这是他女儿的字。”

林念恩有些不寒而栗。

这句话想想都觉得阴森，难怪周振现在精神状况这么差，极有可能是受了这些东西的刺激。

江牧拍了拍她的肩膀：“别着急，你先进去陪他聊聊天。”

“你这话听上去不太对，好像我们聊天就是玩儿一样。”她斜睨了他一眼。

“别这么敏感。我先回去睡个回笼觉，林社工好好工作。”

看着江牧的背影，林念恩无奈地摇了摇头。

她推门进去时，周振正半靠在床上，望着窗外发呆。

“您好，我是社工部的林念恩。”

周振慢慢转过头，目光聚焦在她的身上，嘴角无力地扯了扯：“那天……谢谢你。我一直听闻你们临终关怀服务做得好，这次能遇上也算是缘分。”

“我能理解您思女心切，那天的事我也并没有做什么，毕竟抢救您的是医生嘛。我给您把床升高一点，这样您说话也舒服一点。”

“谢谢你啊。”因为长期用药，周振的脸色很差，双颊有些浮肿。林念恩突然想起昨天梦中的他是那样中气十足，言语间都透着狂妄和骄傲。而现在的他，即便住着奢华的套间，也只不过是个生命即将走到尽头的老人家。

“您太客气了。”林念恩搬了把椅子，在床前坐下来，笑容恬静。

周振叹了口气：“真没想到，我也能有这么狼狈的一天。年轻的时候，我只顾着拼命赚钱，没有什么东西比钱更能让我安心，这想法也没错吧？可钱这东西，哪里有个尽头？你赚了10万，就想着早点赚到100万……女儿没了，老婆也和我离婚了。一个人这样糊里糊涂地过了一辈子，到头来死也死不痛快。我这辈子也没杀人没放火的，可是老天为什么要夺走我的女儿？她说我害死了她，一定是因为出事的那天我食言了，我本来要带她去外面旅游的，流星雨有什么看头？我可以带她去挪威看极光……”

“这些天我总是做噩梦，梦到很多我曾经对不起的人，他们掐着我的脖子，想要我的命。现在……老天要拿走我这条命，也是为了给我一个机会去赎罪，可能我天生就不是一个好人。”

林念恩徐徐道：“人到了这个时候，不要还沉迷在不能改变的过去里，哪怕到生命的最后一刻，也要尽力而为。”

周振喃喃道：“尽力而为？可我现在这个样子，什么都不能做了。”

“只要心脏还在跳动，一切都为时不晚。等到一切都化为尘土，秘密只能成为秘密，就真的来不及了。”

周振欣慰地看着她：“也许吧，总之谢谢你陪我这个将死之人说话。”只是这一会儿的时间，他觉得像是用尽了全部的气力。

林念恩站起身：“我的督导曾经告诉我，人生走到尽头，留下的每一句话都比金子还珍贵。这样看来，我也在受益。您好好休息，有事情可以再联系我。”

她关好门离开时，并没有看见一道鬼鬼祟祟的身影仓皇而逃。

餐厅。

午饭时，林念恩看到年永春正和一个西装革履的中年男人坐在一起吃饭。

宋晚顺着她的目光看过去，惊呼：“那不是著名节目主持人嘛！这里果然是高档的地方，来的人都这么有名头。”

林念恩啧啧赞叹：“没看出来年主任的人脉这么广。”

有人主动解释说：“你们来医院的时间短，所以可能不太知道。其实年主任这些年一直没有放弃过寻找他的女儿。那个主持人最近开播了一档专门寻人的节目，收视率很高。”

“年主任居然结过婚……还有个女儿？他的女儿是怎么不见的？”

“听说是被拐卖，具体的我也不清楚了……不过这是别人的伤心事，你们可别去多嘴。”

宋晚忙不迭地点头：“可怜的年主任。那些人贩子真可恶，孩子多无辜啊！现在很多人都不愿意生孩子，所以才会有人想方设法地去买。我以前实习的时候，遇到过好几例未婚先孕的少女，一个个都偷偷跑去小医院堕胎，甚至不惜从家里偷钱。要我说，女人最好不要随便堕胎。这种事咱们方主任最有发言权了！”

方瑞君一直沉默地坐在旁边，闻言，脸色有些苍白。她无力地扯出一个笑容：“好好地吃着饭，你们也能说到这种话题，不觉得倒胃口？”她说完，抬手去拿柠檬水。

林念恩见她的手有些发颤，心下生疑。坐在她对面的江牧也抬起头，视线交会时，两人似乎都领会了对方的意思。

“在聊什么？气氛这么凝重？”年永春端着盘子坐下来。

大家面面相觑，都没说话。

宋晚连忙寻了一个话题，拍了拍林念恩的肩膀说：“我们在说念恩姐加班的事，当然气氛凝重。刚刚我们去唱K都没敢叫她，只好临时拉了江医生去，可惜他从头到尾只做了观众。明明去白城前，也是在KTV，他和念恩姐还一起唱了首情歌呢！那首歌叫什么来着……”

林念恩险些一口饮料喷了出来，她下意识地看向江牧，谁知那家伙一点反应也没有，垂着头专心吃饭，好像这里的话题都与他无关。

她连忙打断宋晚："我可没你那么好运还有时间去唱 K，要不然你也一起跟在我后面做个案，就当见习了。"

宋晚一听，吓得直摇头："别别别，好不容易放个假，你还是放过我吧。更何况对方是科顿集团的老总哎，我可不够格！"

原本有些低沉的气氛霎时活络起来。

"要我说啊，这有钱人也挺惨的，生命要走到尽头了，攒的钱都留给别人了。"

"可不是？这里住院部的一个医生是我的同学，他说这两天那个周总时常被噩梦惊醒，而且每次醒来都会说些奇怪的话。"

方瑞君突然放下筷子，好奇地问："什么奇怪的话？"

"不清楚……好像就是什么对不起啊之类的。说不定是他以前做过亏心事，所以……"

"别乱说话哦，小心祸从口出。"年永春接话，"钱这种东西，本就没个尽头，赚不完也花不完。要我说，年轻人还是去谈恋爱吧，恋爱多美好。"

"花不完是什么感觉，我好想知道。恋爱又是什么东西？我们部门可都是单身狗。"宋晚一声叹气，所有人都笑了。

话题很快被转移。

"单身才能卖力工作啊，说不定你就能知道钱花不完是什么感觉。"林念恩将一块牛排放进嘴里，不知道是不是她眼花，刚刚那一瞬，她似乎看到江牧勾了勾嘴角。

"咳咳……你们部门确实男女比例严重失调，我回去后要和领导反映反映。肥水不流外人田，咱们院的青年才俊那么多，要多联系联系，内销得了。"年永春说完，瞥了一眼从始至终安静吃饭的江牧。

宋晚一听，连忙嚷嚷："主任您可要说话算话！"

"小宋晚，你看我何时撒过谎？来之前说请大家看电影，今天下午就包了场。就是你们上次去白城错过的大片，我可是自掏腰包。"

"哇哦！主任万岁！"

在宋晚的带动下，所有人都举起饮料来了个集体碰杯。林念恩抬起头，恰好看到江牧把视线从她脸上移开。

一行人吃完饭便兴冲冲地去了观影区。

林念恩被宋晚拉着在前排坐下，年永春坐在她的另一边。

“方主任刚刚临时走了，好像很着急。她说等会儿回来，问题是错过开头，后面会很难跟上剧情的。”宋晚往嘴里塞了两颗爆米花，随口道。

“你看到她去哪儿了吗？”

“不知道，好像不是往咱们住的地方走。”

灯光很快暗了下来，宋晚也停止了交谈，专心看起了电影。

这是一部科幻大片，剧情惊险刺激。

林念恩很快也被吸引了注意力，盯着屏幕看得格外认真。她随手去抓旁边插着的一桶爆米花，谁知旁边的人也同时伸了手，将爆米花整个直接抱走。

正放到精彩的地方，她也没多想，手臂一伸，连抓了好几下却没拿到爆米花，反倒碰到一片温热，相触的那一刻有坚实的触感，像是肌肉……

下一秒，她的手腕被人毫不客气地捉住并丢了回来。

“又乱摸。”嘲弄的语气。

她吓得连忙摘下 4D 眼镜，转头便看到江牧冷峻的侧脸，以及他怀里的爆米花。后来她才知道，原来电影刚开场时，年永春就和江牧换了座位，说是坐得太靠前，眼睛受不了，后来他换座位时竟顺走了她的爆米花。

“抱歉……”还好光线够暗，别人看不到她红透了的脸。

“要吃不？”宋晚并没有意识到旁边发生了什么，热情地将爆米花递过来。

“不了，不了，你自己吃吧。”林念恩讪讪地笑了笑，后面的剧情再也看不进去，恨不能立刻逃离现场。

也许正是因为关键情节被人打断，以至于后面她看得云里雾里的。

没一会儿，她忍不住打了个呵欠，眼皮也越来越重，之后竟失去了意识……

3

2007 年 11 月 28 日，西洲市，周家。

林念恩睁开眼时，发现自己竟然和江牧一起出现在了壁橱里。两人大眼瞪小眼，对这样的情况感到很无奈。

“君君，你听我给你解释……”

“我不听！”

外面传来一阵激烈的争吵。透过门缝，林念恩看到方瑞君满脸泪痕地站在窗边。窗外不知何时飘起了小雪，屋内暖气宜人，玻璃窗上蒙了厚厚的一层雾气。

还记得上次进入周振的梦境的时候尚是初秋，没想到此时已经是深冬了。

她四处看了看，地上被胡乱丢了很多东西，狼藉一片。

方瑞君穿着一件纯白的毛衣，小腹微微隆起，但不仔细看并不会察觉。她正小声抽泣，肩膀微微耸动。

周振靠在桌边，手胡乱地抓着头发，不住地叹气。他想要说什么，但张了张口，最终只剩一片静默。

“我再问你一遍，这个孩子……你到底还要不要？”

“我当然想要。我最近做梦，总看到你抱着孩子和我在草坪上玩，他的鼻子和眼睛都像你……”周振的眼中此时盛满了希冀，仿佛那样的画面还在眼前。

“不要和我说这些没用的！”方瑞君猛地转过身，冲到周振面前，抓着他的肩膀，眼泪簌簌地往下掉，“我一开始就说过，我不能接受未婚生子。你当初答应过我的，我也一直在等你。难道等来的就是这个结果？”

周振捧起她的脸，心疼地为她擦着眼泪：“是我的疏忽，她竟然拍到了我们在一起的照片，并以此要挟我。如果我是过错方，即便她同意离婚，我也会失去这么多年积攒下来的一切！你应该体谅我啊，我的心里是有你和孩子的，你再给我一点时间好吗？”

他见方瑞君神色有变，连忙又柔声说：“你听我的，我帮你把工作辞了。我把你送到我的一栋私人别墅，等我骗过她离了婚，我立刻就娶你。到时候，我一定会给你全西洲最盛大的婚礼……”

“你不用再说了。”方瑞君挣脱开他的手，露出一抹凄惨的笑容，她将泪痕一并抹去，“在医院里，每次给别人做流产手术时，我都不止一次地想，如果我有了孩子，绝对不会轻易就这样扼杀他……”她顿了顿，声音凉凉的，“你放心，我不会让你失去你拥有的这一切。只是有一条你要记住，你永远欠我的。”

周振先是怔了怔，而后随手点了根烟，沉声说：“你如果执意不要这个孩子，我也尊重你的决定。但是最后一句话，你最好收回去。我周振从不会受人要挟，你也不要以为自己有多干净，我可以让你青云直上，也能叫你身败名裂。”

方瑞君不敢置信地看着他，身子止不住地颤抖。她忽然双眼发直，伸出手狠狠地掐在了周振的脖子上。

“你这个负心汉！”

周振几乎不费吹灰之力就将她一把推向一边：“你自己冷静冷静，想好了再来和我说。”说完，他拂袖而去。

方瑞君跌坐在地上，哭得上气不接下气。而很快，林念恩看到她的脸色突然变得十分苍白，有鲜血慢慢地沿着丝袜流下来。

林念恩忍不住想要上去帮她，江牧拽住了她的胳膊：“这里是梦境。”

“那我也不能视而不见。”她低声道。

可等她拉开壁橱的门，眼前突然袭来一抹白光。

4

观影区。

“你们还看不看电影了？”

“这个可比电影精彩多了……”

“嘘……小点声！”

……

叽叽喳喳的议论声充斥在周围。林念恩睁开眼，眼前竟有好几个打着闪光灯的手机。她顿时清醒过来，一转过头看到江牧也像是刚醒来的样子。

“你们在干什么？”林念恩伸手将宋晚的手机抢过来，其他人见状，纷纷抱着手机坐回了座位。

林念恩仔细一看，只见屏幕上的她枕在江牧的肩膀上，而江牧的侧脸贴在她的发顶。两人都闭着眼睛，似乎睡得很沉。因为闪光灯的缘故，皮肤白得发亮，同款的4D眼镜看上去像是情侣款。

江牧也将头凑过来，然后拿出手机说：“原图发我。”

“啊？好的！”宋晚坏笑着瞥了林念恩一眼，然后低头摆弄了一番，抬起头，笑容谄媚，“江医生，请查收。”

“嗯。”江牧满意地将手机收好。

林念恩来回看着他们俩，有种自己被人算计了的挫败感。

电影还在继续，围观群众默默散了。

“你明知道他们是唯恐天下不乱，还跟着瞎起哄？”林念恩忍不住侧过头对着江牧嘀咕。

“咱们正好没合照，这张刚好。”

“好什么啊……”

“哪儿都好。”江牧也突然侧过脸。忽明忽暗的光线里，隔着深色的镜片，她的脸又一次烧了起来。

荧幕上正放到激烈处，林念恩默默坐直身子，心跳得飞快。冷静片刻后，她突然想到什么，连忙四处看了看，低声问宋晚：“方主任回来了吗？”

宋晚疑惑地摇摇头：“好像没看到，你找她？”

“没事，我出去一趟。”林念恩说完，站起来走出了观影区，江牧紧跟其后。

身后莫名传来一阵起哄声。

“我总有种不好的预感。”林念恩快步向前走着，因为太着急，险些撞到人，幸亏江牧及时将她拉到一边。

“别慌。”简单的两个字像是带有什么魔力，让林念恩一直突突乱跳的心霎时间安定下来。她点了点头，随后两人一起上了住院部的电梯。

正是春日午后，大多数人都在睡午觉，走廊里静悄悄的。

林念恩走到周振的房门前，刚要拉开门，里面蓦地走出来一个人。

竟是方瑞君。

她看上去有些慌张，面色煞白，眼角犹有泪痕。

“电影这么快就结束了？”对于林念恩的到来，方瑞君难掩惊讶。她又看了江牧一眼，似乎十分诧异。

“我临时想到周董事长约我会谈，就赶过来了。怎么方主任也在这里？”

“我和周董事长以前认识，所以过来看望一下。”方瑞君又恢复了平日里的笑容，她拍了拍林念恩的肩膀，“年主任真是的，放个假还给你安排这么多工作。”

她话音刚落，四下里突然响起了警报声。

林念恩心中蓦地一跳，只见医护人员正从护士站快步走过来。

他们连忙往后让路，没一会儿就听到里面有医生喊道：“病人已经失去意识，打电话给年主任，他也在这里。”

急救的红灯骤然亮起，隔帘唰地被拉上。

五分钟后，年永春也被叫了过来，他一边穿工作服一边嘀咕了句：“你们几个怎么都在这儿……”

林念恩和方瑞君对视了一眼，两人都没有答话。

年永春进去后，江牧不知去了哪里。林念恩转过头看了一眼方瑞君，只见她面色如常，但两只手却紧紧交叠在一起。

不知过了多久，林念恩终于按捺不住：“方主任，你和周董事长是怎么认识的啊？好像之前没听你提起过？”

方瑞君怔了怔，答：“很多年前认识的了。之前我没提，也是觉得像我们这种普通老百姓和那样的人结识，容易遭人非议。”

林念恩又问：“你刚刚在里面，有没有听他说到什么？”

方瑞君摇摇头：“我进去的时候，他已经没什么力气说话了。”

走廊里传来了快速的脚步声。

“撒谎。”江牧从林念恩身后走了过来。

方瑞君惊讶地问：“江医生，你这话是什么意思？”

“我刚刚去看了监控，你是最后一个进入病房的人。你们俩谈话的时候情绪都很激动。”

方瑞君一时哑然，她忽然转头看向林念恩，眼睛里透着凛冽的光：“你们俩怎么一唱一和的？是不是他和你们说过什么？”

江牧扶了扶镜框，颔首道：“是，他什么都跟我们说了。”

方瑞君面色一沉，音调陡然升高：“他说了？他都说了？周振！他……他竟然这么……呵，一切都是他的错，他本来就该死！要不是他，我的孩子怎么会死？”

面对情绪失控的方瑞君，江牧将一条银质手链递到她面前：“虽然不知道你是怎么得到它的，但……如果我没猜错，那些快递都是你寄给他的吧？”

方瑞君怔怔地看着他：“是周振告诉你的？他早就猜到了？那怎么刚刚还装作一副很惶恐的样子……”

江牧没有回答她，而是继续说：“你和周振在一起的时候，经常陪他给周璇买礼物，所以除了周璇自己和她的父母，在这个世界上，只有你最了解她。”

空气陷入一片死寂。

良久，方瑞君突然笑了两声：“当然，不要说周璇的礼物，就连他在结婚纪念日送前妻的礼物，都是我陪他选的。那个时候的我真傻，竟然以为那个男人会真的和我在一起，能给我未来……我把那些东西寄给他有什么错？他害了那么多人，凭什么这么痛快地死去？”她话锋一转，如困兽般猛地朝林念恩扑了过去。

江牧眼疾手快地将林念恩拉到身后护住。方瑞君大喊：“他还说了什么？他有没有说自己曾经后悔那样对我和孩子？”

林念恩看着她的样子，忽然也觉得难过：“方医生……其实他什么都没说。”她顿了顿，声音沉沉的，“但是你心虚，所以你说了。”

急救的灯骤然熄灭，年永春最先走了出来，他叹了一口气，回头对旁边的护士说：“打电话让他的亲属过来吧，可能也就这几天的事。”

方瑞君的手臂骤然滑落，眼睛里像是霎时间充盈着水光，但很快又消散了。

年永春对林念恩说：“你进去看看，他现在还有意识，你可以和他说说话。”

“好。”

病房里，各种混杂的药水味还没散去。

周振身上的仪器被撤走了大半，氧气罩上每隔几秒便有一层薄薄的水汽。

他的眼睛半睁着，听到声响，便转过来，直直地看着她。

林念恩便走过去将耳朵贴过去，听到他说“你来了”。他的声音很轻，她甚至不敢大力呼吸。

“我做了一个梦，天和海的颜色几乎都是一样的湛蓝，小孩子光着脚丫在沙滩上跑。每跑两步就会回过头说‘爸爸快来’。”

周振的目光像是投去了很远的地方，在那个地方，他做着一场不愿醒来的美梦。

“这确实是一个很好的梦。”

“不，一点都不好。她……还有他！他们两个浑身是血，朝我走过来，他们说……他们说是我杀了他们，是我！”周振的呼吸渐渐变得急促起来，双手紧紧地抓着床单，手臂和脖颈上青筋暴起。

紧接着，他突然坐起来，指着柜子里那些企图藏起来的东西说：“把那些拿过来！”

林念恩依言照做。

柜子里有少女的连衣裙、棕色的泰迪熊、唱片、书包……她将那些东西一通放在周振的面前。而他将它们抱在怀里，表情由刚刚的狰狞变得祥和起来。

他微阖着眼睛，嘴角微微上扬：“小璇，这些都是爸爸给你买的礼物，你永远是爸爸的心肝宝贝，只要是你想要的，爸爸就算拼了这条老命都会捧到你的面前……是爸爸对不起你……爸爸不该负责什么拆迁！”

然而霎时间，他的脸色又突然变得惨白，他将怀里的东西都丢到地上，目光直直地看着前方，瞳孔涣散：“你们不是我杀死的，不要来找我！不要找我！”

他整个人颓然地瘫倒下去，重重地喘着气：“你看，我现在这样是不是疯了？其实在那个梦的最后，我看到了一面镜子，里面的人太陌生了，那根本不是我……不是我……”

林念恩想说的话很多，但最后还是只说了句：“您的确没有直接杀了他们。”可因果轮回，终是无法完全脱开关系。

周振张了张嘴，眼睛盯着天花板，什么也没说。

她忽然想到自己曾经服务过的大佬，他们中不乏像周振这样事业有成的成功人士。他们弥留之际，和她说的也并不是他们的成功事迹，而是和所有的临终患者一样，细数这一生的缺憾，并对此念念不忘。

林念恩从病房里走出来时，方瑞君正在和江牧说着什么。之后江牧对林念恩摇了摇头。

方瑞君似乎无力极了，倚靠在墙上，脸上的细纹在阳光的照耀下格外明显。

“我陪董事长说过几次话，他跟我提起了你。”林念恩轻轻地说。

方瑞君抱着双臂，手不自然地握紧又放开：“他说了什么？我倒是很好奇。”

“周董事长说，他有愧于你。”

短暂的静默。

“他……还说什么了？”方瑞君的声音有些沙哑，听上去像是隔夜的苦丁茶。

“没了，没其他的了。”

林念恩想，周振欠太多人一句对不起。她替他说一次，应该也没有错。

方瑞君将手揣进了口袋，点点头，转过身离开了。她想到自己和周振最后的对话，确实不怎么愉快。

自己前半生的所有污点是他赐予的，如今他大限将至，也该将这些污点带走。遇到这个人，她曾经感受过片刻的欢愉，但更多的是无止境的挣扎和悔恨。

当时，她躺在一家不知名的妇科医院的手术台上，刺目的光线让她有片刻的眩晕。那一刻，她想自己体会到了此生最极致的悲凉。

从相濡以沫走到相互算计，她没用多久。

从爱极生恨走到云淡风轻，她似乎永远都到不了。

如果可以的话，她宁愿带着这些恨和不甘度过余生。

5

假期的最后一个晚上，宋晚和几个年轻医生一起组织了个小派对。林念恩以身体不舒服为借口，拒绝了邀约。而江牧一向很少参加这类活动，直接婉拒。

晚上九点，派对正迎来一波高潮。与此同时，林念恩敲开了江牧的房门。

“上次你说的事情……我已经想好了。现在既然你已经成为我的‘梦友’，我们有义务信息共享。”林念恩抬起头看着他，表情十分严肃。

江牧怔了怔，将头一歪：“进来。”

两人面对面在沙发上坐下来。

“我仔细看过录像，也问过医生。周振确实是有情绪激动的表现，但并不是加重病情的直接因素，他本就病入膏肓，时日无多。至于顾怀生的事，即便当年方瑞君故意将顾怀生被法院判刑的事情告诉他的妻子，也没有任何法律责任。但她和周振的这些关系一旦公布于众，会让她名誉扫地，不过现在也没有什么实质证据，除了我们的梦。另外，你知道她这么多秘密，那个人并非善类，你以后要多小心。”

江牧没戴眼镜，此时目光沉沉地扫过来，竟让她有一瞬间的失神。

她连忙看向别处，喃喃道：“她单身这么多年，应该是心里一直没放下周振。刚刚听年主任说，周振的前妻并没有打算过来见他最后一面，只是询问他的财产归属。没想到有钱人的家庭关系如此微弱。”

江牧不以为然：“感情这种东西，没了就很难再回来。”

他顿了顿，又说：“但若有了，也很难抹去。”

静悄悄的夜晚，孤男寡女同处一室，随随便便一个眼神、一句话，甚至……一声叹息都多了几分暧昧的味道。

像是夏日里干巴巴的柴火，一点风吹草动就足以掀起燎原之势。

林念恩强迫自己从他的视线里抽离出来，她将红色的笔记本从茶几上推过去：“今天我来找你，把这个也带来了。我现在，将我所知道的……和这个笔记本有关的所有事件都告诉你。”

江牧点头：“好。”

她深吸了口气：“十八年前，我七岁。当时我们一家人去了乡下的太奶奶家，而我自己差点死于意外溺水。被人救醒后手边便有了这个本子，只是我当时没有把它带家。直到我刚进医院工作，赶上太奶奶家的房子拆迁，我去收拾东西时恰好看到了这个笔记本，就顺手带回来了。”

江牧打量着手里的本子，并没觉出有任何异常的地方：“说说细节？”

林念恩支着下巴，似乎陷入了回忆：“那时候时因为太奶奶病重，我们才回去的。我们家那边有个习俗，要让家中年纪最小的孩子和老人同睡一晚。当天夜里，太奶奶去世。第二天给太奶奶送葬，我总觉得她会突然坐起来把我和妈妈从船上推下去，结果我就真的不小心落了水。幸亏被人所救，醒来时手里就拿着这个笔记本。说来很怪，没有人知道这个本子的来历，我当时也没在意。”

江牧的神色突然凝重起来。不可否认，听到林念恩说她曾和尸体共处一夜时，他的心像是猛地被人揪了一下。

原先他一直觉得女人做临终关怀是件很艰难的事，明明是最有生命力的年纪却要时不时地面对死亡。但或许正是因为经历了那样的事情，所以她便在对待死亡时有一种异乎常人的坦然和镇定。

“这个笔记本的神奇之处，你是怎么发现的？”

“一次偶然的机会吧。那时我值夜班的时候去看望临终病人，那个笔记本突然就自己翻动起来，并且会显示出一个日期。第二天，那个病人告诉我，他做了一个美梦，彻底解开了他的心结。没过多久他就去世了，死亡日期正是笔记本上显示的那个。其实后来我发现，我并不是笔记本的操纵者，它自己会选择病人。”林念恩看向他，“在你出现之前，我从来没有进入过病人的梦，更别说……现在和你一起进去。”

江牧蹙眉沉思着：“也就是说，不分时间和地点，你和我，都会被它召入梦境？”

“现在好像就是这样。”林念恩叹了一口气，“这也让我觉得非常巧合。其实更巧合的是，在我们初次相遇之前，我在梦中见过你，八年前的敬亭山。当时我碰掉了你手中的天文望远镜，后来所有的一切都崩塌了……我一直觉得，自从你出现，一切都在发生变化。”

江牧听完，沉默了一会儿，然后沉沉地看着她："当年我陪学长去敬亭山看流星雨，的确带着望远镜。这么多的巧合同时出现，就说明不是巧合。"

林念恩心头一颤，像是在大团大团的迷雾中突然看到一抹光亮。

江牧静静地看着她："有没有这么一种可能，不论你我，也不论那些逝去的病人，每一个人的存在和出现都不是毫无缘由的？"

的确，无论是姜珞还是陆洋，又或是顾怀生、周璇、周振……甚至方瑞君，他们之间都有着千丝万缕的联系。

她急忙问他："那你再好好想想，你哥哥还有没有和你说过和笔记本有关的事？"

江牧的眼神黯了下去，嗓音沉得发哑："不记得了，十岁的那场病差点要了我的命，之后童年的那些事都忘得差不多了。"

不知从什么地方传来一阵嬉笑声，沉寂之后越发显得四周静得吓人。

两人都没有说话。

良久，江牧从沙发里站起来，他站在窗前，颀长的背影几乎融入夜色。

"你相信命中注定吗？或许，我是说或许……我们是注定要遇见的。"他的嗓音干涩而低沉，像是夜幕之下的海浪撞击岩石，一字一句，深入骨髓。

头顶的巨型吊灯散发出迷人的光泽，空气仿佛凝滞了。林念恩的脑袋里不断回荡着他的话，霎时间心跳如雷。

面前的这个人，在三个月前突然闯入她的视线。而后发生的所有事情都与他紧密相连。一直以来，她都以为这个笔记本是她一个人的秘密，过去是，现在是，将来更是。

可是他出现了。

"你愿意相信我吗？"他转过头。

林念恩还没完全回过神："什么？"

"我们一起，找到所有事件的真相。"他的目光笃定而热烈，眼底像是燃着一团火焰。

6

"叮咚——"

突兀的门铃声打破了沉寂。

江牧和林念恩对视了一眼，他对她摇了摇头。

“找谁？”

“江医生！我们来参观你的豪华套间！”是宋晚的声音。

“听说你这里特别好看！明天就要回医院了，你别一个人闷着啦，和我们一起玩啊！”

“就是就是！快开门！”

……

林念恩心下一沉，连忙小声说：“千万不能被他们发现我在这儿……”之后她便蹑手蹑脚地拉开卧室的门钻了进去，末了还探出一个脑袋，双手合十比了个哀求的手势。

江牧的眼底划过一抹淡淡的笑意，没说什么。

等他打开门，眼前的场景让他不禁挑了挑眉。

这些人都喝高了，手里还拎着啤酒，毫不客气地闯了进来。

“天啊……这太不公平了，简直是豪宅啊！”所有人惊叹连连，东瞧瞧、西看看。

林念恩躲在门后，一颗心几乎要跳出胸膛。

一个年轻的护士突然指着紧闭的房门说：“这是卧室吗？”她一边说着，一边往那边走。

林念恩吓了一跳，环顾了一周，发现除了那张 king-size 的大床，房间里什么也没有。

好在江牧反应够快，不动声色地横出一只手臂，挡在那护士面前：“里面就一张床，有点乱。”

他这一说，反而引起了其他人的注意。

“男人的房间，有啥好忌讳的？莫非是金屋藏娇？”喝得上了头的男医生打趣道。

“你们别乱说，江医生一看就洁身自好，他肯定会给我们看的！”宋晚丝毫没注意到江牧极不自然的表情，可劲儿地起哄。

江牧没辙，只好将门拉开给他们看。那一刻，他开始飞速在脑海里组织语言，想着如何解释林念恩的存在。

“哇……果然整洁的男人就是不一样！”只见入目之处，藏青色的床单连一丝褶皱都没有，原本打算看热闹的众人顿时散开。

江牧也有些意外，关门前他还多看了两眼，目光落在某处时，他的嘴角不由得微微上扬。

眼瞧着这些人打算赖着不走，他只好拿着手机去卫生间打了个电话。

五分钟后，前台的服务人员敲开了房门，说是有人举报他们噪音太大。

一群人此时也闹腾得差不多了，索性摆摆手散了场。

江牧关上门，空气终于恢复了宁静，他揉了揉饱受摧残的耳朵，长吁了一口气。他径直进了卧室，拉开窗帘，见林念恩站在窗台上瑟瑟发抖，一时间有些哭笑不得。

“他们走了？”她问。

“嗯。”江牧瞥了她一眼，“需要帮忙吗？”

“不用。”林念恩不在意地摆摆手，她纵身一跃，却不想双腿因为高度紧张且僵直许久的缘故，有些不受控制，落地时更是一阵发软。幸而中途江牧眼疾手快地扶住她，而她也整个人顺势扑入了对方的怀中。

温热的胸膛，熟悉的味道霎时间将她团团包裹住。

“抱歉……抱歉。”林念恩推开他往后退了两步。

“没关系，习惯了。”江牧看出她的局促，索性主动走出房间，去冰箱里拿了两瓶水。

林念恩仿佛如获大赦，她实在不愿意和一个男人在卧室里独处。

江牧递了水给她，她伸手接过，踌躇着说：“刚才你说我们一起找出真相，是不是你已经有主意了？”

“嗯，你以后在笔记本上看到日期都记得第一时间告诉我。为了避免毫无征兆地入梦，最好自己掌握主动权。”

“这样也好，毕竟我也不希望电影院的事再次发生，他们拍了那些照片还不知道会怎么传。而且上次在 KTV 的那个照片我还没解决……”她心中咯噔一下，愣在了原地。

“KTV？什么照片？”江牧奇怪地瞥了她一眼，仰头咕噜喝下一口水。

“就是我们一起唱歌的照片，中午吃饭的时候，宋晚也提到了的，说我们一起唱过歌，哈哈……”林念恩垂着头，反复扭动瓶盖。

“哦，我以为你说强吻我的照片。”江牧弯了弯嘴角，仿佛只是说了一句无关痛痒的话。

而林念恩似乎如临大敌，她紧紧攥着那瓶水，仿佛只有抓牢它才能维持面上的镇定。这家伙一直忍到现在才说，还是用这么轻飘飘的语气，是故意让她难堪？

“我想你应当不是个斤斤计较的人。那天在 KTV 的事，我向你道歉。”一番话说完，林念恩不禁松了一口气，这事儿已经压在她心里很久了。

江牧沉沉地看向她，绵延的晚风卷起了窗帘和女人的裙摆。原本到了嘴边的话突然就打了个转，说出来就变了味。

“你可能对我有什么误解……”他顿了顿，“我这个人向来锱铢必较。别人从我这儿夺了什么走，我定叫其加倍奉还。”

林念恩一怔：“怎么还？难不成你亲回来？”

江牧没说话，其实他本只是想调侃一下她的。

“那也行。”林念恩忽地合上眼，面上似是波澜不惊，但浓密的睫毛却如蒲扇般快速颤动。

可真当她感受到有什么渐渐靠近她时，还是免不了心跳加速。下一秒，肩膀上突然传来一股力道，她整个人像是打了个转，之后一路被人送到了门口。

“这事就此翻篇，晚安。”

林念恩怔怔地看着他，先是怔了两秒，而后心底蓦地窜起一团火。可还没等她发作，对方便毫不犹豫地关上了门。

淋浴间里。

江牧打开了花洒，温热的液体沿着他背脊的曲线一路蜿蜒至脚踝。

哗哗的水流声带着腾起的蒸汽扑面而来。

那段前所未有的经历，此刻正清晰地在脑海中浮现。

……

KTV。

让人眼花缭乱的光线里，四周是此起彼伏的喊麦声。

那天他从卫生间出来，看到林念恩跌跌撞撞地进了个空包厢。他本来不想多管闲事，但路过时还是忍不住跟上她。

谁知毫无防备地，他突然被一股力道按在了墙壁上。

“你是谁？为什么跟着我？”

他先是一怔，之后试图拉开彼此的距离。他并不能理解为什么一个女人会有如此大的力气，她的手带着灼热的温度将他牢牢固定在一个区域里。

更让他惊讶的是，对方衬衣上的扣子松开了两颗，露出一片雪白的肌肤。出于本能，他的目光不由得沉了沉。

“赵天佑你这个浑蛋！你不是跟那个系花走了？现在又突然出现在我面前？无耻！”本是带着愤怒的语气，但此时却显出几分撒娇的甜蜜。

他皱着眉想要结束这场闹剧：“你可能认错人了……”

谁知话音未落，他忽然被人捧住脸，紧接着鼻子被什么东西撞了一下，有湿热的感觉从嘴唇蔓延开。

这个吻实在谈不上温柔，几乎是牙齿和牙齿的碰撞，有那么一瞬他险些有种要反客为主的冲动。

强吻这种事，他并不希望成为被动方。

但理智告诉他，面前的女人只是喝醉酒认错了人。他打算推开她，却在不经意间触碰到她脸上冰凉的液体，与那股温热形成了强烈的对比。这个吻很短促，但像是倾注了太多的情绪，竟然让他尝到一丝苦涩。

……

以前他被室友拽去旁听恋爱心理学，那个满脸络腮胡的教授张口便说：“遇到对的人，只需要 0.2 秒便会释放大量多巴胺，从而引发的一切冲动行为都能被理解。”

可是对于此，他从一开始就不以为然。

从十岁到二十八岁，他在美国待了整整十八年。

在那样自由开放的国度，他始终觉得两性之间的任何亲昵举动都可以被情感以外的因素所解释。

包括她接连强吻和壁咚他。

也包括他在十分钟之前，想要吻她的冲动。

第七章

深夜难眠

·她的心广袤如深海，既能容得下生死，也容得下这世俗烟火。而这样的她，足够吸引他的全部注意。

1

温泉度假回来的第二天，科顿集团为董事长周振举办了声势浩大的追悼会。前来吊唁的人络绎不绝，但周振的前妻也只是送了花圈过去，连面都没露。

医院这边，所有人都马不停蹄地投入了紧张的工作，除了方瑞君。

她兢兢业业多年，年假都很少休完，一直被人当成工作楷模。但是这次她不仅休假，还将之前攒下的假期一并请了。有人说她准备去国外旅行结婚，也有人说她旧疾复发，不得不回家休养。

没有人知道，林念恩在周振下葬的那一天被方瑞君约去了墓园。

为了避开周振那边的人，她们见面时已临近傍晚。

墓园的小径旁已经亮起了莹白的路灯，更显得四周幽深静谧。

方瑞君将她带到了一座很特殊的墓碑前，那上面不仅没有死者的照片、生平，甚至连名字都没有。

她将花束放在墓前："这是我为那个未出世的孩子买的墓，无论如何，对我来说，他都是一条生命。"

林念恩垂下头，也默哀了一分钟。她想，这一刻……无论方瑞君曾经做过什么，此时站在她面前的这个女人，仅仅是一个失去孩子的可怜母亲。

她本可以留下这个孩子，说到底是她自己亲手扼杀了他。人活于世，都有自己的执念，因为她看多了未婚妈妈的痛苦，所以决不让自己也走上同一条路。

这究竟是喜还是悲？

“你一定很困惑吧，我为什么会有那条手链。”

方瑞君说完，呆呆地看着墓碑发愣：“孩子是我自己选择打掉的，但刽子手是他周振。周璇下葬当天，就是在这里，我只是想让他来看一眼我的孩子，就一眼……可他却担心落人口舌，怎么都不愿意来！这世上怎么会有如此狠心的人？呵！终究连老天爷都看不下去了，所以才让我在这里遇到了那个叫陆洋的男人。我这才知道，原来他那么宝贝的女儿其实……唉，她的死，也和他脱不了干系！所以从那天起，我让陆洋将周璇写给他的情书拿过来，然后找人模仿她的字迹去写，我一份一份地寄给他，就是想要狠狠地报复他！我不甘心就这样放他走……我真的不甘心……”

方瑞君竟然遇到了陆洋？

林念恩只觉脑袋嗡嗡直响，如果不是亲耳所闻，她实在不敢相信这世上会有这么巧合的事情。也许正如江牧所说，万事冥冥中皆有因果。

“死者已逝，活着的人难道还要继续带着这些痛苦和恨过一辈子吗？”

方瑞君的唇边忽然绽开一抹苦笑：“小姑娘，别拿你们社工的那套来诓我，有些坎我知道自己永远都跨不过，而我，也永远不会自欺欺人。其实这世上有很多结，但有一种结……是死结。你越是挣扎，它收得越紧，最后就永远都解不开了。”

春风吹得人暖洋洋的，可林念恩看着方瑞君的笑脸，只觉得背脊发凉。

新一周，晨会。

因为蔡丽文临时出差，会议在林念恩的主持下反而比平日严肃了几分。

“上周结案五例，这周肾脏科、肿瘤科、重症科都在转介系统上提交了申请，差不多也有五六例。嗯……先确认一下是否真的需要接案。另外，在实习生下临床前，宋晚要记得务必先确认她们已经对病人的基本情况有全面的了解。之前肿瘤科主任向我反馈，有家属说我们的实习生热情有余，但去了病房三次还会把病人的家属弄错，这必须引起重视。”

宋晚忍不住睨了裴梦尧一眼：“后面我会在带实习生的时候注意一下。”

“嗯，除了实习生，其他人更要打起十二万分的精神。夏天到了，温度变化，意味着病人会变多。如此一来医护人员的工作压力也会变大，所以减压小组的活动需要增加频次，并面向所有科室。其次因为气温升高，病人及家属更容易烦躁，这也就需要我们更加注意他们的情绪变化。对了，记得提醒食堂准备一些降暑的绿豆汤放在开水间。”

“好的，明白。”

“差不多内容就这些，还有什么问题？”

林念恩环顾一圈，见大家都笑眯眯地看着她，心中有些异样。

她合上笔记本：“既然没有问题，这周请大家继续加油。”

裴梦尧垂着头和一旁的实习生说着悄悄话，并没有注意到林念恩已经走到她身后，并敲了敲她的桌子。

“在聊什么？”

那名实习生大惊失色，连忙结巴着说：“对……对不起，其实没……没什么。”她实在是太紧张了，一不小心便把手机也摔到了地上。林念恩弯腰捡起来，只见屏幕上赫然是一张像素模糊的照片。正是那日在温泉度假中心看电影时，她和江牧因为被拉入梦中而昏睡的场景。

裴梦尧踌躇了片刻，突然小声问道：“念恩姐，如果你真和江医生恋爱了，可要请咱们吃饭啊。”

“对啊对啊，天大的喜事。”像是受到了什么鼓励，其他人都跟着起哄。

林念恩有些发窘，但仍僵着脸。她将手机还过去，而后走回自己的位置拍了拍桌子：“虽然我们部门一向强调自由和平等，但也不代表可以在会议场合随意八卦上级。”她一边说着，目光扫过宋晚和裴梦尧，警告的意味明显。

那两人连忙垂下头互相对视了一眼，笑而不语。

“咚咚咚——”

“请进。”

进来一个护士：“林社工，心理科江医生说有事找你，让你尽快过去一下。”

霎时，整个办公室都陷入了一片静谧。

“好，知道了，我等会儿就过去。”林念恩面上没有什么波澜，拿起笔记本，“咳咳，那边有个案主转介给我，我去看一下。对了，以后可能我们和心理科合作的地方会有很多，也算是一个很好的尝试。”

“哦——”所有人面面相觑，异口同声，“明白。”

林念恩只觉背脊冒出了一层冷汗，连忙离开了办公室。一走出门，她就长叹了一口气。照片，照片……她觉得自己最近似乎逃不开它了。

心理科。

林念恩刚走到门口就看到一个中年妇人正疯狂向江牧推销自己的女儿。

“江医生，虽然我跟你仅仅是病人和医生的关系，可是我看人一向很准。我觉得你一定是个非常适合结婚的对象。你看你，不仅人长得帅，做事情又有耐心和责任感。我有个女儿刚好比你小两岁，改天你来我家吃饭，就算最后不能成，权当是交个朋友也行。”

江牧对于她的话没有什么特别的反应，可当对方突然握住他的手时，他微微皱了皱眉。

林念恩踌躇了一会儿，还是主动敲了门：“打扰一下？”

江牧趁机把手挣脱出来，然后向那妇人介绍：“阿姨，我今天特意帮你约了林社工，她的病人都排得满，特意看在我的面子上才抽空过来。”

“阿姨您好，叫我小林就行。”

那妇人盯着林念恩看了半晌，然后笑道：“原来你就是林念恩，总听江医生提起你，没想到你本人又美又有亲和力。但是呢……”她话锋一转，“我还是觉得如果夫妻双方工作量都很大、每天忙得不见人影，就没有时间顾家了。”

林念恩讪讪一笑，目光瞥向江牧。谁知对方耸了耸肩，俨然一副事不关己，等着看好戏的模样。她忍不住在心里翻了个白眼，真是过河拆桥！

“阿姨，听您这么说，是不是对工作忙碌、无法顾家的生活状态不看好？我爸爸以前也是这样，时常工作到很晚才能回家，我妈就时常在家抱怨。”

“对对对，一点也没错。唉，我先生就是这样，他一晚归，我就总担心他是不是路上出了什么事情，久而久之就成了习惯性失眠，所以才来看医生……”

话题渐渐被引上了正轨，林念恩索性带着妇人进了谈话室。临进去前，江牧对她竖起了大拇指，而她毫不客气地甩过去一记白眼。

四十分钟后，林念恩终于结束了初次会谈。临走前，对方还拉着她的手说：“我认识很多优秀的小伙子，下次我带一些照片来给你选啊。”

林念恩笑着送她一路到电梯门口，回来后一进门就说：“这个阿姨的心结确实有很大一部分来源于家庭。她的丈夫因为是救援队员，所以长期在外工作，还总有生命危险。女儿呢，也总嫌她啰唆，时常不见人影。她自己的父亲半年前摔伤后瘫痪在床，她请了护工，但自己也经常要过去。这样一来，所有的事情叠加在一起，出现间歇性失眠也不奇怪了。”

江牧给她倒了一杯茶：“我给她做过几次治疗，但都是短时间有效，很容易复发。”

林念恩逮着机会，狡黠一笑：“我早就说过，你们催眠治标不治本，关键时刻，还是要我们出马！”

“嗯，男女搭配干活不累。”

连续说了四十分钟的话，林念恩有些口渴，正喝着水，一听他这话险些喷了出来。她扭过身子，索性也不看他，随口问：“像你这样的单身青年，是不是经常遇到这种喜欢介绍对象的热心病人？”

江牧思索道：“主要还是因为条件好。”

“……”

林念恩被他如此直白的自恋噎得说不出话来。她放下水杯，忍不住对着他脸上的金丝圆边眼镜打量了一会儿：“你今天是不是心情很好？你都不知道，我办公室那些小姑娘还说你心情好的时候就会戴这个眼镜，心情不好就戴透明无框……”

闻言，原本在指间高速旋转签字笔突然停在空中。江牧抬头凝视她，似笑非笑：“你挺关心我。”

“没有啊，只是那些小姑娘总喜欢八卦……”声音越来越低。

空气中忽然流淌着几丝缠绵的甜意。

“你是那种眼镜控吗？我从来没见过哪个男人有这么多眼镜。该不会是因为你的眼睛太好看，怕别人一不小心就被你催眠？”

“的确如此。”

林念恩一怔，她原本只是想开个玩笑，万万没想到对方就这样承认了。

她满脸的怀疑：“哪有这么容易被催眠……”

“试试。”

不等林念恩反应过来，她只觉自己对上一道沉沉的目光。

周遭的空气都跟着沉寂下来。

明明不是第一次看到他摘下眼镜，不知是不是提前有了心理预设，她竟有种错觉，好像他的眼睛比平日里更加黯黑深邃，视线灼热，像是冥冥中有股强大的气场和压迫感侵袭而来。

她几乎要忘了呼吸，整个身体动弹不得，意识像被完全抽离了似的。

眼前是一片蔚蓝的大海，空中云影浮动，像极了儿时去太奶奶家看到的场景。她看到年少的自己光着脚丫在沙滩上走着，而不远处，从蓝色天幕下走来了一个少年。他模糊的身影在阳光中像是会发光，金灿灿的，让人移不开眼……

耳边突然传来一阵孩子的啼哭声，声音在耳边越来越大。

她蓦地回过神，只见宋晚正牵着一个两三岁的小女孩走了进来。

“念恩姐，我刚刚在路上发现这个孩子，她好像是和家人走失了。问什么都不说，就是一直哭。我也让人播了广播，但等了好一会儿也没有人来认领。”

林念恩还没完全回过神，看着宋晚发愣。

江牧的声音切进来：“送去保卫科。”

宋晚一脸无奈：“可能保卫科的叔叔表情太过严肃，她刚走到门口就死活不愿再进去，哭得也更加厉害了。我没办法，马上有个减压小组的活动要开始了，办公室里也没人……”她突然转向江牧，“心理医生应该很擅长哄孩子的吧？”

“这个……”江牧正想拒绝，谁知那孩子突然就冲他走了过去，然后对着他莫名注视了两秒，竟然就不哭了。

林念恩终于定了神：“你先去忙吧，等会儿如果家长找过来，就让她直接去导医台那边，我把孩子送过去。”

“好的，那就……麻烦二位啦！”宋晚临走前对他们暧昧地眨了眨眼。

林念恩无奈地摇了摇头，空气中骤然弥漫起一股诡异的气氛。

“突然想起有个会议，我得赶紧过去。”江牧拿起笔记本便要往外走，谁知被林念恩双臂一伸，活活拦住。

“你刚刚对我催眠了？”

“我只是证明一下戴眼镜的原因。”江牧说完，想要绕开她。谁知刚要迈开步子，他的衣角突然被什么拉住了。

“漂、亮、叔叔……”

他低下头，看到女孩天真无邪的一双闪着泪花的大眼睛。

林念恩很不厚道地笑出了声：“身为一个心理医生，该不会连小孩都搞不定吧？”

江牧僵直着身体愣在原地：“你可能对心理医生有什么误解。对于这种无法掌控的事物，我向来避之不及。”

林念恩丝毫没有要帮他解围的样子，反倒摆出一副看好戏的表情：“可是我记得以前小的时候，学校里的心理老师都扮演知心姐姐的角色。”

“我也记得很多年前，你们社工就是公认的社区大妈。”

“偏见。”林念恩一时语塞，索性也没再理会他。

小女娃像是感受到江牧的嫌弃，她扭过头，顿时嘴巴一咧，猛地眨巴了两下大眼睛，眼泪便开始打转，蓄势待发。

见状，江牧的表情也好不到哪儿去，好像再多待一秒就会窒息一样。

林念恩叹了口气，还是决定亲自出马。她先是用免洗消毒液涂抹在手上，然后走过去，蹲下身子摸了摸她的脸蛋：“不哭不哭，阿姨陪你玩儿好不好？”

没一会儿，她又从口袋里拿出钥匙扣，取下上面的小狗消了毒，放在女孩面前晃了晃：“告诉阿姨，这是什么呀？”

“狗……狗。”

哭声渐止。

江牧抱着双臂斜倚在墙上，眼睛微微眯着。晌午的阳光从女人光洁的额头滑向鼻尖，最后落在她嫣红的唇瓣。其实他的记忆里本就丢失了有关童年的记忆，当年他只有十岁，却孤身一人被送去陌生的国度，接受新的寄养家庭、学校甚至是新的父母。

所以，他自然不会和这个年纪的孩子沟通。

可面前的这个女人却似乎逐渐展现出全新的一面，温柔、耐心、甜美、贤惠……他的目光不受控制地跟着她的一举一动，移不开眼。其实他早就发现，林念恩并不是如传言那样冷血。恰恰相反，她的心广袤如深海，既能容得下生死，也容得下这世俗烟火。

而这样的她，足够吸引他的全部注意。

2

孩子的父母很快找到了保卫科，林念恩抱着孩子去了导医台，江牧微笑着将她们送出门。

大厅里来来往往的人很多，林念恩看到那个母亲怀里还抱着一个小婴儿，也在哭泣不止。

“现在我们医院人流量大，你们带着两个孩子，确实要更加小心一点，万一遇到人贩子就麻烦了。”她话音刚落，便见那对夫妇脸色皆是一变。

那个父亲把孩子接过去，当即就一巴掌拍过去：“叫你乱跑！不是说了要跟紧妈妈？”

“孩子还这么小，你别动手……”

“我的孩子，我想怎么管就怎么管！”

孩子吓得大哭起来，对着林念恩便伸出了手，似乎想要离开那个男人的怀抱。不料挣扎中露出了一小截胳膊，上面有淤青。

这很快引起了林念恩的重视。实际上不管是医护人员还是社工部都有对儿童虐待事件通报的义务，林念恩读研时写过此类论文，对这种事非常敏感。

“孩子好像有点不舒服，你先让我看一下。”她试图找一个合适的由头。

谁知男人一听，警惕地往后退了退，甚至大力挥开林念恩的手：“不用了，我们还要赶车回去。”

两个孩子都哭闹起来，周围渐渐有人停下脚步围观。夫妻俩有些焦虑，掉头就要往外走。林念恩连忙按下导医台的报警器，可到底是有些晚了。

紧急时刻，一个穿着绿马甲的女孩从人群中窜了出来，直奔那个男人而去。

她力气很大，直接抓着那男人的胳膊质问：“我看这两个孩子和你们俩一点也不像，他们又一直哭闹不止。你这么匆匆忙忙地想跑，该不是拐来的吧？”

林念恩觉得这声音有些耳熟，仔细一看竟发现是她一直联系不上的叶霜。

叶霜身形骨感却不柔弱，目光仍旧犀利有神。之前年永春说她进了西洲医院的应急志愿队，没想到这么快就上岗了。

男人支支吾吾了一会儿，吼道：“你又算什么东西？”

这一会儿的工夫，保卫科的人也赶了过来。年永春不知何时出现在人群中，他从另一个方向靠近那男人，趁其不备生生将孩子抢了过来。那夫妻俩见形势不对，拔腿就要跑，但很快被保卫科的人擒住。有护士将那女人手中的婴儿也抱了过来。

“拐卖儿童是犯法的！你们这些人为了一己私利，不仅伤害了这些孩子，更让那些失去孩子的父母陷入万劫不复！”年永春忍不住骂道。

林念恩突然想起来，年永春的女儿也是被拐卖的，遇此情景他一定比常人更愤怒。

过了一会儿，警方便来人将他们带回警局盘问。果不其然，这两个孩子都是他们拐骗来的。这件事顿时上了当天的头条，并在全院传开，所有人无不拍手叫好。

中午，餐厅。

林念恩主动请叶霜吃午饭。叶霜的皮肤比之前更加黝黑，看上去还是冷冰冰的，但当时顾怀生离世时在她眼底郁结的悲伤已经渐渐消散了。又或者，她是将那些追忆永远封藏在了心底。

“你离开白城后去哪儿了？”

“去了很多地方，但待得最久的还是非洲。”叶霜开始断断续续地说起在非洲工地上和黑人聊天的趣闻，由此打开了话匣，“没想到年主任还是那么雷厉风行，刚刚万一那个人贩子身上有武器怎么办？”

林念恩忍不住笑道：“你不也是？二话不说就冲了上去，要我说，你们俩倒还真是有几分相似，无论是外形还是性格。”

“你这话听上去一点也不好笑。像那样的主任医生，一定有钱得不得了。他们的孩子从小就活在蜜糖罐里，不像我，没爹没娘，也没上过正经大学，甚至居无定所、四处漂泊。把我和他相提并论，实在寒碜人。”叶霜难得地弯了弯嘴角，笑容有些惨淡。

林念恩一时语塞。也许在外人眼中，医护人员的职业享有好的薪酬待遇和较高的社会地位，可实际上他们也只是芸芸众生的一员，背后不乏苦闷和心酸。

她叹了口气，脑海中突然闪过了一件事。

“那个，我有件事想问你……”

叶霜奇怪地看着她：“有什么直说就行，我最怕人吞吞吐吐。”

“好，我想问的就是顾先生有没有和你提起过他的恩师？你记不记得，我第一次去见他那天，临走的时候他说我和他的恩师长得很像……我也就随便一问，如果你不记得就当我没说……”

她说完，看到叶霜猛地瞪大了眼睛。

“没想到你真会来问我。”叶霜三下五除二地将饭吃完，打开手机捣鼓了一会儿，然后递到了她的面前。

屏幕上是一个邮箱账号和密码。

“顾先生告诉过我，如果有一天你问起这件事，就将这个账号给你。可如果你没有问起，说就当没有这回事。”叶霜很认真地将这番话说完。

林念恩突然觉得心咚咚直跳。

手机振了两下，是叶霜把这个账号发给了她。

“他……”

像是知道林念恩想要说什么，叶霜直接打断她：“你不用问我为什么，因为我也什么都不知道。至于这个账号对你们意味着什么，我并不关心。要知道，生活已经够麻烦的了，我自己的都还乱成一团，更不愿意去管别人的闲事。”说完，她接了个电话就匆匆和林念恩道别，看上去很忙。

林念恩顾不上思考太多，连忙用手机登录那个账号。

等她进入邮箱，发现里面只有一封邮件，点开之前她的手竟有些微微颤抖。可让她意外的是，不知道出于什么缘故打开后只是一团乱码，她接连试了好几次都是这样。

“吃饭玩手机，百害而无一利。”有人从后面拍了拍她的肩膀。

林念恩回过头，看到江牧从她背后绕了过来，他在她对面坐下来，嘴角弯起一个弧度：“听说了你今天的壮举。”

她索性将手机撂在一旁，无谓地笑了：“我倒是没做什么，是年主任和叶霜。没想到白城一别，竟然以这样的方式重逢。听说叶霜最近要留在西洲做志愿服务，而且就在我们医院。说真的，我很佩服这种全身心投入公益的人。”

“每个人都有自己的一套价值体系。拿临终关怀来说，很多人觉得服务有生命力的个体要比生命垂危的人更有价值。但其实是人们的观念还没有完全转变过来，并没意识到生与死是同等重要的。”

林念恩笑笑：“我发现，你好好说起话来还是挺入耳的。”

“那很遗憾，我很少走温情路线。”

周围不时地飘来几道意味不明的视线，林念恩这才意识到自己面前坐了个招蜂引蝶的人。她没再说什么，索性垂下头乖乖吃饭。她的脑袋里还在想着那封邮件的事，有些心不在焉。

手机恰好在这时响了起来，是林母。她接起来刚“喂”了一声，便听到妈妈在那边哭：“念恩，你外公病倒了……”

林念恩心下一沉，连忙说：“你别急，先送医院。我现在就请假赶过去。”她挂了电话，站起来时险些撞翻了汤碗。

江牧也跟着站起来：“出什么事了？”

“我外公病倒了，我现在得去临水一趟。”

“你一个人开车去？”

“我开车送你。”语气中透着毋庸置疑，黑不见底的眼睛里透着笃定和几分炽热。

林念恩本想拒绝，可此时事情紧急，她也顾不得太多。

“谢谢。”她垂着头，竟有些想主动避开他的视线。

3

从西洲到临水，路程不远。

江牧随手打开了音响，林念恩侧头看着车窗，上面映出江牧的半边轮廓。等红灯时，他的手指有节奏地敲在方向盘上，顺着手往上，小臂肌肉的线条优美而流畅。

车子再次开动，江牧无意瞥了她一眼，倒叫她有点慌乱地看向别处。

午后的阳光暖暖地洒下来，林念恩忍不住捂嘴打了个呵欠，没过一会儿就入了梦。

梦中是一场宴会。

她穿了一件雪白的连衣裙，父亲林柏森穿着黑色的三装，领带紧紧地勒着他的脖子。四处有悠扬的提琴声，她牵着爸爸的手，拼命仰起头，好奇地东张西望。

侍应生举着托盘在人群中穿过，身着晚礼服的女士和林柏森点头示意。但奇怪的是，所有人的脸都被光影虚化了，她只能看到脖子以下的部分。

“这不是林所长嘛，今天什么风把您给刮来了？我可是记得之前你对我闭门不见啊。”

林念恩看着面前这个大腹便便的男人，觉得声音十分耳熟。

“所以你现在是在报复我？我去科顿集团找了你很多次，回回吃闭门羹。我没办法，只好到这儿来找你。”林柏森有些生气。

“我和你没什么好说的，看在你今天带女儿来的份上，我给你个面子。你最好老老实实在这儿为我们庆祝，不然的话，我随时可以把你轰出去。别忘了，你马上就不是什么所长……”

“你别欺人太甚！”林柏森上前一步，紧紧揪住那人的衣领。霎时间从四周冲出两个保安，他们合力将林柏森拉开，紧接着，有无数拳头落在了林柏森的身上。

“别打了！别打了！你们不要打爸爸！你们不要打爸爸！”

……

林念恩哭着从梦中醒来，四周静悄悄的。

她这才发现自己尚在江牧的车里，而车子不知何时停在了路边。

“做噩梦了？”江牧的声音将她彻底拉回了现实。

“嗯……”她有点不好意思。

下一秒，有人伸手从她的眼角抚过。

“这么伤心。”江牧看着指尖的泪水怔了怔。

林念恩胡乱抹了抹，更加发窘，她随口问：“怎么停下来了？”

江牧也很无奈：“没人指路。”

林念恩愣了两秒，不由得笑了起来。

车子重新启动。

临水市。

林念恩一进家门，林母就迎了上来。

“妈，外公好点了吗？”

“你别急，其实算是虚惊一场。他大清早的非要上山去种菜，结果劳累过度，一下山就喘不过来气。到医院吸了氧，又和没事儿人一样了。”林母说话间，目光已经不由自主地集中在不远处的男人身上。白灰相间的衬衫包裹住精瘦的身材，看上去高挑而挺拔，五官更是精致耐看。

她并不喜欢戴眼镜的男人，可这个人戴眼镜却十分好看，甚至多了几分儒雅斯文的气质。

林念恩顺着母亲的目光看过去：“妈，这是我们医院新来的医生，江牧。你还记不记得江叔叔？就是以前来我们家和爸爸下棋的？他是江叔叔的儿子。刚刚你打电话给我的时候太突然，人家好心主动送我过来一趟。”

“阿姨好，初次见面，我是江牧。”江牧微微颔首，笑容礼貌而自然。

林母一愣，连忙对他上下打量了一番，连连感叹：“原来是江东元的儿子啊。谢谢你送她过来，路上辛苦了吧，我刚好煮了银耳汤，给你盛一碗去。”

“不用麻烦……”江牧笑着摆了摆手。

“应该的，应该的。”林母对着林念恩连忙使了几个眼色，之后便兴冲冲地进了厨房。

林念恩不免有些尴尬，她将江牧带进了客厅：“如果等会儿我妈说了什么奇怪的话，首先那不代表我本人，其次你也不用放在心上。”

江牧扬了扬眉：“我知道，无非就是把我当成未来女婿在考察。”

林念恩面色一红，半晌才讪讪笑道：“自从我到了适婚年龄，任何一个在我身边出没的异性她都会有这种表现。”

“你还带过其他男人回家？”

“我……”林念恩一时语塞，恰好林母端来了银耳汤，她连忙接过来放在他的面前，咬牙低声说，“多吃点，少说话。”

江牧没答话，低头喝了一小口，之后抬起头对着林母灿烂一笑：“阿姨的手艺真不错。”

“你这孩子……太会说话，那你多喝点。”林母慈爱地看着他，那目光让林念恩都忍不住打了个寒战。她忽然有点后悔搭了这趟顺风车，可反观某人，人家倒似乎完全乐在其中，甚至在林母提出留宿时，他毫不犹豫地就答应了。

林念恩把江牧带到房间里：“我去看外公，你在这儿等我，还有……少和我妈聊天。”

“好。”江牧突然变得乖巧起来。而他的笑容在林念恩离开后顿时消散，他四处打量了一圈，目光从一张张奖状上滑过，最后停在了几张照片上。其中有一张显得格外突出，背景是网球场，穿着白色网球服的林念恩稍显青涩，但面上神采飞扬，格外引人注目。而在她的身边还站着另一个人，拿着网球拍，手揽在林念恩的肩膀上，两人看上去似乎有不同寻常的亲密关系。

他盯着那张照片看了很久。

林念恩走进房间时，外公正半靠在床上看江牧的照片，是林母发给他的。

“这小伙不错，有几分我年轻时的帅气。”

“我妈可真是的！”林念恩见了，又气又无奈，“外公，那只是我的同事，你可别跟着我妈瞎胡闹。倒是你，爬山这种事太危险，你可不能再折腾了！”

“我宁可用钱买酒喝，也不会把钱送给医院。”林老爷子慈爱地捏了捏林念恩的脸，眼中流露出心疼，“我的小念恩瘦了不少啊。”

简单的一句话，却引得林念恩鼻尖发酸。

还记得儿时她最喜欢跟在外公的后面去湖边抓鱼，时常弄得浑身都是泥巴，傍晚提着鱼一进门，爷孙俩就一起站在院子里被外婆数落。每每外婆拿着毛巾给她擦脸，外公就会在外婆的背后对她做个鬼脸，两人一起哈哈大笑。外婆转过身，气得将毛巾丢过去：“你个糟老头！”

外婆去世后，外公消沉了很长一段时间。后来林念恩时常想，如果自己早点长大，早点进入临终关怀这一行就好了，说不定外公能好受一点。

“外公你也瘦了，少吃点零食，多吃点有营养的东西。”

林老爷子点点头：“好。”

晚饭时，林老爷子和林母的目光都围着江牧转，林念恩都有些如坐针毡。可一旁的江牧丝毫没受影响，反倒是格外懂事，主动起身为他们添饭盛汤。

厨房里，林念恩跟过去，终是忍不住打趣：“没看出来，你这个从小在国外生长的人倒比我还懂人情世故。平常在医院，听人说你很少主动做什么，怎么现在这么会献殷勤？”

江牧手下的动作没停，很快便盛好两碗米饭，甚至用两个碗来回倒了一遍，使得饭的顶端弧度优美而饱满。如此动作，将林念恩看得一愣一愣的。

他端着饭经过她：“献殷勤，那我一定是有所图了。”说完，凑近她，笑了笑，“那你说我图什么好？”

厨房空间不大，过道更是拥挤，热腾腾的空气根本经不住这一星半点的撩拨。

等林念恩再走出去，林母惊讶地看着她：“你的脸怎么红成这样？”

“厨房实在太热了。”林念恩恹恹地答了句，之后便垂下头扒了两口饭，耳根烧得发烫。也许是心理作用，她总觉得旁边有道视线时不时地瞟过来，可自己连抬头的勇气都没用。

原以为这一天的尴尬到这里便结束了，谁知吃完饭，她站在厨房洗碗，林母便开始在她耳边轰炸。

“我觉得这小江真不错，是个好孩子。”

"你要相信我的眼光，绝对不会错。"

"……"

水流的哗哗声与客厅里的谈话声渐渐融为一体，嗡嗡嗡的，像是夏夜无休止的蝉鸣，令她心烦意乱。

4

好不容易等一切都安静下来，林念恩却躺在房间里睡不着。

一来是因为近段时间有关父亲的梦境，二来则是和外面睡着的人有关。

翻来覆去了好一会儿，她莫名有些口渴，索性从床上坐起来，披了件衣服，也没敢开灯，小心翼翼地打开门，只见外面漆黑一片，唯有莹白的月光从窗帘透进来，落下一地斑驳的树影。

她本是蹑手蹑脚地往餐桌走，可没一会儿又觉得自己实在太心虚，索性又放开了手脚，但仍努力压下脚步声。可当她开始倒水时，仍不免发出些声响。

"一睁眼以为进了贼。"有些沙哑的声音从身后传来，一只手臂伸过来，也倒了一杯水。

林念恩多少还是有些心惊，她咽下水小声问："被我吵醒了？"

"不是，半睡半醒。"

"哦。"林念恩抿了抿嘴角，又问，"有什么能快速见效的催眠方法介绍一下？"

江牧放下水杯，因为睡觉取了眼镜，此时一双眼睛黑幽幽地盯着她，像是暗夜里攀爬而上的藤蔓："这里不行。"

等到林念恩将江牧带到房间里，突然觉得有些不对劲，可此时若在扭扭捏捏，只会更尴尬。她随口问道："需要什么工具？和上次一样，勺子……还是什么能够在空中摆动的东西？"

空气静悄悄的。

林念恩回过头，发现江牧正站在书柜旁，看着一个相框发愣。她顺着他的视线看过去，只见照片上是西洲科研所，大约站了一排科研人员，统一着白色的工作服。其中最明显的是一个穿着粉色连衣裙、梳着双马尾的小女孩，笑容灿烂。那是八岁的她，由于时间久远，她只记得当时是爸爸带着她去科研所玩，后来不知道为什么就被拉去照了张相。从照片上来看，她那天似乎心情很好。

可江牧明显是在看另一个位置，一个比她稍微年长一些的男孩站在最角落的位置，看上去表情严肃，明显是被强拉过来拍照的。她盯着那个男孩看了一眼，又看了看江牧，喃喃道："仔细一看，这个孩子竟然和你有点相似……该不会就是你本人吧？"她像是突然顿悟，"其实我一直没找到机会和你说，我爸爸是林柏森，是科研所的前任所长。以前你爸还是我爸的下属，咱们俩应该见过面。"

林柏森？江牧有些困惑地看向林念恩，他的记忆里并没有这个人，甚至这张照片的拍摄场景。

"你说的这些，我一点印象都没有。在美国待了那么久，好像就更加不记得小时候的事。"江牧苦笑。

林念恩顿时明白过来，江牧曾经因为高烧丢失了一部分记忆，不记得也正常。

她靠在桌子上，歪着头看他："失去记忆是怎样的一种感受？"

"空落落的，不舒服。"江牧睨了她一眼。暖黄色的光线将面前的女人描摹出一圈细软的轮廓，不同于以往清一色的白大褂、长裤以及平跟鞋，此时的她穿着一身纯色的棉布睡裙，露出两截笔直且白皙的小腿，光脚踩着拖鞋，慵懒、随意，却又不失妩媚。她虽披着外套却仍显出晶莹的锁骨，一缕黑发搭在上面，江牧的目光陡然沉了沉。

"可我觉得，总有些不好的回忆，让人恨不能一觉醒来就忘得一干二净。可越是这样想，那些画面和感受就越清晰。"

"好的或者坏的，我不想忘记，因为那本就是我的一部分。其实我会学心理学，就是为了找回记忆，直至今日，我从未放弃。"

林念恩怔了怔，有些意外，可一时间似乎也不知道如何接话。

"你这人，表面上看起来彬彬有礼，骨子里却透着桀骜不驯，既霸道又张狂。现在你说话的神情倒让我想到上次你说……讨厌被当作替身的时候。"

江牧眸光一沉，回忆道："我哥死后，爸妈接受不了现实，就把所有的希望都放在我的身上，哥哥喜欢什么，我就要学什么。他们希望我能成为第二个哥哥，从外在气质到内在思想。"

"每个人都是不一样的个体，你家里人不该这样伤害你。"林念恩有些愤愤不平。

江牧无所谓地耸了耸肩，表情却藏不住落寞。

但他越是平静，林念恩越觉得心中荡起了波澜。

须臾，她终是忍不住说：“你没有做错什么，错的是你的父母。我很高兴能遇到现在的你……站在我面前的，独一无二的你。”

月影浮动，莹白的光从窗外漫了进来。

江牧深深地看了她一眼，目光中闪着错愕和几分欣喜。

空气突然变得旖旎起来，林念恩不自然地垂下头，手指在相框上来回摩挲。这一刻，她的脑海中不由得出现了那些和林柏森有关的梦境。父亲逝世多年，她其实并不会经常梦到他。

为什么最近这段时间会接连梦到他？偏偏那些梦又那么真实。

“那个……我想，我应该向你坦白一件事。”

“你说。”

“其实我最近时常会做与父亲有关的梦，遇到姜珞的时候，他在梦里对我说他很痛苦，他没有办法……再到顾怀生，我梦到父亲和他对话，要将他转去别的岗位……再后来又是周振，我看到父亲和周振起了争执，他还找人对父亲拳打脚踢……”

江牧有点意外：“你的父亲？好像从没听你提起过。”

林念恩抿起嘴角，顿了顿说：“他已经去世了，在十五年前。”

气氛一下子凝重起来，江牧没说什么，只是沉沉地看向她。

林念恩避开他的视线：“别用这样的眼神看我，其实这么多年过去，我都快把这件事给忘了。其实我今天突然提出来，是因为我隐隐觉得当年我父亲的死没有那么简单。这些梦真实得像是曾经发生过一样。”

“你今天在车上做的噩梦也是？”

“是。而且顾怀生一定是知道内情的，只可惜现在也无法从他那儿得知什么了。”

江牧又问：“顾怀生和你说什么了？”

“没有，他好像并不想主动告诉我，所以只是将这样东西交给叶霜，由她转交给我。”她连忙将叶霜发给她的邮箱账号和秘密递给江牧看，“可惜不知道怎么回事，这个邮件我打开都是乱码。”

江牧扫了一眼，安慰她：“别急，只要不是邮件本身的问题都不难解决。如果你愿意，可以交给我。”

“当然，我们现在已经站在同一条船上了。”林念恩笑了起来。

江牧看着她的笑容，心中一动：“谁也跑不了？”

她终究在他的视线中败下阵来，忍不住伸手隔着空气挡在他的眼前：“有没有人说过……不能和你对视太久吗？”

“嗯，说太久了，怕会爱上我。”

林念恩的心尖猛地一颤，大脑还没来得及做出反应，手上便袭来一抹温热。他伸手将她的手拉下来，声音缓缓而出：“你也会吗？”

寥寥几个字，在她的脑中轰然炸开，全身的血液像是在顷刻间回流，太阳穴突突直跳。

他的手不知何时轻轻捏住了她的下巴，身体下意识缓缓前倾。而那双漆黑如深潭的眼睛此时正牢牢锁住她的全身各处，甚至呼吸。气息越来越近，理智告诉她应该推开他，但她完全动弹不得。

他们都闭上了眼睛，唇齿几乎要碰在一起。

那边突然传来开房门的声音，惊醒了一室旖旎。

许是有人起夜去了卫生间，细碎的声响接二连三地响起来。

林念恩红着脸和江牧草草对视了一眼，她的第一反应就是过去将灯关了。可门外的脚步声却逐渐逼近，江牧正要拉开门，却猛地被身后的人往后一拽。伸手不见五指的黑暗里，林念恩不知道脚下绊倒了什么，整个人重心不稳便向后仰，以至于江牧也被她拉着摔下去。

沉闷的声响伴随着整个身体的反弹，空气仿若凝滞住。脚步声靠近又远去，关门声再次响起，一切又在霎时间恢复了沉寂。

四目相对，近在咫尺的距离，温热的鼻息萦绕在她的正上方，而她的双手抵在两人之间，所触之处一片滚烫。这样的姿势，这样的夜晚，她实在很难再保持镇定，心跳完全乱了频率。

“还需要催眠吗？”江牧沉声问。

“不……不用了。”她侧过头，太阳穴突突直跳。

“晚安。”他离开她，转身出了门。

周遭静得出奇，只听得见她怦怦怦怦的心跳。而林念恩睁大眼睛望着天花板，周身还萦绕着一股淡淡的味道，令她觉得悸动之余还有几分心安。

夜更深了。

第八章
地动山摇

·其实在灾难面前，每个人都是渺小的。我们不是圣人，也可能会胆怯和退缩，但这并不妨碍我们去助人。

1

次日一早，林念恩难得睡了个懒觉。她迷迷糊糊听到门外有谈话声，脑袋顿时清醒过来。昨晚那样闹腾了一番，自己竟穿着外套睡了一夜，实在荒唐。

林念恩从床上坐起来，胡乱抓了抓头发。拉开门，看到外公正在和江牧下棋。她正想默默溜去卫生间洗漱，却冷不丁被林母一声怒吼吓得脚步一滞。

“你怎么睡到现在？人家江医生一大早就起来了。你平常上班不是都很积极，从来都不迟到的吗？”

“我闹钟关了……昨晚又睡得晚了点。”林念恩心下一片烦闷，她越来越觉得昨天在家过夜是个非常愚蠢的决定。

林母又问：“昨晚我记得你十点半就进房间了啊。哦！我想起来了，昨天大半夜我去卫生间，听到你的房间有动静，你不会那个时候还没睡吧？”

林念恩有些心虚，随口道：“要么是我睡不着翻了个身，要么就是你幻听了。好了好了，我去洗漱了，等会儿要赶回去上班呢。”她说完，连忙冲进了卫生间。

“哎……这孩子！”林母直摇头。

“将军！小伙子啊，这下棋最忌讳的就是不专心。”林老爷子唰地展开折扇，笑得意味深长。

江牧听了，难得地愣了会儿神，若有所思。

林母随手打开电视，上面正在放早间新闻。

“今日早晨8点48分，素来有世外桃源之称的白城发生了7.0级强烈地震。据大地震救灾指挥部透露，截至目前，白城地震灾区已发现死亡人数45人，失踪人数60人。各路救援队、医疗服务队、志愿者团队等正在分批次抵达灾区，具体伤亡数字还将持续更新……”

与此同时，林念恩和江牧的手机都响了起来。两人接到指令，由于西洲医院距离白城最近，又刚刚结束医疗服务，对那边的情况最了解，所以已被作为第一批医疗队伍派赴白城。林念恩也不敢耽搁，赶忙洗漱完拿了两个包子便和江牧上了路。

一路上两人都沉默着。

其实以前林念恩在读书时也曾跟随导师奔赴地震灾区，但这一次的心情似乎有些不一样。她的脑海中一时间浮现出很多人，有树下正在下棋的老大爷，也有在田间劳作的恩爱夫妻，更有赶着小鸭子的学龄孩童。

刚刚电视上通过卫星传输回来的画面触目惊心，她甚至不敢想象，原本美得如同世外桃源般的村落此时已变成荒芜的废墟。

2

此次前去白城的医疗队仍旧由年永春带队，林念恩和江牧赶回医院后，就连忙跟着队伍坐直升机赶到了白城。

“现在余震不断，你们所有人都要提高警惕。一旦地面出现摇晃的征兆，请谨记地震自救常识。虽然说抢救伤员是第一要务，但你们的命也同样珍贵。既然我把你们从西洲带过来了，也希望能把你们一起带回去。”

阴沉沉的天空下，直升机发出轰鸣的响声。年永春像是铆足了劲才喊出这些话，他的手有些微微发抖，但依然紧紧握成拳头。所有人似乎备受鼓舞，纷纷紧紧攥着背包带。

不远处，各种机器作业的声音响彻云霄，而他们穿着白大褂大步地向前走，如同即将奔赴战场的勇士。

距离地震发生已经过去了三个小时，整个白城被夷为平地。

电路还在抢修，临时搭建出来的安置区里只有微弱的光亮。四处一片寂静，空气里弥漫着刺鼻的消毒水味和血腥味。除了伤员，其他的幸存者有人站在帐篷外发呆，有人则缩在角落里无声地啜泣。

林念恩不小心踩在了一摊血上,只觉背脊一阵发凉。鞋子上和裤子上溅了血,她走到路旁边拿纸擦了擦，却不想看到一个土堆里有半只手露在外面，因为失去供血已经变得灰白。

站在旁边的宋晚忍不住干呕起来，林念恩也觉得胸口一阵发闷。

“林社工,年主任有急事找你,让你赶紧过去一趟。”有人急匆匆跑过来喊道。

“好，我马上就去。”林念恩说罢，走过去轻轻拍了拍宋晚的背，“你要是实在不舒服就回去休息,不用逞强。”

“我没事的，只是可能一时不适应。你赶紧去找年三任，我在这边看一看有没有什么能帮上忙的。”宋晚脸色煞白，但仍努力挤出了一抹笑。

林念恩点点头，不敢再耽搁，慌忙跟着那人往前走。

空气中泥土的腥味儿很重，眼前的一切都是暗沉的色调。

她走到一堆废墟前，那边站了好几个人，有救援队员，也有医护人员。周围不远的地方有轰隆的机器声。年永春整个人趴在地上，正在对埋在下面的人说话。他的嗓子已有些沙哑，但仍努力用最大音量说着：“大爷，等会儿有人会用起重机撬动钢板，我们先救您出来……”

林念恩走过去，听到底下传来微弱的声音：“谢谢你们，你们快去救别人吧……我在这里陪着她就行。”

“主任。”

年永春闻言，起身走到一旁对林念恩小声说：“这底下有对年迈的夫妇都有生命体征，但是搜救人员分析了这下面的结构后，发现位于上层的老人更容易获救。但是如果我们先救这名老人，另一位老人容易被断裂的钢板压住。现在的情况是,他怎么都不愿意先出来,更不愿意让我们给他输盐水。我让你过来,是想让你劝劝他。”

林念恩沉默了一会儿，说：“好，我试试。”

她走过去，也整个人趴在地面上，透过一个碗大的缝隙往下看。光线并不明朗，但她还是一眼就认出这个老人是当时在树下下棋且赢了的那位。当时就是从他的口中，她慢慢得知了顾怀生。

“大爷,还记得我吗？我是西洲医院的林念恩。”

那位老人整张脸都灰蒙蒙的，额头破了，有血流出来，但已经凝结成块。

他的眼睛往上翻了翻：“记得记得，小林啊。”

林念恩见他的一只手被卡在钢筋里，看上去已经没了知觉，毫无血色。瞬时间让她想到了刚刚路边那只断了的手。她强压住心下蔓上来的酸楚，将手尽可能地伸下去，然后紧紧握住他，那手凉得让她心惊。

“大爷，我拉着你的手，一直到您出来，好不好？”

“小林，我知道你们都是好心。但我想着，人嘛，总要做个伴。我和她吵了一辈子也陪伴了一辈子，总不能在最后关头让她一个人走。反正我都这大年纪，活够了。你们别在我这儿耽误时间，还有更多需要救援的人在等着你们。”

“您听我说，奶奶并不是没有救。而是现在您的位置在上面，只有先救您，奶奶才有一线生的希望。如果再这样耽搁下去，奶奶更支撑不住。”

“你不用骗我，他们刚刚说的我都听到了。你们救我出去，她就活不了。”老大爷没有再说什么，他的手已经没有知觉，但林念恩隐约觉得他想挣脱开。

不远处传来生命探测仪的信号，原来就在老大爷的附近，又出现了幸存者。

机器暂时移动过去，破拆了十分钟后，医护人员先想办法为那位年轻人输盐水。可很快，救援分队长发现原来压着他们三人的重物是互相关联的。如果要救这个年轻人，势必会带来小范围的崩塌，那两位老人便难以生还。

得知这一情况后，那位老人几乎没有犹豫地说：“快去救那孩子，他去年刚考上医学院。这两天他妈妈生病才从学校请假回来。他是个好孩子，以后也会和你们一样，救更多的人。”他顿了顿，因为疼痛皱了皱眉，“小林，听叶霜说是你让顾先生安然离世的，我们白城人都很感激你。”

林念恩一时不知该如何回答，她仍握着他的手，用力捏了捏：“爷爷，我想如果那个年轻的孩子得救了，会永远感激您，并且努力成为一名好医生，救更多的人。还有……上次在树下看到您下棋，对面的爷爷犯规，偷偷换了棋，不过最后还是您赢了。”

老人无力地笑了笑，嘴唇已没有任何血色，他最后说：“谢谢你。”

林念恩和年永春简单沟通了几句，她看得出来年永春很犹豫，毕竟生命本不应该这样衡量，但时间不等人，她只能尊重那位老人自己的选择，虽然这的确很残忍。

天色渐渐暗了下来，机器作业时，满世界都似乎被蒙了一层灰黄的沙。年轻人得救后，所有人也带着一丝希望争分夺秒地将两位老人挖了出来，但他们都已无生命体征。

林念恩亲自给他们盖上了白布，在场的所有人都向他们深深地鞠了一躬。

虽然早已看惯了生死，但林念恩此时仍觉得心中闷闷的，像是有什么堵在那儿。

“其实我挺佩服你的，敢于作出决定和选择。和你这个小姑娘比，我很愧疚。”年永春长叹了一口气，自嘲地摇了摇头。

“我不是做决定，只是尊重他的决定。刚刚的情况，如果我们还继续坚持和犹豫不决，可能失去的就是三条生命。严格意义上来说，我并不是一名医生，我有自己的一个考量。在这个人意识清醒的时候，他做任何选择，我都尽可能地尊重。”

年永春什么都没说，只是拍了拍她的肩膀。

这一天的救援工作就这样接近了尾声，回医疗站的路上，林念恩听到有人议论起宋晚。

“那个从西洲医院来的小姑娘，看上去娇滴滴的，医院怎么会派这样的人过来？”

“就是说咯，胆子小还没什么心理承受能力。她这种人，肯定是一遇到什么危险跑得比兔子还快，然后还假惺惺地掉几滴眼泪装可怜。”

“一看就是养尊处优惯了，跑到这儿来估计就是赚个经历，好回去评奖评职称什么的。”

累了一天的林念恩气得浑身发颤。有多少人愿意用生命交换那些身外之物？也许的确有人为达目的不惜一起，可宋晚一定不是。

至少那个连狗狗去世都会哭得像是失去整个世界的小女孩，从不会用如此肮脏的眼光看待别人。

她本想拉住那两个人理论两句，可终究还是忍住了。

回到医疗站时，她并没有看到宋晚，护士正在帮一个穿着绿马甲的志愿者包扎，正是叶霜。她这才想起来，叶霜目前已是西洲医院应急志愿者团队的一员，没想到她这么快就有了任务。

叶霜的肩膀还在汩汩流着血，处理伤口时她只是皱了皱眉。

“咱们似乎总是在危急状况下见面……你这伤是怎么弄的？”

她的脸上混着泥土和血迹，别人想给她清理，她无所谓地摆摆手：“确实。这伤就是不小心被砸了一下，没什么大不了的。”

“你刚进了应急志愿者团队就有这么艰巨的任务，这里还有余震，你要小心一点。”

“这话该是我和你说，我在外面待惯了，皮糙肉厚的……倒是你，要小心。”仍旧是没有什么感情的语调，但比起两人在白城初遇时已经有温度多了。

年永春正要进手术室，可当他从叶霜身边经过时，如同触电般停下了脚步。

“你这肩膀……”

叶霜顺着他的目光侧头看了一眼，原来是说她肩膀上的胎记，她习惯性地扯扯嘴角：“有什么大惊小怪的，这都没见过？”

“我是说……你的伤要小心一点！”年永春欲言又止，他还想说什么，无奈那台紧急手术还在等着，他只得匆匆又走了。

叶霜包扎好便又急着赶去下一个救援点，随手塞了点面包和矿泉水在包里。她离开前对林念恩说：“你那边是不是有个叫宋晚的？你最好去看看她。”

“是啊……哦，好的。”林念恩想到其实宋晚并未在重大灾害的现场服务过，缺乏经验。除此之外她也确实胆小，突然一下子面对这么残酷的场面，肯定会有很多不适应的地方。

林念恩喝了点水，连忙出去找宋晚。

居民的临时驻扎点仍旧是一派沉闷的景象，所有人无论在做什么，表情都是木讷的，可但凡有点风吹草动就如同惊弓之鸟般露出警觉和慌张的神色。

林念恩在一个棚子前停下脚步，掀起一半的门帘里传来撕心裂肺的哭声，门口还站了几个人。她们说，正在哭的女人一家四口只有她一人幸存，她的丈夫和两个孩子全都不幸遇难。

她点点头，正想着要如何劝慰里面的人，谁知她刚走进去就看到一个穿着橘色马甲的人半跪在地上，伸手抱住了那个正在痛哭的妇人。

是宋晚。

她什么也没有说，只是无声地轻拍着对方的背，一下又一下。

林念恩看在眼里，有欣慰也有感慨。可她没想到，等宋晚从里面走出来，竟突然拉着她跑到一边大哭起来。

“念恩姐，我……我觉得自己好没用。面对这些失去亲人的人，我竟然一句话都说不出来。今天你被年主任叫走后，我想着可以去其他地方帮帮忙，可没想到自己像个青涩的实习生一样，看到别人有需要也不敢上前。其实我不是故意的，当时就是本能反应躲了一下……”宋晚已经有些语无伦次，一想到今天有人说她娇气、胆小、应该回家待着而不是出现在这里，她就觉得又自责又委屈。

天已经完全黑了下来，林念恩没说什么，只安静地等她平静下来。

“也许你觉得别人是在指责你，但其实换个角度想，那是别人对你的期待。你刚刚就做得很好，灾难当前，很多时候一个安慰的眼神、拥抱都比任何话语有作用。”

“真的吗？所以我刚刚没有做错？”宋晚止住哭声，然后不好意思地抹了抹眼泪。

“我在你这个年纪时也是去地震灾区，当时我和一个被埋在地下的人说‘我会牵着你的手直到你被救出来’，可是后来余震发生了，我当时有些害怕，下意识地就放开了他的手。后来在很长一段时间里我都陷入了自责，即便我的督导告诉我，如果我当时没放手，死的就是我和他两个人，多一条人命的区别。今天我同样说了这句话，但最后也没有兑现。其实在灾难面前，每个人都是渺小的。我们不是圣人，也可能会胆怯和退缩，但这并不妨碍我们去助人。”林念恩拿出纸巾帮宋晚擦了擦脸。

“我明白你的意思，我会加油的。等会儿我们继续去走访安置区，我现在好像有用不完的力气，我还想做很多很多事！”宋晚再抬起头时，眼睛里闪着星星点点的亮光。

3

救援工作仍在继续，年永春接连做了五台手术，已经累瘫了，索性直接坐在地上，有护士上来给他补充葡萄糖，他摆手：“药物紧缺，我休息一下就行。”

他闭上眼没一会儿就睡着了，林念恩蹑手蹑脚地过去给他盖了一床毯子。之后，她想了想，又走去了储物室，打算从架子上取一些毯子送到安置区。东西放得有些高，她努力踮起脚，可身旁突然出现一只手臂，先她一步取下了东西。

她扭过头，看到了江牧。

分组之后，他们还没见过。其实也才过了一天，但她总有种错觉，已经过了很久很久了。

“还是这么喜欢逞能。”

“才不是……”她看到他身上的白大褂沾了不少尘土和血迹，脸上也有些狼狈，眼镜片上也灰蒙蒙的。

她伸手将他的眼镜小心翼翼地取了下来。她并没有觉得这个动作有任何不合适的地方，也没有注意到对方微怔的神情。

“不擦干净你看得清路吗？”她用纸巾悉心地擦拭干净，很专注。

江牧静静地注视着她，好像有大片的柔情漫了出来：“还好，一眼就看到了你。”

林念恩手一顿，心中一阵悸动。

“因为美貌吧。”她又踮起脚帮他戴上，脸微微发烫。

江牧看在眼里，知道她不好意思，也不戳破。

“我陪你送去。”江牧抱起几十床毯子，调整了一下姿势，而后径直走了出去。

“好。”林念恩想了想，自己又拿了几床毯子放在手里，然后快步跟了上去。

四下里除了机器的作业声便是初夏的蝉鸣声，空气中的味道仍有些呛人，可林念恩却也觉不出这味道究竟是什么样的。

“你今天都做了什么？”她随口问。

江牧想了想：“因为以前有接触过救援的专业培训，能够做一些比较基本的救援工作。除此之外，也给一些幸存者做助眠工作和心理疏导。”

林念恩有些意外，一路上给睡着了的医护人员和救援人员盖毯子，一边小声说：“没想到你会的东西那么多，之前听你说还参加过越野？”

“那边的山川河流、那边的人，都透着一种野性。偶尔开着越野车去丛林探险是件很有趣的事，至于救援的培训也是出于自保，毕竟在那些疯狂背后都蕴藏着难以预知的危险。”

光线不好，路也因为地震的缘故变得高低不平。江牧故意走在林念恩的身后，随时准备施以援手。

“你这个人好像有很多秘密，取之不竭。”林念恩脚下一个踉跄，江牧适时地扶住她：“没关系，你可以慢慢了解。”不知何时，天空中繁星遍布，让这个并不安稳的夜晚变得柔和起来。

林念恩连忙抽回手，不自然地将头发往后拢了拢，眼神闪躲：“谁要了解你啊……”

江牧笑而不语。

两人绕了一圈，等他们回到临时安置点，发现房间里横七竖八地躺了很多人，男男女女都和衣而睡。

她和江牧一同找了个墙角坐下来，头枕在膝盖上，侧过脸小声问他：“你以前也参加过这种类似的救援吗？”

江牧靠在墙上，小臂懒懒地搭在屈起的右腿上，摇了摇头：“这是第一次。”

“感觉怎么样？”

“第一次知道要用鞭炮声去记忆生命的消逝。”在救援的过程中，每死去一个人，就会有人放鞭炮。

“白城这里的习俗还和很多年前一样，我都不知道有多少个春节是在安静的夜晚里度过了。”林念恩打了个呵欠，感觉眼皮越来越沉，像是想到什么，她随口问，“听说你今天遇到了上次那个得自闭症的小男孩？”

之前在白城，江牧为一名自闭症儿童做了几次治疗，但效果不佳。通常这种先天性疾病越晚治疗就越没有治愈的希望，不过在他们即将离开白城时，那个孩子竟然站在人群中对他们挥了挥手。

“嗯。他受了惊吓，所以救援人员无法靠近。当时的情境很紧急，我不得已用了快速近身催眠，他才平静下来。”后面的事，江牧突然不知道如何开口。

当时男孩获救后，他却被困在了钢筋交叠的狭小空间里。很快发生了轻微的余震，救援队暂时无法靠近。在那短短的一分钟里，头顶上有大片尘土往下掉。

其实他从小个性独立，甚至在很多人看来是有些冷漠且难以接近的。以前他在越野赛时遇到翻车事故，车子有一半悬在空中，当时他整个人无法动弹，侧过头看到的是被变形的车窗切割后的天空。他当时想着，如果就这样离世，也不失为一种壮丽。

可时隔数年，他再次陷于生死之间，脑海里却频频闪过一个人的脸。

这个人比寻常女人少了几分娇小可爱，却多了几分干练沉稳。可接触越多，他就越能发现她沉着淡然的表面下是一颗比任何人都细腻敏感的心。她也会因为路痴而迷失方向，会因为心思被戳穿而恼羞成怒，会因为他的几个眼神和几句话而害羞得目光闪躲但仍佯装镇定。或许从他们第一次不算友好的遇见开始，他就注定要被她吸引。

林念恩不知何时睡着了，他将毯子轻轻盖在她的身上，目光在她莹白的脸庞上细细流淌。渐渐地，他也起了睡意……

这场梦来得猝不及防。

2006年8月28日，西洲医院。

各色各样的病人拥堵在门诊的各个角落。救护车来了又走，滚轮在地板上滑动的声音此起彼伏。

那年西洲爆发过一场恶疾。很多人染了不明病因的怪病，起先只是轻微发热，之后就演变成呕吐和高烧不退，皮肤甚至都出现溃烂，最终因各类器官衰竭而死。

林念恩依稀记得那时电视台天天报道，校长也在周一的升旗仪式里告诫他们少去人多的地方，以防止感染。住在她家楼上的一位老奶奶也是因为得了这个病而过世。

当时很多人都以为那只是一场传染病。一开始有猜测说空气中出现了某种致病元素，可能是工厂带来的空气污染。后来才知道，原来那些病本身不可怕，而医药公司用了不合格的药品，这才害死了人。

"让一让！让一让！"

江牧连忙将林念恩拉到旁边。

那是十二年前的年永春，他看上去脸色极差，鬓边竟生出不少白发。他卖力地推着病床往急救室跑去，声音中气十足。

"年医生，你等等。刚刚主任说这台手术他来做，你已经两天两夜没休息了，即便不考虑你的身体，我们也需要对患者负责。"

年永春还想说些什么，但最终那位医生对他摆了摆手："快回去休息吧。你女儿刚刚还打电话过来，问你什么时候回去。"

"那好，我知道了。"他慢悠悠地回了办公室，之后便坐在凳子上发怔，双目无神。他翻出钱包里的一张照片，上面是一家三口的全家福。

林念恩和江牧互相对视一眼，他们听到年永春的同事小声议论着什么。

"这都第几天了？就算是铁打的人也会受不住吧。"

"谁说并不是呢？可他实在可怜，不眠不休地抢救了这么多人，可唯独没来得及救下他自己的妻子，这事换任何一个人都接受不了。"

"他也是想让自己忙一些，这样就没工夫去想伤心事了……"

“不说了不说了，还有一堆病人在等着呢！”

林念恩看着他们渐渐走远，一回头，发现年永春已经换了衣服下班了。他微微佝偻着背，看上去无精打采。两人跟着他穿过长廊，推开门竟发现原本的医院门诊大楼霎时间变成了一个老式院落。

扑面而来的是满室的酒气。

这里是年永春的家。

老钟上的时针走向了晚上八点，乌云遍布，眼看着就要下大雨。

年永春正坐在院子里醉得不省人事，桌上和地上都是空酒瓶，而不远处的墙角还有一些看上去放了几天的酒瓶。可以想见，他每每加完班回家都会喝酒浇愁。

一个小女孩正在门口和其他小朋友玩闹，但渐渐地，其他的孩子都被家长叫回了家，只留下她一个人。突然间来了一个陌生的中年女人，她佯装问路，引着女孩往远处走。林念恩想去阻止，无奈只是一眨眼的工夫，她看到那女人将孩子抱起来，强行塞进了停在路边的面包车后扬长而去。

“爸爸——”微弱的呼喊声消散在空气中。

江牧随手拿了年永春的手机想报警，但电话怎么也拨不通。林念恩拼命摇晃着年永春的身体，但他丝毫没有反应。她此时也顾不得太多，当即冲了出去，对着四周大喊：“抓人贩子！抓人贩子！”

……

梦醒时，林念恩还处于十分紧张的状态，她迫切地想要做点什么。

窗外的天空泛着青灰色，不远处又传来噼里啪啦的鞭炮声。身旁有人动了动，也似乎刚从梦中醒来。

“我梦到年主任了。”林念恩看着窗外阴沉沉的天说。

江牧揉了揉太阳穴，答：“我知道，你还傻乎乎地想要救他的女儿。”

林念恩自嘲地笑了笑：“我总是以为我能在梦中改变什么，明知是徒劳，可眼睛看着，实在做不到无动于衷。”

她心中是真难过。

那时，年永春得知是因为自己喝醉了酒，才让女儿不小心落入人贩子的手里，该有多自责和难过？这些年，有很多人给年永春介绍对象，但他总是一笑置之，似乎对此并没有多少兴趣。如今看来，他心中那份长达十几年的愧疚恐怕早已在心底凝结成了冰霜，永远挥之不去。

“我明白。”江牧沉声说。

霎时，林念恩突然意识到什么。她从口袋里拿出了笔记本，果真看到上面出现了一行日期：2018 年 6 月 10 日。

正是五日后。

“年主任……年主任他……”

此时仍是深夜，她的脑中乱糟糟的。她不敢想接下来会发生什么，更不知道自己能做什么以挽回即将到来的惨剧。她只知道自己现在必须马上找到年永春，然后确认他是否安全。或许她从未想过，有朝一日自己的梦境竟能预示死亡。

江牧显然也察觉了这一点，神色变得凝重起来。

他们四处转了一圈，并没有发现年永春的身影。好不容易找到一个知道情况的人，对方指了指不远处的山头道：“山上的老庙边发现了三个幸存者，是一对婆媳和一个新生儿。年主任和几个医生已经跟着救援队赶过去了。”

林念恩心下沉了沉，只觉太阳穴突突直跳，像是预料到有什么不好的事情要发生一样。没敢再耽搁，她连忙和江牧赶上了山。

等他们到了救援现场，临时照明的光是暗黄色的。老远便能听到有孩子啼哭的声音。一名女医生正抱着孩子轻声哄着，但似乎作用不大。旁边的空地上放了两个担架，上面的人正是之前在白城险些用刀伤人的张姓孕妇和她的婆婆。

“妈，你不该救我的。孩子他爸回来了，我可怎么和他交代？”那女人哭得上气不接下气，一时间也顾不得额头上的伤。

老妇人躺在地上，嘴唇发白。她已经没什么力气了，只是眼睛还望向正在啼哭的孩子。后来，她的目光落在了林念恩的身上，然后手微微伸向她，说：“林……林……”

“大妈，我在这儿。”林念恩连忙走上前，跪坐在她的面前，紧紧抓着对方的手。

“谢……谢。”老妇人的嘴巴张了张，然后又说，“孩子不能没有妈，我应该……应该没做错……”

林念恩见她的瞳孔已有些涣散，心中不免有些酸涩：“您是个好婆婆，也是个好母亲。我想，他们都会理解您的苦心。苦难只是短暂的，一切都会慢慢好起来。”

其实在白城的时候，林念恩几乎每天都会去张家。之前她和这位妇人面谈时，她从起先的拒绝和不认可渐渐转变成接纳。那妇人曾说，自己和媳妇之间的心结是那个夭折的孙子以及久不归家的儿子，本就不是什么深仇大恨，只是时间久了再小的锁也生了锈。后来林念恩临走前最后一次去，那妇人兴冲冲地和她说，儿子以后每周都会从单位回来一次，儿媳妇一大早还起来帮她干了活。

虽是细枝末节，但足以见微知著。

她说，这都是林念恩的功劳。

此时老妇人勾了勾嘴角，眼睛又看向孩子。林念恩见状，连忙把孩子抱过来，贴近她。

“好宝宝，好宝宝……”她亲了亲孩子的额头，将早上刚刚求得的平安符塞进了他的领口里。她的呼吸霎时间变得急促，但很快又慢了下来。最终，她整个人一动不动了。

“妈——”撕心裂肺的叫喊声响彻山谷，鞭炮声也紧随其后。孩子的母亲此时也耗尽了力气，哭喊使得她暂时失去了意识。年永春给她简单检查后，连忙让人将她抬起来往山下送。

叶霜此时也赶了过来，可没想到年永春突然厉声对她说：“不是说你受伤了就不要到山上来？”

“一点小伤，不要紧。”叶霜没理会他，直接上前去扶担架。

年永春一把将她拉到一边：“这里很危险……”

“我当然知道这里危险，但这里的每一个人都一样，你当我是过来玩的吗？我是志愿者，是队里的一员！”叶霜一把甩开他的手，眼中写满不解和隐隐的愤怒。

“好，你说你是队员，那你就要服从安排！我现在命令你回去休息！”年永春又去拉叶霜，但叶霜更加反感。

“我不要你管！”

大家被这突如其来的争执弄得有点蒙。

林念恩更是不理解，她还从没看到年永春如此粗着嗓门说话，还是对一个只有几面之缘的女孩子。

“我……”年永春一时语塞，他的眼睛紧紧盯着叶霜，眼底快速掠过各种情绪。最终他没再说什么，只是默默跟在叶霜的身边，像是想要随时保护她一样。

林念恩觉得有些异样，但一时间也没心思多想。

下山的路格外难走，林念恩和江牧跟在那名抱着孩子的女医生旁边。两人一路都在逗那宝宝，孩子竟没再啼哭，偶尔还发出咯咯咯的笑声。原本压抑沉闷的气氛顿时间缓和了不少。

但所有人都没料到会遇上山体滑坡。

天黑沉沉的，有大颗大颗的雨滴伴着急速滚落的石块砸向了人群。四周充斥着巨大的轰隆声，江牧第一时间将林念恩护在了身下。

等到一切都恢复平静时，只见年永春已经倒在了血泊里。叶霜半晌才回过神来，原来刚刚有石块砸下来，是年永春毫不犹豫地推开了她。

"年主任！"

"快……做心肺复苏！"

"担架！担架再拿一个来！"

"先止血！快！"

现场乱作了一团，林念恩怔怔地看着不省人事的年永春，他的身上有好几处都在渗血，落在灰白的石块上，有些触目惊心。

她还记得自己刚到医院时，很多科室都不认可社工，只有年永春会主动给她们介绍个案，并且还会向其他科室介绍医务社工的职能。这些年他一直待在重症科，强度大但却最吃力不讨好。所有人都说，他一根筋、老实得过分，同时也说，他是一位真正仁心的好医生。

大雨滂沱，山路更加难走。滑坡砸坏了照明设备，大家便用手头能用的设备生生照出一条路。不知过了多久，有越来越多的光亮从山下汇聚而来。

原来是有人得了信息，知道年主任受伤的事，他们纷纷拿出照明的东西往山边走。

这是地震发生后的第一个凌晨，那些闪烁不明的光亮如同繁星般重燃了人们心中的希望。当天早上，这条新闻便登上了各大门户网站的首页，越来越多的人开始关注白城的灾情，而后继的救援部队和物资都一批批送往这里。

4

整整六个小时的手术，几乎所有的医生都上了手术台，但年永春的情况仍旧不容乐观。大雨引发了一系列问题，交通出现了堵塞，连直升机也无法降落。

所有人都知道需要尽快将年永春送回西洲医院，但大家也无可奈何，只能暂时维持他的生命。

为了黄金 72 小时，救援工作继续推进。

这天夜里，林念恩和江牧在医疗站找了个无人的角落以掩人耳目。

“这里是地震区，我们不能在毫无准备的时候被召入梦境，会很危险。等会儿我先让你进入深度睡眠，之后我会自我催眠。我会设定睡前暗示以让我们能够及时在现实中被唤醒。”江牧说完，示意林念恩平躺在地上。

“接下来的时间里，你闭上眼，不要想太多，尽量让脑袋放空。”

“好。”

其实这两天，林念恩几乎没有睡过一个安稳觉。因为只要她一闭上眼睛，脑海里便出现那些浑身布满灰尘和鲜血的人，他们的求救声、哭喊与悲鸣悉数交织在一起。这些都难以让她入睡。

可此时，她闭上眼睛，有低沉且浑厚的男声在徐徐诵念着外文诗。熟悉且好闻的味道萦绕在鼻翼间，这让她感到心安。

入梦的那一刻，西洲市中心的老钟铛铛敲了十下。

2006 年 9 月 3 日，西洲医院。

仍旧是十二年前，此时正是那场怪病集中爆发的关键期，社会各界都高度关注。西洲医院作为接收病人最多的医院成了大众关注的焦点，压力空前。

门诊接待处早已排起了长龙，有人在发放一些降温纳凉的小礼物，而旁边立着的牌子上写着“科顿集团”四个大字，格外醒目。

正在派发礼物的几个人里有周振。不一会儿，他从人群中走了出来，一边烦躁地扯了扯领带，一边打电话，张口便抱怨：“按照你之前说的，我已经在这里站了一个多星期，脸都要笑僵了！是不是差不多就得了？”也不知道电话那头说了什么，他十分不耐烦地挂断电话，转而走到一个空阔的休息室里点了根烟。

穿着白大褂的方瑞君不知从哪儿凑了过来，手中捧着一杯热茶，神情淡然：“刚刚还在那儿慈眉善目，现在就原形毕露？”

周振冷嗤道：“你那边那么忙，竟然有时间来看我的笑话？”

方瑞君看也不看他，轻飘飘地来了句：“听说有人举报你们工厂偷偷换了净化设备，很多项指标都没有达到排放标准，所以这场怪病根本不是天灾而是人祸。”

“不劳你费心。别一副幸灾乐祸的样子，我要是倒了，你就能有好果子吃？不瞒你说，这件事情我已经有了对策。”

他话音刚落，林念恩便看到隔壁的办公室里走出来好几个人，像是病人家属。年永春和当时担任重症科主任的赵泽远毕恭毕敬地将一行人送出了门。

“赵主任，很抱歉。我知道这件事是我的错，我一定会承担全部责任。”年永春看上去精神不济，整张脸都沉了下去。

“我知道你家里最近接连遭遇变故，所以分了心、出了岔子都是能理解的。这样吧，我上次和你说的事你考虑得怎么样了？其实吧，你得罪的那个病人家属就在科顿集团上班，如果你能够答应办成这件事，我相信这个家属也不会再上诉，医院这边也会好办很多。”赵泽远警惕地向四处看了看。

江牧连忙将林念恩拉到一边，装作说话的样子。

年永春慌忙摇着头说：“这可不是开玩笑的小事，我不能随随便便地陷害别人！那个医药公司虽说平日里故意哄抬价格，但并不至于将不合格的药品卖给医院……”

赵泽远皱了皱眉说：“周董事长知道你的女儿丢了，他可是认识不少电视台的人，到时候在媒体上帮你曝光一下，对你而言绝对是有利无害的。更何况，你不是早就向上面反映那家药品公司有问题吗？”

“可是……”年永春有些犹豫。

“别可是了。你要知道现在医院正在省里进行评比考核，最不能沾上这种医疗纠纷。你在这个节骨眼上出了问题，谁都保不了你。要是丢了工作，你还有什么资本去把女儿找回来？你自己再好好想想。”

赵泽远拂袖而去，年永春愣在原地，双手缓缓捏成了拳头。

画面霎时间切换。

上午十点，西洲市地方人民法院。

林念恩环顾四周，发现自己和江牧坐在旁听席里。

律师正在为被告进行辩护：“尊敬的审判长，我申请让证人出庭，并让我的当事人和他进行对质。”

……

“传证人年永春上庭。”

年永春上庭时，他几乎没有勇气去看被告。那是一名医药公司的总负责人，年纪很轻，大概三十不到。他几乎是咬着牙问：“年医生，你口口声声说亲眼看到我因为不合格药品向赵主任行贿，你在哪里亲眼所见？”

“就在一个月前，在赵主任的办公室里。”

“你撒谎……你撒谎！你们分明是让我做替罪羊！你的背后到底是谁在指使？年永春，你为什么要诬陷我？”

“我说的……说的都是实情，这次疫病本来是可控的，但是因为你们这批药的缘故，导致部分病人出现器官衰竭最终丧命。”年永春刚说完，只见那位医药公司的总负责人突然从被告席扑过来，狠狠地抓着他的肩膀，目光中却透着哀求：“你看，我的女儿今年才八岁，她还那么小，你忍心让她的父亲蒙冤吗？”

顺着他的手指，全场都将注意力放在了旁听席上的一个小女孩身上。

“你们不要欺负我爸爸！”那女孩突然大叫，她的妈妈连忙捂住她的嘴。林念恩转过头，忽然觉得那女孩的眼睛和神情格外熟悉，像是在哪里看到过一样。

“尊敬的审判长，被告人的话对我方证人构成了威胁。”

很快有人将那个年轻人拉开，他的眼睛里盛满了愤怒：“难怪你的女儿会下落不明！你这样会遭报应的！”

年永春从始至终都低着头，他的身体不断打着颤，两只手紧紧地攥着。

林念恩见他如此，终于明白，原来这就是年永春此生最大的心结：女儿被拐、他被迫做了伪证。

四周突然剧烈地摇晃起来，所有人都惊慌地四散开。林念恩发觉自己的手被江牧紧紧握住，她扭过头看到他漆黑的一双眼睛，像是不断转动的漩涡，能将周遭的一切都吞噬殆尽。

“醒过来。”他对她说。

……

白城。

林念恩梦醒时，头顶有大片的灰尘和石块往下掉。刺耳的警报声在上空不断盘旋，是余震的警示音。

可是在她身边的江牧并没有从梦中醒来，他的身体蜷缩着，脸上都是汗，口中喃喃呓语着什么，看上去十分痛苦。

“江牧……醒醒！醒醒！”她拼命地摇晃他，但并有没什么作用。

这波余震比之前的几次要严重得多，林念恩一时慌了神。她很清楚，如果江牧无法清醒，凭她一己之力绝不可能将他带出去。眼看着这间房子便要崩塌，她只有两条路，要么逃走，要么留下。

就在她犹豫的片刻，一大块钢筋混凝土从上方坠落。

“小心！”沉沉的一声低吼。

她只来得及仰头，电光石火间，她的手臂被人猛地拉下地面，紧接着又扑入一片温热的胸膛。对方抱着她快速在地上打了几个转，只听“轰隆”一声巨响，刚才顶上掉落的东西已经狠狠在地上砸出一个窟窿。

林念恩被人紧紧抱入怀中，她的脑袋也被护住。眼前黑漆漆一片，但她却并不觉得惊慌，出于本能，她也伸出手回抱住他。

不知过了多久，余震渐渐退去。呛鼻的尘土味充斥在周围，一切都沉寂下来，似乎刚刚的地动山摇只是一场幻觉。

“你还好吗？”胸腔的震动声贴着林念恩的脸一路传到她的心底。

“我还好，你呢？”她从他的怀抱里撤了出来，凌乱的光线透过石块映在江牧的脸上。

“还行。”江牧扯了扯嘴角。

不幸中的万幸，多亏了之前那块钢筋混凝土，为他们隔出了一片狭小的三角区域。林念恩扭动了一下身子，江牧倒吸一口冷气。

“你受伤了？”她的心猛然一沉。

“皮肉伤，你不要乱动就行。”江牧的额头上蒙了一层虚汗，但像是为了安慰她，嘴边还挂着笑。

林念恩不敢再乱动，想了个话茬分散他的注意力：“刚刚的梦境透露了不少信息，如此看来，十二年前的那场疫病其实存在很多疑点。不过我真的很奇怪，赵院长当年为什么要让年主任诬陷那家医药公司？科顿集团的周振与这件事情又有什么关系？”

“赵院长和周振，他们显然是在某件事上达成了一致，目的是为了掩盖真相。”江牧皱了皱眉，又说，“还有一点，你应该也察觉到了，以往梦中过几小时，现实也才几分钟，可这一次现实中却过了好几个小时。可见梦境的时间正在逐步拉长。”

林念恩仔细想了想：“是啊，好像是……梦境的时间正在趋近现实的时间？”

“嗯。”

“对了，你刚才是不是做了噩梦？我怎么都叫不醒你。”

江牧沉默了一会儿，沉声说：“算是吧。”

“可是我们刚刚不是入了同一个梦境？难道你又自己做了梦？”

这一次，江牧没回答她。因为连他自己都不知道，这究竟是怎么一回事。

他明明记得自己在梦中叫醒了林念恩，可下一秒他便被拉入另一重梦境。

梦里是年幼的自己，他和父亲因为什么争吵了起来。当他企图向外奔跑时，父亲板着脸将他拦下来，甚至将他扛在了肩上。

他开始拼命挣扎，但孩子和大人力量悬殊，他的反抗没有起任何作用。最终，他被关在一个房间里，房门被“砰”的一声关上。

“爸爸！放我出去！放我出去！”他疯狂地踢门，用手拍打，甚至用身体用力地撞击四周，但似乎都是徒劳……

这个梦看似虚幻，但那种绝望和无助的感觉却极其真实，像是早已储存在他内心深处的记忆。

林念恩见他不说话，忽然察觉到他在调整呼吸的频率，兴许是为了缓解疼痛。

她此时正勉强和他并排坐着，脑中突然什么，问：“你之前不是说催眠可以止痛？我自小学东西很快，你教教我，说不定能派上用场？”

江牧瞥了她一眼，见她满脸的真诚和笃定，有些哭笑不得：“你当催眠是什么？魔法还是……江湖郎中行骗的戏法？”

“一点幽默感都没有。”林念恩撇了撇嘴。

“倒也不是毫无办法。”江牧的声音又响起来。

林念恩安静了一会儿，终是忍不住问他：“什么办法？”

江牧想了想，说：“我曾经在书上看到一句话，大概意思是说一次激吻能抵得上一片止痛药的功效，以及……接吻能够分泌内啡肽和一些有麻醉效果的抗生素……”

接吻？

林念恩忽然有种肾上腺素飙升的错觉。都这种时候了，他还有劲开这种玩笑？她本该痛骂他不正经，可对方的脸上偏偏是副既认真又严肃的样子，好像真的只是在复述书本上的某句名言。

“你还有心思调戏我，看来伤得没那么重。”话一出口，她又哭丧着脸补充，

“不是调戏，是和我开玩笑……”

江牧皱眉：“书上真是这么写的。”

林念恩红着脸怒道：“你还说？”

江牧默然不语。

在这片昏暗不明的废墟里，林念恩的脑袋里不断回放着危险发生时，他将自己紧紧护在怀里时掌心的灼热。一想到这儿，她的心跳便更加失控，像是有一股热气拼命地往上涌。

该怎么形容现在的处境？本该是生死之间的荡气回肠，却徒留一丝别样的甜蜜。

没过一会儿，有呼喊声从不远处传来。

林念恩铆足了劲大喊救命，企图消除空气中残留的尴尬。

半小时后，她和江牧都顺利被救了出去。搜救队的队长对他们说，这次余震系数不低，但他们实在是万幸。

重见天日后，林念恩这才发现江牧的肩膀殷红一片，看上去伤得不轻。他的胳膊和手背也有不同程度的擦伤，应该是刚刚为了保护她才弄伤的。

一时间她既感动又愧疚，她已经记不清这是第几次了，这个男人总能在危难时不惜一切地挺身而出，只为保护她。

5

江牧的肩上缝了好几针，因为失血较多，他很快便睡着了。林念恩在旁边守了一会儿，忽然想起来年永春还在监护室里，连忙又赶过去。

她走进监护室时，叶霜趴在床边睡着了。而年永春不知何时醒了过来，他正努力抬起手，轻轻地、一下又一下地摸着叶霜的发顶，带着这世间最极致的温柔和慈爱。见手下的人动了动，他连忙收回手，闭上了眼睛。

叶霜本就睡得不踏实，此时从梦中醒来，见年永春仍没有清醒的迹象，眼中露出些许的失望和沮丧。

“你去休息一下，我来替你。”林念恩走过去，小声道。

“不用了，我不累。”叶霜摇了摇头，目光坚定。

她打量了林念恩一眼，说：“你和江医生没事儿了？”

“也算撞大运，我没事，江医生受了点小伤。”林念恩想了想，柔声对叶霜说，“如果天亮后路能通，你还要陪着年主任去医院，到时候更没有休息的时间。

这样吧，你去睡半个小时，我在这里，有任何情况我第一时间通知你。”

叶霜仍有些犹豫。

“体力透支更无法好好照顾他。”

“那好,有什么事你就来叫我。”叶霜说完,又盯着年永春看了一会儿才离开。

周遭霎时又安静下来。

林念恩将门关好，身后便传来年永春的声音：“念恩。”他戴着氧气罩，说话有些不清楚。

“主任，你是不是有话想对我说？”

年永春点点头。

林念恩主动将耳朵贴过去，听到他断断续续地说：“我刚刚，做了一个好长的梦。这辈子，最对不起我的妻子和女儿，还有……还有美西药业的……我这一生太失败……”他似乎没什么力气再说话了。

“其实每个人都会犯错，但不能因为一个错误就全盘否定自己。从我进医院的第一天起，您就一直奋战在救人的第一线。您有过很多升迁的机会，但最终还是选择留在重症科，承受最多的质疑却做着最辛苦的工作。在我心中，您是一位好医生。”林念恩握着年永春微微颤抖的手，看到他的眼眶渐渐湿润，而呼吸也变得急促起来。

“也许吧，这些年不辞辛苦地救人积德，终于老天垂怜，我……我……找到了我的女儿。肩膀……胎记……我找人做了DNA比对。”年永春用残余的力气回握住林念恩的手，“我的银行卡就在……钱包里，密码是工号。帮我交给她，但是不要告诉她身世……”

“女儿？是谁？”

年永春嘴巴张了张，闭上了眼睛，再度陷入昏迷。警报器霎时响起，很快有医生冲了进来。

林念恩看着他们为年永春检查,脑海中忽然闪过一个人。她像是想到了什么,叫住上次为叶霜包扎的护士问：“那个之前伤了肩膀的志愿者，叫叶霜，你还记得吗？她的肩膀上面是不是有胎记？”

那护士先是一怔，而后忙不迭地点着头说：“对对对，我当时还觉得那个胎记有点像枫叶的形状呢。”

林念恩心中已经明白过来。难怪之前在山上年永春要责骂叶霜，那时他就已经得知了一切，因为担心女儿的安危才那么反常。

“年主任怎么样了？”叶霜闻声从休息室跑了过来，她抓着林念恩的胳膊，眼神急切。

林念恩看着她，舌头像是打了结，不知道该说什么。

她想到之前在白城，顾怀生曾经和她提过一两句叶霜的身世“这孩子从小命运多舛，四处流浪，居无定所，好像无亲无故”，现在她仔细回想，当时在梦境中，那个穿着公主裙的小女孩和叶霜一样，有一双让人过目不忘的丹凤眼。

如果叶霜当年没有被拐，她可能完全不是现在的模样：饱经风霜、不拘小节、习惯用冷漠的表情和不算友善的话语来表达警惕和戒备。

造化弄人，十二年后的父女重逢终究无疾而终，几乎随时面临生死永隔。年永春之所以不愿意告诉叶霜，是因为他知道自己大限已至，相认只会带给叶霜痛苦和难以磨灭的愧疚。这是他绝对不愿意看到的。

叶霜看她不说话，心中好像也明白了什么，两人都沉默着。

直升机抵达后，叶霜陪着年永春一同踏上了回西洲的路。在其他人看来，这次白城之行是一场灭顶之灾。但于年永春而言，或许未必是件坏事。可这样的结局多少让林念恩觉得遗憾和唏嘘。

新一批救援队和医疗队即将到达白城，这是林念恩在这里的最后一晚。

叶霜抵达医院后给林念恩打了一个简短的电话，说是年永春已经被送入了ICU。院里特意为他从国外请来了专家，等待着进一步诊断。林念恩险些忍不住想在电话里告诉她一切，但想到年永春之前的叮嘱，她还是将话咽了下去。

晚饭过后，她和宋晚挨家挨户地走访，并将个案记录整理出来准备在明天移交给新来的社工团队。让她们感动的是，几乎所有幸存者都自发地点起了白蜡烛，是为那些地震中逝去的人和那些来帮助他们的人而祈祷的。

“念恩姐，你认识那个救援队长？我看你们刚刚在说话。”

“谈不上认识。只是我因为江医生的转介见过他的妻子，一个长期受失眠困扰的家庭主妇。我也是机缘巧合下，看到他随身带着一家人的照片，之后认出他来的。”

“哦……想起来了，当时那个阿姨一直很热心地要给你介绍对象呢。不过，你找那个队长说什么了呢？”

“也没说什么，就是觉得他们挺辛苦的，表达一下崇敬之心。当然，我和他说要时常给家人报个平安信，毕竟这种工作很危险。如果能够休假，就多在家陪陪家人。我还和他说，小时候我爸爸也常常因为工作晚归，我妈就总是熬夜等在客厅里，熬得身体都不好了。”

“原来如此。我小时候爸爸也经常不在家，不过我妈都习惯了，他们俩属于各过各的。”

第一次听宋晚谈及家人，林念恩有些意外。不远处有孩子看到宋晚，一股脑儿跑过来将她团团围住。

“你们一个一个来告诉我，今天有没有完成任务？”

“有！给爸爸捏肩、给妈妈说一个小故事，给爸爸妈妈洗脚。”

短短几天时间，宋晚已经完全成了孩子王。那些原本质疑她的人里有不少是孩子的家长，渐渐地，他们也对她有所改观。而这一切林念恩都看在眼里，她想到曾经上理论课时老师说的一句话：危机即转机。

这里的每一个人经历过这次浩劫，都将有所蜕变。夜有多幽深，晨光就有多璀璨。

“宋晚姐姐，刚刚听爸爸说，上次我遇到的那个帅哥哥受了很重的伤，流了很多血，他现在好点了吗？”一个女孩拉着宋晚的手问。

林念恩奇怪地看着她们俩：“什么帅哥哥？”

宋晚连忙答：“她是说江医生，上次她弟弟的玩具坏了，江医生那天路过，就帮他修好了。啊，说到这个，你们早上真是吓死人了……我还是后来才知道的，你和江医生为什么会出现在那边？”

林念恩一怔，目光闪烁道：“其实也没什么，就是碰巧，对……碰巧。”

“啊？碰巧？”

“我想起来等会儿还有点事，明天咱们就要走了，你这边忙完就早点回去收拾东西。”林念恩说完，急匆匆地往医疗站走去。

宋晚奇怪地看着她的背影，一脸茫然。

6

明晃晃的白炽灯下，江牧正裸着上半身坐着，满脸倦容，一言不发，像是一幅静止的画。他肩膀上的伤还在往外渗着血，皮肉此时已被线暂时固定住，但看上去仍有几分狰狞。护士用纱布止血时，他也只是微微皱了皱眉。

像是感受到她的目光，他也抬起头看过来。

“怎么突然加重了？上午不是已经止住血了？”林念恩丝毫没注意到自己的语气有什么奇怪的地方。

江牧还没顾上回答，旁边已经有护士主动帮他说：“下午遇到一个对麻醉药过敏的人，江医生只得下到距离地面几米深的地方对他催眠减痛，之后从底下上来的时候动作幅度太大，伤口又裂开了……”

江牧有些无奈地咳嗽了两声：“皮肉伤而已。”

见他如此轻描淡写，林念恩也不知自己怎么了，心底无端窜起一团火：“你早上已经失血过多，你看看你，现在的脸色和白纸一样，需要我给你拿面镜子照一下吗？”

此话一出，整个医疗站都安静了两秒。

江牧还从未见过这样怒气冲天的林念恩，一时不知道该说什么。

临床的一位病人笑着打圆场：“这位医生是担心过度才会这个样子，我可真心羡慕你啊！”

周围传来一阵压低的哄笑声，驱散了空气中弥漫着的悲伤。

“我只是受不了有些人一点也不在意自己的身体，浪费医疗资源……”话声渐弱，林念恩只觉脸颊一阵发烫。

“我晚上还要整资料，现在时间差不多了，你好好休息。”她匆匆丢下这句话便跑走了。

江牧看着她的背影，顺手从一旁拿起衣服披在了肩膀上，也跟了上去。

一屋子人看着夜幕下先后离去的两人，顿时明白过来，纷纷相视一笑。

林念恩一边向前走，一边兀自懊恼，并没注意到自己走错了路。

“你是要去救援现场整资料？”江牧的声音从身后传来。

林念恩攥紧了拳头，半晌才缓缓转过身：“我刚刚看错时间了，先四处转转。”

江牧瞥了一圈四周：“在这里逛？”

“嗯，我现在正打算离开。你身上有伤，最好回去休息。”林念恩说完，手插在口袋里，板着脸往回走。从江牧身旁经过时，却被抓住了手腕。

“今天情况特殊，我保证不会有第二次。”

“你和我保证什么……”她本能地想甩开，谁知用力过猛，拉扯到对方肩上的伤口。

江牧倒吸一口冷气，眉头微皱。

“对不起，对不起……”林念恩见他额头上冒出一层冷汗，心不由得揪了一下，不知为什么，刚刚压下去的火气又冒了上来，脱口便说，“也许我不该生气，可是你能不能顾及一下自己的身体？有病了就看医生，有伤就好好休养。你自己也是医生，难道连这个最简单的道理都不懂吗？”

“放任一个路痴在随时可能发生余震的地方乱走，我无法坐视不管。”江牧侧首看过去，眼底也漫过隐隐的怒气。

这话让林念恩无法反驳，垂下头，不去看他：“我自己有分寸，不劳费心。”

说完，她又有些后悔：“我的意思是……”

“那好。”江牧答得干脆，留给她一道孤冷的背影。

林念恩愣在原地，心里乱成了一团麻。

到底是从什么时候起，自己变得这么矫情了？他救了她，她应该感恩戴德，而不是莫名其妙地对他发脾气。

的确，她没有任何立场去生气的。

7

林念恩不知道江牧是因为剧烈的头痛才离开的。

起初只是些轻微的疼痛，很快便有燎原之势，像是有很多双手在撕扯着他的神经和血脉。

之前他被拉入梦境时也有过类似症状，可他只当是睡眠不踏实而引发的轻微偏头痛。可是这一次的头痛就猛烈多了，整整持续了一天，让他整个人都变得有些烦躁不安。原本好不容易消停了一会儿，却平白受了某人的气，此时脑袋里又是一片翻江倒海。

他强撑着回了休息室，大通铺上空荡荡的。

时间尚早，还没有人回来休息。骤然间眼前一黑，他的身体晃了晃，胳膊便被一双凉凉的手扶住。

“资料不整了？”他此时已浑身发虚，只得任由林念恩江他扶到床上。然后看着她打了水，扭干毛巾递给他。

“对于你这种肩膀受了伤还要逞强的病人，我也无法坐视不管。”适时的以牙还牙。

江牧没吭声，但也不伸手接，瞥了她一眼，目光幽深。

林念恩一时间也顾不得太多，她咬咬牙，将他披着的衣服放到一边，然后用毛巾一点一点将他身上沾到的酒精和血渍擦干净。

窗外有嘈杂的声音，更显得室内一派寂静。空气一下子暧昧起来，她努力将注意力放在自己的动作上，可总觉得有道灼热的视线落在她的脸上。

江牧的确正深深凝视着她，毫不避讳。

他看着她闪动的眼睫和红透了的耳根，心中一动：“以前有人告诉我，女人是种神奇的动物，最类似猫的脾性。你对她好，她却爱答不理，偶尔还会一爪子拍过去。你板着脸不理她，她又会突然悄咪咪地蹭过来。”

林念恩抿了抿嘴唇：“你想说什么？”

“你关心我，我很高兴。”语气中透着极致的柔情，低哑而绵长。

林念恩动作一顿，将手收回去：“刚刚我是口不择言。其实今天的事……即便不是你，是年主任……又或是其他的同事，我也会有这样的反应。年主任已经遭遇了不幸，我不希望我们中的任何一个人有事。你忘了，他曾说希望我们能够一个不少地回到西洲。”

“哦，是我自作多情了。”自嘲的一记轻笑。

林念恩愣在原地，手指不自然地攥着衣摆，暗暗懊恼。

时钟滴答滴答，短暂的沉默。

“我想休息了。”江牧无力地叹了口气，似是在隐忍什么。

林念恩抬头看了他一眼：“你的脸色很差，我去找医生过来。”她说完，刚要转身，却被江牧拉住手，所及之处温度烫得吓人。

“我没事，休息一会儿就行。”江牧说完，整个人已经快透支了，脑袋里像是有无数只虫子来回翻涌，几乎要炸裂开。他瘫倒在床上，眼前疯狂打转，耳边似乎还有林念恩的声音，但他还是很快陷入一片黑暗……

梦中是个雨夜。

他仍被关在房间里，不知被关了多久，他筋疲力尽地坐在地上。他的手边是那个红色的笔记本，它被风吹动起来，纸页哗哗哗翻动起来。

墙面上突然出现了一道虚幻的人影，泛着莹白色的光。

“小牧，你不是总说爸妈更偏爱我吗，其实我反倒更羡慕你，因为你可以做任何你感兴趣的事，不像我，好像人生一眼就能看到头。我就像个傀儡一样，只要按部就班地去做就行。其实每个人在这个世界上都有他存在的意义，都有他需要写完的故事和要完成的使命。可惜我还没来得及做完……你会帮我的，对吗？”是江野的声音。

“可是，哥哥，爸爸不让我出去……我该怎么帮你？”江牧冲到墙边，他伸出手，却只碰到一片虚无。

“你还记得我们上次一起参加的密室逃脱比赛吗？当时我们放弃了所有原先坚持的、深信不疑的一切，最后才拿了第一名。你要记得毁灭即重生……”

墙上的影子消失了。

窗外正下着瓢泼大雨，江牧转过头，忽然眼前一亮。他将床单和被套全部扯了下来，然后用力打成结，做成绳索。一头系在床柱上，另一头扔到楼下。他拽着绳子一点点往下爬，浑身湿透，冻得瑟瑟发抖。

落地的那一刻，窗户里突然探出父亲的头，他对着他吼：“你不许去！”

他不理会他，当即用尽力气拼命往外跑。

雨砸在地上和他全身的每一个角落，漆黑的路像是看不到尽头。

……

白城。

江牧再次醒来时，已是下半夜。他的手心都是汗，背脊也湿漉漉的。

大通铺上已经睡满了人，房间里的呼噜声此起彼伏。偶尔有人换班，便蹑手蹑脚地拿了外套出门，又有人重新躺下来。

他睁开眼，看着满室的黑暗，脑中浮现出刚刚梦中的画面。和之前那个梦一样，他又一次梦到了哥哥江野，还有那个红色的笔记本。

这些梦境，还有江野口中未完成的事……

自己到底答应要帮他做什么？爸爸为什么要制止他？

……

这些问题像陀螺一样飞速地在脑中盘旋，可是他始终无法得出一个答案。他越是用力去想，越觉得脑袋一片空白，甚至还会隐隐作痛。

身边突然传来几句不清不楚的呓语。

他一愣，翻过身才发现原来身后还躺了个人。

借着窗外的月光，他侧过头渐渐看清她的眉眼，不由得呼吸一窒。

林念恩睡得正熟，呼吸声均匀而平缓，她的手里还拿着湿毛巾。

昨天夜里由于江牧发着烧，她只得让护士来给他打了退烧针，之后用酒精帮他擦拭额头和上半身。等他烧退了大半，她才迷迷糊糊地睡过去。原先她只是靠坐在墙上，后来不知什么时候身体就溜了下去。

他慢慢躺平身体，给她盖好毯子，却不想对方突然下意识地往他身边凑了凑。他动作一顿，手臂僵在空气中，两秒之后，缓缓收回来。

窗外有人说着话路过，手电筒的光透过来，映在女人恬静的侧脸上。

昏睡前的记忆重新倒回脑海。

几个小时前，自己竟因为一个习惯性口是心非的女人而心里不痛快。

他很少会这样，这很荒唐。只是这荒唐是从什么时候开始的，他却怎么也记不清了。而现在，他的脑子里还想着更荒唐的事。

周遭再次陷入黑暗的那一刻，他终于情不自禁地靠过去，本想将一个轻吻落于她的额头，不料对方突然毫无征兆地仰起了头，他的嘴唇从她的鼻尖擦过，最终落在了两片嫣红之间。毫无征兆地，林念恩突然睁开了眼。他看不清她的神色，只觉心漏跳了两拍。就在他准备说些什么时，那双眼睛又无声地闭上。

直到均匀的呼吸声再度响起，江牧恍然发觉自己的后背已被汗沾湿，提醒着他刚刚的狼狈。

他小心翼翼地挪到床边，穿了鞋子轻手轻脚地出了房间。

不远处有几个人蹲在墙角抽烟，他素来不沾烟酒，可此时竟有些跃跃欲试。

也许是因为头痛缓解后的劫后重生，也许是因为那个意外之吻带来的几分紧张感和愉悦。

他想，明天回去后需要整理一些事，甚至感情。

晚间的山风凉飕飕地飘过来，他站了一会儿，从口袋里拿出手机，编辑了一条短信。

“等我从白城回来，我们见一面。”

收件人是江东元，他的父亲。

第九章 横生枝节

·一般来说，和异性对视超过五秒，我就能知道她是否对我有敌意。超过十秒，我就能知道她是否对我有好感。如果有进一步的肢体接触，我就能知道她能否和我共度余生。

1

离开白城前，林念恩和众人一起参加了早上的鸣笛默哀。救援队行军礼，其他人都低着头。最后上飞机前，她从已故死者的照片墙前走过，脑海中顿时浮现出第一次来白城时的情景。

四处山青水绿，宛如一幅精致的山水画卷。

然而这场浩劫过后，视线所及之处满目疮痍，令人叹惋。

回程的专机上，飞机遇到气流颠簸了一阵，所有人都从梦中惊醒，露出惊恐的表情。大家面面相觑，没有人说话，但似乎都从对方的眼里读懂了什么。

这些都是地震在每个人心上留下的褶皱，需要等待时间去慢慢抚平。

林念恩回到医院的第一件事便是去看望年永春。

他在西洲早已没有什么家人，此时只有叶霜衣不解带地在床前照顾。她视他为恩人，殊不知两人间有血缘的羁绊。

隔着 ICU 的玻璃，她看到年永春双眼紧闭，对外界毫无知觉。

“年主任真是个可怜人，一辈子也没享过什么福。”

林念恩回过头，看到许久未见的方瑞君。没想到时间过得这么快，她已经休假回来了。上次在墓园，她和她分别时还沉浸在巨大的悲伤里，但此时此刻，她像是完全没受影响，神情还和往常一样，嘴边有淡淡的笑意。

“方主任。”

“念恩，我听说了你们在白城的事迹，我真的很惭愧。休假的这段时间，我将所有通讯工具都关闭了，也没有及时接收到消息。没想到年主任突然遭此横祸……倒是那个叶霜，她就像年主任的克星一样，之前在白城，他不是也帮她挡过一刀吗？这两天好多人都在议论，说这个女孩和年主任非亲非故，居然这样在床边伺候他，说不定不仅仅是为了报恩……”

一想到年永春和叶霜父女永生无法相认，林念恩心中愤慨，一时没忍住，沉下脸说：“您这样说话是不是有些不妥当？年主任危难时刻舍身救人，现在叶霜为报答救命恩人日日在床前照料，这本是一件令人感动的事，怎么从您这里说出来倒变得龌龊了？”

方瑞君见林念恩面色难看，连忙赔笑：“我也是听别人议论，你别介意，我虽然不了解叶霜，但年主任的为人全院上下无人不知，算我刚刚说错话了。”

林念恩终究忍不住说：“您应该更了解什么是人言可畏。也许在您看来随随便便的一句话，可能会给别人带来致命的打击。”

话外有话，方瑞君自然明白她指的是什么，脸色顿时变得煞白。她看着林念恩，心中揣摩着她到底对过去的那些事知道多少。

“你说得对，我还有事，先走了。”方瑞君仍端着笑，她转身时，笑容一点点消失在嘴角。

白城的救援工作全面结束，开始进入漫长的重建。两日后，年永春逝世，按照他生前签署的协议，他的遗体将被捐献于医学研究。

追悼会当天，市领导和院内高层都着正装出席。媒体来了一波又一波，甚至有很多市民自发前来送他。

年永春嘱托要交给叶霜的那笔钱，林念恩思前想后还是去联系了叶霜儿时曾经待过的福利院，然后将年永春的那笔钱给了院长，让院长以叶霜亲生父母的名义将钱转交到叶霜手里。

林念恩自然明白年永春的用意，毕竟他不想留给女儿太多伤心的回忆。逝去的妻子、被逼做伪证的愧疚，他这一生，唯一能留给叶霜的只有这笔存款。

葬礼当天，林念恩想去安抚叶霜，谁知叶霜却拉着她的手说道：“说来真是邪乎。前天晚上，他忽然在半夜睁开了眼睛，手指也能动。他叫我‘颖颖’，一遍又一遍。我以为是我出现了幻觉，后来医生检查后也没说什么。搞不好是回光返照吧，可是更邪乎的是，我昨晚也做了个梦，梦到他牵着小时候的我，叫我‘颖颖’，然后他突然离我越来越远，我一直哭一直哭，醒来的时候枕头都湿了。”

颖颖？应该是叶霜本来的名字。林念恩几乎想要告诉她真相，可话到了嗓子口，还是咽了下去。

“上次从白城回来，年主任和我说，他一直渴望有一个女儿。也许你们投缘，他觉得看到你很亲切。我知道，你心里一定还有很多愧疚。但你需要明白的是，年主任他选择救你，也是希望你能生活得更好，而不是带着这些愧疚郁郁而终。把这些愧疚转化为你未来前行的动力，相信这是年主任最想看到的。”

一向冷言寡语的叶霜蓦地红了眼眶，但她很用力地克制着，终是没让眼泪流出来。一次次生死离别，她仍是那个勇敢坚强的女孩，她还是她。

叶霜走后，留给林念恩无限感慨。

在她连叹了好几口气后，宋晚终于忍不住问她：“很少看你这样，因为年主任吗？”

林念恩点点头，伸了个懒腰：“算是吧。年主任这一走，我突然发现人一旦死去，很多事情就永远成了遗憾，倒不如珍惜当下，每活一天都要用尽全力。”

“这么励志？”江牧不知什么时候来的，他话音刚落，办公室里的女孩子都朝着某人挤眉弄眼了一番。

林念恩连忙放下半空中的手，不动声色地瞪了那群人一眼。

“生活很残酷，偶尔给自己熬碗鸡汤，不过分吧？”

江牧笑笑：“当然。”

“你找我有事儿？”

“嗯，之前说要帮你的忙，现在有结果了。”

江牧说完，林念恩的表情顿时严肃起来，心猛地揪了一下。

社工部的女孩们看到林念恩和江牧进了里面的办公室，都投去暧昧的目光。

而当那扇门关上，里面的气氛却有些凝重。

办公室里。

“我找朋友修复了这个邮箱，不过你可以放心，在此之前，没有人看过里面的内容。”江牧在林念恩的电脑上捣鼓了一阵，敲下回车键。

屏幕上是邮箱的界面，林念恩坐下来，手按在鼠标上，指尖微微发颤。她心里清楚，这里面一定有什么重要的信息，而对于这种未知的东西，总会让她有种隐隐的担忧。

“你可以选择不看。”江牧站在书架旁，头也不回地说。

“不，我没有选择。”事关她的父亲，如何退缩？她咬了咬牙，食指在鼠标上按了下去。

映入眼帘的是一段文字和一些附带的材料，有图片，还有一些报纸的剪贴。

上面写着：“很高兴你能点开它，看到我下面的这些话。但同时我也很自责，本不该让你知道这些。老师如果地下有知，可能会怪我打扰你的生活。但这件事，你应该有知情权……老师也许并不是死于意外，事发当天的录像丢失、保安的证词前后逻辑不通，以及在我企图调查的过程中，一直感受到强大的阻力，好像有什么在制止我去找到真相。因为后来我自己的生活也出现变故，现在只有以下这些资料提供给你……”

鼠标向下滑，是一些当年媒体对林柏森死亡事件的报道。

顾怀生将这些以图片的形式保存了下来。

根据警方的报告，林柏森是失足从楼上坠落的。那天晚上，科研所除了林柏森什么人都没有。

但保安前后两次接受调查时说了完全不同的话。

第一次，他说事发之前他正在打盹。

第二次，他说事发之前看到有人进了电梯，但具体是谁不记得了。

林念恩从座位里站起来，双手交叠在胸前，心怦怦乱跳。

“顾怀生说……他说，我爸不是死于意外。”

江牧问道：“依据是什么？”

“事发当天的录像不翼而飞，还有保安自相矛盾的证词……这些都是疑点。”

江牧摇摇头：“不够明确。”

“这还不明确？他说暗中一直有股力量在阻拦他查清真相！”林念恩匆忙辩驳，但她很快意识到自己的失态，喃喃说，“对不起，我……”

“你先别急，十五年前的案子，警方认定是意外，也没有人提出异议。如果是他杀，不可能一点痕迹都没有。你可以问下你的母亲，当年你毕竟还小……”

江牧的话让林念恩沉默了。

其实自从她开始频繁梦到父亲，她就一直有很多问题想问母亲。可她只要一想到父亲刚出事的那会儿，自己晚上起来去卫生间，总能看到母亲抱着父亲的遗像坐在房间里，一遍又一遍地擦拭。

这些年，母亲一直没有再嫁。每年一到父亲的忌日，母亲就整宿睡不着觉。好不容易现在生活平静了下来，她怎么舍得去揭开那块伤疤？

“不，我不想去伤害她。至少这件事情在完全明朗之前，我都不想让她知道。”林念恩鼻尖一阵发酸，连忙垂下头。

江牧见她如此，眼中漫起一股心疼：“其实，也许并不需要你做什么。”

“什么意思？”声音带着淡淡的鼻音。

“你的梦境自然会告诉你一切。”他忍不住想将此时的她揽入怀中，但手抬到空中，最后还是落在了她的肩膀上，轻轻拍了拍，“别担心，有我在。”

空气中飘着几分暖意。

很快，在江牧的帮助下，林念恩通过各种渠道将父亲的死调查了一番，果然一无所获。但她并没有气馁，因为那些被时光掩藏的真相很可能都与那个笔记本有关。

或者说，与那些案主的梦有关。

2

年主任的死并没有给医院带来什么震荡。

生与死，在这个地方变得极为平常。进入盛夏后，医院上下都格外忙碌，所有人走路都像是带了风。

早会一结束，林念恩收到了江牧的邮件。点开后，上面是一些关于十二年前那场疾病的新闻资料。

她细细浏览过去，发现当年引发社会关注的案件涉事方正是年永春提到的“美西制药”。

庭审过后，美西制药被迫停产，公司的主要负责人因为死者家属的上诉而纷纷入狱。因为伪劣药品致多人死亡，所以最后判决是酌情从重处罚的。那家制药的总负责人在入狱没多久后就郁郁而终。有新闻说他原先的资产早已被转移，事发后他的家人都移民去了国外，从此销声匿迹。

“咚咚咚——”

“请进。”

林念恩抬起头，见是蔡丽文，她连忙起身：“主任。”

“这次辛苦你们了，好在你们平安归来。只是老年他……”蔡丽文长叹了一口气，“他也是个可怜人。”

“年主任总是把别人放在第一位，他是我见过最无私的人。我听说年主任这一走，重症科并没有受到任何影响，一切工作仍井然有序，这恐怕也是年主任的功劳。”

蔡丽文似还心有余悸：“谁说不是呢？老年其实很少回家，毕竟家里也……唉！他一年到头都坚守在岗位上，底下的那些人都以他为榜样。其实这次若不是我恰好去了日本，应该和你们一起去的。当时院里传来消息说老年重伤，我整夜都没睡好，后来就天天为你们两个祈祷。你们要是出了什么事，我一辈子也难以心安。”

“您放宽心，我们俩都平平安安地回来了。更何况这次去白城，我们都有很大的收获，也算是不枉此行。”

“的确，我看晚晚那丫头这次回来后有点不一样了，做事情比以前认真了很多。所以我来是想和你说件事。”

蔡丽文将手里的一份文件递给她，道：“我这次去大阪的仁济医院社工部待了两周，那边的医务社工发展得比较成熟。我和他们主任聊得也投机，所以要了个名额，从咱们这儿挑一个人送去大阪交流学习一年。”

“那主任是打算派谁去？”

“其实本应该派你去的，不过由于我已经向医院递交了辞呈，这边社工部需要你主持，所以这次就让晚晚去。等她学成归来，也好助你一臂之力。”

林念恩本在翻册子，闻言，猛地抬起头看向她：“辞职？主任您要去哪儿？为什么之前都没听您说过？”

蔡丽文拍了拍她的肩膀，面带歉意：“其实这件事我也想了很久，但我最终还是决定去麦城和女儿一起生活。她得了巧克力囊肿，如果近期不能怀孕，可能就需要摘除卵巢，而且她也随时面临囊肿破裂的风险。我这几年一直忙于自己的工作，对她关心不够。这次我做这个决定，一是想过去帮忙照顾她，二是算作对她的弥补。”

林念恩握住蔡丽文的手：“主任帮助过那么多人，相信你的女儿一定会平安的。”

蔡丽文心中动容：“谢谢你。其实真要走了，还有点舍不得。不过医院这里有你在，我是很放心的。”

林念恩面露难色：“主任，我现在还太年轻，不能担此重任……您以后再回来？”

“瞧你紧张的！这种升职的机会可是千载难逢。你跟了我这么久，我相信你的能力。反正这个申请没这么快批下来，我这段时间过去照顾女儿，到时候等她那边稳定了，我还会再回来。你也趁机先适应适应。”

“可是……”

“别可是了……啊，对了，之前江医生不是受了工伤嘛，各科室都有派代表去慰问一下，我想了想，咱们这儿就你和他比较熟，这是地址，你买东西的钱医院会报销的。”

蔡丽文走后，林念恩拿着写着地址的卡片在原地呆怔了好一会儿，直到宋晚进来找她才回过神。

“念恩姐，这两天裴梦尧请了假。她之前接的个案情况复杂，所以我临时决定自己接手。”

林念恩还在想蔡丽文辞职的事，半天才反应过来：“为什么请假？”

宋晚摇摇头：“可能是家里出了什么事吧，昨天她走的时候脸色不太好。”

“那到时候等她来了，多留心一下，看看她是不是遇到什么困难。有什么事及时向我汇报。”林念恩突然打量了她一眼，“我记得你手上还有好几个个案没结，再加上裴梦尧的，你确定忙得过来？”

“没关系，忙一点挺好。”宋晚不好意思地挠了挠头，“从白城回来后，我整宿整宿睡不着觉。本来想去找江医生看看，但是他最近在家养伤。所以我想着，也许工作忙碌一点可以改善睡眠。况且……我觉得我之前对自己太放松了，总是觉得做好手里的事就行，也特别怕麻烦。有时候还要念恩姐你替我值晚班，现在想想真是不应该。”

林念恩看着面前的女孩，一时百感交集。难怪蔡丽文说宋晚从白城回来后变化很大，如此看来，她的确进步不小。

逆境成就人生，这句话并不是白说的。

那么她自己呢？没有蔡丽文做向导，她能否真的做到独当一面？

3

蔡丽文走后，新一波夏季风席卷而来。

江牧打开门时，看到林念恩拎了大包小包的营养品，眉毛一扬。

“例行看望救灾英雄……”

她将东西举起来晃了晃，可抬头的同时，话音突然弱了下去。

面前的男人正裸着上半身，结实而紧致的肌肉显露无遗，沿着腰线往下是一条黑色的休闲长裤，如此一看竟性感得不像话。她的视线如触电般跳转开。

江牧看着她的反应，懒懒地倚在门上，眉眼中都是笑意：“又不是第一次看了。”

林念恩一怔，突然想到之前在白城，他也是如此。可当时因为救灾，大家的心神都紧绷着，即便看到也不会想入非非。

可是现在就不同了，更何况还是在他的家门口。

她将手里的东西往他手里一塞：“任务达成，我还有事……”

“这么敷衍？你干脆快递过来，省得多跑一趟。”江牧顺势握住她的手，轻轻往里一带，“既然来了就别着急走了。”

林念恩还没反应过来，人已经进了门。

客厅。

“喝点什么？”江牧套了件白色的 T 恤，打开冰箱门。

“白水就行。”林念恩在沙发上坐下来，抬眼四处打量。

说不好奇是假的。俗话说得好，想了解一个人，先看他的家。

简单的欧式装修，没有过多的装饰品，整个空间看上去干净而空旷，但细节之处可见奢华。这倒是与江牧给人的感觉很像。可是看上去这里好像只有他一个人住，并不是和他的爸爸江东元住在一起。

“你的伤怎么样了？”她随口问。

“早好了，只是趁机休个假。”江牧将水递过来，“你脸色不太好。”

林念恩怔了怔：“蔡主任突然一走，我有点不适应。但其实也不全是因为这件事，之前先是地震，后面又是年主任……难免伤感。不过唯一让我欣慰的是，我给叶霜介绍了一个稳定的工作，让她在青少年活动中心给那些志愿者定期做培训。我想这也是年主任想要看到的。”

“她知道自己的身世了？”

“你怎么知道……”林念恩惊讶地看着他。

江牧无谓地耸耸肩：“我听到年主任打电话找人做DNA鉴定，后来又很反常地和叶霜起了争执，联系在一起推测……并不难。”

“原来如此。他们分开了这么多年，没想到再见就赔上了性命。”林念恩垂下头，心中觉得悲凉。她觉得自己最近变得脆弱了很多，以前她时常面临生死场面，也从没觉得这么难受。

“他们走到今天这一步，没有人说得清缘由。江医生，你相信命吗？”

江牧闻言，看到不远处的女人抬起头看着他，目光中透着悲戚，但眼睛里干干的，嘴巴微微抿成一条线。这样的她和平日里的那个林社工有太多不一样的地方。

她卸下坚硬的外壳，在他面前露出那个柔软、脆弱的她。

“与其说我相信命，不如说我相信冥冥中的因果。”

“冥冥中的因果……”林念恩默念了一遍。

“你得到这个笔记本，也是因为因果。它选择你，是因为你对生死有自己的理解，你在大悲大痛前表现出沉着，你给予临终病人最大的善意和尊重。”江牧的眼睛黑亮亮的，那目光射入她的心底，足以驱散积蓄已久的阴霾。

这一次，她没有逃避他的视线。

目光交汇时，她感受到身体里像是有什么在用力撞击血脉，在她的心底掀起一阵久违的悸动。

突如其来的手机铃声打断了旖旎的气氛，江牧走去阳台接电话。这通电话比她想象中的久，她闲来无事，便站起来随意走了走，恰好看到衣帽间里有一个像玻璃展台的柜子，里面放着十几副眼镜，他果真收藏了不少……名副其实的眼镜控。

她啧啧惊叹一番，目光倏地扫过了垃圾桶里成堆的外卖盒。

江牧接完电话，听到厨房传来一阵动静。

午后的阳光透进薄薄的一层，他靠在门边，安静地看着那道柔和的身影在眼前忙碌。

以前有个研究恋爱关系的好友曾这样对他说：早上睁开眼看到她在熟睡时微微发颤的眼睫，中午看到她系着围裙在厨房做饭，傍晚看到她在夕阳里踮着脚尖晒衣服，临睡前在她的额头落下一个轻吻。这大概是万千男人心中，对妻子最美的记忆。

林念恩刚关了小火收汁，忽然感到腰间一紧。她侧过头，看到江牧正垂着头帮她系围裙上的带子，动作专注而细致。

“谢谢。”她的呼吸急促起来，耳根微微发烫，有些心猿意马，“你要不要……尝尝看，这是……这是我最拿手的回锅肉，祖传秘制。”她用筷子挑了一块夹起来。

“好。”江牧满意地看了一眼自己的杰作，然后直接探过身咬住，认真地嚼了嚼。这一秒，他的脸近在咫尺，林念恩的手下意识地往后缩了缩。

“不错。”他说。

“是吧？我尝尝。”林念恩强压下心中的激动，也夹了一块放进嘴里，果真咸淡适宜，因为有秘制调料，口感更滑嫩。

“确实不错。”她有些得意地扭过头。

江牧微微颔首，无形中牢牢将她的视线锁住。他的呼吸几乎扑在她的颈侧，灼热的温度从她的耳根一路蔓延向上，几乎扰乱了她所有的思绪。

“你站远一点，小心被油溅到。”她不自然地移开眼，关了火，将菜盛出来。

油烟机的响声也在顷刻间消失，四下里沉寂下来。

“念恩。”江牧第一次这样叫她，却觉察不出任何突兀。

“嗯？”像是预感到什么，她的心突地一跳。

“做我女朋友吧。”

林念恩的手一顿，握着盘沿的手微微颤了颤。她整个人不受控制地僵直在原地，身体像是触了电，心跳快得要冲出胸膛。冗长的静默中，一切又在片刻间慢了下来，最终演变成沉闷的鼓点，一下又一下地敲在心间。

她终于侧过头看向他：“为什么？”

为什么是她呢？当初她和赵天佑在一起时，她也问了这个问题。他给的答案是不受控制、不经思考、自然而然就喜欢上了。

后来她仔细想了想，这些词果真都和他们的感情一样飘忽得让人一点安全感都没有。

江牧倒也不着急，只是扶着她的肩膀将她转过来，无法避开他的视线。

“一般来说，和异性对视超过五秒，我就能知道她是否对我有敌意。超过十秒，我就能知道她是否对我有好感。如果有进一步的肢体接触，我就能知道她能否和我共度余生。”

从前林念恩只是觉得他的眼睛特别深邃幽沉，就像一池暗黑的潭水，一不小心就涉足其中，再也逃离不开。可此时他的眼神炽热而璀璨，像是夜幕下盈盈闪烁的灯火，能一路照进她的心底。

空气中沉默了几秒，像是恰到好处的留白。

林念恩猛地垂下眼帘，喉咙一阵发紧：“所以……所以你有答案了？”

江牧点点头，眼底倏地划过一抹笑意：“嗯，多亏了你那晚的配合。我知道，你在装睡。”

话音刚落，如同最后一枚投入深海的炸弹，彻底摧毁了林念恩的防线。

这句话或许听在任何人耳朵里都会觉得不知所云，可她却是心知肚明。她曾以为只要自己装糊涂，这件事就但当从没发生过。

可有人偏偏不遂她的愿。

那晚她本就睡得不踏实，江牧给她盖了毯子，她下意识地凑过去，便已经清醒了过来。可也正是因为无意识地靠近，她怕醒了后尴尬便索性装睡。

外面有光亮闪过，同时间身旁有什么正在渐渐靠近。她的心跳一点点加快，浑身因为僵直和紧张像是有蚂蚁在爬，她实在忍不住了，便动了动脑袋。哪知这一仰头，唇上便突然袭来一股软软糯糯的暖意。

她猛地睁开眼，四目相对时，又快速闭上。

直到听到一阵窸窸窣窣的声响，她才彻底放松下来。

原来，这一切都是她的自作聪明。

江牧选在这个时候戳穿她，恐怕也是早有预谋。他知道她心里不可能没有一丝一毫的感觉，所以直接下了一剂猛料，请她入瓮。

4

林念恩不知道自己是怎么离开江牧家的，甚至不知道自己是如何上的公交车。她的大脑如同当机一般停止了运转。

当晚她严重失眠，第二天去上班，宋晚吓了一跳：“念恩姐，你的黑眼圈怎么这么重？”

她这一咋呼，顿时吸引数道视线。

林念恩尴尬地笑了笑：“昨晚有点失眠。”她刚说完，忽然看到裴梦尧背着包走了进来，看上去没什么精神。

向来最爱八卦的裴梦尧竟然一声不吭地在电脑前坐下来，这实在反常。

林念恩忽然想到蔡丽文临走前一天，她本想去送一送她，结果刚走到办公室就看到裴梦尧红着眼眶跑出来，连招呼都没和她打。

她进去后，见蔡丽文脸色也不好。

“小姑娘到底是年轻气盛，工作上的事……你不用担心，她以后还得好好磨炼磨炼。”蔡丽文只说了这一句，她也没多想。

只是最近裴梦尧的状态越来越不好，时常走神，情绪也很低落。

该不会出了什么事吧。可万一是私事，即便她是上级，也不好随便过问。

“早饭吃了吗？”林念恩主动走过去，从柜子里拿了一盒牛奶递给裴梦尧。

裴梦尧接过牛奶，嗫嚅道：“谢谢。”

林念恩也没再说什么，只是拍了拍她的肩膀。

半小时的晨会结束，裴梦尧的脸色正常了很多，她主动提出这两天顶替其他人的夜班，好弥补前几日的休假。宋晚本来想拒绝，但裴梦尧很坚持。

午饭时，宋晚忍不住对林念恩说：“你没有觉得裴梦尧很奇怪吗？她这两天不仅连着值夜班，连午饭时间都留在办公室里工作，她一下子变成这样，搞得我都有点瘆得慌。”

“变认真总归是好事。不过她这两天是有点反常，但如果是人家的私事我们无权过问，只要她在实习期间做好该做的事就行。你这两天也多留意她，毕竟她是你手下的实习生，如果她有需要求助的地方，你就来告诉我，大家可以一起想办法。”

“好，我知道了。念恩姐，我先去找位置啊。”

“好的。”

轮到林念恩打饭时，她往口袋一摸，发现自己没带工作卡。

“不好意思啊，我找同事来刷一下……”她将盘子挪到一边，刚想去找宋晚，谁知身后蓦地飘来一道熟悉的声音。

“用我的。”

不等林念恩反应过来，身后的人已将工作卡放在了机器上。

“嘀——”

“谢谢，我等会儿转账给你。”林念恩端着餐盘，一时间有些尴尬和紧张。

江牧此时也已经打好了饭：“不用，就当昨天回锅肉的钱了。”

一句话霎时间在林念恩的心中掀起波澜。

宋晚走过来拿酸奶，看到江牧，连忙热情地打招呼：“江医生，你的伤好了吗？”

江牧笑笑：“谢谢关心，已经好多了。”

“你一个人吗？跟我们一起吃呗？”

“你没看到别人打包了吗？”如果可以，林念恩恨不能缝上宋晚的嘴巴。

江牧没说什么，大步流星地离开了。

宋晚看了看江牧，又看了一眼林念恩，突然讪讪地笑道：“你们俩该不会是吵架了吧？”

林念恩皱了皱眉：“才安分几天，你又开始八卦了？”

“我错了。”宋晚缩了缩脑袋，乖乖坐下来吃饭。

林念恩夹了一筷子番茄炒蛋放进嘴里，嚼了嚼，竟觉得不是平日里的味道。

其实昨天她根本没有给江牧一个答案，被人家当场拆穿后，她就像个逃兵一样溜走了。

实在是太屃了。

她心不在焉地吃完了饭，回到办公室就开始找工作卡，可她将办公室翻了个底朝天也没看到它的影子，只得心存侥幸，寄希望于家里。可晚上她回家找了好半天，连卢卡的狗窝都没有放过，结果仍只是徒劳。

两天过后，她确定自己的卡是找不回来了。

就在她准备去补办时，档案室的秦主任突然打电话来让她去会议室一趟。电话里，对方语气格外严肃，林念恩的心突突地跳了两下，隐隐觉得不安。

会议室。

林念恩推门进去时，看到长桌前坐了几个人，主要是档案室和信息科的几个领导，他们都板着脸不说话，气氛沉闷得让人喘不过气来。

“你先坐下，不要紧张。因为现在有件事需要找你了解一下情况。”说话的人是档案室的秦主任，平日里就不苟言笑。

“好，您请问。”林念恩在一排人对面坐下来，努力让自己镇定下来。

“是这样的，大家都很忙，我就开门见山。有人举报你昨天晚上未经允许进入档案室，并带走部分档案材料。你在医院工作也有几年了，肯定知道未经申请不得随意进出档案室，更不要说带走材料。对于这件事，我想你需要解释一下。”

林念恩一听，原本悬着的心反而安定下来：“虽然不知道是谁举报的，但事实上我的确没有进入过档案室。我本来想说，可以调取监控来证明我的清白。但众所周知，昨天全院的监控都在备份和更新。进入档案室需要刷工作卡，而我在两日前遗失了这张卡。本来我只当是自己不小心掉的，不过现在看来，要么是有人故意栽赃我，要么是有人偷了我的卡然后带走档案。”

一番话说完，空气中沉默了几秒。

秦主任扶了扶镜框，神色稍缓：“正如你所说，档案室的监控录像出了问题。我们目前的证据除了你刷卡的记录便是举报人的证词，是她说亲眼看到你鬼鬼祟祟地进了档案室。”

林念恩顿时觉得蹊跷：“什么时间？”

“昨天晚上 10 点 25 分。”

“那个时候有一个病人情绪不太好，让我去看一下。”林念恩回忆道。

“他可以为你证明吗？”

林念恩摇摇头：“我去的时候发现那个病人已经睡了，后来只好又返回办公室。”

“那你有在路上遇到过什么人吗？能否做证？”

“当时护士台没有人，路上我也没注意有什么人……”话说到这里，林念恩越来越觉得不对劲，但一时之间也没什么头绪。

“既然你的工作卡丢了，那么这件事情还需要再仔细调查。你回去后也不要和别人说这件事，正常工作就行。”

林念恩走之前忍不住问：“请问，档案室丢了什么资料？”

“是十二年前有关‘美西制药过期药品致死案件’的一些照片和档案记录。”

林念恩的心陡然一沉。

从会议室走出来后，林念恩连忙回办公室找出工作专用的手机翻看昨晚那个病人发给她的短信，上面是一个陌生的号码，写着：“林社工，我现在觉得很难受，活着实在太痛苦了，你可不可以过来一下？”

这个病人因为受慢性病折磨已有好几年，曾有过轻生的念头，算是她一直重点关注的对象。所以昨晚她几乎没有多想，就连忙奔去了住院部。

此时她打电话过去求证，那个病人却说自己根本没有发过短信找她。

她托朋友去查这个号码，结果得知是个临时号。她仔细想了想，这个人不仅知道昨天医院关了监控，而且非常了解她的工作内容，知道她很关注那位病人，还很清楚即便是深夜，如果对方求助，她也一定会赶过去。

那么，这个人一定是自己人。

想到这儿，林念恩不由得背脊发凉。

她找了一位院里老资历的医生询问十二年前的那件事。

对方说：“都是些陈芝麻烂谷子的事了。那时候爆发了一场怪病，医院里每天都是乱糟糟的，消毒水一遍一遍地喷，搞得医院上下人心惶惶。后来有人病死，家属成天到医院闹，省里便派了人来调查。结果没想到是医药公司的问题，年主任作为主要证人还出庭了。”

听他说完，林念恩越发觉得，比起知道是谁栽赃了她，她更想知道那个偷走档案的人究竟想做什么。

她闭上眼睛，仔细回忆那天庭审的画面，但依然觉得摸不着头脑。她忽然有些后悔在这个时候和江牧弄得这么尴尬。

5

社工部。

“念恩姐，你怎么了？我看你今天一直无精打采的。”宋晚抱着一沓材料敲门进来。

林念恩揉了揉眉心：“没事，你手里是什么？”

宋晚一愣：“这是你昨天让我整理的实习生见习手册啊，因为有评语需要填写，她们要带回学校交上去。”

林念恩失笑：“我最近记忆都变差了，你放在这儿，我等会儿就填。”

“好的。”

宋晚出去后，林念恩随手拿了一本册子翻开，正是裴梦尧的。个人信息那一栏，只填写了母亲的名字和联系方式，而在个人经历那一栏，从小学到高中，竟然都是美国加州的学校。

她突然想到了什么，连忙从电脑里调出实习生的详细资料，上面明确写着：“自幼生活在美国加州，单亲家庭……”

而之前江牧发给她的邮件里，曾说当年“美西制药”总负责人的家属都已移民去了国外。现在她仔细回想，那个梦里在旁听席里大叫着“你们不要欺负我爸爸”的女孩看上去不过八九岁，按照时间推算，裴梦尧的年龄也完全能对上。

年主任的梦境里刚刚出现了有关这家医药公司的事，现实中的相关材料就不翼而飞，甚至将她也卷了进去……

难道这真的只是巧合？

当年受到诬陷的美西制药以及被牵连的人必然无法安息，或许他们也在等待着洗清冤屈的一天。

次日一早，林念恩刚到办公室，便看到所有人都在热烈议论着什么。

“念恩姐，你快来看，有人群发了邮件……”

宋晚对她招了招手，林念恩定睛一看，只见上面写着：

“十二年前美西制药的冤案终将得以昭雪，年永春已为他的懦弱和自私付出了代价，天道轮回终有报，这只是一个开始。——匿名审判官。”

她暗暗心惊，这个匿名审判官很有可能就是拿走她工作卡并盗取档案的人。

会是裴梦尧吗？

一小时后，院里召开了紧急会议，专门对这次通讯系统被黑客攻击、档案失窃的问题进行通报。赵泽远三令五申要封锁消息，会上所有人都低着头，仿佛有大片乌云笼罩在西洲医院的上空。

会后所有人都哄然散去，一切似乎照常运转，但林念恩却觉得表面越是安静祥和，内里越是暗潮汹涌。

午休后，她被再次叫去了那间会议室。气氛比上次过来时严肃了不少，冷气呼啦一下吹过来，她下意识地抓了抓衣摆。

在她的面前除了档案室的秦主任和一些其他科室的主任，竟连赵泽远都被搬了过来。

之前在年永春的梦里，他还是年永春的顶头上司——重症科主任。若不是他的游说，年永春也不会出庭做伪证。

虽说他一向支持社工部的工作，平日里也待人和善，可此时林念恩看着他，心中也不免打起了鼓。

“本以为材料失窃不是什么惊天的大事，但没想到会牵连出这么多事端。今年找你来，是因为这件事已经威胁到医院。你也不用惊慌，实话实说就行。”赵泽远今天看上去比往日严肃了不少，颇有点不怒自威的意思。

“我明白。”林念恩拉开凳子坐了下来，深吸了一口气，意料到这是一场恶战。

秦主任继而开口：“当天材料失窃的时候，你确定没有不在场证明是吗？”

“有人假扮成病人发短信给我，我去了之后发现病人已经睡着了。后来我再去问他，才知道这根本是一个早已设好的局。”

秦主任思忖道：“但也有可能是你自己事先准备好的。”

受了冤枉，林念恩有些抵触，顿时从座位里站了起来：“没有证据也请不要胡乱猜测。我并没有动机这么做，十二年前我还只是个中学生，与这件事毫无关联。我现在请求让检举我的人与我当面对质。”

秦主任见状，连忙安抚：“你先不要激动，一切尚未明朗。只是这件事已经在医院内部带来很不好的影响，至于举报的人，出于对她个人意愿的尊重，我们不好透露名字。不过你放心，如果证实她是蓄意诽谤，我们一定会给她处分。但是现在……需要你先拿出不在场证明。”

林念恩心中窝火，她从未想过有一天自己会陷入这种困境，可面前到底坐了一排领导，满肚子的话生生咽了下去。

良久，她问：“如果我拿不出呢？”

秦主任看了一眼赵泽远和其他几位主任，众人只是目光交流，他很快会意，像是得到了首肯：“那么在事情完全水落石出前，院里经过商议，需要暂时停止你的全部工作，你可以当作是带薪休假……”

“没有实证就停职？恕我无法接受……”林念恩不由得拔高了音调，双手紧紧攒成拳头。

“这只是暂时的，只要你能拿出不在场证明，就可以马上回来上班。”

林念恩还想辩驳什么，可她突然意识到，这件事远没有她想的那么简单。

“谁说没有证据？”

会议室的门猛地被人推开，穿着一身白大褂的江牧突然闯入视线，周身带着不容置疑的强大气场。

秦主任呆怔了好几秒，这才皱着眉说：“江医生，我们在开会……”

江牧打断他：“这不是随意妄为，而是见不得好人被诬陷。”

“那你有什么证据？”

“第一，两天前我在食堂遇到林念恩，她当时工作卡丢了，是我帮她刷的卡。第二……档案被盗的那段时间，是我和她待在一起。”

秦主任心下疑惑，将目光转向林念恩：“事实真如江医生所说吗？那为什么上次谈话，你没有提到过江医生？”

“我……”林念恩并未料想到这种突发状况，一时间舌头像是打了结。

“因为当晚我们……发生了一点矛盾，她说以后再也不会麻烦我任何事。”这话放在这个场合，听上去倒像是恋人之间闹了别扭。

林念恩的心骤然乱了拍子，刚刚酝酿好的一腔怒意生生被化成了糨糊，让她一时间怒也不是，喜也不是。

“咳咳……江医生，我们不能听你一面之词就……”

“那所谓地亲眼看到林念恩进入档案室的说法，不也是一面之词？”江牧将工作卡从胸前的口袋里取下来，徐徐放到了桌子上，“停职也可以，连我一起。”

霎时间的静默让人几乎喘不过气来，秦主任吞了口口水，忍不住将领口松了松。

突然，门口传来一阵嘈杂声，紧接着大门被人推开，有人吵吵嚷嚷地就走了进来，竟是之前那位长期失眠、想拉江牧做女婿的那位妇人。

“抱歉打扰了，我今天是特意来找林社工的。”

一连闯入两位不速之客，秦主任的脸上有点挂不住，沉着脸说：“这位大姐，这里是会议室，你怎么可以随便闯进来？保安！保安——”

“领导好，您别生气。我今天来不为别的，就想好好表扬一下林社工。我之前和我老公一直有心结，多亏了林社工在白城给我家那位点拨了一下，我现在连失眠的问题都解决了。这不，听说你们之前想要城郊的那块地做实验基地，我表哥恰好能做这个主，我和他说过了，他说到时候会联系你们。”

气氛变得格外诡异，林念恩脑中还没转过弯，呆愣在了原地。

一直没说话的赵泽远当即变了脸色，他问：“这位女士，您的表哥是否是健霖地产的陈厉徽？”

那妇人点点头：“没错，不过我刚刚好像听到有人要停职什么的？你们该不会要把这么好的员工给辞退吧？”

赵泽远笑道：“您可能听错了，误会，误会。”

……

走廊里。

那妇人拉着林念恩的手一个劲儿地道谢，一直到走还不忘给她介绍对象的事。林念恩满脑子还是刚刚要被医院停职的愤怒和无奈，只得僵着笑脸在一旁附和。

等到送走那妇人，她都有些口干舌燥。一转头，看到江牧站在走廊的窗边，他在等她。

“真势利啊……”一想到刚刚赵泽远如同变脸般的神情，林念恩就气不打一处来。

“还是林社工广种善因。”江牧忍不住感叹。

“别笑我了。对了，你是怎么知道这件事的？”

江牧笑道：“这世上可没有不透风的墙。”

林念恩怔了怔，叹了一口气：“没想到主任刚走我就遇到了个大麻烦。总之……今天谢谢你帮我。”

江牧惊讶地扬了扬眉：“我以为你会嫌我多管闲事。”

林念恩苦笑：“我在你心中就这么好歹不识？”

江牧不置可否，目光在她的脸上打了个转：“道谢说多了，特别没诚意。”

这话听上去似是花间清晨里的一缕风，带着一股香甜轻飘飘地划过心尖。

其实方才江牧进来之前，她险些有股摔门走人的冲动，并没有丝毫怯意。可刚刚一出门，她才发觉后背已被汗湿透了。

如此一遭，算是化险为夷，她的心底陡然生出一片畅快：“那你想怎么样？”

江牧想了想，答：“那天只有一道回锅肉，今天不如把没烧完的菜都一并做了吧。”

6

林念恩和江牧拎着菜进门时，卢卡一时有点不知道该狂吠还是摇尾巴。

“你可以在客厅看电视，遥控器就在桌上。”林念恩为他倒了一杯蜂蜜柠檬汁，这是她自己做的饮品，每年都会喝上一整个夏天。

江牧接过来：“需要帮忙吗？”

“我做饭不喜欢有别人在场。”说话间她已经系好了围裙，头发被随意扎在脑后，后颈白皙而修长。

厨房的门“砰”的一声被关上。

这女人还真无情。

电视上的那些甜腻腻的偶像剧好像经常有情侣一起在厨房做饭的片段，他给了她机会，她竟转头就拒绝。

江牧在门口怔了怔，侧过头看到卢卡正在闻他的味道，确认无误后便摇着尾巴过来蹭他的脚踝。

那次送醉酒的林念恩回家，卢卡咬着他的裤角不放，偏偏某人又完全不省人事，他只得花了十分钟和一只狗狗培养感情。

他蹲下来摸了摸它的头，声音又哑又沉：“小东西，我就知道你还记得我。”

厨房里，林念恩正在洗菜。水龙头哗哗地流着水，她机械地重复着几个动作：拿起、洗净、放回去，切菜切了好一会儿才想起水龙头没关。

水槽里已经接了大半缸了。

关了水龙头，门外响起了电视声，她的心稍稍安定了些。

在今天之前，她从未想过会突然带这个男人回来吃饭，更没有想过会和他一起去超市买菜。

明晃晃的灯光下，他在她身后推着车从一排排货架前走过。她仰着头，食指无意识地在下巴上轻轻点着，不时地转过头问他喜欢吃什么。

在旁人眼中，他们就像一对热恋中的情侣。

就是那样简单的场景，却将她的心填得满满的。和前任分手后，她一个人安稳地过了好多年，从未觉得有什么不好的。

可偏偏在那一刻对比出了孤独。

大多数女人都想找一个可以遮蔽风雨的家，她也是那大多数中的一员。也正是那一刻，她突然有些后悔，后悔在江牧说出那句“做我女朋友”时，没能勇敢地说一声“好”。

如此胡乱想着，她又险些将酱油当成醋倒进了锅里。

幸好刚刚将某人关在了门外，她想。

二十分钟后。

林念恩将四菜一汤端上桌，又调整了一下摆放的位置，左右端详。抬起头，她看到江牧在沙发上正襟危坐，目不斜视。而卢卡乖乖卧在他的脚旁边，眼睛半睁。

“画面真和谐。”她忍不住调侃，不料阳台上的一排内衣突然闯入了视线，她顿时有些发窘。

江牧站起来：“我去盛饭。”

“好。”眼见着他走进厨房，她连忙跑过去用最快的速度将窗帘拉上。

“饭勺在哪儿？”江牧从厨房探出脑袋。

林念恩浑身打了个激灵，随手从柜子里拿出本瓶红酒煞有介事地抱在手里：“饭勺？就在消毒柜里。”

“哦，好。”江牧望了她手里的东西一眼，“喝酒？”

“不介意我之前喝过一半吧？”林念恩佯装自然地扬了扬酒瓶。

江牧惊讶地瞥了她一眼：“你还有这种嗜好？”

“最近总失眠，助眠用的。”

江牧没有再说什么，只是将拿起的饭勺放下，转而洗了两个红酒杯。

令人愉悦的菜香和红酒香充盈在四周，电视的声音被调得极小，嗡嗡嗡一片，倒也显得气氛更温馨祥和。以前林念恩一个人在家，也喜欢把电视开着，这样显得不孤单。

两人面对面坐着，各自分享学生时代的趣闻。

几口红酒下肚，话匣子便彻底被打开了。

江牧说起以前在美国参加越野赛的经历，好几次九死一生，林念恩很快就被吸引过去。其实她一直很喜欢极限运动，曾经独自去坐跳楼机，吓到心脏暂停了一秒，但后来再遇到还是硬着头皮上去，同行的人没一个敢尝试的。

中途江牧去阳台接电话，是父亲江东元打过来的。等他挂了电话回来，发现林念恩的酒杯已经空了，她正一手支着下巴，一手指着卢卡嘟嘟囔囔地说话。

“听口令，坐下！”

“嗯……转一圈！”

卢卡蹲在原地吐着舌头哈气，然后摇了摇尾巴。

“你真是一点都不听话……”林念恩说完，伸手又要去抓酒瓶，不料被一只手中途劫走。

她噌地从座位里站起来，看着江牧：“还剩一点，给我。”

“又要酒疯？”

“哪有。”这两个字带了浓浓的鼻音，听上去软糯糯的，和那晚在 KTV 喝醉时的声音有几分相似，但又有几分不同。

江牧肆无忌惮地欣赏她脸上被酒气染红的脸颊，甚至两片殷红的唇瓣。

“不给。”他收回视线，借着身高的优势将酒瓶往上抬了抬，林念恩扑了个空，索性靠着桌子滑到地上。他愣了愣，将酒放在一边，蹲下身想把林念恩从地上捞起来。谁知对方挣扎了两下，反倒把他也拉了下来。

林念恩的眼中还氤氲着酒气，脑后的马尾完全散落开，脸颊泛着醉人的酡红。她一手拽着他，一手又去逗卢卡。

江牧终于忍不住说：“你以后别再喝酒了。”

卢卡闻到她身上的酒气，嫌恶地想逃走。

林念恩忽地松开他：“怎么？你不是很喜欢我吗？喝点酒就有意见了？”这话不知是对谁说的。

四下里骤然安静下来，几乎能听到时钟滴答滴答。

“喜欢你，所以有意见。”明知道她喝醉了，但他还是忍不住和她搭话。

林念恩闻言，乖巧地点点头：“那好……吧。”

江牧的心都跟着软了下来。

“干杯！”她的手里明明什么都没有，但还是执拗地把手伸过来，歪歪扭扭，几乎要跌进他的怀里。

在这个暖融融的夜里，她的呼吸带着滚烫的温度落在他的四周，轻易便扰乱了他的心跳。

直至这一刻，他才察觉自己对她一点办法都没有。

“林念恩。”他低声叫她的名字。

“嗯？”她迷迷糊糊地抬眼看着他。

“你要不要和我干杯？”他眼底有狡黠一闪而过。

“……要。”

“你要不要和我喝酒？”

“……要。”她的身子又晃了晃。

江牧稳稳地扶住她，目色陡然一沉：“那你要不要做我女朋友？”

林念恩眨眨眼，面色绯红，她歪过头想了又想，半晌终于说了一个字——

“要。”

江牧看着她微启的红唇，眼中渐渐浮起了笑意。

明明知道她酒醒后什么都不会记得，这个玩笑本该到此为止了。

可怪只怪她……

“坏人！”毫无征兆的两个字融进了周遭暧昧的空气中，将那股努力按捺下去的躁动又点燃了，甚至更猛烈。

“还有更坏的……”

他说完，顺势一低头就吻了下去。

那晚他滴酒未沾，可嘴里、呼吸里都是红酒的香气，令人头皮一阵酥麻。

这个吻绵长得过分，一开始她完全处于被动，只傻愣愣地被他侵略着。但他素来不缺耐心，一点点用舌尖启发她，挑逗她，直到她终于会回应他的炽热与深情，他便猛然加重了攻势，原来刚刚的一切都只是铺垫……

不知过了多久，等他终于心满意足地撤退，她的身子软得像一摊泥，趴在他的肩上轻轻喘着。

下一秒，她头一歪……睡着了。

第十章
短兵相接

·为了一个个虚无缥缈的梦境，她奋力在黑夜中前行，哪怕她永远不知道黑夜之后等待她的是什么，甚至也不知道最后的那个结果是不是她苦苦寻求的，但她还是义无反顾地向前走着。

1

进入盛夏后，档案失窃的事仍没有任何进展。匿名邮件也没有了下文，有人开玩笑说那可能只是一出无聊的闹剧。

但林念恩心里清楚，这一切都仅仅是开端。只是此刻如同雾里看花，让人什么都看不真切。

午休时，林念恩下意识地看了眼手机，并没有任何新的消息，心底一阵失望。

她不明白，为什么办公室里刚恋爱的小姑娘每天都抱着手机，一刻都不能消停，怎么到自己这儿，空气安静得像是一潭死水。

到底是她忘了，还是他忘了？

那天晚上她喝多了酒，迷迷糊糊中只记得有人将她抱到床上，悉心地给她盖了被子。第二天等她一觉醒来，就看到他留了条信息给她，说是去美国参加一个紧急研讨会。

最后一句写着："恋爱纪念日你看着办，昨天或今天都可以。"

她当时吓得差点把手机给摔了出去。

后来她很努力地回忆，才终于得出一个结论，她真的不能再随便喝酒了，尤其不能在江牧面前。

正当她胡思乱想时，手机突然振动了两下，是江牧的短信：“酒店的自助餐很难吃，但夜色不错，以后想和你一起看，等我回来。”

她的心头一甜，捧着手机编辑了半天，最后还是回了个“好”字。

久违的爱情就这样来了吗？她放下手机，心中愉悦着，又有一丝期待。

没过一会儿，困意翻涌，她窝在沙发里，迷迷糊糊地就入了梦。

2003年5月13日。

这场梦压抑得让人喘不过气来。

似乎葬礼总是能遇上阴雨天，林念恩只觉视线中皆是灰蒙蒙一片。周围站着的人都撑着黑伞，他们站在墓碑前低下头，闭着眼睛哀悼。

林念恩发现自己也是其中的一员，她迟疑着抬起头，看到右前方的墓碑上赫然是一张熟悉的照片。上面的男人有一对浓密的眉毛，比大多数人都要黑一些、密一些。还记得小时候她要是被母亲教训了，躲进房间里哭，他就会上下挑动那对眉毛做鬼脸逗她，这个方法总是能很快见效。

在他去世后，每当她难过的时候，都不会轻易掉眼泪，因为再也没有人像他那样来安慰她、逗她笑了。

小女孩突然间的号啕大哭，打破了冗长的静默。

“爸爸！我要爸爸——”

像这样以旁观者的角度看着年幼的自己，林念恩的心中忽然有种说不上来的滋味。

一个穿着白衬衫、黑西装的男人突然在小女孩的面前蹲下身，他将一根棒棒糖递过去，那女孩就止住了哭声，只是怔怔地看着他发愣。

孩子的母亲哽咽着向他道谢。

林念恩定睛一看，发现那人竟是几日不见的江牧。在她的目光中，他穿过人群朝她走来。

“你怎么……”她打量着他，似乎对他的这身正装打扮有些难以理解。

江牧苦笑道：“刚参加完晚宴，大提琴太催眠，我就回房间补觉了。”

林念恩有些惊讶：“那糖？”

“不知是谁塞到我手里的，没想到派上了用场。”

林念恩脑中突然有什么闪过，低声惊呼：“你也在，就说明这个梦不是一个普通的梦，那这究竟是谁的梦境？”

她的目光落在不远处的母亲身上，心中咯噔一下。其实这么久以来，她一直都很害怕梦到自己身边的人。她担心梦里梦到的人，在现实中就会死去。她根本不敢想，如果这个人是自己的亲人，她该如何面对……

江牧顺着她的视线看过去，神色也变得凝重起来。

葬礼此时已经结束了，拿到糖的小念恩乖乖跟着母亲往墓园外走。林念恩忽然在人群中看到一张熟悉的面孔，那是个年轻的女人，穿了一身黑色的工作装，正是蔡丽文。

人已经散得差不多了，只剩下她和另一位年轻的男人，这个人让她觉得十分眼熟，像是在哪里见过一样。

两人正在说话，看上去不是什么轻松的话题，蔡丽文板着脸，很不高兴。

“你难道没有一丁点的愧疚吗？如果你当初肯对他上点心，说不定就不是现在的这个结局。你看他的妻子和孩子，那么可怜和无助，你……”

“你这话是什么意思？是我害他失足坠楼的？你说我不认真工作，那你呢？最后还不是递交了辞职报告？我再不好，也比某些人为了金钱抛弃职业信仰要好得多！”

“丽文，在其位谋其职，至少我在递交辞职报告之前，从未放弃过任何一个案主。可是你呢？你当时坚持将他转介到心理科，督导的建议你一句也没听进去！如果你心中没有一丝愧疚，怎么又会出现在这儿？”

“如果说我出现在这儿是因为愧疚，那你出现在这儿是为了来冷嘲热讽？我自己的案主，我比你更了解情况。当时我能做的有限，我是为他好。无论如何，你没有立场在这里指责我。你既然都已经选择离开这一行，就不要插手我的事情。”说完，蔡丽文沉着脸拂袖而去。

林念恩看着她的背影，心中升起一个巨大的问号。难道她的爸爸曾经接受过蔡丽文的个案服务？可那是因为什么呢？她此刻努力回想，也完全记不起当时父亲有什么反常的举动。

雨渐渐停了，但仍不见阳光。

梦醒时，林念恩揉着有些发僵的脖子从沙发里坐起来。

她慌忙翻出笔记本，上面果真渐渐显示出一行日期：2018 年 7 月 16 日。

也就是说，还有两天，就会有人逝世。

一定不是妈妈，因为她一点也不像主角。反倒是蔡丽文和那个年轻的男人，他们的话里藏着那么信息，像是要透过梦境告诉她什么。

可那个男人究竟是谁呢？

她脑中灵光一闪，立刻走到电脑前，在搜索框里输入了“美西制药”几个字。

当一张照片出现在眼前时，她的太阳穴突突跳了几下。

宋晚恰好推门进来，将新一批需要评估的患者资料放在桌子上。她笑着打趣道：“你可终于醒了，我刚刚都不好意思叫醒你，你最近是不是太累了？”

林念恩摇摇头：“裴梦尧这两天怎么没来？”

“哦，她说这几天学校有事，需要请一个礼拜的假。”宋晚笑着说，“不过上回我还看到她在查去麦城的机票，搞不好是找个借口溜出去旅游，小姑娘嘛，总是喜欢多出去走走。”

林念恩心下一沉，匆忙问：“你确定是麦城？”

宋晚眼睛滴溜溜一转，回忆道：“没错啊，我差点以为她要去找蔡主任呢。听说麦城可是个好玩的地方，我之前都计划好了去麦城毕业旅行，结果没去成……”

蔡丽文前脚刚去，裴梦尧就跟过去，这种巧合一旦发生，大多不是什么好兆头。

林念恩立时有了决定：“我打算下午开始休年假，这边有什么急事你随时打电话给我，我会 24 小时保持畅通。”

“什么？这么突然？我没有听错吧？”宋晚诧异地看着她，仿佛听到了什么天方夜谭。

林念恩拍了拍宋晚的肩：“我这就去找领导要假期。”

宋晚看着林念恩匆忙离去的背影，脑海中闪过无数种可能，但似乎每一种都不太可能出现在一个工作狂的身上。

林念恩请完假，回家将卢卡送到宠物店后，就马不停蹄地去了机场。因为赶时间，她也没顾上看手机，此时打开一看，竟有十几个未接来电，全部来自江牧。

她吓了一跳，连忙回拨过去，刚响了一声就接通了。

“抱歉，我现在在赶去麦城的路上，刚刚事情太多，我都没时间看手机……”

电话那头，江牧的声音有些低沉：“没关系，你没事就好。我打电话给你是想提醒你那个和蔡丽文说话的男人是美西制药的总负责人。”

“嗯，我已经知道了。”

江牧停顿了两秒：“你去麦城跟这个有关？”

“算是吧，裴梦尧也去了麦城，我总觉得不对劲。当然，我希望事情不是我猜测的那样，大家都能平平安安的，可是我又看到了那个日期……”林念恩的声音慢慢低了下去，她看着车窗外快速倒退的风景，眼前浮现出自己刚入职时，蔡丽文对自己无微不至的照顾和关心。

于她而言，蔡丽文既是上司，也是她的亲人。

她从没有哪一次这么希望是自己弄错了。

“……需要我去麦城陪你吗？”

江牧的声音在此刻显得格外温暖，也将林念恩从悲恸中暂时拉了出来。

她深吸了一口气说：“没关系，你有事要忙。况且我也不是去打群架，最多就是弄清楚当年究竟发生了什么。”

江牧微笑：“说得好像你打过群架一样。”

“喂，现在不是开玩笑的时候……”嘴上这样说，林念恩的嘴角却弯起了一个弧度。

“好，你注意安全。我这边事情一结束就会过去找你。”

电话那头传来嘈杂的说话声，她听到江牧在用英语应付。

两秒之后，电话切断。

林念恩想了想，又拨了电话给裴梦尧和蔡丽文，但都没打通，她心中不安的情绪又加重了。

爸爸的事，蔡丽文会知道多少呢？或许真如江牧所说，当这些梦境一个个串联起来，真相终将浮出水面。

2

麦城。

蔡丽文离开西洲后，曾经和林念恩通过一个简短的电话。她透露自己去了当地的一家戒毒中心做志愿服务，一来是为了丰富闲暇生活，二来则是希望能为女儿积攒福气，保佑女儿早日怀上孩子。

林念恩一下飞机，先赶去了那家机构，可惜她赶到的时候已经是下班时间了。

顾不得太多，她连忙拦住一位走出来的员工打听蔡丽文的消息，可对方却告诉她蔡丽文这两天请了病假，没来上班。

这时间恰好能和裴梦尧对上。

她只得又拦了辆出租车赶去蔡丽文女儿的家，这个地址还是之前寄东西给蔡丽文的时候留下的。

坐在后座上，林念恩疲惫地靠在椅背上休息。

已是傍晚，车子经过了喧闹的市中心。平常这个时间，整个西洲都是静悄悄的。她不记得多久之前，她也喜欢在饭后和爸爸妈妈一起出去溜马路，那个时候还流行广场舞，年幼的她喜欢混到一堆老年人里去凑热闹。

父亲走后，这些记忆也渐渐被冲散了。

她怔怔地看着窗外，四下里安静了不少，车子已经开入住宅区。蓦地，她的视线中闯入两道熟悉的身影。

“停车！停车！”她拍着司机的椅背，然后匆忙下了车。慌乱中，她连零钱都没来得及拿，脚一着地就快速往来的方向跑。

待她走近了，果然看到是蔡丽文和裴梦尧。

此时裴梦尧紧紧地抓着蔡丽文的手不让她走，但蔡丽文努力想要挣脱开。

“蔡主任，我求求您了！既然您肯把那些事情都告诉我，就说明您不是那种冷血无情的人，这件事现在我除了找您，没有第二个人了……”

蔡丽文连连摇头，眼睛也红红的：“算我求求你了，你不要再来纠缠我了行吗？你也看到了，我没有骗你，我的女儿随时都会有生命危险，这个时候我是绝对不会离开她的！”

裴梦尧听罢，抱着蔡丽文的胳膊，身体渐渐滑向了地面，最后整个人跪在了地上。

蔡丽文惊呼：“你这是做什么？”

“我知道您也有苦衷，我愿意等您，是不是只要您的女儿顺利怀上孩子，您就愿意跟我回西洲？”

“我……”蔡丽文欲言又止地看着她，半天说不出话来。

“对不起……对不起……”最后，蔡丽文只是重复说着这三个字。

裴梦尧见蔡丽文如此，脸上的表情像是骤然垮了下来。她缓缓从地上站起来，胡乱抹了抹眼泪，眼睛死死瞪着蔡丽文："我就知道，就知道，那只是你的借口！也对，曾经的你那么自私，现在又怎么可能来帮我们？"

蔡丽文张了张嘴，眼底积蓄着愧疚、无奈、痛苦和挣扎……最终她什么都没有说，扭头便要走，却和林念恩撞了个正着。

她惊讶地看着林念恩，快速整理自己的表情："念恩？你怎么到这儿来了……"

林念恩也是一愣，慌乱中随便寻了个由头说："是这样的，之前有个个案在后续跟进的时候出了点问题，就想着请您帮忙督导一下，可是我一直打不通您的电话。"

蔡丽文有些尴尬地笑了笑："我手机出了点问题，这两天换了个号码。"

裴梦尧见状，话锋一转："念恩姐，正好你在这儿，我……"

不等林念恩反应，蔡丽文已经打断她："时间不早了，我还要回去照顾女儿，有什么事明天再说。"她说完，扭头要走。

林念恩却又忍不住叫住她："主任，您路上一定要注意安全！要……要注意身体……我和宋晚她们一直很挂念您。"

蔡丽文瞥了她一眼，苦笑了一下，没再说什么，只留下一道萧瑟的背影。

裴梦尧突然大笑起来："做贼心虚！"

林念恩不明所以地看着她："这到底是怎么回事？"

裴梦尧吸了吸鼻子，像只泄了气的皮球，闷闷地说："我肚子好饿……"

3

麦城，世纪酒店。

因为两人需要找地方落脚，林念恩干脆带着她去了酒店，晚饭叫了外卖。

一份炒面、一份盖浇饭、一份山药排骨汤。

裴梦尧像是饿极了，捧着饭就开始狼吞虎咽。

房间里顿时弥漫起饭菜的香味，冲散了先前空气中的尴尬和凝重。

林念恩安静地坐在旁边，她忽然发现这个女孩瘦了很多。虽然裴梦尧以前留给她的印象是那种娇生惯养、被宠坏的了小女孩，可是刚刚裴梦尧在蔡丽文面前跪下来的场景，又给她强烈的冲击。

命运总是让人哭笑不得。法庭上那个大叫着"不要欺负我爸爸"的小女孩，此刻竟就这样坐在她的眼前。

梦里梦外，一别十二年。

林念恩起身倒了一杯水给她：“当心噎着。”

裴梦尧看了看水，然后又仰头瞥了一眼林念恩，眼眶蓦地红了。她突然伸出手环住了林念恩的腰，像个孩子一样放声痛哭。

林念恩端着杯子，双手悬空，一时间也有点反应不过来，但她很快也用另一只手回抱住她，轻轻地拍着她的背。

“想哭就哭吧，能哭是好事。”她说完，忽然看到阳台玻璃门上两人的倒影。

她几乎能预感到，这将是个漫长的夜晚。

裴梦尧哭了很久，最后哭累了，就开始断断续续讲述十二年前，她的父亲、年永春和蔡丽文之间的那些事。

“其实我也是不久之前才知道的。当时年主任因为白城救灾殉职的新闻上了电视，恰好被我妈看到了，她当时反应很大，我就觉得不对劲。我妈一开始怎么都不肯说，后来拗不过我，才把这个放在她心中十二年的秘密说了出来。其实当年我不是完全没有记忆，只是后来我们搬去了美国，新的环境、新的人、新的一切……都让那些记忆渐渐模糊掉了。这些年我和妈妈相依为命，生活条件也不错，我几乎将我那个爸爸淡忘了，我从来没有想到有一天我会不顾一切地去做一件事，我想为我爸正名……”

在裴梦尧的叙述中，林念恩终于弄明白，原来当年美西制药的事件，年永春和蔡丽文都是知情者，只不过年永春被威逼利诱去做了伪证，而蔡丽文不知出于什么原因不愿意出庭为裴梦尧的父亲证明。

当年蔡丽文拒绝了裴梦尧的母亲，而现在，她又一次拒绝了裴梦尧。

难怪那天她看到裴梦尧哭着从蔡丽文的办公室里跑出来，原来是因为蔡丽文拒绝了裴梦尧的请求，之后坚持离开了西洲。

裴梦尧本以为可以从档案室里找到有用的信息，但最终还是没有得到有力的证据。她只能追到麦城来，拼尽全力想要得到蔡丽文的证词。

“对不起，是我偷走了你的卡，然后还企图栽赃到你头上……”

裴梦尧愧疚地垂下头，但林念恩此时并没有理由不原谅她，毕竟这只是个想要还父亲清白的女儿，她孝顺、坚强、执着且勇敢。

自己又何尝不是这样的人呢？为了一个个虚无缥缈的梦境，她奋力在黑夜中前行，哪怕她永远不知道黑夜之后等待她的是什么，甚至也不知道最后的那个结果是不是她苦苦寻求的，但她还是义无反顾地向前走着。

夜深了。

渐渐地，她们聊了很多。林念恩问裴梦尧接下来打算怎么办，她信誓旦旦地说只要不放弃，一定能够感动蔡丽文。

女孩笃定的目光在昏暗的房间里显得格外动人。

最后两人都累极了。

裴梦尧忽然靠在床头说："念恩姐，我以前真的很讨厌你，你总是那么凶，一点也不温柔……"

"因为你工作总是不认真啊。"林念恩笑了，之后眼皮重重地往下坠。

这一晚，林念恩睡得很沉。

梦中又回到了十二年前。

2006 年 9 月 16 日，西洲医院。

门诊大厅里，站着一个黯然神伤的女人。她牵着一个八岁的小女孩，女孩手里抱着个毛绒玩具，圆滚滚的眼睛茫然地看着周围接连路过的人。

林念恩看到年轻些的蔡丽文从大厅里经过，那女人猛地抓住她的衣袖："蔡姐，我……"

她的话还没说完，蔡丽文连忙将她拉到一旁，神色紧张地和她说："我上次已经和你说得很清楚了，我什么都不知道。我只是一个小小的医务社工，人微言轻。更何况这次年医生已经提供了证词，现在铁证如山，我的确帮不了你！不过你也不要太着急了，这种事情判不了什么很重的刑……"

裴梦尧的母亲不停地摇着头，欲哭无泪："蔡姐，我先生那个人你是知道的。他做人做事都是一根筋，没有发生过的事硬栽赃到他身上，简直比要了他的命还严重。他曾经和我说过，你暗示过他这件事，你一定知道什么对不对？你们以前好歹也是同事一场，你不会见死不救对不对！"

"正是因为我和他是同事，所以当初才提醒他找一个好一点的律师，但现在看到你这样为难我，我又很后悔当时多了那句嘴。好了，抱歉，我还有工作。"蔡丽文皱着眉努力挣脱了她的手，因为走得太急，而对方又不肯放，两人推推搡搡中碰到了孩子。

女孩哇哇大哭起来，裴梦尧的母亲只好松开手，连忙将女孩抱起来哄。

“尧尧不哭，都怪妈妈刚刚没抓好你……”她一边帮女儿擦眼泪，一边仰着头，努力将眼泪逼回去。

初秋的阳光稀薄而澄澈，林念恩看到一只小手抬起来抚过女人的眼角：“妈妈不哭，妈妈不哭……”

她既感动又难过，更对蔡丽文的举动十分不解。

一直以来，蔡丽文都是兢兢业业对待工作，曾经有一次，她为了帮助一个案主，不眠不休加班了好几个夜晚。还有一次，有患者情绪崩溃要从楼上往下跳，是她站在寒风中苦口婆心地劝了一个小时才让对方放弃了轻生的念头……

她能举出的例子越多，眼前的这一切就越难以令她置信。

梦醒时，林念恩觉得脑袋一阵发胀，或许是昨晚睡太晚的缘故。她从床上坐起来，忽然惊觉房间里只剩下她一个人，而裴梦尧不见踪影。

床头柜上放着一张字条，上面写着一句话：念恩姐，今天我还打算去她上班的地方找她。如果你愿意来帮我，就来戒毒中心。

林念恩的心中涌起一股不好的预感，不敢再耽搁，她随便洗漱一番便出了门。

4

盛夏的阴天，闷热得让人喘不过气。

车子开到目的地后，林念恩匆匆下了车，忽然看到很多人围在机构外，有警车还有救护车，甚至很多扛着摄像机的媒体。

她的表情顿时凝重起来，连忙抓住一个围观的人问：“出什么事了？”

“好像是有个戒毒成功的人回来做二次评估，结果被社工发现有复吸现象，他毒瘾发作，就挟持了一个年轻女孩……”

“什么年轻女孩？”林念恩脑中突然闪过了裴梦尧的脸。

“不知道，好像不是这个机构的人。”

林念恩心中咯噔一下，一时间脑袋有些发蒙。

黄色警戒线将所有人都拦在了外面，混乱中突然听到上空传来一声枪响，尖叫声此起彼伏。不知是谁对着外面喊了一声：“医生！医生！”

林念恩的心怦怦跳得厉害，此时也顾不得太多，跟着医护人员就一起冲了进去。

那是一间普通的办公室，地上狼藉一片，像是刚刚发生过激烈的争执。

“蔡主任！主任……”

蔡丽文此时正倒在地上，鲜血汩汩地往外流。裴梦尧哆嗦着瘫坐在地上，脸色像石灰一样苍白。

林念恩看着眼前的场景，后背渗出了一层冷汗，浑身的力气都像是被什么抽走了，她满脑子都是笔记本上的日期……

这一天终究还是来了。

生死从来由不得人，即便她赶来了麦城，也什么都改变不了。

医护人员给蔡丽文做完紧急止血后，合力将她抬上了担架。一直到蔡丽文被送上救护车，裴梦尧还呆怔在地上，她的手上和身上都是血，看上去触目惊心。

林念恩将她扶起来：“你别慌，到底发生了什么？”

“我……我……”裴梦尧闭上眼睛，脑袋里不断回放着刚刚发生的一切……

当时蔡丽文正在和一个戒毒成功的案主面谈，而裴梦尧就在门口等着她。中途蔡丽文出来时被她堵在门口，两人又是一番纠缠。

也许是那个吸毒人员自己做贼心虚，也许是毒瘾突然作祟，他以为蔡丽文发现了他复吸的秘密，并把这件事告诉了其他人。冲动下，他猛然冲上去挟持了裴梦尧。

前一秒还笑容满面的男人突然间面目狰狞，他一边愤怒地瞪着蔡丽文，一边又哽咽着哀求她：“求求你们，那种痛苦我不要再经历一次，我真的不是故意的……只是……只是一时间没忍住而已，你放过我吧！”

这样的场景，裴梦尧以前只在电视上见过，她从没想到自己有一天会亲身经历。

蔡丽文心里清楚，这些吸毒人员一旦失去理智会带来什么样的后果。

她试图努力让这个男人镇定下来，她和他聊他那个才三岁的儿子，和他聊那个一直在默默等着他的妻子，和他畅想未来美好的生活。可她并不知道这个男人之所以会复吸，正是因为妻子的一纸离婚协议。

所以当她以为自己成功劝服了这个男人时，对方会突然拿枪对着裴梦尧。

那一刻，她毫不犹豫地做出了选择。

也许这个选择，是她内心深处最想要的结果。

十二年前，因为她的懦弱和自私，一个女人失去了丈夫，一个女孩失去了父亲。

十二年后，她想，不能再让那个女人失去女儿。

5

抢救室外。

林念恩和裴梦尧坐在长廊里，气氛凝重得令人窒息。而在长廊的另一端，是蔡主任的女儿和女婿，夫妻俩也是垂着头不说话。

没一会儿，蔡主任的女婿点了根烟。

“念恩姐，你说蔡主任为什么会帮我挡了那一枪呢？是愧疚吗？是良心发现吗？她那么自私的一个人，到底为什么要这样做？”裴梦尧突然在林念恩耳旁小声说道。

她仍止不住地打着颤，脸上泪痕犹在，嘴角却勾起一抹荒诞的笑意。她盯着林念恩的目光毫无焦距。

“主任她……”林念恩忽然发现自己有些词穷。

如果同样的事换作任何一个人，她都会谴责那个人的自私和无情。可那个人是蔡丽文啊，她入行时一直视为榜样的督导，以至于她至今仍不知道自己应该站在什么立场上来面对这件事。

林念恩沉默着，裴梦尧仍然自顾自地说着话：“她不能有事，绝对不能有事……她还要给我爸爸做证啊，如果她就这样走了，我……”

“你不要胡思乱想，医生还在抢救，主任她安慰过那么多受伤的人，一定会有福报的。”林念恩紧紧握住裴梦尧的手，她既是在对她说，也是在对自己说。可是她又想起笔记本上的那个日期，就在明天。

明晃晃的走廊里又安静下来。

这场手术持续了六个小时，一直到后半夜，那盏急救的灯终于灭了。

裴梦尧如同惊弓之鸟般从椅子上跳了起来，她抓着医生：“手术……手术怎么样？”

那医生没想到她会这样问，愣了两秒，不回答她只是问道：“病人家属在这儿吗？”

“我在，我是她的女儿！”

“好，你跟我来一下。”蔡主任的女儿刚想跟过去，便被自己的丈夫制止了，只是一个眼神的交流，最后还是那个男人跟着医生去了。

林念恩拍了拍裴梦尧的肩膀，无声地摇了摇头。

蔡丽文清醒过来时，已经是次日晌午。

那是她最后一次神志清醒地和林念恩说话。

“本来记性就不好，这打了麻药估计就更不好了。”她拉住林念恩的手，缓缓说，“你难得来一趟，我都没顾上招待你。麦城真是个好地方，比西洲好多了……”她的目光在房间里打了个转，“小曦呢？”

陈曦是她女儿的名字。

林念恩答：“她去单位请假去了，昨天的事情发生得突然。”

“唉，给她添麻烦了。小梁也去了？”

梁子成是她的女婿。

“您放心，他一直陪着她。”

蔡丽文的脸上露出欣慰的笑容，她说：“那就好啊，那就好啊。”

过了一会儿，她喘了几口气，又说：“你已经知道了？”

林念恩知道她说的是什么，于是点了点头。

“你一定觉得不可思议吧，其实我后来每每想起，也觉得不可思议。我没想到自己是那么胆小、软弱、自私的一个人。其实，如果不是女儿现在得了病，我应该会去做证的。我多么幸运，可以有机会去弥补曾经犯过的错。可是老天爷简直是在和我开玩笑，他是成心想让我一条道走到黑……人啊，多少次一念之差，一不留神就犯下不可饶恕的错，现在这样也好，至少我心里能好受一点，我也能安心地睡个好觉啦……”

“主任……”林念恩抓着她的手，心中一片酸涩。

“念恩，念恩……”蔡丽文也试图回握住她的手，“其实我……唉，对不起。”

蔡丽文欲言又止地看着她，最后缓缓闭上了眼睛，这番话几乎用尽了她全部的力气。

林念恩不知道她的这句对不起是对谁说的，但这一刻，泪水渐渐模糊了视线，她侧过头抹眼泪，看到裴梦尧正站在门边，双手紧紧攒成拳头。

几个小时后，蔡丽文彻底陷入昏迷。

子弹穿破了内脏，之后引起一系列器官感染，这进一步加剧了蔡丽文本身的高血压和心脏衰竭，最终医生进行了几轮抢救也回天无力。

在她生命中最后的时刻里，所有人围在她的病床边。她半睁着眼睛，嘴巴在氧气罩里张张合合。

林念恩仔细辨认，才发现是“对不起”三个字。

“妈，我有孩子了，你要做外婆了……”姗姗来迟的陈曦笑着捧起蔡丽文的手，眼泪却止不住地往下掉。

蔡丽文极其缓慢地伸出手，握住了女儿的指尖。

检测仪发出刺耳的警报声。

“妈——”

6

那位行凶的人终将得到法律的制裁，但即便他赔上生命，也无法弥合生者心上的那道伤。

蔡丽文离开的那天，林念恩没有和其他人那样痛哭失声。

和往常一样，她引导着蔡丽文的家人在病床前进行最后的告别。她想，蔡丽文临走前一定听到了女儿的话，她生前最大的牵挂也算有了好的结果。

所有的愧疚、悔恨都在她救下裴梦尧的那一刻得到了救赎。

从麦城回西洲的飞机上，林念恩手里拿着一本个案记录，而裴梦尧的手里是一份具有法律效力的证词。

这些都是蔡丽文的女儿陈曦转交给她们的。

自从蔡丽文离世，裴梦尧都没有再说过什么。除了去警局录了几次口供，她都一言不发，毕竟现在的这个结果并不是她最初想要的。

那份证词被封在文件袋里，握在手中沉甸甸的。她很懊悔，原来蔡丽文早就准备好了这样东西。虽然她不知道这里面究竟写了什么，但能够让年永春做伪证、让蔡丽文三缄其口的背后，一定藏着惊天的秘密。

“为了一个人，搭上一个人……我还应该继续下去吗？”临下飞机前，裴梦尧喃喃问道。她永远忘不了陈曦趴在蔡丽文床前号啕大哭的场景。陈曦虽然没有怨恨她什么，但她知道，是因为自己的坚持才间接害死了蔡丽文。如果她没有来麦城，这一切还会发生吗？

听了裴梦尧的问题，林念恩愣在了原地，她的脑海里霎时间闪过了很多画面。

该劝她放弃吗？其实她自己心中还盘旋着一堆疑问。她想问的问题那么多，可有的还没来得及问出口就再也没有机会了。

年永春走了，蔡丽文也走了，似乎每逝去一条生命，自己就离真相又近了一步。

已经失去了这么多，难道要白白牺牲吗？

“念恩姐，我是不是又给你出难题了？”

林念恩摇摇头，一时不知道该怎么说。

两人并肩走下飞机。廊桥里有一格一格的玻璃窗，林念恩停下脚步，看到不远处的飞机正在跑道上冲刺，最后直奔云霄。

她转过头对无精打采的裴梦尧说：“你听说过‘午夜飞行’吗？其实那些飞晚上的航班，都要经历从黑暗到曙光的过程，你现在就属于快要接近光明的阶段。如果你现在放弃了，那前面的那些努力就都白费了。与其这样，倒不如拼尽全力求一个结果。”

“拼尽全力求一个结果……”裴梦尧小声重复着这几个字。

她又问：“我想知道，这是你以社工的立场给我的建议，还是个人立场？”

林念恩惊讶地抬了抬眉：“如果这个问题很重要，那么是后者。”

“好，我明白了。”裴梦尧深吸了一口气，像是做了一个决定。

手机铃声突然在空气中响了起来。

林念恩拿出手机，是江牧打来的，他已经到了接站口。前天他刚回到西洲，本想去麦城找她，但她没让他来，毕竟那边的事情也快结束了，电话中交代他乖乖在家倒时差。他倒也听话，没有坚持。

接电话的时候，她有一瞬间的恍惚。挂了电话，她发现自己紧张了。她不知道等会儿见了面，要怎么和他说话，还能做到和以前一样吗？她有点不敢想象。

“那个……我有朋友来接我，但路上堵车，估计还要好一会儿，要不你先走？”林念恩不擅长说谎，说话时目光闪烁，耳根微微发烫。

裴梦尧也没在意：“我有个学长来接我，本想顺路载你，既然你有人接，那就算了。”末了，她又补了句，“你以后小心那个方瑞君方医生，她知道档案是我偷的，但威胁我要诬陷你。不过你放心，我一人做事一人当，这件事我会和医院解释清楚。”

说完，她冲她摆摆手，转身钻入了人群。

林念恩还在细细回味那句话，右肩突然被什么拍了一下，她转过头，什么也没看到。

“笨笨的。”声音从左边传来。

江牧将一瓶饮料递给她。林念恩接过来，好一会儿才反应道：“没想到江大医生还有如此幼稚的一面。”

“没关系，以后慢慢了解。”江牧自然地牵起林念恩的手，“走吧。”

川流不息的机场大厅里，广播声此起彼伏。

林念恩低头看着两人紧紧相握的手，心忽然漏跳了几拍。原先在心底涌动的紧张和不安此时都不见了，男人的手掌宽大而炽热，一种久违的安全感将她紧紧地包裹住。

蔡丽文的离开，带给她无限的沉痛。而此刻，身旁的这个人，正给她最大的安慰。

他们一路走至停车场，到拐弯处时，一道熟悉的身影从林念恩的眼前一晃而过，她几乎以为自己看花了眼。

“看什么呢？”江牧给她开了车门。

“没事。”林念恩摇摇头，坐了进去。

车子发动时，她看到另一辆车从前面开过，副驾驶的座位上坐着裴梦尧。

7

临近傍晚，江牧把林念恩送回家，顺道也接回了卢卡。那小家伙一看到林念恩，激动得一直在地上打转。林念恩将它抱在怀里，心里暖暖的。

一进家门，江牧见林念恩满脸的疲惫，让她先去沙发上眯一会儿，他亲自下厨。

“没关系，我其实……”林念恩本想拒绝，但话还没说完就打了个呵欠，只得乖乖去休息了。

厨房里传来水花和窸窸窣窣的声响，林念恩合上眼睛，一点也不觉得吵，反而觉得心安。

或许是因为此刻除了卢卡，还有一个人在她的身边。无论发生什么状况，这个人都会第一时间出现，成为她最坚实的后盾。

她很快就意识模糊。

梦中是晚上，西洲科研所。

她对这个地方并不算陌生，毕竟以前父亲林柏森还担任所长一职时，时常会跟着他一起过来。林柏森做实验，她就在实验室外面做作业。那时候她觉得爸爸穿白色的工作服时特别好看。后来父亲出事后，她就再也没来过这儿。

四周黑漆漆的，没有一点声响。

不远处的LED屏幕上显示着时间和天气，上面的日期是：2003年5月11日。正是林柏森出事的当天。

手机铃声突兀地响了起来，林念恩拿出手机，上面跳动着一串没有名字的号码。

等她犹豫着将电话接起来，发现电话那头徒有重重的呼吸声。短暂的静默里，林念恩的脑中仿佛有一道闪电划过。她仿佛看到儿时的自己睡眼惺忪地去客厅里接电话时的场景。当时电话那头也是没人说话，她喂了好几声后便挂断了。

如此，竟是情景重现。

家里的电话号码从来都没有换过，自从妈妈搬去了外婆家，林念恩便将家里座机的号码和手机号绑在了一起，以防漏接电话。

她可能永远也想不到，这个无心之举促成了这通跨越时间、梦与现实乃至……生死的电话。

“爸爸？”林念恩的声音止不住地发颤，心跳快如擂鼓。

仍没有应答。

她忽然意识到了什么，慌忙往电梯间跑去。

“爸爸？我是念恩啊。”她疯狂按电梯，结果发现所有的电梯都停运了。她又匆忙跑向了安全通道，奋力往上奔跑。她的整个身体因为过度激动而完全紧绷着，眼前像是有白色的光影在剧烈晃动。

电话那头终于传来林柏森的声音：“乖女儿，这么晚还没睡？”

短短一句话，林念恩的眼泪便决堤而出。

“爸，你等等我，我有话对你说！”

电话那头沉默了一会儿。

“以后爸爸要是不在家，你要听妈妈的话，好好照顾她……”林柏森的声音听上去十分平静，像是在交代一件寻常小事。

刺耳的杂音传来，林念恩觉得心中像是有什么骤然崩塌。

“爸爸，你别挂，你知道吗？你走后的每一年祭日，妈妈都整夜在客厅坐着。每年槐花开满树的时候，我都会想起你将我扛在肩膀上从树下跑过。我第一次去参加闺蜜的婚礼，看到新娘的爸爸把她的手交到新郎手里，我突然发现我再也没有这个机会。爸爸，你怎么狠心丢下我和妈妈两个人？”

机械的忙音霎时响了起来。

嘟嘟嘟……

“念恩？”

“念恩？”

林念恩只觉得半梦半醒间，有人在叫她的名字。等她睁开眼，才看到江牧担忧地站在旁边，而她自己正躺在沙发上，脸上布满汗和眼泪。

窗外的天空还是灰蒙蒙的。从昨天开始，西洲的天气状况变得格外恶劣，这种混沌不明的状态似乎不分昼夜。

她慢慢坐起来：“现在是什么时候了？”

“你睡了两个小时。”江牧不知从哪儿拿了条毛巾过来，“应该是洗脸毛巾，擦擦。”

林念恩接过来一看，无力地笑了笑：“还好没拿成擦脚的。”

江牧见她如此，心中安定了几分。

刚刚他做好饭走出来，忽然听到林念恩在喃喃呓语着什么，她的状态很不好，眼泪混着汗水往下流。可他叫不醒她，他从未有如此不知所措的时刻。

林念恩攥着毛巾，垂着头说：“我梦到了爸爸，在他出事的那天。其实他当时给家里打过一个电话，是我接的。可当时电话那头没人说话，我直接挂了。如果当时我知道那是我们的最后一通电话，一定不会，一定不会……”

“为什么电话那头没人说话？”江牧觉得奇怪。

“我不知道，对了……”林念恩慌忙去找那本蔡丽文给的个案记录。她原本以为那只是蔡丽文让她留着参考的，但如果父亲林柏森也曾接受过蔡丽文的服务，里面说不定有关于他的信息？

她将那个记录册翻出来，快速地翻找着。

记录里的案主个人信息都是隐去的，但时间却在上面。她按照父亲死亡的时间去找，果真发现了一些零碎的记录。

林柏森的个案记录里有一个被加了好几道下划线的问句：该尊重案主自决吗？

在蔡丽文的记录中，林念恩惊讶地发现，原来父亲林柏森有很严重的抑郁倾向，所以他才会接受蔡丽文的服务。可此时无论她怎么回忆，都不记得有这样一件事。在她的记忆里，林柏森一直都是那么幽默风趣，根本很难将他和抑郁联系在一起。

个案记录并不算详细，只有寥寥几页。里面的所有文字都没有奇怪的地方，除了一个频繁被林柏森提及的“Y”。

“在与他为数不多的几次面谈里，他时常提到代号‘Y’。我不确定这个字母背后的含义，但猜想它和困扰他的事情一定有什么关联。我试图进一步探索他对‘Y’的心结，但是这超出了我的能力范围，他提出终止服务，我提出了将他转介给心理医生的建议，但他拒绝了。”

只是这个“Y”是谁？林念恩在脑子里过了一遍，没什么头绪。

她将这段话给江牧看，他低头沉思了一会儿，忽然合上这本记录册，提示她：“单凭这个记录很难有线索。但你可以仔细想想，你迄今为止进入的梦境，遵循什么样的时间顺序？每个梦境之间的联系又是什么？”

闻言，林念恩仔细在脑中捋了一遍。

十五年前父亲去世。

十二年前西洲爆发的怪疾。

十一年前周振和顾怀生之间的纠葛。

十年前的化工厂爆炸案。

八年前的敬亭山流星雨事件。

她突然拍手惊呼：“如果将时间线倒过来看，这每一件事情之间都有联系，就像蝴蝶效应那样……”

“嗯。蔡丽文将证词给了裴梦尧，那里面一定有线索。”江牧的眼中闪过一抹光亮。

林念恩却皱起眉：“可是证词我们看不到……”

江牧不以为然：“证词自然会出现在它该出现的地方，有点耐心，一切都在快速推进中。”

“哦，也对。”

“不过在那之前……如果我们再不吃饭，可能就挨不到真相大白的那一天了。”江牧笑着捏了捏她的脸。

8

两人吃晚饭的时候已经八点多了，卢卡在一旁睡得四脚朝天。空气中有浓浓的菜香味儿，很温馨。

林念恩一想到刚刚的梦境，还有近期年永春和蔡丽文的离开，吃了两口就没了食欲。

江牧见她如此，想了想说：“其实我对自己的厨艺还是很有信心的。”

“菜很好吃，只是我……”她不知道该怎么说。

“告诉你一个秘密，我曾经很想去做法医。”江牧给她盛了碗汤。

林念恩完全从思绪里抽离出来：“嗯？那岂不是要成天和尸体打交道？”

“比起窥探活人的内心，能让死人开口说话更有从挑战性。”

“确实如此。”林念恩点了点头。

“但这个笔记本更厉害，因为它不仅可以让我们了解过去事件的真相，还能让人身临其境。其实它并没有让人死的能力，但却能让濒死之人传递他们还没来得及说出口甚至还没有意识到的重要信息。”

林念恩怔了怔，终于明白江牧的用意。

“我们只是真相的探寻者，而不是生死的审判官。”

她抬起头，视线交汇，心底霎时涌起一股暖意。说来也怪，刚才明明连筷子都不想动，这一会儿马上就有了食欲。

两人吃完饭，林念恩站在碗池边收拾，飘着洗洁精香味的空气里，江牧斜倚着冰箱，视线跟着她来回移动。

她被这道视线弄得浑身不自在，只好打破沉默：“真厉害啊，没想到你还会做饭，而且……做得还真不赖。”

话音未落，腰间骤然一紧，有温热的气息从颈侧传来。江牧从身后抱住她，下颌枕在她的肩窝里，痒痒的、暖暖的。

“我厉害的地方还有很多。”

这家伙到底是从什么时候开始变得这么自恋了？

她不禁侧过头打趣：“什么地方？说来听听……”

回答她的是他沉重的气息和一个热烈的吻。

他的右手捧着她的侧脸，好让唇舌更加深入城池。如果这个世界上有接吻高手的话，江牧一定位列其中，被吻得晕晕乎乎的林念恩这样想着。

浅黄色的灯光下，他们还在亲吻，脸颊上都沾着淡淡的一层粉。磨砂的推拉窗上映出两人模糊的轮廓，光影浮动，美得像是一幅画。

次日一早，各大媒体都对蔡丽文的事迹进行了报道。大致是说一位因病退休的老社工为发挥余热却被瘾君子恩将仇报的故事，报道里的文字极其煽情，可林念恩看了莫名觉得心里不舒服。

她赶去医院参加同事自发为蔡丽文组织的追思会，社工部的前几批实习生竟也无一例外地到场了。

偌大的会议室里，布置了白黄相间的花束，墙壁上有很多蔡丽文的照片，大都是工作时的合影。所有人的手里都捧着白色的蜡烛，四处都是摄像机和闪光灯。

“念恩姐——”宋晚的眼睛肿得像是核桃。她从刚得知消息就一直很难过，林念恩还在麦城的时候，她就和她打了个漫长的电话。

蔡丽文走后，宋晚是最难过的那个人，其实一直以来，蔡丽文都很偏爱她。每次她做错了事或者工作不认真，林念恩一批评她，她就躲到蔡丽文的身后。于她而言，蔡丽文更像是妈妈，她开心了、难过了，都有她在身后鼓励着她。在她入职西洲医院的这段日子里，是蔡丽文一路见证她的成长。

林念恩见她如此，之前好不容易平复的悲伤一股脑儿被招了出来。她给了宋晚一个安慰的拥抱，鼻尖也忍不住泛酸。

前来吊唁的人络绎不绝，林念恩在人群中看到了方瑞君。她看上去清瘦了不少，自从上次两人在年永春的病房前不欢而散后，便再没有什么交集。

“方主任，请等一下。”

方瑞君回过头，狐疑地瞥了林念恩一眼。

“我们可以聊一聊吗？我有些事想问你。”

“当然。”她仍旧是那副处变不惊的模样，笑容恬静。

方瑞君将林念恩带去了办公室，幽静雅致的布置倒像是她平日里给人的印象。她招呼林念恩坐下，优哉地为林念恩倒了一杯茶。沏茶的整套工序，她一步也没漏，整个过程都十分闲适自然。

“当年美西制药的那件事……你知道多少？”

方瑞君没想到林念恩如此直接，动作一顿，笑道：“不太清楚你在说什么。”

见她有所隐瞒，林念恩倒也不急：“那裴梦尧的事，你知道多少？”

方瑞君低头抿了口茶，眉毛一挑：“她告诉你了？”

林念恩没说话。

“没错，是我让她诬陷你的。我的确不怎么喜欢你，你知道了太多不该知道的，而且又那么不安分。况且我一直很讨厌你们那套自以为是救世主的嘴脸，好像表现得很无私，实际上还不都是想满足自己的虚荣心？你们这样的人啊……才最虚伪。”她冷笑着叹了口气，“你看，我这样的坏人和蔡丽文那样虚伪的人，终究还是我活到了最后，你不觉得很可笑吗？”

听她这样说蔡丽文，林念恩皱了皱眉：“那你不虚伪？刚刚吊唁的时候，你的脸上还写着悲伤。”

方瑞君苦笑：“我是难过啊。她那日临走前还指着我的鼻子骂了一通，我还没找机会骂回去呢。她口口声声说我先是勾搭了科顿集团的老总，后面又借由人家的人脉和院里的领导纠缠不清，根本不配做医生，说我会遭报应……笑话！我怎么不配？你可以去查一查，科里加班最多的永远是我。我再怎么不济，也轮不到她来指指点点。那些早就背弃医学使命甚至手上沾了鲜血的人……他们都不怕遭报应，我有什么可怕的？我从没想过要害谁的性命，只是想尽可能地抓住我所拥有的，仅此而已。”

方瑞君懒懒地往椅背一靠，不屑地笑笑：“也罢也罢，人都死了，多说无益。等哪天我也到了地下，再去和她争辩。”

林念恩一时哑然，竟想不出话来反驳。她忽然想到那时在梦境中，方瑞君瘫坐在地上绝望痛哭的场景。也许从那之后，她便再也不是那个对钟爱的医学倾尽心力、对爱情奋不顾身的方瑞君，她收起了曾经鲜活、热烈、赤诚的那颗心，一点一点在岁月的锤炼中造就今日的自己。

“你讨厌蔡主任，讨厌我，所以才让裴梦尧诬陷我？”

方瑞君摇摇头：“不全是。其实我就是想把你赶出西洲医院，这里不适合你，我是为你好。”

林念恩不怒反笑：“为我好？这算什么道理？”

方瑞君深深地看了她一眼：“总之，十二年前的事，你最好不要强出头，当心引火上身。你不要再把工夫花在我这里，我什么都不知道，也什么都不会说。你若不听我的劝一意孤行，到时候别怪我没提醒你。”最后，她不耐烦地冲林念恩摆摆手，“我该午睡了。”

门被关上，午后的走廊里静悄悄的，而林念恩却觉得心下一阵烦闷，脑子里乱糟糟的，丝毫没有头绪。她刚进了社工部办公室的门，突然听到有人惊呼：“又是那个匿名审判官！”

她心下一跳，连忙凑到电脑前。

这次的邮件，不再是上次那种吊人胃口的引子，而是真材实料。对方将矛头直指科顿集团董事长周振，说他是诬陷美西制药的主谋，当年的很多证据都是他出钱出力所伪造的，而西洲医院也是合谋方。在邮件的最后，此人还提到方瑞君与周振的情人关系，说她曾是科顿集团和医院的中间人。

此事一出，顿时在院里引起轩然大波。

林念恩心中有数，其实上次在麦城遇到裴梦尧，她就猜到这个人十有八九就是她。

信息科不得已请求警方协助调查，但并没有想到此举彻底拉开了一场大戏的序幕。

手机突然振动起来，电话接通。

“今晚有安排吗？”是江牧。

林念恩想了想：“暂时没有……”

“好，下班后我来找你。”

“呃……去哪儿？”

“有个人想见你。”

“谁？”

“我爸。”

电话切断后，林念恩在原地愣了许久才反应过来。自己这算是要见家长了？带着这个疑问，她一整个下午都有些心不在焉。

下班后，她特意对着镜子将头发理了理，还涂了一点口红。宋晚见她如此，投来奇怪的目光。她心虚地快步跑出了门，一路到了停车库。

江牧正靠在车边看手机，他身上穿着休闲的白色T恤，看上去格外俊朗。

“江教授要见我？为什么？”上车后，林念恩还是有点不敢置信。

“我一直没告诉你，我的记忆开始恢复了，因为梦境。我爸知道后，对你的笔记本很感兴趣，所以就想见你一面。”

“原来如此，没想到这个笔记本还有如此神奇的效果……”林念恩不由得感叹，但她还是忍不住耷拉下脑袋，“实话和你说，我有点紧张。”

江牧侧过身给她扣上安全带，目光中透着笑意。他睨了她一眼，忽地在她额头上落下轻轻一吻。

“不用紧张，迟早都要见的。”他转动方向盘，车子快速窜上主干道，一路向北。

第十一章
旧爱重逢

·如今这个叫江牧的男人毫无征兆地走入她的生活，他是那种无法让人忽视的存在，一点一点……带着渗透性强势入驻了她的心底，从此生根发芽，再难拔除。

1

城北。

“你爸爸是个什么样的人啊？”林念恩忐忑地问。

“除了非常啰唆以及不爱跳广场舞之外，他与寻常中老年人并没有什么不同。”江牧一边说着，一边带着林念恩进了门。

霎时间，红烧鱼的浓香扑面而来，林念恩的肚子十分应景地咕噜了两声。

她不好意思地笑笑：“我是一到饭点就饿。”

“那你等会儿可要多吃点。”一个拿着锅铲的男人从厨房里走了出来，约莫五十上下，头发两鬓已有些花白，但眉眼间依稀可见年轻时的神采。

林念恩乖巧地打招呼：“江教授您好，我是林念恩。”

江东元笑眯眯地打量了她一眼：“念恩吧，都长这么大了啊！那年我见到你时，你才这么高。”他对着腰侧比画了一下，然后又说，“今天既然来了呢，也不要拘束，我这里很久不来客人了。”他说完，看了一眼时间又匆匆钻入厨房，没一会儿又对外喊了句，“小野，你好好招待人家。”

这个称呼让林念恩的心蓦地一跳。

江牧倒是没什么反应，只是将林念恩带到客厅里，然后来回转了几圈也没找到茶杯在哪儿，倒是林念恩眼尖指了指冰箱旁边的消毒柜：“你怎么一点也不像个主人。”

“我很少过来。”江牧给她泡了一杯红茶，自己则皱着眉在沙发上坐下来。

林念恩抿了一口茶，突然想起他之前和她提起过的家事。这么大的别墅看上去只有江东元一个人住，而江牧则住在完全反方向的城南，可见父子俩关系并不好。

她有些懊恼，自己刚刚的那句调侃有些唐突。

“我十岁去了美国，直到去年才回来。他每个月都会打钱和电话给我，每次问的问题都一样，‘钱收到了吗’‘学习怎么样’‘和房东一家人相处得好吗’‘有没有生病’诸如此类，时间一长，我觉得自己像是在填问卷，不对，还不如填问卷，至少不会这么尴尬。”江牧说这些的时候，表情有点沮丧。

林念恩连忙安慰他：“我遇到过很多像江教授这样的父亲，他们其实都不善言辞，这是两性之间很普遍的差异。记得在我去外地念书的时候，每次外公给我打电话也都是那几个老问题，时常话还没说完就挂了。但这并不代表他不关心我……”

“关心我的话，他不会一直用哥哥的名字叫我。”江牧打断她，一双眼睛黑得有些空洞。

林念恩本还可以举出很多例子，可听到这句话时，便悉数干堵在嗓子口，一阵发紧。

“开饭了！”厨房传来脚步声，江东元将一盘热气腾腾的糖醋鱼端上了桌。

林念恩慌忙从沙发里站起来，上前想要帮忙，但一时之间又不知道该干吗。

“我来盛饭。”江牧走到桌边，抽出一张椅子，“这不是客人要做的。”说完，他走进厨房，没一会儿端了三碗饭出来。

大家都坐下来后，江东元笑着说：“我这人不爱拐弯抹角，其实近几年我们所也在研究人体的粒子分解、跨时空成像以及脑电波分离。但我很惊讶，现在居然能让人通过梦境回到过去。”他顿了顿，语调突然柔和下来，“我之所以会知道这件事，完全是因为小野找回了部分丢失的记忆。不管是作为一个研究员还是一位父亲，我都很想知道这个东西的奥秘。希望你不要介意他把这件事告诉了我……”

林念恩连忙摇摇头：“我当然不会怪他，毕竟算是我将他牵连到这件……

有点诡异的事情里来的。其实这个笔记本我得来也很稀奇，但没想到还能帮他找回记忆……您是这方面的专家，正好能帮我弄清楚这其中的缘由。”

江东元摆摆手：“我的学识有限，未必真能弄清楚。倒是要谢谢你的信任，这件事非比寻常，我会帮你保密，你大可放心。”

“谢谢江教授。”林念恩原本有些紧张，此时也完全放松下来。

“别一口一个教授了。”

林念恩一怔，连忙改口：“江叔叔。”

江东元又哈哈笑起来。

“喝点汤。”一直沉默的江牧突然给江东元盛了一碗汤，然后又给林念恩盛了一碗。

“瞧我，光顾着说话，菜都要凉了。快多吃点，我也不知道你爱吃什么，这些都是小野爱吃的。尤其是糖醋鱼，我经常做给他吃，硬生生练出来了。我筷子还没用，你尝尝，应该不难吃。”江东元一边说着一边给两人夹了鱼。

林念恩一时不知道该怎么接话，她知道江牧最讨厌吃糖醋鱼，可想而知，这道菜究竟是谁的最爱。亲生父亲一直将你当成另一个人的替身，个中滋味常人恐怕难以体会。之前江牧说起这件事时，她还没有这么深的体会。

在很多人眼中，江牧都是天之骄子的存在，谁又会想到他常年生活在哥哥的阴影下，而这个阴影正是这个世界上本该与他最亲近的人带给他的。如今坐在这里，她看着满脸慈爱笑容的江东元，竟有种脊背发凉的寒意。

她一边想着一边把鱼放进嘴里，谁知一股难以言说的味道在舌尖蔓延开。

“啊呸呸呸！我竟然把盐当成糖了！该死！”江东元突然沉下脸，二话不说将那盘鱼端起来倒进了垃圾桶。

林念恩被他的举动吓了一跳，旁边的江牧倒是习以为常，仍旧安静地埋头吃饭。

江东元似乎并没有觉得有什么不妥，笑着解释说：“抱歉啊，现在人老了，什么都做不好……”

“没有没有，这很正常，我妈以前也总这样的。”林念恩讪笑着打圆场。

一顿饭在一种诡异的祥和里结束，而江牧碗里的糖醋鱼一直到最后都还留在那里。

客厅里。

吃完饭后，窗外下起了大雨。电视上正在放当地的新闻，恰好说到西洲医院近日被黑客攻击的事，两封匿名邮件的具体内容也被公开。

“最近科顿集团算是被推到了风口浪尖，周振不在，新的领导班子根本压不住场，股价连日下跌。也不知道那封匿名邮件里的消息是不是蔡主任提供给裴梦尧的……”林念恩叹了一口气。

“即便我们通过梦境得知了事情的真相，但我们永远只是旁观者，事件的主人公会主宰自己的命运。”江牧正站在窗前，外面一阵电闪雷鸣，整片天空忽明忽暗。

“那些人可做了不少恶事，当年林大哥一直拒绝推行 γ 计划，可惜就是没有人听。科顿集团一手遮天，他们相互勾结，我们人微言轻，根本没有办法。看看现在这灰蒙蒙的天，西洲算是毁在这些人手里了。”江东元从卧室里走出来，看着外面的大雨一脸愁容。

林念恩听到他提及父亲，连忙看向他：“林叔叔，您知道我爸爸当年究竟是怎么出事的吗？”

江东元欲言又止，连连叹气：“本来这件事我不该说的，不过你现在你也这么大了，告诉你也无妨。当年你父亲为了阻止 γ 计划的推行，险些要将 γ 装置给毁了。好多人说他有抑郁症，后来他就递了辞职信，当天晚上就出了事。”

林念恩很不解：“可是我爸爸为什么一定要阻止 γ 计划的推行？”

“因为 γ 计划会给环境带来不可逆的损伤，尽管有净化设备也是治标不治本。但是当时西洲作为排名末端的小城市，分配到的新能源非常有限。为了谋求发展只能铤而走险，心想着先推动发展，再来治理环境……可是从目前来看，你父亲是对的。这些伤害再也挽回不了了。”

江东元小心翼翼地将笔记本翻了翻：“你愿不愿意将它留在我这儿，一两天就可以，我想仔细检测一下。”

“当然可以。”林念恩点了点头。

2

雨势渐停，江牧送林念恩回家。

由于城北位置较偏，此时马路上空无一人，显得格外空旷安静。

“你爸爸看上去……是个很和善的人，你们本不该这样的，太生疏了。”

江牧的目光从她身上快速掠过：“有些人认识再久都熟不起来，有些人只是初遇就一见如故。”

林念恩撞上他的视线，心咚咚直跳。

“对了，你说因为这个笔记本让你恢复了一些记忆，你上次在白城做噩梦也和这个有关吗？”

江牧沉吟道：“算是。”

“那你想起了什么？或者说，看到了什么？”林念恩这么问，纯粹是出于好奇。

车子猛地停在了红灯前面，就差一点便要违章扣分。

狭小的车厢里，江牧看着雨刮器发愣。他看到了什么？看到年幼的自己被锁在房间里、看到父母指着江野说“你长大后要像哥哥一样优秀”、看到江野死后父母的痛不欲生……从白城回来的当天晚上，他很少主动来找江东元，他问江东元是不是曾经将他关起来过，可江东元直接否认了，还说他将臆想和现实混淆在了一起。

江牧自己是学心理学出身，他太清楚一个人撒谎时会有的反应。而江东元身上展现出的所有细节都在传递一个信息：他在说谎。

那么，父亲到底想隐瞒什么？那些零碎的片段背后到底是什么见不得人的秘密？

车子重新发动之前，江牧答：“无非是些鸡毛蒜皮的小事。”

视线变得明亮起来，周围已进入闹市区，稀稀疏疏的路人都撑着伞快步走着，似乎在空气中多待一刻都是折磨。

“那这些鸡毛蒜皮的事情里也包括我吗？”这话说出来，林念恩自己都吓了一跳。而她此时眉目含笑，在快速掠过的光影里竟显出几分别样的温情。

江牧也有点意外，他没有接话，空气霎时间沉默下来。

车子徐徐开进小区，最终公寓门口停下来。

“我的意思是，我们小时候应该见过，毕竟有那么一张合影可以证明……就那张，在我房间的书柜里……我是说，我外婆家的书柜里……”林念恩觉得脸一阵发烫，说话时语速也快了起来。

“我记得。”江牧见她满脸都写着慌张，不禁笑了笑。

林念恩被这抹笑弄得浑身不自在,她匆忙去开车门,不料江牧动作比她更快,右手直接拉住了她的胳膊。

“只不过大多梦境都是快速闪过的片段，我也不确定有没有见过你。”江牧还是笑，那黝黑的眸子里氤氲了水汽，看上去湿漉漉的，更显得幽深。

可林念恩听了这话，只觉得发窘和难堪，一时间不知道要说什么。

这一刻,夜色、灯光、视线……乃至心跳的频率都如同催化剂一样发挥功效,她被这种异样的感觉弄得有些不知所措，索性向他告别：“我先回去了。”

谁知她刚绕过车子，江牧也已经下了车，甚至比她更快一步。他将她拦腰往怀里一拽，两个人以极近的姿势倚靠在车头上。刺目的车灯骤然熄灭，视线晦涩不明。

“脾气这么大？”江牧目中含笑，声音像是在喉头滚了滚。

“对啊，后悔了？”林念恩挣脱不开，只得扬起下巴，睨了他一眼，带着几分挑衅的味道。

可这挑衅落在江牧的眼里，又是另一回事。

“有点，我得再确认一下……这个人能否和我共度余生。”

林念恩因为这突如其来的亲昵乱了心神，也不知道哪里涌起一股冲动，她忽然伸手钩住他的脖子，踮起脚吻住了他。

霎时，她仿佛在他黝黑的瞳孔里看到了面色绯红的自己，一点、一点，那人影渐渐放大，最终化成了一片空落落的虚无。

断断续续的雨滴打在鼻尖上，凉丝丝的。她下意识地抓着他的衣袖，眼睫微微颤动，手心烫得吓人。

不知过了多久，她微微撤开身子，咬着牙问：“怎么样，确定了吗？”

他深深地看着她,红透了的脸,软糯糯的声音,还有那股……倔强的小眼神。

每一样都足以扰乱他的心神。

“不够。”

林念恩只觉后脑勺被一只手掌猛地压向前面，这次的吻来势汹汹，像是之前窗外的狂风暴雨，她浑身软得像是踩在云端上，心尖忍不住发颤……

雨彻底停了。

林念恩刚进家门,林母便打了电话过来。她还没缓过神来,灯打开的那一刻,楼下传来车子开走的引擎声。

她心头蓦地一暖，浑身都觉得甜腻腻的。

林母在那头拔高了音调："喂？怎么不说话？身体不舒服？"

"没有，刚刚信号断了一下。"也许是因为撒了谎，也许是因为刚刚脸上泛起的潮红还未褪去，林念恩随手倒了杯冷水贴在脸颊上，顿时清醒了几分，"最近外公还好吗？"

"嗯，他挺好的。他倒也就听你的话，上次你回来，让他不要再上山去，他就再没去过，平日也就只在家附近转悠。"

"那就好。"林念恩松了一口气。

林母又说："我最近看新闻，你们医院是不是出了什么问题？怎么还扯到十二年前的事情了？"

"这事儿我一时半会儿也和你说不清楚，等事情全部水落石出了我再和你说。"林念恩往沙发里一瘫，突然想到什么，"对了，妈，那个江东元教授是不是和爸爸关系特别好？"

电话那头沉默了两秒："江东元啊，那时候他来家里吃过几回饭。不过我倒是记得有一次他和你爸喝酒喝到大半夜，两个人都醉得一塌糊涂。那个江东元说什么自己的儿子死得好惨。第二天等他走了，我问你爸，结果你爸一脸茫然，什么都不记得了。我想着这也不是什么好宣扬的事，也就没再提过……"

"那他有说是怎么死的吗？"

林母觉得奇怪："没有，咦？你怎么好端端问起这个了？"

"没什么，就是江牧和我说起过，他曾经有个哥哥，但已经去世了。"

"这样啊……对了，你和小江怎么样了？"

话题骤然切换，林念恩有点反应不过来，她随口敷衍："什么怎么样了？干吗这么问？"

"这可不是我要问的，是你外公。他昨天喝了两杯酒，突然就拉着我笑呵呵地说江牧对你有意思，是个好小伙，让你抓点紧，可别让人家等太久，免得到时候被别人抢走了！"林母说完，自己倒是哈哈笑了起来。

隔着电话，林念恩竟有些脸红，她忍不住问："外公是怎么看出来人家对我有意思的？"

"那我可就不知道了，不过他看人很准倒是真的。""

后面林母又扯了些家长里短，林念恩心不在焉地听着。一通电话打完，她坐在沙发上发了好一会儿呆，脑袋里嗡嗡直响。她刚刚本来想问爸爸的事，可每次话到嘴边，还是不忍心问。

这件事对妈妈来说太残忍，她实在不希望妈妈再受刺激。

她正想着，手机振动了两下，进来一条短信："晚上早点睡，明早来接你。"

是江牧发来的。

林念恩握着手机，指尖都跟着发烫，直到这一刻，她终于意识到自己真的脱单了。自从和赵天佑分手，她就对感情之事兴趣寥寥，好友说她是一朝被蛇咬，十年怕井绳。她既没承认也没否认，如今这个叫江牧的男人毫无征兆地走入她的生活，他是那种无法让人忽视的存在，一点一点……带着渗透性强势入驻了她的心底，从此生根发芽，再难拔除。

这一晚，她做了一场很奇怪的梦。

梦中的自己正站在西洲科研所的大厅里，空气中回荡着刺耳的警报声。

与此同时，有很多保安冲了出来，领头的人喊："快！是 γ 实验室！"

林念恩被人群簇拥着向前，等所有人赶过去，只看到地上一片狼藉，满地都是防护玻璃的残渣。

林柏森被好几个人压制住，他一边挣扎一边喊着："放开我……我要毁了这个祸害！"

旁边围观的人窃窃私语道："林所长是不是疯了？听说他最近一直在四处奔走，想要中止 γ 计划。"

"中止？开玩笑吧？西洲能有今天多亏了这个计划，他搞不好真的是精神失常了！"

林柏森被人架到一边，眼睛里布满了血丝，呼吸很急促。林念恩下意识地想靠近，却看到他突然冲过来遏制住她的脖子："原来你一直都在骗我！枉我那么信任你！"

脖颈间传来强烈的压迫感，她眼前的一切都变得模糊起来。

下一秒，她便亲眼看到林柏森站在窗前，最后纵身一跃……

从梦中惊醒时正是后半夜，林念恩只觉心跳快得吓人，后背的睡衣已经被汗湿透了。

刚刚梦里的林柏森让她感到陌生和害怕，一向温柔和善的爸爸竟然会那样歇斯底里，甚至还想将她掐死，她简直不敢想象。

正如江东元所说，爸爸一心想中止 γ 计划，不惜采取过激的举动。

或许就像江牧所说的那样，当那些梦境背后的谜团被解开之时，她想知道的一切也终将水落石出。

3

科顿集团终于按捺不住，决定借着向西洲医院捐赠医疗器械的发布会，澄清近日以来的负面传闻。

晨会上，赵泽远面色凝重地说，希望所有西洲同仁都应该自觉维护医院的信誉和威望，而不是跟着舆论恶意诽谤医院。

方瑞君坐在林念恩的右前方，几日不见，她的脸憔悴了不少，人也瘦了很多。最近那封匿名邮件在私下里传得沸沸扬扬，昨天林念恩在食堂吃饭，还听到很多人对着方瑞君指指点点，说她表面上文雅贤淑，背地里却是个借着男人上位的狐狸精。

其实还有更多难听的话，简直不堪入耳。

林念恩还记得之前医疗队一起去白城，方瑞君在飞机上将维 C 递给她，那时的她还是位深谙保养之道的都市白领，可也不过几个月的光景，现在的她简直判若两人。

散会时，不知道是哪个科室的实习生聚在一起议论八卦。

“听说昨天骨科的那个大美女和江医生一起去食堂吃饭了，两个人走在一起简直像一道风景线，我还看到有人对着他们拍照呢。”

“拍照？太夸张了吧。不过那个骨科的医生的确长了张明星脸，和江医生也很般配……”

人流攒动的走廊上，几个女孩叽叽喳喳地走远了。

宋晚抱着笔记本，看着她们的背影叹了一口气：“我总算知道我以前在别人眼中是什么样子了。”

林念恩本来心中有些发闷，听到她这么说，忍不住笑着戳了一下她的脑袋：“现在知道了？”其实宋晚这段时间实在表现出色，最近又在准备案例大赛，时常主动要求加班。也许是受她影响，整个社工部都变得格外上进。领导点名表扬林念恩领导有方，她不好意思，总要说是宋晚的功劳。

“嗯！但是我倒不觉得骨科的那个医生有多美，其实只是念恩姐你不打扮，你要是好好打扮起来，江医生绝对只会盯着你一个人看！”宋晚愤愤不平地说，两只眼睛睁得圆滚滚的。

“谢谢宋晚女士的夸奖。”林念恩失笑。她转念一想，自己和江牧的确是在一起了。由于她不想张扬，他每天接送她都得在距离医院一百米的地方上下车。

“怎么搞得像地下恋情？”江牧很快意识到，莫名有点不爽。

“还不是因为你名声远扬。”林念恩反将一军。

某人笑而不语。

但除此之外，生活似乎和往常并没有太多不一样，两人都是各忙各的，偶尔在医院碰见，也是匆匆擦肩而过，连眼神交流都顾不上。

这样想着，林念恩主动给江牧发了一条信息：“中午一起吃饭。”

对方很快回过来一个“好”字。

两人在食堂见面时，江牧满脸倦色，摘下眼镜揉了揉眉心，嘴上倒也不闲着，上来就调侃她：“难得，地下恋情终于得见天日。”

林念恩不以为然，一边剥橘子一边反问：“黑眼圈都这么重了，还有力气开玩笑？”

江牧抬手活动了几下筋骨：“最近苦不堪言，好几个课题要写中期报告，中英文同时开工，脑细胞告急，你是不是该表示表示？”

“表示？”林念恩错愕地抬头看向他，只见对方瞥了一眼她手里的橘子，意有所指。

她犹豫了两秒，掰下两瓣递到他嘴边。他垂下头，故意轻轻咬了一下她的指尖，惹得她心尖一颤。

“酸甜适宜。”江牧笑了笑。

旁边不知是谁惊呼了一声，也许是心理作用，林念恩听到“骨科 XX”几个字，她闷闷地说：“像你这样每天和不同的女人在食堂吃饭，估计早已成为众人茶余饭后的谈资。”

“不同的女人？”江牧一头雾水。

不等林念恩接话，他自己很快明白了原委，摇摇头，笑得意味深长：“原来说要一起吃饭……意思在这儿。昨天那个骨科的医生是有工作上的问题咨询我，大致是关于催眠止痛的，你也知道，现在很多骨折并不提倡用手术矫正。”

“你不用和我解释，我既然选择和你在一起，信任是第一位的。刚刚你就当是我无心的一句玩笑话吧……”林念恩有些心虚，又有些懊恼，一瓣橘子入口，酸得她不觉皱起了眉毛，可江牧为什么还说甜？

“听不听在于你，但解不解释在于我。”江牧面色淡然，说话不疾不徐，“这次的事情是我考虑不周，以后公开场合，我会尽量避免这种事。这样，我直接请你们部门的人和相熟的同事一起吃个饭，就算正式公开，参照寻常的传播速度，很快就能尽人皆知。”

林念恩并没想到江牧会说出这么一番话，心中霎时掀起波澜。她一直认为自己不是那种喜欢吃醋或者黏着另一半的小女生，但直至此刻她才发现，无论什么人，但凡掉入爱情的蜜罐，都会变成另一番模样。但是好在自己适可而止，而江牧又理智有余。

“那就这样吧。”

她抿着嘴角，主动又递了橘子过去。他就着她的手吃了，不放开，拉到手心里轻轻握住：“这片有点酸。”

林念恩脸一红，将手抽回来，埋头专心吃饭去了。

没过两天，捐赠仪式在西洲医院举行。各科室主任及以上都需正装出席，林念恩刚上任主任没多久，此时也心情复杂地坐在前排，她其实很讨厌这种场合。

“好大的场面啊，我参加过不少大活动，也从未见过这么大的阵仗。”

“拜托，你不会不知道吧？这可不是一场简单的捐赠仪式，我刚刚进来的时候，看到各家媒体都在外面拿号入场，连保安都增加了一倍都不止。这绝对是新闻发布会的标配，他们肯定是要借此机会洗白一下……”

“喂，你小点声，当心祸从口出……”

……

门口一阵骚动，原来是赵泽远和科顿集团新任董事长一同进来了。

科顿集团也算是家族产业，周振无后，接手的是周振的亲侄子。那人富态有余，年纪轻轻倒露出浑圆的啤酒肚。

仪式正式开始时，整个会议厅变得极为热闹，闪光灯简直要闪瞎眼睛。

“我们科顿集团一直热衷于慈善事业，从没忘记自己身上的社会责任。此前我的舅舅，也就是周振董事长在世时就和西洲医院合作数十载，我作为他的亲侄子，更作为科顿集团的新任董事长，自然有义务将他的这份善心和责任心传承下去。”

掌声雷动，那位新任董事长话锋一转：“趁此机会，我也想对近日来针对科顿集团、西洲医院的诽谤作出正式澄清。那位所谓的审判官，如果有真凭实据请站到我面前和我们当面对质，而不是采取这种幼稚的恶作剧……”

他话音未落，背后的LED屏幕上突然黑屏，两秒后出现了一段字幕。

上面写道：“……我曾亲耳听到科顿集团的董事长周振威胁年永春，让他上法庭做伪证，好将所有的事情栽赃到美西制药的头上……”

死一般的静默中，屏幕上又开始播放音频：

“美西制药和我们合作有好几年了，为什么挑他们下手？那个艾琳制药不是更合适？”

“……美西制药还算是新起之秀，在国内目前也没什么根基和背景，把这件事栽赃到他的头上比较容易。更何况艾琳制药是方瑞君的亲戚开的，我答应过她，要补偿她。”

“可是这件事关系到人命，这样做会不会……”

“那你说怎么办？难道要对外公开说我们的净化设备有问题才导致污染物中毒的？”

尖锐且刺耳的声音几乎穿透耳膜，所有人都忍不住捂住耳朵。

“怎么回事？音控区是谁在负责？”

“信息科的人在搞什么？”

杂七杂八的声音透过话筒传了出来……

在场的人面面相觑，都没料到会出现如此戏剧化的一幕。

下一秒，媒体摄影区突然闪出一道人影，她戴着一顶棒球帽，帽檐压得极低。这时，她将帽子摘去，露出黑亮的一双眼睛。

“不是说要我和你们当面对质吗？那现在证据我也拿出来了，你们这些刽子手是不是应该给我死去的父亲乃至蒙受不白之冤的美西制药一句道歉？除此之外……你们更要接受法律的制裁。”

全场的注意力和闪光灯都在此刻聚焦在了那个女孩的身上。

林念恩已经认出了她，那个匿名审判官果然是裴梦尧。

这位新董事长一看就没有应对这种场面的经验，说话结巴起来："仅凭……仅凭一段不知道从哪儿弄来的文字和……和莫须有的录音……就能当作证据吗？"

"哦？那如果这段录音的提供者是你的亲婶婶、科顿集团目前第二大股东呢？你口中那份不知道从哪儿得来的文字是西洲医院前社工部主任蔡丽文亲笔写下的证词，而且这份证词经过公证，完全具有法律效力。当然……如果你觉得这些还不够，我这里还有当时被你们替换的那份真正的药品检测报告。"裴梦尧将手里的文件袋挥了挥，而后丢到了新董事长的怀里。

那男人本就大腹便便，此时大脑也跟不上运转，只能狼狈地接住。

台上的赵泽远始终皱着眉，面色铁青。他一个眼神示意，立刻有人过来制止正在拍照的媒体，并匆忙宣布捐赠仪式中止。整个大厅霎时间像清晨的菜市场一样，闹哄哄的一片。因为林念恩坐在前排，媒体被人推搡着往后，她也被迫被往后方挤，不料脚后跟撞在了台阶上，眼看着她就要失去平衡，一只手臂适时地揽住了她的腰。

"谢谢。"林念恩站稳后，抬起头看到一张熟悉的脸。因为太熟悉，她竟半晌说不出话来。

"好久不见。"他放开手，看着她的眼睛里有隐忍着的喜悦和惊喜。

这四个字仿佛一下子将过往回忆都扯了出来。

第十二章
风起云涌

·天空比前几日又阴郁了不少，许久不见月光和星辰，这样的夜晚让人看不到一丝希望，到处都是死气沉沉的。可此时她的下颌枕在他的肩窝里，两颗心扑通扑通地跳着，鲜活而有力。明明只是多了一个人，却像是拥有了所向披靡的勇气。

1

距离那场捐赠仪式已经过去了半小时，会议室里狼藉一片，工作人员边收拾边议论刚刚的那场骚乱。

“赵大记者，最近才回国？”林念恩率先挑起话头，与此同时她也忍不住打量起面前的赵天佑。两人的最后一面还是在三年前，一场老同学的订婚仪式上。

那大概是林念恩人生中最尴尬的时刻，现任男友和另一个女生当面卿卿我我，她站在原地走也不是，留也不是。如今这么久过去，她依然觉得不堪回首。

“面包牛排吃厌了，还是怀念夜市的大排档和路边摊。”赵天佑原本是个白皮肤的俊秀少年，去加州待了三年，不仅肤色深了，连骨子里的那股桀骜不驯都融进了骨髓。

林念恩并没有这个闲情逸致在这儿和他唠家常，此刻只想尽快联系上裴梦尧，好问清楚一切的原委。

“的确需要偶尔换个口味。”她刚说完，电话响了起来。她走到一边去接，是宋晚打来的。

“……这样子，等会儿只要联系上她立刻告诉我。”林念恩挂了电话，眉头还蹙着。

赵天佑看出她的心不在焉，倒也没觉得尴尬，转而问："你在找刚刚上台的那个女孩？"

林念恩放下手机，抬起头看着他。

"裴梦尧，她是我师妹。如果你想见她，我想我应该可以帮忙。"赵天佑从手机里调出一个电话号码递到林念恩面前，"只不过……今晚想请你吃饭，故人重逢，怎么也得庆祝一下。"

裴梦尧竟然是他的师妹。

林念恩忽然想到那次她们在机场分别，裴梦尧说自己有个学长来开车接她……而那天她又在停车场看到一个熟悉的人影，所有的蛛丝马迹合在一起，一切都显而易见了。

林念恩还压着三年前的怨气，语气也冷下来："吃饭就不必了，我自有办法联系她。"说完，她潇洒地转身离去，没有丝毫的留恋。

想当初赵天佑和徐哲哲给她难堪后，她几乎毫不犹豫地就选择了出国读书，也是这样决绝地离开，不给他任何解释的机会。

而这一次，赵天佑亦没有挽留她，只是站在原地发怔。

和他同一个组的摄像师气喘吁吁地跑过来："天佑哥，我可算找着你了。其他组都一窝蜂地去科顿堵人，你怎么还在这儿傻愣着？"

赵天佑将手插在口袋里，得意扬扬地说："他们即便在那儿站到天黑也得不到任何消息，因为第一手资料都在这里。"他嘴巴一咧，笑容灿烂而夺目。

林念恩并没想到，裴梦尧会主动来找她。刚刚闪光灯晃得人眼花，她也没注意到几日不见，这个姑娘又清瘦了不少。昔日那个任性自负的裴梦尧似乎不见了，她的下巴不再高高扬起，取而代之的是她眼睛里的坚定。

办公室里，只有她们两人面对面站着。

"我刚刚已经和领导解释过了，你的卡是我拿的，资料也是我偷的。不过他们现在可能也无暇顾及这件事了。"裴梦尧把一张工作卡双手递过去，以示歉意。

林念恩接过来，心中五味杂陈。她长长吁了一口气："你是怎么找到周振前妻的？"

裴梦尧有些愧疚地垂下头：“是蔡主任，她给我的提示。她说自己曾亲眼看到周振和他的前妻在医院的停车场吵架，当时他的前妻就说周振有很多把柄在她手上，让他不要再和那个方瑞君纠缠不清。”

林念恩心中忍不住一番感慨，原来冥冥中万事皆有因果。在这个世界上，根本没有永远的秘密，只有被这些秘密所折磨的人。

她突然想到了什么：“蔡主任的证词，你有完整版吧，方便给我看一下吗？我之前正好有些事还有疑问。”

裴梦尧的神色突然间变得紧张起来，她支支吾吾了半天才说：“那个……现在暂时还不方便给你。”

林念恩见她像是有什么难言之隐，也没有强求：“没关系。”

裴梦尧连忙转移话题：“对了，其实这件事多亏有学长帮忙，他人脉比较广，就帮我找了专门的调查公司，他们在这堆陈年档案里发现了半张药品检测报告的复印件，之后费了不少工夫才找到原件。而且也是他找朋友，才让我能够见到周振的前妻的。”

林念恩怔了怔，猜到她指的是赵天佑，不由得苦笑：“原来如此……那两封匿名邮件也是他帮忙做的？”

裴梦尧点点头：“学长说仅凭个人的力量是很难达到效果的，但是如果利用舆论将事情闹大，就能事半功倍，而且也会让对方自乱阵脚。”

“这的确符合新闻学的逻辑。”林念恩苦笑。

“也正因为如此，科顿集团前董事长夫人的主动举证也给了我们很多帮助。周振那个大恶人坏事做尽，可惜他死得太早，真是便宜他了！”

听到这里，林念恩心中已经有了眉目。

想当初周振从生命垂危到最后的葬礼，他的前妻连面都不肯露，可想而知，这里面多少藏了几分怨恨。如果周振的前妻知道女儿的死与拆迁有关，她手里那些能毁掉周振乃至科顿集团的证据也不至于到现在才肯拿出来。

裴梦尧临走前，林念恩对她说：“这次你拿走我的工作卡也算事出有因，后面如果医院有什么处置你告诉我，我毕竟是你的直系上司，责任应该由我来承担。”

裴梦尧听了，心中动容：“谢谢念恩姐，其实只要能为我父亲沉冤昭雪，不管医院怎么追究，我都无所谓。等到所有的事情结束，我决定离开这个地方，陪在我妈身边。现在想想，我也不是个好女儿，她为了让我快乐长大，一个人背负了太多。”

“你能有这样的想法也很好，社工一家亲，你既然进了社工部的门，我们就永远是朋友。如果你以后有需要帮助的地方都可以来找我，只除了一点……”林念恩清了清嗓子，“咳咳，你能不能把之前 KTV 偷拍的照片都删了……不管怎么说，你这也是侵犯肖像权啊。”

“这个你放心，我肯定不外传。”裴梦尧不好意思地挠了挠头，踌躇一番后还是忍不住说，“念恩姐，我有件事一直没有告诉你。其实，江医生知道我拍照的事。之前我翘班偷懒被他撞见，本来打算用这个照片威胁他不要说出去，结果他直接说这张照片是他默许我拍的……”

裴梦尧走后，林念恩在原地愣了好一会儿才回过神来。她实在想不通江牧这样做的目的是什么，总不至于是早有预谋？如果真是这样，他实在老奸巨猾啊……

2

正赶上周末，江牧带她去吃日本料理。

这家店算是现在西洲仅剩的日本料理店，需要提前数十天进行预订。

一路上广播里都在播报有关科顿集团的新闻，林念恩一边听着，脑袋里却想着裴梦尧说的事情。

江牧动手把声音调小了：“听说今天演了出好戏？”

“的确。”不仅出现了神转折，更让她以十分浪漫的方式遇到了前任。

下车之前，江牧突然说：“过来。”

车灯完全熄灭，视线暗下来。

林念恩诧异地扭过头，然后不明所以地往前靠过去。下一秒，一只手伸过来捏了捏她的脸：“你今天很不专心……小惩大戒。”说完，他指指脸侧。

江牧很少这样笑，眼里闪着几分狡黠，又有些撩人，林念恩的脸噌地就红了。

她渐渐靠过去，近到能看到他乌黑浓密的睫毛。她忍不住有点担心那个长度会不会打到镜片。

最终，她伸手对着他的脸轻轻一推：“想得美……”

等江牧回过神，林念恩像是生怕会被他捉住似的，飞快地溜下了车。不得不说，她和他在一起后，反应速度变快了不少。

江牧目光一沉，不禁笑了。

两人一同走进店里时，还有两桌空位。江牧用眼神问她，她摇手一指，选了窗边。

林念恩一直对日本料理情有独钟，更偏爱牛油果。她只是随意翻了翻菜单，便选好了自己要的吃食。江牧扫了一眼她点的，又追加了烤鱼。

服务员离开后，林念恩抿了一口茶，酝酿等会儿要说的话。等她抬起头，发现江牧正好整以暇地看着她，似乎早早就等在那儿。

“今天裴梦尧在现场拿出的证据，其实是蔡主任给的。没想到十二年前的那桩案子竟然牵扯出这么多事端……”

“周振费尽心思想要掩藏的，应该就是那场疾病真正的诱因。”

“之前在顾怀生的梦里，我看到爸爸和周振因为净化设备发生争执。当年的那场病，一开始的确有人说是因为化工厂的缘故，只不过后来美西制药的事抖了出来，也就没人再提了。”林念恩不由得又想起梦中父亲林柏森想要砸毁 γ 装置的场景，而这些化工厂都是为了注入 γ 元素而建立的。

或许这场疾病的罪魁祸首就是化工厂里的 γ 元素。

江牧沉思道：“周振其实能力平平，最大的长处是能吃苦。这一连串的事凭他根本不可能做到，事情恐怕没这么简单。”

摆盘精致的寿司拼盘和冒着冷气的刺身被一齐端了上来。

林念恩肚子里的馋虫顿时被唤醒：“算了，先不说这些沉重的话题了，享受美食要紧。”

“你原本想说的应该不是这个话题，不如说完再吃。”江牧说着，慢条斯理地给碟子里倒入酱油和芥末。

“差点忘了你会读心术。”林念恩有些哭笑不得，叹了口气，“是这样的，裴梦尧说她上次在 KTV 里偷拍了我们的照片，其实是你默许的？那晚我喝醉了，可你是清醒的。”

她一股脑儿全说完，本以为江牧会想办法解释的。谁知他并不打算回答，转而反问：“你信她还是信我？”

他的眼神突然间变得冷冽而幽深，从镜片下瞟过来，她拿着筷子的手僵在空气中。

“我……”

“信她？”他专注地看着她。

林念恩嗫嚅道：“没有……”

“那就，信我。”恰到好处的停顿像是一圈圈湮没于深潭的波纹，周围的喧闹霎时间沉寂下来，时间仿佛静止了一样。

不知过了多久，林念恩终于回过神，她摇了摇头，定睛一看，江牧正优哉地品着茶。

“你对我催眠了？我一直就很好奇，你到底是怎么做到的！”

江牧见她上钩，放下茶杯：“举个例子，假如有人要参加一场重要的考试，进门之前最不能问他的就是‘你紧张吗’，应该说你一定能考个好成绩。这个是心锚。”

林念恩听得入神，她支着下巴，像是学生时代坐在教室里听课的样子。

江牧扶了扶镜框：“再举个例子。你可能经常会看到小孩子在前面跑，父母在后面边追边喊‘当心别摔跤了’，结果孩子很容易马上就摔了，其实她应该直接说停下。这个就是改框。”

林念恩恍然大悟：“所以……你刚刚问我‘信她’，意思就是让我不要信她，是这样吗？”

江牧没说话，露出赞许的目光。

林念恩得意地眨眨眼，可她忽然意识到有什么不对劲的地方：“等等……既然你催眠我了，为什么我会知道自己被催眠了？”

“因为半途而废了。”

“为什么？”

江牧睨了她一眼，修长的手指有节奏地敲击在桌面上：“我转念一想，这点小事……你还舍不得怪我。”

他的视线灼热而幽深，林念恩讪讪地避开，又怒又笑：“江医生，你越来越厚脸皮了……”

江牧看着她动辄就泛红的耳根，嘴角一弯：“我只对你一个人这么厚脸皮。”

林念恩：“……”

3

趁着江牧去外面接电话，林念恩的目光落在芥末上，心下闪过一个邪恶的念头。她悄咪咪地选了块寿司，在底下均匀地抹了大剂量的芥末，然后小心翼翼地放在了江牧的盘子里。

做完这一切，她忍不住闷笑两声，暗暗感叹恋爱的魔力，她竟然也有朝一日也会做出这么幼稚的事。

“念恩姐？”熟悉的声音从后面传来，林念恩做贼心虚，吓得心怦怦直跳。她回过头，竟看到赵天佑和裴梦尧并肩走过来。

还不等林念恩回答，裴梦尧又说：“我刚刚在门外看到江医生在打电话，你们是一起来的吗？”

赵天佑探寻的目光扫过来，林念恩从座位里站起来，不自然地将头发拨至耳后，难掩尴尬。

可她转念一想，觉得尴尬的人不该是自己。

“嗯，这么巧，你们也来吃饭。”如此便算默认了。

换作往常，裴梦尧肯定要八卦一番，可她此时也只是礼貌地介绍道：“这就是我之前跟你提到过的赵天佑学长。我能坚持到现在，多亏了他的帮忙。”

赵天佑笑了笑：“不用介绍，我们也是老相识。我在这边读大学的时候，和你的念恩姐是校友。本来我今晚打算请她吃饭，无奈没有成功，原来是另有约会。”

“这么有缘分……那既然如此，不如我们拼桌吧？今天这顿就我买单了。之前在麦城，给念恩姐也添了不少麻烦，今天又是我这段时间以来过得最舒畅的一天。于情于理，我都该请你们吃个饭。”裴梦尧长叹了一口气，完全没意识到有什么问题。

赵天佑的目光始终定格在林念恩的身上，附和道：“我没问题。”

林念恩自然是想拒绝的，因为她几乎可以想象到新欢旧爱同桌时的惨烈场景。更何况，之前自己错把江牧当成赵天佑的那场闹剧还历历在目……可现在裴梦尧在场，她实在找不出拒绝的理由，最终也只好妥协。

江牧回来时，林念恩连忙站起来介绍：“这是裴梦尧的学长赵天佑，这次也是他帮助她搜集资料……”她明显觉察到江牧在听到“赵天佑”这三个字时……微小的表情变化。

“我和念恩也是校友。”赵天佑固执地补充。

他说完，江牧的目光便又多在他的身上停留了片刻，倏忽又冷冷移开。

林念恩心下沉了沉，背脊霎时冒出一层冷汗：“是啊是啊，缘分，所以我们就想着拼桌吃，人多也热闹。”

“初次见面。”赵天佑站起来对着江牧伸出了手。

江牧颔首，两秒后才虚握上去：“江牧。”

如此便算打完了招呼，四人依次落座。

裴梦尧在旁边翻菜单，另外三个人静默不语。赵天佑毫不避讳地打量着江牧，然后又瞥了一眼桌子上那盘只动了一块的北极贝，嘴角一弯：“没想到你的口味还是没变。”

这话是冲着林念恩说的。

她正尴尬地捧着茶神游，一听这话，手不自觉地抖了抖：“口味这种东西本来就很难变化。”

“对人也是吗？”赵天佑看向她，并不算友善的语气。

“那倒未必。”林念恩讪讪一笑，不甘示弱。

服务员走到裴梦尧身旁点单，气氛稍稍缓和。

一直沉默的江牧终于开了口：“赵先生是记者？”

赵天佑的眼中闪过一抹不屑：“没错。”

“难怪这么喜欢提问。”江牧说完，倒也不看他，又给林念恩夹了一块北极贝，“喜欢就多吃点。”声音柔得像浸了水的丝帛。

林念恩乖乖低头去吃，细嚼慢咽，恨不能多耗些时间。

裴梦尧打量了他们一眼，心中有了数，但并没有说什么。

赵天佑收回视线，笑了笑：“我以前和念恩是校网球队的主力，虽然她只是女孩子，但在赛场上并不比男队员差多少，也从来不给我留情面。不知道江医生喜不喜欢网球，找时间我们可以切磋切磋。”

林念恩刚想帮忙回绝，却不想江牧已经先她一步答道：“她的确深藏不露。我平日里也只是当打发时间玩，谈不上有多专业。以后有机会我做东，届时希望赵先生不吝赐教。”

“你太谦虚了。”赵天佑笑了笑，眸光清冷。

空气中浮动着一股莫名的紧张和尴尬，林念恩有些如坐针毡。

“我去一下洗手间。”

她离席后，赵天佑也借故离开。

江牧看着他们一前一后离去的背影，忽然就听到一道声音响了起来：“其实念恩姐的身上有很多吸引人的点，只不过她自己意识不到。”

“你想说什么？”江牧不以为意地抿了一口酒。

“你应该看得出我学长和念恩之间有问题？”

“那并不算个问题。”

裴梦尧一愣，顿时没再说什么。其实她一直知道赵天佑是学校里的风云人物，和很多小女孩一样，她也憧憬过和这样的男孩恋爱。他是热情似火的，眼睛里有桀骜不驯，对寻常人都不愿多看一眼。可这样的人若是爱上一个人，便会倾注他所有的温柔和深情。

可江牧呢？似乎这个人不需要多说什么，也不用过多表现什么。如果赵天佑是满，江牧便是说什么、做什么都只有一半，你猜不到他究竟还有多少，因此便抱有无尽期待。

她回过神，突然想到了什么：“哦，对了，真抱歉，KTV 照片的那件事，我不小心说漏了嘴……”

江牧丢给她一个无奈的眼神，没说什么。

裴梦尧讪讪地笑笑，却见他随手夹起一块寿司，她刚想制止，却已晚了一步。

走廊里。

林念恩从卫生间出来时，一转弯便险些撞上赵天佑，他像是早就等在那儿堵她。

“你和他在一起了？”满满的质问口气。

刚刚赵天佑饭桌上的那些话已经让她很不舒服，她此时也懒得再端着笑容，索性沉下脸：“和你有关？”

“你还一直养着卢卡。”赵天佑提醒她。

“那又如何？就算我们分手了，卢卡是无辜的，我并不会因为你而迁怒于它，但是也请你不要……”

“我不信你会忘了我。”

“你简直不可理喻。”林念恩不愿在于他多费口舌，扭头便要走。

可就在她转身的刹那，赵天佑忽然抓住她的手臂，语气也软了下来。

“很抱歉，我可能说错话了。”他垂下眼睑，和刚刚神气的模样截然相反，“其实三年前是一场误会，徐哲哲的哥哥是我的好友，我只是答应帮忙关照她，我们之间根本什么都没有……拜托你，可不可以给我一个解释的机会？”

听到他的话，林念恩原本正在挣扎的手僵在了半空中。

她并没有想到昔日那个骄傲自大的赵天佑会以这样卑微的语气和她说话。在她的心底，他仍旧是那个一身傲气、被众人捧在手心的天之骄子。

“念恩，不管你信不信，我这些年从来没有忘记过你。今天在会场看到你的那一刻，我险些以为自己在做梦，这些年我做了太多这样的梦，其实我……”

“不用再说了。”林念恩打断他，将手抽出来后深吸了一口气，“过去的事我并不想回忆，三年前我也说得很清楚，感情的事不论对错，我没那么小气，会一直记恨至今。同样，我也没那么大方，可以和你心平气和地坐下来闲话家常。至于你后面说的那些话，请你收回。今晚之后，我不希望我们再有任何交集。”她说完，绕开他便往回走。刚刚一直憋在心底的那团气仿佛终于找到了倾泻口，浑身一阵舒畅。

江牧不知为何也从大厅朝这边走了过来，脸色沉沉的，看不出喜怒。

“你怎么也来了……”

她仰头看着他，只是话音未落，不知是谁在后面吆喝：“抱歉，抱歉，麻烦让一让！”

没等她反应过来，江牧已经揽着她的腰将她拉到了里侧，那门恰好虚掩着，两人站到了包厢里面。下一秒，便见好几个人抬着一张桌子从门口经过。

林念恩收回视线，正想说什么，忽地觉得眼前一黑，脑后被人压着往前，滚烫的气息扑面而来。这个吻不同往日，他似乎早有预谋，毫不客气地侵入唇舌。浓郁的辛辣霎时在舌尖蔓延开，她不由得皱了皱眉，双手揪着他的袖子想要推开他，可整个身体都是软的，脸颊一阵阵发烫，连同脑袋也一并烧了起来。

不知过了多久，他终于离开她的唇，眼睛下意识地瞥了不远处一眼。此时门外光亮一片，门里混沌漆黑。两人的脸仍旧离得近，这场景倒是像极了 KTV 的那场闹剧。

她终于推开他：“你……你……”

江牧理了理被她抓皱的衣服，一脸无辜：“你放了那么多芥末，我以为你爱吃。”

“……”林念恩忽然有些挫败，原来论无赖，自己根本不是他的对手。

她忍不住瞪他一眼，红着脸从包厢里走出去，却依稀见到赵天佑的背影。

也不知道刚刚的这一幕他看到了多少，不过……就算看到了又如何呢。

等他们回到座位，林念恩刻意避开赵天佑的视线，倒是裴梦尧奇怪地盯着她看：“念恩姐，你的脸怎么这么红？”

“可能是我很长时间没碰酒了。”林念恩尴尬地笑了笑，端起柠檬水喝了一口，却不想那股芥末的味道冲了上来。她心中愤愤不平，伸手在江牧的胳膊上拧了一把。见江牧投来警告的视线，她又忍不住笑起来。

4

一顿饭在诡异的气氛里结束。

席间赵天佑仍旧抛了各式各样的问题给江牧，林念恩心中不快却又无法直接表现出来。让她欣慰的是，江牧就像一面铜墙铁壁，密不透风。不管对方怎么进攻，能回答的点到即止，不能答的就巧妙地换个方式把问题抛回去。几个回合下来，赵天佑也没再说什么。

回程时，林念恩上了车，通过窗外的后视镜看到赵天佑笔直地站在那儿，看上去格外落寞。

“看够了？”怨念十足的声音。

林念恩一愣，扭过头见江牧臭着脸望着前方，满脸都写着不高兴，和刚刚饭桌上那个淡定自若的人大相径庭。

她仔细看了会儿，忍不住揶揄道：“破功了？”

江牧没说话，脸仍沉着，但嘴角却不可抑制地上扬。

“至于吗？不就一顿饭。”林念恩用手戳了戳他的脸。

江牧目不斜视：“开车呢。”

“哦……”林念恩乖乖坐好，而后自顾自地说，“其实他人不坏，就是爱争强好胜一点、自负一点……对我其实并没有什么不好的地方……”

林念恩一边说着，忽然就沉默下来。其实她并非刻意要帮赵天佑辩白，只是平心而论，在两人相处的时间里，对方并没有任何对不起她的地方，她实在做不到在背后诋毁他。

车子在红灯前停下来，江牧见她不说话，在嘴边徘徊许久的问题终于还是问了出来：“既然如此，为什么又分开？”

林念恩闷着头不说话，良久才问：“你听说过那个女歌手阿哲吗？”

江牧点点头：“有所耳闻。”

“当年她被奉为系花，出色的容貌和身材，还很有才华。只要她一站在舞台上就足以吸引所有人的目光，男生们都为她着迷。这样的女生如果疯狂倒追男生，谁能受得住？”

江牧听她这样说，心中顿时了然。他有点后悔，刚刚自己对赵天佑太客气了。

当晚楼下分别时，林念恩站在台阶上，突然闷闷地问他：“你觉得……阿哲美吗？”

江牧失笑：“傻瓜，一百个阿哲……都比不上站在我眼前的你。”

林念恩摇摇头：“这话用来骗十几岁的小姑娘还行，我年纪大了，不喜欢听这些虚的。”

江牧想了想，答：“水中月是天上月，眼前人是心上人。”

林念恩没再说什么，笑着张开双臂拥住他。

天空比前几日又阴郁了不少，许久不见月光和星辰，这样的夜晚让人看不到一丝希望，到处都是死气沉沉的。可此时她的下颌枕在他的肩窝里，两颗心扑通扑通地跳着，鲜活而有力。明明只是多了一个人，却像是拥有了所向披靡的勇气。

这一夜，江牧睡得极不安稳。

他做了一个梦，重复的场景。雨夜，年少的他在奋力逃出去。不知道哪里是目的地，只知道追着一辆长途车跳上去，下车后就缩在站台里等天亮。

混沌不明的视线里，他沿着海走，一圈又一圈，像是没有尽头。海边有很多一团一团的明火，像是有人在烧什么东西。霎时，他整个人都浸在水里，眼前渐渐出现了哥哥江野的脸，他的五官忽明忽暗。

四处是令人窒息的黑暗，他挥动手臂奋力地往前游，四处不断回响着他的声音。

“毁灭即重生——”

“毁灭即重生——”

“毁灭即重生——”

梦醒时，江牧浑身都是汗，脑袋隐隐作痛。

窗外还是昏沉沉一片，他原以为只是凌晨，没想到打开手机一看，竟已是早上七点多。新闻在这一刻接连跳了进来，标题引人注目：“美西制药冤案再遇转折，矛头直指西洲医院赵姓领导。”

赵姓领导？

巧的是，西洲医院现任领导里只有一位姓赵的，正是副院长赵泽远。

5

西洲医院。

林念恩刚到楼下，便看到有记者鬼鬼祟祟地四处张望。她一向反感镜头和闪光灯，索性垂着头快步走了进去。

她刚刚松了一口气，宋晚就火急火燎地朝她奔了过来。

“念恩姐，不好了，刚刚赵院长突发脑梗，现在正在抢救。领导让我们尽快过去，他的妻子现在情绪有点崩溃……而且不知道从哪里混进来了媒体，那边已经乱成一团了！”

“这么严重？”林念恩快速换好工作服，带着宋晚一同往急救室赶去。其实她早就知道赵泽远和这件事有关，毕竟当时在年永春的梦里，是赵泽远口口声声威逼他做伪证，没想到这么快事情就水落石出了。

刚刚穿过长廊，一阵哭闹声传了过来。

保卫科的人正将媒体往外赶，等林念恩再走近些，便看到一位中年妇女正对着镜头哭诉：“我们家老赵根本不是那种人，他在医院工作了近三十年，没有功劳也有苦劳啊！请各位媒体朋友弄清楚事实再报道可以吗？人言可畏，你们不能这样伤害人啊！科顿集团财大业大，他们是想把责任都推到我们这种寻常老百姓身上吗？”

“您的意思是赵院长是被科顿的人陷害的？”

“那科顿集团为什么会选赵院长下手？”

“目前已有证据表明赵院长参与了这件事，有证人表示曾亲眼看到他威胁下属做伪证，对此你如何解释？”

……

话筒霎时间将赵泽远的妻子包围，她吓得连连后退："我……我不知道，但是我相信我们家老赵，他是个老实人，根本不会做那些没良心的事！"

林念恩终究看不下去，上前将她拽到身后："媒体朋友们，这里是医院，里面还有病人在抢救，换位思考一下，你们这样大吵大闹的是不是不太合适？"

那些记者面面相觑，没有人赞同，但也没有人反对。没一会儿，有人犹豫着放下了话筒，其他人也跟着撤了机器。

"不管如何，请一切以抢救工作为重。你们有任何问题，也请等病人脱离生命危险再问。谢谢大家的配合……"

宋晚连忙附和："谢谢各位的配合！"

围着的人终于渐渐散去了。

赵泽远的妻子呆怔在原地，似乎还没从刚刚的冲击里缓过神来。

林念恩说："阿姨，我扶您到那边休息一下。"

"……谢谢你。"

两人刚刚在凳子上坐下来，林念恩又听她自言自语："人在家中坐，祸从天上来！唉，这是造了什么孽？"

有急促的脚步声从不远处传来，还没等林念恩反应过来，一道身影已经冲到了她们面前。

"妈，爸怎么样了？"耳畔传来熟悉的声音。

林念恩定睛一看，眼前的这个人不是别人，正是赵天佑。

以前他们恋爱时，她只知道他家条件不错，根本没想到他竟然是赵泽远的儿子……

因为剧烈奔跑，赵泽远满脸都是汗，下巴上是一圈青色的胡楂，气色也很差，和昨天神采飞扬的样子截然不同。更让她意外的是，他像是喝了不少酒，扑面而来的酒气格外刺鼻。

下一秒，身旁的人站起来，几乎是同时，响起一记清脆的耳光。

"你还好意思问？你回来这么久，回过几次家？现在你爸在里面生死未卜，你喝成这个样子是不是想要气死我？"

冷不丁被打了一巴掌，赵天佑虽有些发窘，但还是着急地问："这么严重？怎么这么突然？之前检查不是说还算稳定吗？"

"你个浑小子！亏你还是搞新闻的，出了这么大的事，你居然还一副什么都不知道的样子？我怎么生了你这么个薄情寡义的儿子？”说完，赵泽远的妻子又扬起手臂。

其他在手术室门口等着的人都投来诧异的眼光，林念恩只觉脑仁儿一阵发疼。

其实医院里向来可以见到很多这样的矛盾家庭，她工作这几年，像赵家母子这样的，她一点也没少见。

她连忙将赵母的手拉下来，柔声劝道：“阿姨，有话好好说。这里毕竟是医院，赵院长还在里面抢救呢，更何况他……”林念恩瞥了一眼赵天佑，讪讪地说，“他都这么大人了，您可不能还动手动脚的，要让人家看笑话的。”

赵母闻言不作声了，有些失神地跌坐在凳子上，眼眶发红。赵天佑瞥了林念恩一眼，目光里包含了太多复杂的情绪。

宋晚倒了一杯热茶端来给赵泽远的妻子。林念恩给她递了个眼神，示意她在这儿陪着。宋晚比了个“OK”的手势。

赵天佑黑着脸靠在窗边不说话，林念恩也顾不得太多，走过去拉了拉他的袖子：“你过来。”

她往外走，等拐了弯，赵天佑从后面跟上来，声音哑着问她：“什么时候的事？”

林念恩不知道他指的是什么，想了想说：“新闻我也是一早才看到，至于赵院长突发脑梗，大概是四十分钟前。”

赵天佑的手机突然响了起来，他看了一眼来电人的名字，当即气得将手机狠狠摔在了地上，低声咒骂道：“什么鬼事！”

过往的人投来诧异的目光，林念恩无奈，只得蹲下身子帮他把手机捡起来。

“你别拿手机撒气。”她知道他心里不好受。毕竟赵天佑原本是出于维护正义的赤忱之心，结果到头来这盆水却泼到了自己亲生父亲的头上，实在令人唏嘘。

赵天佑也不伸手接，低头看着林念恩的手发愣。

他昨晚将裴梦尧送回去后去了林念恩的家。他站在门口，听到里面依稀传来卢卡的叫声，心中一阵悸动。可是他踌躇很久，并没有勇气去敲门。

三年前自己走得潇洒，他以为那不过是一个女人，一段不足挂齿的感情。没想到三年后回来，只是在混乱中扶了她一把，过去的那些情和爱都一股脑儿重新烧了起来，不明所以，但不可自控。

其实，他从来没有忘记过她。

最后他选择一个人买醉。深夜里，他喝得酩酊大醉。可他并没想到这么快就又见到她，还是在这样狼狈的情境里，实在讽刺。

“酒醒了就接着，我还得回去工作。”林念恩皱了皱眉。

“回哪儿去？”他哑声问。

“抢救室，我得陪着你的妈妈。毕竟在一切尚未有定论之前，赵院长还是我的顶头上司，不敢怠慢。”

赵天佑露出一抹诡异的微笑，他接过手机，转头去了天台，接着便开始疯狂打电话。他将用最快的速度弄清整件事情的原委。

这场手术持续了两个小时，期间下发了两次病危通知书。赵母几欲昏厥过去，院里的几位领导也轮番过来慰问和安抚，场面格外热闹。

赵天佑一直守在母亲身边，拳头紧紧攒着。赵泽远被转到ICU时，他的眼眶蓦地红了，但并没有眼泪流出来，整个人像是憋着一股气。

与此同时，有关十二年前的那场灾难，终于真相大白。

原来当年弄得人心惶惶的恶疾并不是因为过期药品，而是因为科顿集团的时任董事长周振为降低成本，引进了一批不达标的净化设备，从而造成了小范围内的污染。经核实，当年病情严重的人大都是化工厂的工人和家属。除此之外，周振更是买通了检测员伪造了检测报告。

至于赵泽远，若不是他暗中与周振合作，一边逼下属年永春做伪证，一边利用职位之便帮助周振掩盖真正的病源，仅靠周振一人之力根本不可能在短时间内偷天换日。

此事一经报道，顿时引起一片哗然。尽管周振和年永春已经去世，但当年那件案子牵连人数众多，仍有不少涉事人逍遥法外。此刻那些受害者的家属和幸存者都纷纷跳出来讨说法。

6

ICU。

赵泽远仍昏迷不醒，赵天佑坐在床边，眼睛里布满血丝，胡子拉碴。这样邋遢的他，林念恩还从未见过。

她在窗前轻轻敲了两下，赵天佑转头看过来，原本无神的双眼在霎时间有了光亮。

他走出来，轻轻带上了门。

“你就算不吃不喝，也改变不了既定的事实。”林念恩叹了一口气，将打好的饭菜递到他面前。

赵天佑低头看着她手里的东西，没有接，却反问她：“你也相信那些狗屁报道？”

林念恩有些意外：“我相不相信不重要，证据摆在面前，那就是事实。你们记者的使命不就是将真相公布于众？”

“可那并不是真相！”赵天佑低吼道，像只受伤了的小兽。

“你冷静一点，即便事实如此，那是你父亲犯的错，并不代表你就是怎样的一个人……”

赵天佑自嘲地笑了笑：“怎么撇得清楚？你没看到新闻上怎么说的？他们说我爸将我送到国外、培养我的那些钱，全是建立在无数鲜血和痛苦之上的。换句话说，我之所以是今天的我，都是因为我爸造的那些孽，那么……我算什么？”

林念恩仰头看着他，心中有些不是滋味。她一向以为自己不是拖泥带水的人，在一起或分开，她都可以表面做到干脆。可此时此刻，她发现自己还是很难将赵天佑完全当成一个陌生人来看。

“你说得没错，那些物质条件的确给了你好的成长环境，但这并不能否认你的努力。你之所以成为今天的你，最需要感谢的人是你自己。”

赵天佑深深地看了她一眼，像是急于求证什么一样，伸出手紧紧地抓住她的肩膀：“所以……你是相信我的对不对？你告诉我，你是相信我的！其实这么多年过去，你并没有忘记我对不对？”

“你在说什么？麻烦你清醒一点！”林念恩感到肩膀传来一阵痛意，她皱了皱眉，无奈力量悬殊，她根本挣脱不开。

身后像是袭来一阵风。

下一秒，赵天佑的脸上便吃了结结实实的一拳，他松开手，向后踉跄了一步。

江牧将林念恩拉到身后，眼中透着隐隐的怒气：“情况特殊，我不和你计较，但再有下一次……你大可试试看。”

赵天佑本想说些什么，但看到母亲从不远处走过来，他只得将所有的话都咽了下去，但他的目光仍然死死停留在林念恩的身上。

如此骚乱，顿时引来众人的围观。

林念恩被江牧牵着往外走，她心中有些忐忑，正想着怎么解释刚才的状况，但江牧始终沉默着，侧脸看上去冷峻而淡漠。

两人一路走到社工部的办公室门口。

刚停下，林念恩连忙抢占先机：“其实刚刚只是一场误会。你知道的，他就是一下子受了刺激，脑袋有点不清楚……”

江牧没说话，像是在等她全部说完。

“嗯……所以你别生气，其实我这个人很有原则的，从来不会和前任纠缠不休。你就当他是个普通的病人就好了……”

“说完了？”江牧问道。

林念恩被他的平静反而弄得有些蒙，只得乖乖点了点头。

“好，那轮到我说。我生气的不是这个，而是你的安全防范意识。你们平常应该都受过训练，遇到危急情况总有应对措施。如果今天不是赵天佑，是一个失控了的病人或家属，你难道也就那样傻傻地站着？”

“当然不会！”林念恩主动抓住他的手，仰起头粲然一笑，“我可是学过女子防身术的。”

江牧刚要缓和的神色又凝重了起来：“别随便逞能，别让我担心。”

猝不及防的甜意沁入心扉，林念恩迎上他的目光，红着脸点点头：“是是是，江医生说什么都对。”

江牧原本绷着的脸突然绽开一抹笑，他忍不住揉了揉她的发顶：“什么时候这么狗腿了？”

“只对你狗腿。”林念恩学着他的语气说。

江牧一怔，无奈地摇摇头。

“不过……我记得你今天也要值班的，怎么现在才来？唉，全勤奖没了。”林念恩打量着他身上的便装，忍不住叹了一口气。

“放心，那点钱还不至于让你忧心。虽然我不是什么富豪，但养你足够了。”

“谁要你养……”林念恩丢给他一记白眼，转身便要进办公室。

“等等，差点忘了正事，你现在得和我去一趟科研所。”

“现在？”

江牧扶着她的肩膀将她转向门的方向，轻轻一推：“给你五分钟，我等会儿把车开到医院门口。”

不远处猫在一边暗中观察的宋晚喃喃地问旁边的人：“我刚刚没有眼花吧？念恩姐握住了江医生的手撒娇？”

“而且江医生还来了一个摸头杀。”

“我绝对不信他们不是情侣！”

“刚才的画面简直太美妙……”

……

林念恩换完衣服走出来时，便被宋晚等人齐齐堵在了办公室门口。

“刚刚我们都看到了……你跟江医生……你们……”宋晚手舞足蹈地比画着，满脸都是不可言说的兴奋。

“嗯，本来想早点和你们说的，但是最近事情太多，我也没找到机会……不过你们放心，等风波过去了，我们会请大家吃饭的，江湖规矩……我懂。但是现在我还有事要出去一下，你们有任何问题等我回来再说，有急事打电话给我。”林念恩笑着摸了摸宋晚的头，然后拨开她们走了出去。

宋晚一脸纳闷地看着她的背影：“她就这样承认了？”

旁边的人一齐点点头：“而且还承诺了我们一顿饭。”

“你们快掐我一下，告诉我不是在做梦……”

7

科研所。

“我记得小时候这里有两排茂盛的槐树，槐花开满树的时候，爸爸总是喜欢将我扛在肩头从树下经过，一晃竟然十多年了。”林念恩打量着周遭光秃秃的一片，不免有些感伤。

“虽然树被砍了，但记忆是永恒的。”江牧揽住她的肩膀，目色专注而柔和。

“嗯。”林念恩深吸了一口气，两人便并排走了进去。

大厅里还是记忆中的模样，一路坐电梯到 12 楼，江东元早已在办公室等着他们。

“江叔叔。”林念恩礼貌地打招呼，然后下意识地从江牧的臂弯里退了出去。

这个微小的动作显然落在了江东元的眼里，他仍是笑眯眯的，然后亲自倒了茶给他们。

“今天找你们来这里，主要是因为那个笔记本。这些天我也算仔细研究了一番，如我所料，其中奥秘并非什么人都能破解。但好在这东西年代久远，现在的科技又比较发达，我还是有一些发现，你们跟我来。”

林念恩连忙点了点头，既紧张又有几分期待。

三人一同进了实验室，里面的空间很大，四处都是仪器和显示屏，身处其中会有一种毛骨悚然的震撼。其实林念恩小时候曾经进来过，但那唯一的一次便让她的眼睛受了伤，之后林柏森就再也不带她来科研所了。

江东元最终将他们带到一个需要验证指纹的小隔间里。而那个红色的笔记本正悬置在一个透明的防护罩里，有莹白的光从四周将它包裹住。

“为了避免消息走漏，我把笔记本放在了这里。你放心，这个房间只有我本人的指纹才能进出，所以并不会让其他人知道。”

林念恩心中感动：“谢谢江叔叔。”

“应该的。”江东元点点头，抬手在空气中擦过，霎时间便有一块晶莹的屏幕出现在林念恩面前。

随着他手指的动作，红色的笔记本突然高速旋转起来，里面的纸张也快速翻动。与此同时，屏幕上依次出现了一串数字。

“2010、2008、2007、2006、2003……”

“这是截至现在……所有患者梦境的时间。”林念恩的心突突跳了起来。

江东元又从一旁的屏幕上调出几张图，清晰度一般，但能够辨认出是西洲市的上空。画面上灰蒙蒙一片，这种灰色由深及浅，越往高处走便越稀薄。而在最稀薄的边缘像是生生被人撕开一条口子，里面是伸手不见五指的黑洞。

“那个裂缝是什么？”

“目前还无法得知，但这些图片和所有与之相关的消息都暂时被封锁，以免给社会大众造成不必要的恐慌。其实我以前有幸结识了一位 MIT 的高才生，他告诉我其实所有的平行时空在某个节点都会出现交叉，但这个节点可遇而不可求。它来临的时候会有奇观异象，之后各个原本平行的时空会出现紊乱和穿插，你既可以去过去，也可以去未来。所以我认为，这道裂缝和这个笔记本一定有某种不为人知的关联。”

他将笔记本还给林念恩：“这个本子你先拿着，说不定后面还会用到。”

“好，如果有什么新情况我一定及时告诉您。”

临走前，林念恩忽然说：“江叔叔，我有问题想问你。”

江东元见她面色凝重，问道：“你问。”

林念恩踌躇道：“我想知道，我父亲当年究竟是怎么死的，他是自杀的吗？”

“这是谁告诉你的？”江东元有些惊讶。

“其实之前有人告诉过我，我的父亲并不是失足坠楼，而是另有隐情。我这两天做了一场梦，我亲眼看到他从楼上跳了下去，那个梦很真实，所以我……”

“难为你了，孩子。”江东元拍了拍她的肩膀，长叹了一口气，“事实的确如此，当时 γ 计划推行后，林大哥坚持想要中止它，但周振他们只手遮天，逼着你父亲辞职，最后他就一直郁郁寡欢，最后就……”

林念恩垂下头，脑海里努力回忆那时父亲的一言一行，她试图找到一些证据，但终究只是徒劳。她恨自己那时年纪太小，什么都帮不上父亲。她恨周振，为什么能利欲熏心到如此地步，但她最恨的还是父亲林柏森，他怎么可以如此不负责任地离开，以那样残忍和决绝的方式在她和母亲的心中划下狠狠的一刀。

而这道伤痕永远都无法愈合。

林念恩不知道自己是怎么从科研所走出来的，江牧知道她心里难过，也没有说什么，只是紧紧握住了她的手。

路上林念恩随意翻了翻笔记本，却惊讶地发现上面写着一行日期：2018 年 8 月 24 日。

她连忙拿给江牧看，他瞥了一眼，沉声道：“去我家。”

说完，他长臂一挥猛打了下方向盘，车子立刻掉头开向了城南。

第十三章
水落石出

·我始终相信，每个人都会犯错，但既然犯了错就要为这个错买单。我这辈子很多事都做错了，但唯独这一件，我从没后悔过。

1

第二次来江牧家，林念恩却觉得比第一次来还要不自在，或许是她的身份变了。

“医院的班怎么办？”

“我已经帮你一起请过假，就说我爸那边的项目需要你协助。”

林念恩点了点头，倦意说来就来，她不禁打了个呵欠。

“如果不出意外的话，这个梦境一定是赵泽远的。”

“应该是。不过不知道为什么，我总有种预感，我们进入梦境的机会不多了，所以我们一定要尽快弄清楚整件事的前因后果。就像江叔叔说的，这个笔记本很可能和那个裂缝有关。”

江牧递了一杯牛奶给她：“别太有负担。”

等林念恩喝完，又听到他说：“还是和上次一样，出现意外状况时，我会在梦中叫醒你。”

他用勺子搅动着另一杯牛奶，金属撞击杯壁时发出清脆的声响。

铛铛铛——

林念恩觉得眼皮越来越沉，直至眼前的最后一缕光线都被黑暗吞没了……

2002 年 9 月 27 日，西洲科研所。

这一天阳光晴好，来人络绎不绝，这里很少这么热闹。迎宾小姐站在门口，每一位客人都要出示邀请函，旁边的巨幅海报上写着“γ 计划的成功经验分享交流会”。

林念恩问江牧：“我们没有邀请函，怎么进去？”

江牧笑了笑：“我们对这里都很熟悉，总有办法。”

话音刚落，他们便看到一辆黑色的轿车停在了门口，先下来的是周振，后面跟着赵泽远。两人皆是一身正装，满面笑容。

“这个赵泽远竟然这么早就和周振混在一起了。”林念恩忍不住嘟囔。

“好了，我们也该进去了。”江牧揽住林念恩的肩膀，带着她一路绕到了科研所的后花园。那里有一扇小木门，被灌木丛虚掩着，不知道的人都会以为这个木门只是一个摆设。但林念恩和江牧都很清楚，这扇门的确可以通向里面。

两人刚刚进了门，就险些撞上了赵泽远和周振。

他们正站在旁边说话，赵泽远此时黑着一张脸，看上去很不高兴。

“这个林柏森也太不识抬举了！我送的东西他不要也就算了，连杯热茶也不给我，就将我扫地出门？虽然我现在也只是个重症科主任，但谁不知道现任院长最器重的人就是我？”

周振连忙在旁边安抚：“你干吗和这种书呆子一般见识？你看那个顾怀生，真不愧是林柏森的学生，两人简直是一模一样的臭脾气！现在他是这里的一把手，我们只能暂时先把这口气咽下去……”

“怎么咽下去？我还从来没受过这份气！”

“要不是因为 γ 计划大获成功，谁会记得今天是他的生日？什么是主什么是次，大家都心知肚明。但是你也知道，现在人家可是那些大领导面前的红人，摆点架子也是很正常的。你暂且忍忍，以后等到他有求于你的时候，你就可以把今日受的气一并讨回来。”

赵泽远冷哼一声：“如果当真有那么一天，我绝对会连本带利地还给他！”

周振话锋一转，笑容奸猾：“不过这也不好说，可能等到那一天，他也早不是这里的一把手了……”

“周老哥，你这话是什么意思？”

“也罢也罢，等到了那一天再说。”周振卖了个关子。

赵泽远是急性子，他本就还在气头上，顿时变了脸色："咱俩也不是一天两天的交情了，你难道还对我有所隐瞒？"

周振见状，连忙笑着拍了拍他的肩膀："赵老弟，你看看你这牛脾气！其实现在也是没影的事……"他小心翼翼地朝四处看了看，然后压低了嗓子，"我听人说，林柏森这个所长干不了多久，他好像最近一直吵着要终止 γ 计划。"

"终止？他恐怕是疯了？"

"对啊，所以你何必和疯子一般见识？"

赵泽远没说话，但是神色已缓和了不少。他此时反而有些同情林柏森，似乎已经预料到他悲惨的结局。

周振又说："你放心，仅凭他一已之力是难以与我们相抗衡的，最好的结果就是他也站到我们这一边。谁都知道化工厂所能带来的巨额利润，他犯不着和钱过不去。"

"说的也是，说不定他只是假清高，做做样子罢了。"赵泽远笃定地说着，笑容得意。

周振也笑道："好了，今天咱们既然来了，这戏就要做足。"

"行，不就是过生日，那咱们就好好去给寿星祝寿吧！"周振无奈地用食指点了点他，两人相视一笑便往回走了。

"简直沆瀣一气……"自从他们提到林柏森，林念恩就一直憋着气，恨不能立刻冲出去和他们理论。

"别急。你仔细想想，周振和赵泽远之间相互勾结还能让人理解，毕竟医院内部本来就存在商业化，但他们为什么要找你的父亲？科研所和他们要做的事情之间……究竟有什么联系？"

林念恩突然想到了什么："或许和 γ 计划有关？"

江牧点点头："嗯，这由科研所负责的，你父亲一定有话语权和决定权。"

"如果不是 γ 计划，西洲也不会变成现在这个样子。我爸一定是意识到了这一点，所以坚持要中止它。"

不知从哪儿跑来一个小女孩，直直地撞入林念恩的怀里。

"阿姨对不起，我把你撞疼了吧？"小女孩仰起头，笑容灿烂。她穿了一件粉色连衣裙，扎着双马尾，一双黑漆漆的杏眼灵动而纯真。

林念恩在她面前蹲下来："我没事，你也没事吧？"

“嗯！”小女孩看了看她，又仰头看了江牧一样，甜甜地说，“叔叔阿姨，你们今天也是来给我爸爸过生日的吗？”

“你爸爸？”林念恩心中咯噔一下，不敢置信地问，“你……你叫什么名字啊？”

小女孩毫不犹豫地答：“我叫林念恩。”她说完，连忙又跑走了。

花园里有一个秋千，她迫不及待地坐上去，很快就荡得很高，期间她还转过头冲他们笑。

林念恩傻愣愣地看着那个小女孩，几乎舍不得眨眼。

“天啊，我竟然和小时候的自己对话了？”

“小时候的你比现在可爱一点。”江牧笃定地说。

林念恩：“……”

原本正在荡秋千的小念恩突然摔进了草丛，林念恩莫名觉得自己的膝盖和胳膊肘也跟着痛了起来。她连忙跑过去将她扶起来，谁知那小女孩扬手一指：“你干吗突然冒出来吓我？”

林念恩一愣，转头看过去，便见一个瘦高的男孩站在不远处。明明是孩童的年纪，那男孩脸上却没有半分笑容，就那样冷冷地看着他们。

“我一直就站在这里，并不是突然冒出来。”他尚未到变声期，声音清亮悦耳。

小念恩不服气地撇撇嘴，问他：“你也是来参加我爸爸的生日宴吗？”

那男孩皱了皱眉：“什么生日宴？这对大人来说只是个幌子，他们聚在一起都有各自的目的，更何况今天不是什么经验分享会。”

虽然林念恩在工作中遇到过很多早熟的孩子，但如此一番话还是让她大吃一惊。

“是那些叔叔阿姨和我说的啊，他们说是专程来给我爸爸过生日的！”小念恩着急辩解。

一直站在旁边的江牧盯着那男孩看了许久，见他手里抓着一个魔方，顿时趁其不备抢了过来。

“Don’t touch it!It’s mine!”男孩虽生气，但也没动手去抢，他知道自己无法从江牧手中夺回来。

纯正的美式英语又一次让林念恩对他刮目相看。

江牧笑道：“别以为去美国绕了一圈回来，就不会说中国话了。”

“别碰我！你怎么知道我去过美国？”那男孩沉着脸问，眉间蹙起了一座小山。

“这个你不用管，但是对女孩不要这么冷漠，一点也不绅士。”说话间，江牧已经将魔方都拧好了。他将魔方递到那孩子的面前，然后忍不住拍了拍那孩子的头。

那男孩愣愣地看着手里的魔方：“我只是实话实说。”他说完，便头也不回地走了。

“叔叔你刚刚太帅了！除了我爸爸，你是我见过最帅的男人！”小念恩对着江牧竖起了大拇指。

林念恩觉得这一幕简直太匪夷所思，她帮小女孩整理了一下辫子：“你以后的路还长着呢，别这么早下定论……”

小念恩没理会她，转身也跑走了。

“多此一举，反正她长大以后还是会验证那句话。”江牧笑眯眯地将脸凑到林念恩旁边，“你应该刚刚直接告诉她，以后看到长得和我一样的人就抓住他的手，永远都不放开。”

“你这个人真是，脸皮厚得可以。”林念恩红着脸用手推开他。

“对了，你刚刚干吗逗那个小男孩？不过说起来，他好像有点眼熟，总觉得在哪里见过一样……”

林念恩说完，看到江牧笑着冲她扬了扬眉。记忆在脑海中翻腾起来，霎时间定格在一张照片上。

“我想起来了，刚刚的小男孩是你？那张在外婆家的合影，应该就是今天拍的。”说完，林念恩觉察到一股很奇怪的感觉，这一切像是早就准备好的，哪里会有这么巧的事？

江牧从她的发尾上取下一小片槐树叶，徐徐道：“其实按时间推算，现在的那个‘我’已经丢失了儿时记忆被送去美国待了一年。那天在你外婆家，我一时没记起来。”

“那你既然已经去了美国，为什么会在这个时候回来呢？”

江牧将那片叶子放在空气中，很快就被风吹走了。他的神色看上去有些莫名的哀伤：“因为我哥的忌日。”

林念恩心下一沉，一直盘旋在她心底的问题脱口而出：“不知道这样问会不会很唐突……你的哥哥是怎么去世的？”

“一场车祸，他本该是可以获救的，但路人的冷漠最终让他错过了抢救时间。”江牧叹了口气，忽然觉得生活中有太多难以预料的事，无论好与坏。谁又能想到，一直作为天之骄子而存在的哥哥江野会以那样凄凉的方式离开这个世界？

2

林念恩和江牧一同走去了报告厅。屏幕上正在播一个纪录片，它记录了 γ 计划推行后西洲的变化，这片子剪得格外有气势，让人看了就有股奋发图强的冲动。

相较于其他人的西装革履，林柏森还穿着一身白色的工作服，像是刚刚从实验室走出来一样。林念恩心里清楚，爸爸最讨厌这种官方的场合，而一直站在他身边的江东元和顾怀生也是同样打扮。

“接下来，让我们欢迎来自 Z 市的 XX 领导上台讲话！”掌声雷动中，林念恩看到林柏森和顾怀生从她的身边经过，神情肃穆。

她和江牧紧跟其后。

空荡荡的大厅里，林柏森因为情绪不好而拉高了音调：“那个科顿集团的周振是怎么回事？我上次明明专程因为净化设备的问题去找过他，他至今没给我答复也就算了，竟然现在还堂而皇之地在台上说什么检测结果毫无问题？他这样睁眼睛说瞎话是要负责任的！”

顾怀生也很生气，他背着手在原地来回踱了几步：“老师，我觉得这个周振突然把赵泽远拉过来，肯定别有用心。听说这个赵泽远有亲戚在检验中心，说不定他能摆平那批不合格的净化设备？”

林柏森当即翻脸：“不合格就是不合格，净化设备关系到整个西洲的环境和我们子孙后代的未来，一丝一毫都不能有差错。我不管周振多么家大业大，也不管赵泽远有多大的本事，我不信他们能只手遮天。怀生，你继续盯着化工厂那边，只要他们一天不整改，我就会检举到底。反正最近我也一直在奔走，这个 γ 计划必须尽快中止。”

顾怀生点点头，但他还是忍不住说：“可是老师，我觉得您还是不要和周振他们硬碰硬，不然万一……”

“万一什么？无非就是这个所长我不当了，但即便如此，我也不能放任他们胡来。”

“我明白，老师。”

顾怀生话音刚落，江东元不知从哪儿走了过来：“林大哥，这个匣子是那位周董让我转交给你的，他还和我说，早上那位西洲医院的赵泽远可能不明白你的规矩，所以造成了尴尬，他代表赵主任向你道歉。”他说完，将一个精美的匣子递到了林柏森面前。

谁知林柏森看也不看，就抬手推了回去：“老江，你怎么能自作主张帮我收礼物？无功不受禄，他一定是有所图的。你也知道，净化设备的事情我们双方还在僵持中。”

江东元连忙解释：“我当然知道你不会收，但是那人不知怎么回事，硬塞在了我的口袋里，我刚刚才发现。这样吧，我等会儿合影的时候找个机会还给他。”

“可以，反正无论如何不能收他的东西。”

“我明白，你也别生气。我看那个赵泽远也并非善类，我们最好也不要招惹他们，静观其变。你这个脾气真要改改，要不然以后要吃亏的……”

“好了好了，你说的我都明白。只是我都这么大岁数了，让我改脾性实在难。我想只要行得正坐得端，对得起我们的这份工作，应该也不会吃什么大亏。”

江东元还想说些什么，但林柏森对他摆了摆手。

“我们去合影吧，别让人家等。”林柏森说完，拉着江东元便往远处走。

大厅里再次变得空旷起来，林念恩的心却久久不能平静。

儿时的她到底年龄太小，她只是一直觉得爸爸是这个世界上最好的男人，对工作负责、对家人关心。可现在她才发现，她的爸爸是这个世界上最傻的那个人。

他是现实世界的牺牲品，所以他选择结束在这个世界里的生命。可能在另一个不知名的世界，他能够生活得更好。

林念恩看到地上掉了一样东西，是一个小布偶。

她捡起来匆忙追上去：“爸！”她很快摇摇头，改口，“林教授，你的东西。”

林柏森回过头，看了一眼她手里的东西，一摸口袋，连忙对顾怀生和江东元说：“你们先走。”然后他大步走到林念恩面前，不好意思地笑起来，“谢谢你啊，这个东西对我来说很重要。”

他接过去，轻轻吹去了上面沾着的灰尘，然后放进了内衬的口袋里，生怕再掉出来。

林念恩的眼眶顿时就有些发热。

这个布偶是她在手工课上做的，林柏森一直很喜欢这个礼物。他自杀当晚，口袋里除了擦拭干净的结婚戒指便是这个布偶。

后来这两样东西一齐随他归于尘土。

“小姑娘，你是Z大的学生吧？好好学习，以后来所里工作。”林柏森的声音和记忆中一样柔和。

林念恩好不容易忍住眼泪，半晌才胡乱点了点头。

林柏森倒没有发觉她情绪的起伏，只是随口说了句：“说来有点不合适，但是你看上去实在眼熟，好像我们在哪里见过一样。”他说完，自己还不好意思地笑了。

林念恩没敢抬起头，生怕一不小心就会控制不住情绪。

但在林柏森转身的刹那，她还是哑着声音说了一句：“生日快乐。”

“谢谢。”看着林柏森的背影，林念恩积蓄已久的眼泪还是忍不住漫了出来。

事实上这句话，她已经十五年没机会对他说了。自爸爸走后，再也没有生辰，只剩下忌日。

江牧终于走上前：“想哭就哭，在我这里不需要忍着。”

林念恩将头埋在他的臂弯里，闷闷地说：“那你，永远都不要离开我……”

回答她的，是江牧结实而温暖的一个拥抱，几乎不留一丝空隙。

拍合照时，周振、赵泽远、江东元和林柏森站在了最前面，旁边还有几个科研所的工作人员。

很快，林念恩就看到年幼的“自己”也被拉到镜头前，另一边的小江牧则是非常不情愿地缩在了角落里，满脸的不开心。

眼前的这一幕和记忆中的那张照片渐渐重叠，林念恩一时间竟有些分不清自己是在梦境里还是现实中。

照片拍完后，小念恩在经过小江牧时，不知是有意还是无意撞掉了他手里的魔方，笑得得意。

林念恩看在眼里，有些哭笑不得：“唉，没想到我们那时候一点都不友好。”

江牧也很无奈："如果我早知道日后会和你在一起，当时一定会……"

"会讨好我？"林念恩歪着头看向他。

"不是。"江牧忽然贴近她的耳朵，"我会假装摔倒。"

"碰瓷？"林念恩不敢置信。

"嗯,然后让你用一辈子来补偿我。"江牧说完,秋风送来一阵沁鼻的桂花香。林念恩垂着头，忍不住被这股甜意逗笑了，而那些压在心中的阴霾也终于渐渐散去。

3

这场梦真实而又平静。

林念恩醒来时发现自己正躺在床上，身上盖了一床薄薄的毯子。她坐起来揉了揉眼睛，脑海里又回响起江牧说的话，不由得又傻傻地笑了。

宋晚在这时打电话进来，原来是赵泽远醒了。更让人意外的是，他竟扬言要在死前澄清这件事,俨然一副要开新闻发布会的架势,这个要求当然被驳回了。

"好，我马上赶回来。"她下床后本想叫上江牧一起去医院，却发现他还在沙发上睡着。犹豫了片刻后，她将自己身上的毯子盖在了他的身上，然后拿上包匆匆出了门。

坐车的时候，广播里说西洲近几日的空气质量报告不容乐观，全市已经出现了好几例突发性肺部感染。

林念恩瞥了眼车窗外灰蒙蒙的天，心中一阵烦闷。

趁着路上的时间，林念恩仔细将目前公开的所有证据都看了一遍。十二年前的那场灾难的确与美西制药毫无关联，它的真正诱因是那批不合格的净化设备。周振为了掩盖真正的原因,不惜狠砸财力物力,让裴梦尧的父亲成了冤大头。原本这件事已经真相大白，但随着案件的深入调查，在那些由周振前妻所公开的证据里，检方又有了新的发现。

赵泽远作为周振在西洲医院里的内应，他为了借助周振在医院的势力登上高位，不惜和周振通力合作。而年永春实则也是这场灾祸里的受害人，他的妻子因病不治身亡，他自己又遭到威胁不得不做假证，他的女儿叶霜更是那个无辜的人。在蔡丽文的证词里，也提到赵泽远曾对她施压，让她不要多管闲事。

林念恩忽然想到那天在办公室里，她向裴梦尧要蔡丽文的那份证词，但她犹豫着不肯给。难道是因为蔡丽文提到的赵泽远是赵天佑的父亲？所以她并不想在所有事情水落石出前控诉赵泽远。

毕竟，赵天佑曾这样热心地帮助她寻求真相。

西洲医院。

林念恩从公告栏前走过时，看到上面有方瑞君的名字。公告上说她将于下个月初正式离职，理由是个人行为不检点、违反医院条例和有损医德。她心中骇然，没有想到方瑞君算计了那么多人、那么多事，最终却带着这样的污名离开医院。

没顾得上细想，周围嘈杂声一片。林念恩发现此时行政楼大厅里站了不少人，原来今天有一场美国华尔森教授的学术交流会。

距离这场学术交流会开始还有半个小时。

林念恩从中经过时，不知是不是幻听，她频频听到“赵泽远”这三个字。而且她发现今天来这里的媒体似乎有点太多了，往常这种学术交流会只安排一两家用来摄像和撰写新闻稿，或许是华尔森教授享负盛名？

带着这个困惑，她一路穿过长廊去往ICU。

但令她意外的是，赵泽远并不在病房里。她询问值班医生才得知赵天佑将赵泽远推出去散步了。林念恩觉得古怪，照理来说刚刚脱离生命危险的病人不太可能被允许走出病房。

“主治医生同意病人家属这样做的？”

那位年轻的医生欲言又止道：“当然不同意……但是赵院长非常坚持。”

难怪……如此也是意料之中。

“你确定他们是去散步了？去哪儿了？”

那医生摇了摇头，蓦地，他突然指着墙壁上的电视说：“那不是……赵院长吗？奇怪，今天不是说要直播华尔森教授的交流会？”

林念恩回过头，只见屏幕上的赵泽远正坐在轮椅上，他整个人看上去十分虚弱。赵天佑将他推到了镜头前，然后便退到了一边。屏幕上顿时只剩下赵泽远一个人，在他的身后正是西洲医院的标志。

赵泽远拿着一个小型扩音器，他的手还在微微颤抖。

“谢谢大家如约前来。”他扫视了一眼外面的媒体人，然后一字一句地说，“我是赵泽远，现任西洲医院副院长。这将是我最后一次利用我的职权将大家请到这里……但其实这也是我第一次这样做。以我目前的状态，恐怕没有机会等到法律还我清白，所以今天我要在这里为自己正名，同样也是为西洲医院正名。”

林念恩恍然大悟，原来今天大厅里的那些媒体都是赵泽远提前约好的，难怪会来这么多人。

“您的意思是您坚决否认目前所有关于您与科顿集团前董事长周振狼狈为奸的所有证据？”有记者发起质疑。

在他之后，其他记者也纷纷附和。

“目前有证据表明当年美西制药的药品检测单是由您一手伪造的，其他受害人家属也表示您曾多次以科顿集团的名义让他们掀起社会舆论，并将矛头直至美西制药，并且说您甚至在私下允诺会给他们好处。对于这些您如何解释？”

“有人爆料说您和周振私交甚好，对方曾赠予您一张信用卡。您是否可以公开名下的账户信息接受监督和检查？”

……

问题一个比一个尖锐，镜头不知为何从旁边的赵天佑身上切过。林念恩见他双手紧紧攒成了拳头，胸膛剧烈起伏着，呼吸急促。他看上去比赵泽远还要紧张百倍。

反观赵泽远就淡定多了。

他似乎对这些问题早有准备，他看上去目色坦然，说话间从容不迫：“最近的报道我也一直在关注，科顿集团的前董事长周振的确是我的旧友，对于他所做的那些事我深感痛惜，尤其对于那些因病去世的患者及患者家属……我感到十分抱歉和愧疚，毕竟我作为那次事件的主治医生没能调查出真正的病因，实在是我的过错，如果可以，我愿意用我的这条命去偿还。另外还有因为美西制药被诬陷而遭罪的人，我也深表遗憾，毕竟美西制药曾一直与我们西洲医院保持密切合作。我早已立下遗嘱，待我死后将把毕生所有个人财产作为赔偿以求略微弥补受害人和当事人的家庭。”

他一边说着，一边示意赵天佑将遗嘱展示给媒体。

“虽然我不知道新闻上所说的证据究竟是什么，但至少目前为止，我本人并没有接到任何正式的控诉。我也很好奇究竟是谁费尽心机伪造了那些证据，我现在有足够的理由去怀疑提供证据的人有不良居心，他不仅想要将这盆脏水泼在我的头上，更想将矛头对准我们西洲医院！”

这一番话说完，赵泽远大义凛然的神色充分呈现在屏幕上。

如果林念恩不是在梦境中见识过他真正的嘴脸，她几乎也要被他蒙骗了。毕竟曾经在她的心目中，赵泽远是一位认真负责的好领导。

“啪啪啪啪……”不知从哪儿传来一阵稀稀拉拉的掌声。

“说得可真好。”

摄像头突然调转方向，镜头里闯入一个身着白大褂的明艳女子。

“尊敬的赵副院长，真遗憾，没想到你努力了这么久还是没能去掉这个‘副’字。”方瑞君一步步地走入大众的视线。

几日不见，方瑞君似乎瘦了不少，但她今天特意化了精致的妆容，白大褂里的正红色连衣裙让她看上去格外抢眼和上镜。

从她出现的那一刻起，所有照相机和摄像头都纷纷转向了她。

而一直泰然自若的赵泽远明显表现出了慌乱，他正极力掩饰。

“方医生，如果我没记错，你已经被医院辞退了。”赵泽远冷冷地睨了她一眼。

方瑞君不以为意：“告示上写的是下个月开始生效，你这么着急做什么？”

赵泽远表情一僵，但很快又缓和下来：“辞退你是医院做的决定，我已尽力帮你说好话，但事已至此，你也不要太偏激。”

“尽力？是尽力想把我赶走？其实我该谢谢你，至少你没让我和周振一样吃下致幻剂，他是得了不治之症，可我以后的路还长着呢……”

赵泽远的眼中闪过一丝惊恐：“什么致幻剂？我不知道你在说什么！”

“你当然知道我在说什么。”方瑞君凄然笑道，“我没周振那么蠢，在那些有关你的证据里，也有我的一份功劳。今天你应该谢谢我，让你这辈子也有机会做个明白人。”

话音刚落，霎时间引起一片哗然。

“你是不是想不明白，为什么好端端的，连周振的前妻都要跳出来吧？”

赵泽远浑身都开始颤抖，脸上似有青筋暴起。他努力将手抬起来指着方瑞君：“你给我住口！住口！”

方瑞君并不理会他，继而说：“如果不是你担心在敬亭山下非法挖矿的事被发现，人家的女儿又怎么可能时隔八年、化成白骨了才被发现？你在其中做了什么，难道你自己心里不清楚？如果周振知道这件事，你恐怕现如今连副院长都做不了吧？”

原本细碎的议论声突然间变得密密麻麻。

林念恩只觉太阳穴跳得厉害，她从来都没有想过，那些看似隔了十万八千里的真相背后还藏着这样盘根错节的关系，实在叫人不寒而栗。

赵泽远冷着脸斥道：“简直一派胡言！我看你是因为被辞退所以怀恨在心，故意来诬陷我！”

“你做过的坏事那么多，我还用得着诬陷？难道你忘了当年和周振一起威逼我的那件事了？顾怀生的妻子是怎么死的，需要我再帮你回忆一下吗？”

赵泽远的脸涨得通红，可他突然话锋一转，目光阴森：“如果我没记错，你是顾怀生妻子的主治医生。她难产身亡，责任难道不在你？要不是我帮你将这件事压下来，你当初根本不可能留在医院！当初是谁为了一个名额什么都不要了？”

“你……你简直颠倒黑白！”方瑞君像是受了刺激，她本想冲到赵泽远的面前，却在半路被赵天佑挡了回去。

她险些狼狈地摔在了地上，但她并不在意，而是同样指着赵泽远的鼻子说：“你有什么资格说我？你和周振狼狈为奸……在你们的眼中，除了钱和利益还剩下什么？你们踩着别人的命往上爬，就不怕遭报应？”

“你简直就是个疯子！仅凭你一面之词是不可能给我定罪的。我赵泽远这一生对得起西洲医院，对得起我自己的良心！我……”赵泽远一时间喘不过气来，早早等在一旁的医生连忙将氧气瓶拖过来给他输氧，其他人推来病床，大家一齐将赵泽远扶到了床上。

赵天佑紧紧抓着他的手：“爸！您别激动，冷静一点……”

而方瑞君大笑起来：“你已经有报应了！那些证据还不都是你亲口告诉我的……”她还没说完，脸上忽然被人狠狠打了一巴掌。

来人正是赵泽远的妻子。

“你这个狐狸精！你这个害人精！”那中年女人一边怒吼一边冲上去撕扯，有人去拦住她，现场顿时乱作了一团。

方瑞君倒是丝毫不在意，看到赵泽远翻着白眼被推走，她心中似乎松一口气。

“别拍了，戏都散场了……”她推开那些还在对着她的镜头，而后将白大褂脱下来丢在了地上。

可没走出去两步，她又犹豫着停下来，皱着眉走回来将白大褂捡起来。她的目光骤然定格在从长廊那边赶来的林念恩身上。

“麻烦你帮我把这件白大褂带走。行医这么多年，我除了对不起顾怀生的妻子外，从没愧对这件白大褂，只这一件……”

林念恩接过她递来的白大褂，抬起头才发现一向注重保养的方瑞君，此时的脸上已生出不少细纹，就连鬓角处也有了白发。可想而知，她最近过得很不好。

“你当时让我不要对这个案子过分上心，到底是为什么？”

方瑞君一怔，旋即又摆出那副惯常的笑容：“因为我太讨厌你们那种爱管闲事、自以为是救世主的模样。年永春活着的时候，我就觉得他适合改行去做社工。你看，他一辈子都以善待人，可死后还要被泼上一盆脏水，永生永世都洗不掉，这是不是咎由自取？”

林念恩看着她，忽然心生感慨：“年主任是个好人，但做伪证间接害了裴梦尧的父亲，这是他做错了。周振失去了原本幸福的家庭和他最爱的女儿，赵泽远至今也没当上院长甚至身败名裂……我始终相信，每个人都会犯错，但既然犯了错就要为这个错买单。”

“得了，收起你这些大道理给别人用吧。”方瑞君摆摆手，好像一点力气都没有了。

林念恩倒也没介意，又问她：“你打算去哪儿？”像方瑞君这样离职的，相当于有前科，很难再进体制内工作。尤其是刚刚她的那番话已经通过直播的画面留下永久的烙印。

“西洲这个鬼地方我也算是待够了，毫无留恋，这里指不定哪天就被废弃了，早走早抽身。”方瑞君朝她弯起一抹惨淡的笑，最终和那条鲜艳的红裙子一起消失在视线中。

4

赵泽远处于弥留之际，林念恩以临终服务为由走进了病房。

她站在床边，看到赵泽远无力地抬了抬眼。

看来还有意识。

她这样想着，弯下身子贴近赵泽远，从而让他能够听清楚她的每一个字。

“老天有时候的确不公平，像你们这样的人不该这样轻松地死去，你们害了那么多人，甚至逼死了我的父亲……作恶多端竟然还信誓旦旦地为自己洗白，你们太懦弱了，连自己犯的错都不敢承认……”

赵泽远努力地想抓住她的手，奈何他已经无法控制自己，最终他只能无声地问她：“你……你是谁？”

“我是林柏森的女儿，你肯定忘不了他吧？”林念恩的声音被压抑到极致，“你这样的人，有什么资格说我爸爸假清高？”

赵泽远瞪大了眼睛，生命体征监测仪发出刺耳的警报声。

林念恩最后说：“别做梦了，即便你死，也将遗臭万年。”

外面有医生和护士冲进来，林念恩冷着脸去了门外，直至此刻，她才发现自己的手正打着颤。她心里清楚，自己这样做有违职业伦理，但她实在无法接受让这样的人舒坦离世。如果当初她知道周振也是逼死爸爸的元凶，她绝对不会为他提供临终服务，更不会努力劝慰他。

“念恩，我爸他怎么样了？”赵天佑忽然拉住了她的胳膊。如此起起伏伏折腾了一天，他看上去毫无生气，仿佛一夜之间苍老了不少。

林念恩浑身一震，像是突然意识到什么，猛地将他的手挥开。

赵天佑愣愣地看着她的反应，一时间什么都没说。

“你相信你爸爸是无辜的吗？”轻飘飘的语气，竟有点让人不寒而栗。

“我不知道，但我愿意等最后的判决。”赵天佑垂下头，眼底平静得像深夜里的大海。这样的他和之前拉着她歇斯底里的样子截然不同，他似乎已经接受了这个现实。

没有愤怒，没有发疯，只有平静之下浓郁的悲戚。

“即便现在这么多证据摆在眼前？即便刚刚你也听到那个女人说了什么？”

“我说了，我会等最后的判决。如果……如果他真的做错了，我愿意替他道歉。”赵天佑的声音仍旧淡淡的。

林念恩深吸了一口气，而后又缓缓吐出来。

“我努力地告诉自己，不管你的父亲做了什么，他是他，你是你。这句话也同样可以说给你听。我以前和老师去过监狱，那里多的是罪孽深重的人，但他们都对自己曾经做过的事感到愧疚和后悔。可是你知道吗？你父亲最大的问题，是他没有悔过之心。因为这样，我甚至无法说出一句安慰他的话，我知道我这样一点都不专业，可很抱歉，我不是圣人，有些事我终究做不到。”

林念恩疾步走出了赵天佑的视线,她努力平复了心情,然后打了电话给江牧,可她接连打了三个也没接通。她心中正觉得奇怪，突然听到不远处的抢救室传来撕心裂肺的哭声。

赵泽远就这样走了。

没来得及接受审判，也没能够承认他的错误，就这样带着他强撑着的清高和孤傲，荒唐地结束了一生。

林念恩只觉心中无端憋了一口气，她多么希望周振和赵泽远都能站在被告席上接受审判，但世上本就有那么多不遂人愿的事。无论是裴梦尧、叶霜还是她自己，都是蝴蝶效应里的受害者。

赵泽远走后，赵天佑平静地接受着所有的调查，他平静地配合着。当这场缺少主角的终极审判拉开序幕，那个被粉饰了整整十八年的美梦终于被彻底打碎了。

正如顾怀生说的那样，只有服从大自然，才能战胜大自然。那些拔地而起的化工厂是愚蠢的人类对大自然的挑衅，它已经给了所有人当头一棒。

5

傍晚。

林念恩心中不安，一下班就打车去江牧家。她敲了一会儿门，但没人应声。好在之前江牧给过她一把备用钥匙，她一直带在身上。

等她推开门，眼前袭来一片黑暗，四下里静悄悄的，有刺鼻的烟味儿飘了过来。

她心下一紧，连忙摸索着去开灯。

“别开灯。”低哑的声音突兀地响起来。

短短几分钟时间，林念恩的背脊竟沾了些冷汗。她将包放下，然后循着声音去了阳台。昏暗的视线里，江牧倚在落地窗上。在他的身后是暖黄色的街灯和大片灰暗的夜空。

“赵泽远死了？”他的指间有一抹耀眼的猩红，雾沉沉的眼睛看过来，林念恩竟愣在了原地。

她从没见过这样的江牧。

“嗯，方瑞君给了他致命一击。”林念恩想了想，又忍不住问他，“梦境就这样结束了，之前蔡主任给了我一个个案记录本，里面提到我爸的心结，用字母‘Y’代替，想来说的极有可能是 γ 计划，你说江叔叔会知道吗？”

江牧又吸了一口，白色的烟雾散在空气里：“有这个可能。”

他话音未落，便见一只手伸过来抢下他指间的烟蒂，直接摁灭在窗台旁的烟火缸里：“我家都没人抽烟。”

江牧打量着她，失笑：“好，入‘家’随俗。”

话毕，林念恩便觉得腰上袭来一股力道，直将她拉入一个怀抱。江牧就这样从身后抱住她，头低低地垂着，抵在她的发间。

“你今天怎么了？我发现你最近有点嗜睡，而且动不动就翘班一整天，你确定这样不会被炒鱿鱼？”

“嗯，如果真被炒鱿鱼了，你会养我吗？”江牧几乎是贴着她的耳朵，温热的鼻息披洒下来，林念恩忍不住缩了缩脖子。

“那就要看你表现了。”她得意地弯起嘴角。

“具体一点？”

林念恩在他怀抱里转过身，佯装认真地说：“嗯……比如对我好不好、听不听话……”

不等她说完，江牧的气息便重重地压了下来，带着几缕烟味和清凉，他吻得又急又快，攻入城池，越吻越深。

两人紧紧地抱在一起，她几乎能听到彼此疯狂的心跳，身体像是失重般瘫软了下来。

与之前点到即止的吻截然不同，这一次的吻是决绝而又炽热的。

不知过了多久，两人终于分开，额头相抵。她不敢去看他的眼睛，呼吸短暂而急促。

“我饿了。”今夜的江牧，连声音都低沉得过分，在这个静谧的夜晚显得格外撩人。

林念恩的头还在犯晕，但下意识地想要结束这种既暧昧又尴尬的气氛：“我去帮你弄。”她说完，慌忙往厨房走，脚下像是踩在云端，浑身都软绵绵的。

灯光亮起来时，她闭上眼适应了片刻，厨房的玻璃上映出她绯红的一张脸。她开始给锅里接水，然后开火、踮脚打开柜子、取出面条、等水开、看着不断往上涌的气泡发愣。

江牧不知何时走了过来，他倚在门边安静地注视着她的一举一动，像是十分享受于这种时刻。

可眼前的一切也将他重新拉回现实，脑海里不自觉地开始回放之前的梦境。

和之前一样，离开赵泽远的梦境后，他再次坠入了一个黑洞，里面是年幼的他和那些正在逐步苏醒的记忆。

这一次，他的梦境很长。不再是漆黑的雨夜，而是一个十分温馨的场景。

先是他牵着爸爸和妈妈的手在游乐园蹦蹦跳跳，阳光灿烂而夺目。一家三口，其乐融融。可这只是开始，很快他渐渐发现自己只是一个旁观者，他手里的冰激凌不见了，转而出现在另一个男孩的手里。刚刚还牵着他的父母正摸着那个男孩的头大笑着。

他惊慌地大叫：“爸爸……妈妈！”可是没有人理睬他。

那三道身影携手走远了，他在后面追，可最终所有人都逐步消失在他的视线里。

紧接着，他又做了一场梦。

梦里是十岁的他，拿着一沓文件推开了房门，里面的光线很暗，周遭是刺鼻的烟味，他忍不住咳嗽起来。

“爸爸——”他想找江东元，最后只在角落里看到一抹猩红。

他摸索着将灯打开，眼前的景象让他害怕。

地上桌子上都是江野的照片、江野的各类奖状和荣誉证书。江东元整个人窝在椅子里，胡子拉碴，眼睛里充满了血丝，毫无神采，烟灰缸里都是烟头。

“出去。”他只说了这两个字。

“哦。”江牧垂下头，准备出去。

“手里拿的什么东西？”江东元又吸了一口烟。

他又是吓得哆嗦了一下，讲话都有些磕磕巴巴：“是……是哥哥他……让我转交给林叔叔的。他和我说，这个东西很重要……”

话音刚落，江东元突然冲到他面前，一把夺过他手里的东西，抽出来扫了一眼：“他什么时候给你的？”

“几天前，就是哥哥出事的前一个晚上……”江牧说完，下意识地往后缩了缩。

空气陷入冗长的静默，江东元突然大笑起来：“就是为了这个！竟然是为了这个？你不许去！这件事不用你管，我自会处置。”

“可是……”

“没什么可是，你现在就待在这儿。”江东元推开他，径直出了门，之后便是门上锁的声响……

画面突然切到了一望无垠的海边。

他独自一人在海边走，手里抱着红色的笔记本，上面的颜色殷红如血。海岸上有很多人点燃了柴火，像是在焚烧什么，每个人都神情悲戚。不远处有一叶小船，只听“扑通”一声，像是有人掉到了海里。再后来他跳入了海里，然后奋力朝一个光源游去。

四周冰冷的海水令人窒息……

梦终于醒了。

江牧睁着眼睛在黑暗中坐了很久。脑袋里像是快速回放着什么,他想停下来，却无能为力。

一切，都想起来了。

“面条好了！”碗里还冒着热气，林念恩捧在手里，放下的那一刻被烫得直吸气。她扭过头，发现江牧一眨不眨地盯着她看，像是失了神。

“我就这么好看？”林念恩忍不住推了他一下。

江牧顺势捉住她的手捧到嘴边轻轻吻住：“嗯。”

林念恩觉得今晚的江牧格外不同，他的每一个字，每一个眼神都足以在她的心底掀起骇浪。脸颊止不住地发烫，她抿起嘴角：“你今天……到底怎么了？”

江牧没说什么。他放开她，乖乖在桌前坐下来，大口大口地吃面条。

饭后，林念恩收拾完，将一个橘子递到他手里。

他笑着接过，目光突然落在一个相框上，这东西看上去有点熟悉。

林念恩顺着他的视线看过去：“我妈给我寄了点东西，我顺便让她把那张合影寄给我了，就是……咱们在梦里看到的那张。实在难以想象，我们曾经就在这个场景里，看着他们拍下这张照片。”

“距离有点远。”

“嗯？”

江牧指着照片上的两个小孩，然后一把搂住了她的腰：“现在就对了。”

最近时不时地被他撩一下，林念恩的免疫能力有了一定提高。她顺势用手捏住江牧的下巴，坏笑道：“说吧，打算什么时候请我办公室的那些小丫头吃饭？她们都在翘首以盼。”

江牧睨了她一眼：“好，时间你定。”

林念恩满意地点了点头：“真乖。正好……过段时间宋晚就要去大阪交流学习一年，就当为她饯行好了。”想到这儿，她有些失落和惆怅。

“虽然以前总觉得她很吵很八卦，但突然间要走了，我还真有点舍不得。她这段时间进步特别大，尤其在蔡主任走后……”

眼前不自觉又出现了蔡丽文开晨会时开怀大笑的样子，原来她已经离开她很久很久了。

“别忘了，要向前看。”江牧捏了捏她的鼻尖。

光影浮动，空气中还有面条软糯糯的香味。

6

赵泽远刚刚入了土，十二年前的那场冤案也终于等到了开庭。

最终赵泽远因唆使他人做伪证、滥用职权、收受贿赂而受到起诉，其名下所有遗产悉数充公。

当年参与这起案子的人数众多，其中不乏曾官居要职的公务员，科顿集团的领导层也有好几人落马。与此同时，这桩案子也曝光了当年那批不合格的净化设备一事，困扰西洲多年的环境问题也似乎找到了源头。

科顿集团由此被扣上“黑心企业”“无良商家”等名号，一夜之间股价暴跌不说，还有很多市民发起声讨，希望它能彻底退出市场。

法庭上。

赵天佑以继承人的身份自愿代替其父站在了被告席上，从始至终都垂着头，不发一言。

他看上去消瘦了不少，前两日林念恩在网上看到有人说某名记为了做大新闻六亲不认的帖子，言辞间多有嘲讽和笑话的意思。

原告席上，裴梦尧抱着父亲的遗像。当法官宣布撤销其父亲的罪名时，她终于忍不住痛哭出声。

林念恩在旁听席里看到很多熟人，包括叶霜。她在收到年永春留给她的那笔钱后还是查明了原委。

庭审结束时，叶霜找到了裴梦尧，并表明了自己的身份。

“我知道，区区一句对不起并没有什么用，但我还是希望能说声对不起吧。其实我爸爸他……不是个坏蛋，他这辈子救了很多人，就只做了这么一件坏事，并且也非他所愿。他是个很穷的医生，这是他给我的全部家当，我现在给你，希望你收下，也算能弥补一点。”她双手将银行卡递到裴梦尧面前，深深鞠了一躬。

裴梦尧怔怔地看着那张银行卡，然后向后退了半步：“我今天带着爸爸来这里，不是为了一分钱，只是想要一份清白。既然现在我已经达成目的，其他的东西我不会要。你可以代表你爸爸道歉，但我却没有权利代我爸爸说原谅。”

这番话说得不卑不亢，如果不是亲耳所闻，林念恩根本不敢相信它是从裴梦尧的嘴巴里说出来的。曾经那个还没完全长大的乖张女孩，此时已经完全蜕变。

没有什么比挫折和苦难更能让人快速成长了。

叶霜新剪了短发，露出修长的脖颈和耳后小麦色的皮肤。她的手指渐渐收紧，再直起腰杆时她又恢复了以往淡淡的神情：“好。”她似乎也不打算多说什么，正要转身离开。

裴梦尧却又说：“念恩姐和我说过你的事，其实年主任也是受害人，你也因为这件事失去了童年。所以今天之后，你不用惴惴不安，该怎么生活……就怎么生活。”

“好。”同样的一个字，只是叶霜的眼中像是有万千思绪翻涌起来，但下一秒又消散了。

裴梦尧看着她的背影，忍不住对着一旁的林念恩说：“这个叶霜还真是你说的那样，酷酷的。其实我一直很喜欢这样的人，我行我素。”

“她其实是个很好的女孩，你也是。如此看来，那些人的确罪不可恕，倒是便宜了赵泽远和周振……”林念恩说完，又想起了赵天佑。

裴梦尧的母亲在车上催促她。

“念恩姐，我先走了，希望你能最后帮我一个忙……”裴梦尧欲言又止。

“你说。”

“其实我很自私。当初蔡主任留下的证词里，其实提到了天佑学长的父亲。我当时实在不知道该怎么办了，天佑学长是唯一可以帮我的人。我总是怀着一丝希望，以为这件事只是周振一个人的错，但没想到真相还是这么残忍。无论如何，这次我爸爸能够沉冤昭雪，多亏了天佑学长帮忙。他现在一定……比任何人都不好受，但我已经没有立场去和他道谢，更没有立场去安慰他。念恩姐，其实上次吃饭我就看出来，他对你其实很上心，我希望你能帮我……”

裴梦尧垂下头，眼眶红红的，像是花了很大的力气才不至于哭出来。她其实发过很多条短信给赵天佑，他起先什么都没回。但直到昨晚，他突然回了短短的两句话。

一句是：“该说对不起的人是我。”

另一句是：“我最先帮你的时候只是想做出点业绩。”

如此寥寥数语，彻底划清了两人之间的界限。

或许对他们而言，这已经是最好的结果。

“我明白你的意思，事已至此，你也不要有太大的压力。我相信他自己一定能想明白,这件事……你并没有做错什么。你放心,如果他需要,我会尽一份力。我也很希望，你能有一个新的开始。美国的社会工作发展成熟，你在那边一定也能学到更多，说不定我以后还可以和你交流交流。”林念恩从包里取出了一个实习工作牌，是裴梦尧的。

“特意带给你，可以留个纪念。”

裴梦尧接过去，眼泪一时间又汹涌而出。她紧紧地抱住林念恩，衷心地说了一声“谢谢”。

第十四章
大梦初醒

·她说："我很高兴能遇到现在的你……站在我面前的，独一无二的你。"从此，他突然开始相信命中注定。

1

十月刚过了一半，林念恩将部门里的人都邀请来吃饭。一桌子年轻女孩，叽叽喳喳地聊起来就没个停。

"最近空气太差，我都好多天没看到太阳了……"

"我妈一直让我辞掉工作离开西洲，我很犹豫。"

"我男朋友不走我就不走，怎么样？有没有一种莫名的悲壮感？"

"虐狗犯规啊！"

一片唏嘘声。

宋晚并没有加入谈话，她一个人闷闷地坐在旁边，不知在想什么。

林念恩和江牧一起进门的时候，所有人都不约而同地看向他们。

今天的林念恩穿了条素色长裙，剪裁恰到好处地包裹住她玲珑的线条。就连平日胡乱扎在脑后的长发此时也披散在肩头，衬得下颌尖尖，眸中似点缀着层层星光。再看她身边的江牧，今天也是一身白衬衣黑长裤，肩宽腿长，身姿挺拔。

两人往大家面前一站，实在登对。

"之前人家都说江医生要和骨科的美女医生在一起，我就不相信，因为那个医生完全配不上江医生！"

“什么骨科医生，明明是口腔科的好不好？”

“你俩说的都是陈芝麻烂谷子的事了，明明是胸外科的！”

“……”

林念恩瞥了一眼默默擦汗的江牧，皮笑肉不笑地说：“看来我还真是不容易，过五关斩六将？”

江牧慌忙将菜单递过去：“各位口下留情，今晚想吃什么尽管点。”

周围顿时一片起哄声。

这顿饭江牧简直如坐针毡，他完全低估了女孩的战斗力，他稍有不慎就要招架不住。当他向林念恩投去求救的眼神时，对方完全没有要解救他的意思，反而火上浇油：“我的终身幸福就靠你们了。”

正主一发话，所有人更加来劲，各种刁钻火辣的问题一个接一个地往外抛。

宋晚的心不在焉，林念恩看在眼里，她拽了拽宋晚的袖子，然后起身走出了包厢。宋晚随后也跟着走了出去。

原本热闹的空气霎时间沉寂下来，走廊里偶尔传来其他包厢的热闹声。

“怎么了？是不是因为要走了，所以舍不得？”

宋晚苦笑：“念恩姐，我的确舍不得你，也舍不得这里。”

林念恩豪气地拍了拍她的肩膀：“一年而已，很快就过去了。这次机会难得，你就当历练历练。”

走廊里的光明媚而刺眼，她仔细打量着宋晚，眼前不禁浮现出宋晚刚刚来医院时的场景。那时的宋晚不仅会把病人认错，还特别擅长帮倒忙。第一次带她进 ICU，她吓得脸色惨白，直嚷嚷着要离开这里。

“时间过得真快，你跟着我都快三年了。”

这话一出口，又平添了几分伤感。

宋晚揉了揉眼睛，将还未涌出来的泪花都一并抹去：“念恩姐你放心，我去了大阪一定会好好深造，争取早日回来做你的好帮手。其实最近发生了好多事，年主任走了，蔡主任也走了，我觉得很难过，也常常做噩梦。但是昨晚我收到了一个视频，是上次我在白城遇到的一个小女孩。现在她已经在邻市安家，也去了新的学校。她和我说一切都在慢慢变好，也很感谢我曾经的鼓励和帮助。所以我在想，生活中其实有很多我们无法控制的事情，但是时间永远都在向前走，你失去了什么，又一定会得到什么，我们……一定要活在当下，你说对吗？”

宋晚的脸上终于浮现了一抹笑容。

林念恩也笑起来："不错啊，你再也不是那个遇到点事就哭鼻子的宋晚了。我相信这一年你去日本肯定会有很多收获，到时候还得靠你把那些宝贵的经验带回来和我分享。"

"嗯！"宋晚笑着拍了拍胸脯，"念恩姐，你放心，我一定会好好做。"

林念恩欣慰地点了点头："我相信你。"

看到宋晚的眼睛里恢复了往日的神采，她不由得松了一口气。

转头的刹那，视线里突然多出一道熟悉的身影，正是许久不见的赵天佑。

2

正是饭点，大厅里的人不多。这里暖气没有那么足，反而让脑袋更清醒几分。

"我升职了。"赵天佑的语气淡淡的，脸微微泛红，一看就是喝了酒。

林念恩并没料到会有这样的开场白，一时间反倒不知如何接话，愣了好一会儿才说："恭喜……"

"的确是值得恭喜，这么大的新闻被我拿到了，甚至连我自己都上了大新闻。我们报社一个月之内拿了两个大头条，怎么也要犒劳我一下。这不，社里专门给我搞了个庆祝的饭局，我这算不算是因祸得福？"赵天佑本来是想笑的，奈何努力了半天也只挤出一丝苦笑。

林念恩想到第一次在学校里见到他的时候，他的脸上永远写着意气风发，即便是和她分手的时候，他也没有露出半分悲伤。可是现在，他眼睛里的那些骄傲通通不见了，只盛满了苦涩和落寞。

"我知道你心里不好受……"

赵天佑忽然抬起头，满脸殷切地看着她："是不好受，你们社工不是很会安慰人吗？你也安慰安慰我？"

如此直白的一番请求倒叫林念恩有些蒙，她的脑袋里开始闪过一些惯用的话术，哪一句更适合在这个时候对这个人说呢？其实她一直很怕面对熟人，因为总是不受控制地思考太多旁的东西，譬如赵天佑曾经是个什么样的人，她的话能对他发挥多少作用。

她终于开口，声音发涩："其实别人怎么看你不重要，重要的是……"

"那你呢？你怎么看我？"赵天佑突然一个跨步上前，距离她很近。以至于她突然闻到一股浓烈的酒气，她皱了皱眉，下意识地往后退，膝盖窝险些撞在了茶几的拐角。

赵天佑从身后揽住她的腰，眼中燃着炽热的火苗。他的确有几分醉了，但还不至于失去意识。

可他并不打算放开手。

“放开。”她大力将他推开。也许是他没想到林念恩反应这么大，一下子也没站稳，有些狼狈地退开几步。

林念恩忍着怒气，冷下脸说：“今天，我男朋友请我办公室里的人吃饭，所以……才来这里。”

赵天佑脸色突然黯淡了下去。

林念恩又说：“没有人能想到下一秒会遇上什么事，但是不管遇到什么，只要我们自己问心无愧，那些难过和痛苦迟早都会过去。曾经的你一直很优秀，我相信你迟早会重新站起来。你以前和我说，你热爱新闻是因为它能挖掘事实和真相，那么现在，你的确做到了。至于我们以前的事，既然已经过去了，就没必要抓着不放。你和徐哲哲究竟是什么关系，对我来说已经不重要了。我花了三年的时间彻底放下，就不可能再捡起来。总之……希望我们以后各自安好。”

赵天佑没再说什么，只在林念恩转身的时候喃喃问道：“还能回去吗？”

林念恩并没有听清楚，疑惑地看着他。

可他很快又摇摇头：“没事，我是在问自己。”

看着女人决绝的背影，赵天佑顺势坐在沙发上。他今晚的确喝了很多酒，此时吹了点凉风，反而有些晕了。他想自己刚刚问了个愚蠢的问题，因为没有什么东西能回到原貌，要么更加深刻，要么渐渐淡去。

譬如他的理想与追求，譬如她。

这些都回不去了。

包厢。

林念恩回到座位时，几个女孩子正玩到兴头上，都没注意到她。江牧忽然伸手将她揽进怀里，转过头在她耳旁说：“你是故意的吧？”

温热的气息打在她的侧脸，林念恩红着脸推了推他：“什么故意的？”

谁知江牧加重了手的力道，声音又酥又哑：“你说呢？把我丢在狼窝里，自己出去逍遥快活。”

她只觉浑身的血液都一股脑儿往上涌,索性也不再挣扎,仅递去警告的眼神。她并不知道刚刚自己和赵天佑的一举一动都落入了江牧的眼睛。

“非礼勿视，非礼勿视！”

他俩这番亲昵的举动顿时成了众人关注的焦点，大家眼神交汇，揶揄声和起哄声汹涌如浪潮。

林念恩忽然有点后悔组了这个饭局……

饭后，江牧送林念恩回家。车子停在楼下，林念恩刚要推门，却听空气中传来落锁的声响。她疑惑地扭过头，见江牧一眨不眨地望着她：“你就没什么要和我说的？”

这话竟有几分威胁的意味。

“给点提示。”她无奈地耸了耸肩。

江牧冷着脸：“大厅，前任。”

林念恩一愣，忽然又忍不住笑起来：“原来是醋坛子打翻了。”

江牧的目光突然沉下来，倒也不像是真生气，但多少有点不痛快，他问她：“那你要不要扶？”

狭小而密闭的空间里，四目相对，林念恩竟莫名红了脸。

她无奈地问：“怎么扶？”

“自己想。”

江牧倒也不着急，只那样耐心地看着她。而下一秒，女人又恼又羞的脸突然在他的眼前逐渐放大,一双手捧住他的脸颊……嘴唇上传来清晰的触感,温热、软糯糯的。可脸颊上却又是冰凉凉的，这个女人的手可真冷，他想。

林念恩也不知道自己会主动吻他，一颗心疯狂跳动。她缺少实战经验，也没什么技巧，唇与唇只是压着，鼻息搅和在一起，又急又密切。

这样应该就算扶好了吧?

就在她准备仓皇而逃时，脑后袭来一股力道，骤然间加深了这个吻。江牧眯起眼睛，看着她脸上强撑着的最后一丝理智被打碎，他心中既满意又畅快。

这不是他们第一次激吻至深，但每一次似乎都给她不同的体验。像是有什么压抑已久的情绪瞬间炸裂开，呼吸、思绪全都乱了套。

不知过了多久，她被吻得有些喘不过气，他终于放开她。

“满意了？”她无奈地瞪了他一眼。

江牧笑笑：“有点累，你收留我一晚更好。”

这沙哑的声音配上他邪邪的笑容，林念恩只觉心都跟着乱了一拍。

“想得美，快回去了，晚安！”她无奈地冲他摆了摆手，转身便跑了，生怕他会追过来似的。

江牧看着她慌乱逃走的身影，脸上的笑容却一点点凝固。

“你打算跟到什么时候？”四下里黑得深沉，他这句话像是骤然打破了宁静。他一向警觉性极高，如此被人跟了一路，他自然了解对方的底细并有足够的自信。

“原来你知道。”树丛里赫然闪出一道颀长的身影。

赵天佑的手插在口袋里，下巴高高地昂着：“上次匆匆一别，我们之间还有场未完成的局，不如就现在？”

“随你。”江牧看也不看他，自顾自地拉开车门。

没一会儿，两辆车一前一后冲向了主干道。

2

网球馆。

“你们来得挺巧，再过两天我就关门了。”老板伸了个懒腰，从休息室里慢慢吞吞地走出来。

空荡荡的球场似乎很久都没有人来了。

老板继续感叹：“最近都说西洲要完蛋了，我都记不清有多久没见到太阳了。这都是化工厂惹的祸，还有之前重新审理的案子，那个黑心的赵院长……唉，害了多少人啊！”

赵天佑正在选拍子，他的手一顿，但很快又恢复自然。

他拿了两只球拍递到江牧面前：“你挑一个。”

江牧随手拿了白色的，两人从老板身旁经过时，赵天佑突然笑着对老板说：“我就是你口中那个黑心赵副院长的儿子。”

老板一怔，当即变了脸色：“真的假的？”

“他今晚喝了点酒，胡乱说话呢，不必理会。”江牧笑着将老板打发走，然后瞥了赵天佑一眼，“我看你今晚不是想打球，是想找事。”

赵天佑原本绷着的脸突然笑了：“你说得不错，上次在医院你还打了我一拳，不如咱们打完球好好比画比画？”

江牧也跟着笑了，黄色的球在手中抛抛落落：“别耽误时间，开始吧。”

下一秒，他的手臂猛然发力，带起一阵凌厉的风。

赵天佑也不甘示弱，反手就是一个 ACE 球，很快进入了状态。

偌大的场子里，只有江牧和赵天佑两个人在厮杀，宛若一场单人对决。球拍每每划过空气都发出沉闷的声响。如果说赵天佑是技巧型选手，那么江牧就属于稳扎稳打、伺机而动的那一种。整整三个小时，两人都挥汗如雨，最终江牧以一个反手斜线球拿下了决胜局。

“咣当——”

球拍落地，赵天佑整个人仰面躺倒在地上，胸口剧烈地上下起伏。

江牧也在喘气，他走到赵天佑的身旁，坐下来，双手搭在膝盖上：“你比我想象中打得要好。”

赵天佑哈哈笑起来：“彼此彼此。”

过了一会儿，他又说：“她遇到你，挺好。”

“后悔了？”江牧也笑。

赵天佑转过头，目光笃定：“有点。其实她是一个很长情的人，认定了什么就不会轻易改变。譬如她小时候溺过水，一个男孩救了她，直到现在，她的心里还惦记着那个救命恩人。又譬如她当初认定了我和别的女孩有一腿，说出国就出国。再譬如……”

他顿了顿，眼底浮出一抹苦笑：“她现在认定了你，无论我如何解释和挽回，都没有用。”

“知道就好。”江牧从地上站起来，走到场边拿了外套，转过身打量了一眼赵天佑，“日后再让我看到你纠缠她，我不介意让你的另一边脸再吃我一拳。”

“不会了，我还不至于沦落到对一个女人死缠烂打的地步。”赵天佑自嘲地笑了笑。其实今天他也没想到会在酒店碰到她。本来他想借酒浇愁，谁知反而越喝越清醒，清醒到他看见林念恩主动吻住了江牧，再没有什么比这个更有说服力了。

他甘愿彻底退出。

自从父亲出了事，家里一夜之间天翻地覆，他看尽了世态炎凉。连续数日，情绪大起大落，他几乎失去了表达其他情绪的能力，只剩下笑。

“希望你说到做到。”江牧离开了。

赵天佑看着他的背影，一时间有些哭笑不得。他从小就习惯以天之骄子自居，可那个人明明看上去淡薄得像一池清水，可说话做事总是丝毫不留情面，简直比三九天里的风还要凛冽几分。

3

城北。

江牧推门而入时，江东元正跟着电视里的戏曲咿咿呀呀地唱着。

来的路上，他其实想了很多。走到门口，手握在门把上的时候，他的脑袋里还是一片混沌。

“这么晚跑来，吃饭了吗？我今晚还做了糖醋鱼，比上次成功多了，我去给你热一下？”江东元说完，便要起身往厨房走。

“不用了。”江牧站在他的身后，脸色黑沉沉的。

“你们正年轻，吃点夜宵没什么关系。”江东元并没察觉到他的情绪，仍是笑眯眯地去翻冰箱。

江牧看着那盘没怎么动的糖醋鱼，心中一阵作呕。

“我是谁？”他问。

江东元一愣：“说什么呢？”

“我问你，我是谁？”江牧看着他，神情执拗而笃定。

“臭小子，你是我儿子啊，还能是谁？”

电视里还在唱戏，锣鼓声像是敲在人的心上，声音太大，以至于连那些用来禁锢情感的锁都砸断了。

“我不喜欢吃糖醋鱼，从小就讨厌。喜欢吃的人从始至终都不是我，一年365天，你但凡做饭一定要做一盘……”

江东元终于露出不耐烦的神情，他关了火，索性将鱼一股脑儿倒进垃圾桶：“不吃就算了，哪儿那么多话？”

信号跳转，电视黑屏，周围的空气陷入了一种诡异的静默。

“十岁那年我因为高烧不退丢了一些记忆，后来就被你送去美国。其实在这些年里，我也渐渐想起了一些事，比如哥哥的死、妈妈的离开。记忆这种东西，在哪儿丢失的就要从哪儿找回来，所以我回来了。我学心理学，执着于催眠，就是希望有一天我能用催眠让自己想起来一切。好在，我的坚持没有白费。”

江东元抬头看向他：“你都想起了什么？”

“想起了儿时的自己，更想起了你究竟是个什么样的人。”

“哦？什么样的人？”江东元嗤笑一声。

“大概是明知道某件事会带来毁灭性的后果，但为了一己私利仍不顾一切地要推行的那种人。”江牧说完，指了指一份报告，“γ 元素虽然能产生巨大的能量，但以当时的科技水平无法分解它的废弃和残渣。赵泽远和周振的这个案子，其实大家都错了。净化设备的好坏都无法影响最终的结果。十八年，就足以彻底毁掉整个西洲。你手里的这样东西是我哥让我交给林柏森的，但是你不但夺走了它，还把我关了起来。”

江东元并没接话，转而问：“这个东西，你是从哪儿得来的？”

“我怎么拿到的并不重要，重要的是你到底想做什么。”

“我只不过是个小人物，我能做什么？”江东元又笑起来，“又想拉动经济的发展又要顺应自然发展的规律？这世上哪有这么好的事情？当时西洲本就是个四五线的小城市，如果不是 γ 计划的推行，西洲恐怕连现在的发展都达不到。别忘了，当时计划的推行是征集过民意的，这是所有人自己的选择。”

“自己的选择？如果当初公开了这份报告,西洲会变成这样吗？”江牧苦笑。

江东元闭了闭眼睛：“那么多年前的事，多说无益。”他摆摆手，似乎一句话都不想再多说。

“哥他……是怎么死的？”

空气死一般地沉静。

江东元背对着他，浑身不住地颤抖：“你……你回去吧……我要休息了！”他开始剧烈地咳嗽，像是要将五脏六腑都一并咳出来。

脚步声响起来，江牧去倒了一杯水，水流声在周遭的死静里显得格外悦耳。

江东元扶着桌子，五官都皱在一起。他看着江牧将水递到他手边。

“爸，喝水。”

他迟疑了一会儿，伸手去接，可是杯子只是擦过他的指尖，他抓了空，看到江牧慢慢将杯子倾斜，水哗哗倒在了他的面前，有水滴溅在鞋面上。

“你……”

之后，江牧又慢条斯理地重复了刚刚的动作，杯子里重新注满了水，水流清晰可闻。他又一次递到他面前：“爸，喝水。”

江东元看着这杯水发愣，他一边咳嗽一边伸出手，但还是扑了空。这一次，江牧又将杯子慢慢倾斜，两人一起看着水倒在地上。

时间仿佛静止了。

直到最后一滴水流尽了，江牧问：“爸，告诉我，哥到底是怎么死的？”

江东元怔怔地看着他，突然神色痛苦道：“你为什么……为什么……”

江牧见他如此，知道自己成功了。

“你也忘记了？还是根本不愿意面对？”他仍是淡然的语气。

江东元猛地冲过来抓住江牧的衣领，眼睛里像是充了血，目光凶狠又凛冽：“你想知道是吧，那我就告诉你。”

电视的屏幕闪了闪，戏又开始唱了。

江东元把江牧带到一个封锁已久的房间。门打开的那一刻，有尘埃飞扬起来，呛鼻的味道。

这是江野的房间，床、桌子还有书柜的位置都和江牧梦中看到的一一重叠。唯一不一样的，便是正对着床的墙面上，装了一个大屏幕。

江东元按动遥控器，屏幕上跳出一段无声的视频。

画面有些模糊，但不难看出这是一段截取的交通录像。黑白的色调中，一个骑着单车的男生被汽车撞倒，肇事司机逃逸。

江牧的心陡然一沉，那画面上的男生正是江野，他还记得那天清晨江野出门的时候戴着一条黑色的围巾。

他躺在地上，身下有液体蔓延开。他无法挪动自己，更无法发出声音，绝望而无助。

进度条还在向前走，有车辆经过他，但是没有一辆车停下来。

“他被撞的前十分钟里，有两辆车在路过江野时有明显的减速。如果他们但凡有一个人肯停下来打 120，说不定你的哥哥就不会死！那两个人……我要他们成为千古罪人，所有人都会知道，西洲是因为他们才变成现在这样。他们的子子孙孙，也将永远生活在这样的污名之下。”江东元忍不住歇斯底里地吼叫。

江牧的脑中忽然闪过什么：“那两个人，是周振和赵泽远？”

“不错，就是他们！所以我利用了他们的贪婪、自私、欲望……但我也仅仅是推了他们一把，那些愚蠢的人却只顾自己，视他人的生命为草芥，我不过是顺水推舟，让他们自相残杀罢了。”

“瞒着林柏森和周振他们狼狈为奸，是你出主意让美西制药顶包的，之后，也是你暗中逼走了顾怀生？”

“是又如何？我将我的前半生都献予这个城市，我兢兢业业，从不敢有一丝懈怠！而我的儿子也因为这件事遭此横祸……可是他们呢？他们回报给我们什么？只有自私！冷血！他们必须为此付出代价！”江东元双眼发直，他的情绪像是升到了顶点，最后“砰”的一声炸裂开。

“所以你想报复这个城市，所以你把我关在房间里，所以你这些年一直走不出那种痛苦和愤怒，所以你一直不愿意叫我真正的名字，而是假装哥哥还活着？爸，你看清楚，我究竟是谁？”江牧很少这样情绪激动，他的手紧紧地握成拳头，青筋凸现。

而面对他的怒气，江东元却突然笑了，那笑容苍凉而空洞。他忽然捧住江牧的脸，瞪大了眼睛：“你是小野啊，我最引以为豪的儿子！爸爸今天给你做了你最爱吃的糖醋鱼……”

“够了。”江牧闭上了眼睛，他推开江东元，离开时狠狠带上了门。那一刻，他以为自己会很绝望和受挫，但当这些压抑已久的东西一下子迸发出来，反倒带给他难得的痛快。

这一晚，他坐在客厅里，脑袋里忽然闪过很多事。其实从小，江野就比他优秀很多，江野到哪儿，所有人的视线就跟到哪儿了。他曾经发了疯一样地嫉妒江野，他也试图让自己变得更加优秀，但他后来突然发现，江野从来没有把他看成对手，他始终将他当作最疼爱的弟弟。

比起爸爸妈妈，反倒是哥哥江野陪伴着他经历喜怒哀乐。他第一次摔倒的时候，他第一次站上领奖台的时候，都是江野第一个出现在他身边。那年哥哥去世后没几天，他就被父亲关在房间里，之后他在雨夜逃出去，遇到了另一个改变他人生轨迹的人。

而这个人在十八年后再次出现在他面前。

她说：“我很高兴能遇到现在的你……站在我面前的，独一无二的你。”

从此，他突然开始相信命中注定。

第十五章
梦回西洲

在这个世界里，每个人都会犯错，每个人都有执念。但犯了错不一定会醒悟，做了梦不一定会醒来。那些错误在心中留下伤痕，它吞噬人心，吞噬不了希望。只要希望还在，一切都为时不晚。

1

夜深。

赵泽远死后，林念恩已经很久没做过梦了。

这天晚上，她梦到了父亲林柏森和江东元。

西洲科研所里，大厅的电子日历上写着 2003 年 5 月 11 日，又是父亲林柏森出事的那天。梦中正是晚上，四处静悄悄的。视线里忽然闯入一道熟悉的人影，那人神色凝重地进了电梯，林念恩跟过去，看到电梯最终停在了十二层，正是林柏森的办公室。

走廊里响起了脚步声，林念恩转过头，看到江牧正朝她走过来。

她心下一沉：“这个梦是谁的？”

江牧抬头瞥了一眼电梯门上方的数字：“上去看看。”

“嗯。”

另一扇电梯门应声而开，她跟在江牧身后上了电梯。等他们赶到楼上，老远就听到谈话声断断续续地传过来。

整层楼都显得格外安静，他们一路走过去，都是紧闭的门，没有一点亮光。唯独在走廊的尽头，有大片明晃晃的光渗出来。

办公室里弥漫着一股呛鼻的烟味儿，林念恩记得父亲从来都不抽烟，因为她不喜欢，他就戒了。

“林大哥，这么晚了，你把我叫来是有什么事吗？”

“你别这么叫我。你在我身边这么久，我一直帮你当成亲兄弟来看，可是你却背着我和科顿集团的周振私下往来？”

江东元皱了皱眉，连忙解释：“林大哥，这中间是不是有什么误会？我和那个周振一点关系都没有……”

“事到如今你还不肯承认？你自己看看！”林柏森将一个文件袋递到江东元面前，“我明明不同意更换净化设备，为什么好端端出现了一份有我私人印章的合约？所里除了你绝不会有人能动我的章。”

江东元低头看了一眼手里的文件袋，并没有去拆，而是将它放到一边，给林柏森倒了一杯茶：“林大哥，你消消气，听我给你解释。其实净化设备的事，是领导单独找我谈的，他们知道你不会答应。但是那批净化设备的确物美价廉，性价比更高。我承认，它质量上存在一些小瑕疵，但这些都是可以完善的啊，你就别那么固执了……”

“砰！”

林柏森将茶杯狠狠掷于茶几上，水洒了一半。

他失望地看着江东元：“什么叫小瑕疵？你难道不知道这种瑕疵日积月累是会出大事的！ γ 元素会产生大量的废渣和残余物，它们给环境带来的伤害是不可逆的……”

“你也说没人知道了，其实就像以前工业革命的时候，发展总是会带来相应的污染，但是等我们发展起来了，就有更多的精力去治理和修复它，现在西洲也是一样，我们先求发展……”江东元扶了扶眼镜，神色间丝毫没有慌张。

“这不一样， γ 元素从未真正投入生产，以前的那些工业污染和这个完全不能比……小野曾和我说，如果这项计划不被中止，那么十八年后的空气污染是不可逆的，长此以往，后果不堪设想！可惜他还没和我详细说清楚就……”林柏森愁得在原地打转，他的手下意识地开始发抖，整个人也有点不受控制。

江东元像是听到了什么荒诞的笑话：“不过是孩子胡乱说出的戏言，你不会当真了吧？”

林柏森停住脚步：“怎么会是戏言？小野的能力你是知道的！”蓦地，他的视线突然定格在江东元的手腕上，那是一块很名贵的手表，去年周振曾想将这块表作为礼物送给他，但被他严词拒绝了。

可是现在，它居然出现在江东元的手上，这根本就不是他的经济能力能够负担得起的。

失望、愤怒、悲痛从林柏森的眼底逐一闪过，他伸手去口袋里找东西，无奈因为手止不住地颤抖，他刚抓住那个小瓶子就掉在了地上，里面的白色药片撒了一地，他跪在地上捡，手抖得更厉害了。

林念恩看着格外心疼，恨不能立刻冲进去，但江牧制止了她。

“阿米替林？这是抗抑郁的药？”江东元将瓶子抓在手里，细细端详。

“与你无关！”林柏森想要去抢，却扑了个空。

江东元突然自嘲地笑笑：“其实林大哥，这些年我一直跟着你，学到了很多。我真的很佩服你，现在有多少人还像你一样怀有一颗纯粹的心？但是同样我又很讨厌你，因为看到你，就好像看到了那个肮脏的自己……”

林柏森的额头上全都是汗，他很用劲才不至于完全瘫软在地上：“不，你不是这样的。我知道小野的死让你很难过，但是你不能随便拿这么多人的安危开玩笑……”

“这么多人也换不回我的儿子。”江东元敛了笑，将瓶子慢慢塞到他的手里，嘴角弯起一抹意味深长的笑，“更何况，这个 γ 计划是由你提出的，现在不是你说停就能停的。我是为你好，你现在这个样子应该好好回家休息，这里有我在，你就放心好了。”

林柏森摇了摇头：“我要是真想把它停止，你是拦不住我的。你说了这么多，只有一点没说错，这个计划是我提出的，我自然有办法毁了它。”

江东元泰然地整理自己的衣摆，毫不在意地说：“你把它毁了事小，可是你还有妻子和孩子，你还要为她们着想。好了，你也早点回去休息吧，别让家人担心。”

林柏森突然面如死灰，他无力地靠在桌腿上，重重地喘着气……

2

梦醒时已是清晨，六点多，天还是灰蒙蒙的。林念恩坐在床上发愣，她的脑袋里都是江东元伪善的嘴脸，满地的白色药片，还有……爸爸林柏森不停颤

吹梦到西洲

抖的手。

她突然想到之前顾怀生给她的材料里，那个保安前后自相矛盾的证词。他曾说看到有个人在林柏森死前进了他的办公室，应该就是江东元吧。只不过后来，那个保安一定是迫于什么压力又改了说辞。

而蔡丽文的个案记录里有个被父亲经常提起的“Y”，她以前还以为是赵泽远，可此时看来其实是指江东元。

卢卡噔噔跑进来，趴在床沿舔她的手指，湿漉漉的。温热的触感将她从思绪中骤然拉扯出来，她慌忙去找手机，翻出江牧的电话拨过去。

嘟声枯燥而冗长。

终于，对方接起来：“醒了？”那边传来嘈杂的声响，有滚轮声和叫嚷声。

林念恩点了点头，但突然意识到他又看不见。她问：“你在哪儿？”

“医院，我爸突然昏迷不醒，现在正送去抢救室……”有医生在问他情况，他的声音忽远忽近。

“昏迷？你先忙……我等会儿来找你。”

“好。”他只来得及说这一个字。

几秒之后，电话挂断。

林念恩盯着电话发愣，像是想起什么，又从抽屉里拿出那个笔记本。其实自从赵泽远去世，她就把笔记本放进了抽屉，她以为不会再用上了。

可此时，她翻开本子，看到上面渐渐跳出一个日期：2000 年 11 月 15 日。而在这行日期下面，还有另一行小字：Dreams Return。

梦境重返。

这个日期是十八年前？那这两个词又是什么意思？她打开手机检索这两个单词，发现这是一部名不见经传的小电影。

电影的内容很简单，大致是说一个遭到核污染的小镇即将被政府遗弃，镇上有个一直被作为反面教材的嗜睡少年，他每天都会做很多稀奇古怪的梦，醒后就喜欢说给别人听，大人们都说他浑浑噩噩度日，将来肯定没出息。直到某日小镇的上空出现异象，少年突然发现自己可以靠做梦回到过去，但没有人肯相信他的话。最终是他在梦中将核污染源运出了小镇，等他梦醒之后，小镇恢复了往日的繁荣。但当他很开心地和别人说起自己的壮举时，别人都以为他是个疯子，他的父母甚至将他带去看心理医生。后来这个少年就再也不会做梦了。

林念恩看完简介，脑海中像是有什么闪过。

赶往医院的路上，她一直紧紧攥着笔记本。

冬日的清晨，街上的人不多，但能清楚地看到有一些人拖着箱子离开。

司机是一个年近半百的老师傅，他从后视镜瞥了她一眼：“小姑娘，你这么年轻，怎么不走？”

“走去哪儿？”

“随便哪儿，只要不是这儿。现在西洲的人是越来越少了，有的搬走了，有的病死了。以前我天天堵车堵得心烦，现在倒是盼着堵车，至少热闹些。最近那个什么肺炎闹得厉害，搞得人心惶惶得，我们那栋楼搬走了好多户，我都想着要不要趁现在多买几套房，指不定过几年就发了呢……”

司机说得正在兴头上，林念恩却一点也笑不出来。

电台的声音切进来：“今日我市突发性肺部感染人数上升至 67 例，省里迅速组建医疗专家组前往西洲支援，专家表示这可能是由空气污染导致的，具体原因还待进一步调查……”

林念恩心中一沉，忍不住问道：“师傅，您怎么不走呢？”

司机沉默了一会儿，突然敛了笑：“我？我才不走。我活了多少年，就在这儿待了多少年，这里是我的家。不管它变成什么样，我都不会离开它。”

林念恩没有再说什么。

车子在医院门口停下，她递给师傅一张整钱：“现在打车很难，谢谢您载我过来，剩下的钱当作小费。”

“谢谢，祝你一切顺利哦！”

那师傅哼着小调将车开走了。

林念恩匆忙往急救室跑，半路被人拉住，她回头一看，是江牧。他昨晚应该睡得很不好，一身白大褂更显得他黑眼圈重得吓人。

“别急。”短短两个字，让她很快沉静下来。他似乎总是有这个本事，让她心安。

“我有事和你说……”

江牧的视线从她手中的笔记本上掠过：“好，还没吃早饭吧？边吃边说。”

“我吃过了……”其实她吃不下。

“那就陪我吃。”他长臂一伸，揽住她的肩膀，大步往员工餐厅走去。

路上的人很多，两人如此“招摇过市”，难免引来注目。

可林念恩此时还想着其他的烦心事，譬如江东元究竟对她父亲做了什么？譬如她父亲的死和江东元有没有关系？譬如江东元为什么突然昏迷？

“看你心事重重的样子，说吧，我听着。”

林念恩看着他面前的西式早点，一时不知道怎么开口，咖啡浓郁的香气让她有点愣神。

“怎么会突然昏迷？医生怎么说？”

“昏迷病因不明，就像之前姜珞的情况一样。”江牧垂下头，面色凝重。

“昨晚的那个梦，是不是说江叔叔其实和周振他们是一伙的？他为什么要这么做？为了钱？还是……权？”

江牧摇摇头：“都不是，因为我哥。我哥当初被车撞了，在地上躺了很久，但路过的车辆没有一个停下来，所以他死于路人的冷漠。”

“竟然是这样……所以他背叛我父亲，和周振同流合污都是为了报复？”林念恩心中一阵怅然。其实她来之前一直以为自己无法面对江牧，毕竟江东元对她父亲做了那样的事。可此时两人却能坐在这儿理智地谈论和分析……

“可以这样解释，像他这种极端人格被刺激后就会走向反社会人格，你可以说他什么都不想要，因为他最终想要的结果，就是一起毁灭。”

“一起毁灭？”林念恩一怔，“我爸是不是说，你的哥哥江野预言十八年后，西洲会因为环境污染而遭受重创……十八年，不就是说现在？”

江牧搅动着咖啡，思索道：“其实我哥是个很奇怪的人，他好像总是能预知到一些不好的事情。有一次班里组织去春游，当时哥哥就不让我去，后来那天春游的大巴就出了事故，不过好在没有人丧生，受伤的人很多。我记得当时我哥出事前一晚将一份报告书给了我，说如果他没有按时回来，就转交给林叔叔。可是后来这份报告被我爸没收了……”

“如果不是亲耳所闻，我还真不敢相信会有这样的事。对了，今天笔记本上又显示了日期，是 2000 年 11 月 15 日。我不明白这个日期是什么意思……”

“11 月 15 日……”江牧喃喃重复道。

突然，他眼睛一亮，问：“今天是几号？”

林念恩想了想：“11 月 14 日。”

江牧托着下巴，陷入了沉思。

“对了，那个日期下面有两个英文单词‘Dreams Return’，翻译过来是一部电影的名字。”

“梦境重返。”

江牧突然抬起头看向她：“我出去一趟，可能很久才能回来，ICU 那边有什么情况，你随时联系我。”

“你要去哪儿？”

“查点东西。”江牧欲言又止。

3

从晌午到日落，江牧去了几个地方。市图书馆、市档案馆以及……赵天佑所在的报社。

而他想查的资料最后还是在报社拿到了手。

赵天佑并没料到江牧会直接报了他的名字找过来，他最近都忙着关于“肺部感染”“末日传说”的新闻，已经好几天没怎么休息了。他打着呵欠走出办公室，正对着他的墙上有一幅玻璃框的画，他对着那画瞥了一眼，这才发觉自己狼狈极了。

脸没洗，胡子拉碴，眼睛里都是血丝，看上去像是宿醉。

而不远处的江牧虽然脸色也一般，但浑身都写着干净和齐整，往那儿一站，社里的小姑娘都往跟前凑。

“咳咳……”

江牧看到赵天佑，礼貌地打招呼：“无事不登三宝殿，麻烦你了。”

赵天佑也还了一个笑容，心底却忍不住腹诽，这家伙不在医院待着跑他面前拽什么文？

但见江牧一副严肃的样子，他也不好不给面子。可等到事情办好了，眼看着江牧认真地在一堆报纸里翻翻找找，他突然意识到自己跟他也谈不上什么交情，充其量只能算无疾而终的情敌。

“找到了。”江牧突然惊呼，看上去很兴奋。

赵天佑不由得好奇地将头凑过去，出于职业病，他第一眼扫了下刊号，第二眼就浏览了一遍那个版面上的标题。

是 2000 年的报纸，纸质和印刷工艺都和现在不能比。至于标题，更是老土到家。

但他很快发现这个版面上的新闻全是围绕着一件事——“γ 计划”。这东西他不陌生，之前父亲赵泽远和周振的事件，无一不与这个有关。

可是江牧找这个做什么？

“给你推荐一部电影，《Dreams return》，就当我答谢你了。”江牧说完，将一个光盘塞到赵天佑的手里。

其实这光盘是早上他在江野的房间里看到的，当时他原本只是想和江东元再好好谈谈，却发现江东元躺在江野的床上不省人事。

仓促中，他将那光盘胡乱塞进了口袋。

坐在抢救室外的时候，他将光盘拿出来细细端详，终于想起来，其实这部电影是在江野出事前一个月，兄弟两人一起看的。当时这个影片因为一些原因没有在国内上映，但不知道江野究竟是从哪儿弄来的。

现在这个年代，已经没什么人用光盘了，这东西太有年代感。江牧离开报社后，赵天佑为了看这部电影，翻出了一台老式电脑才打开它。

他也不知道自己为什么会窝在办公室看完了这部电影，这个结局让他觉得很荒诞。他站在窗边，28 层的高度，从这里能看到整座城市的上空像是被盖了一层灰色的棉被，无端令人恐慌，倒真有些电影中描绘的末日感。

好端端地，江牧那家伙为什么让他看这部电影？拍摄、剪辑……还有那些垃圾特效，都难看得要命。

有敲门声响了起来，他低头看了眼手表，原来是到时间了，今天他要去采访一位大咖。可不知为什么，他心里比刚才看电影时还要烦躁不安。

见面的地方是一家咖啡馆。

说来也怪，以西洲现在的状况，咖啡馆应该是最先倒闭的。可这家店一直坚挺着，他曾路过这里好几次，里面经常一个客人都没有，既明亮又空旷。

但是比这更怪的，是今天的主角——一位不愿意透露姓名的歌坛巨星。这位大咖点名要他来采访，采访的内容是有关她的新专辑。

要知道西洲已经很久没有名人踏足了，像一个被人遗忘的角落。所以即便他对娱乐新闻无感，还是被领导硬逼着上阵。

来的路上，他做过一点功课，知道这个专辑的歌都和暗恋有关。

他想了想，在纸上随便写了个问题：“你有没有暗恋过什么人？”

写完他就忍不住打了个寒战，烦躁地用几笔划了。

“这是要问我？”颇有辨识度的女声，很好听，也很熟悉。

赵天佑刚刚太过专注，并没有注意到周围还有别人。他扭过头，看到一个身形婀娜的女人将一杯拿铁放到他的面前。

之后，她大大方方地在他对面坐下，又问：“赵大记者，是不是我太美了，你连句话都说不出来？”

赵天佑将本子合上，没说话，摆摆手示意摄像师先不要拍。

他想到以前徐哲哲还是学生的时候，素面朝天地走在人群中都能吸引万众目光。如今几年未见，她举手投足间都透着十足的女人味。他以前在美国也采访过不少欧美的大咖，大都是高鼻梁、大外双……外加性感的厚嘴唇。可徐哲哲不同，她的五官极具东方古韵，这种美是内敛而凝练的。

“好，既然如此，那我们对调一下，我问，你来答。”

赵天佑仍然沉默。

徐哲哲倒是毫不扭捏，漂亮的大眼睛忽闪忽闪：“你还是单身吗？”

赵天佑愣了愣：“是。”

徐哲哲眼前一亮：“那你还喜欢她吗？”

赵天佑抿了抿嘴唇，答：“她有了新的生活。”

徐哲哲忽然笑了，她的目光在四周打了个转，语气中透着叹惋和感伤：“三年前，这家店被我买下，因为这是我们初遇的地方。三年后，我有了第一张原创专辑，里面八首歌，全部为你而写。”

她的眼里霎时间泛起盈盈光亮：“赵天佑，我……”

“等等！”

赵天佑猛地从座位上站起来，然后火速朝店外跑去。徐哲哲和摄像师面面相觑，两人皆是不明所以。

可很快他们就明白过来，原来有人在马路边晕倒了。

去医院的路上，坐在副驾驶的徐哲哲脸色铁青，她怎么也没想到，自己精心准备的告白就这样毁了。可她一想到刚刚赵天佑跪在地上给路人做急救的画面，一颗心又再次被触动了。原来三年过去，自己对他的喜欢丝毫不减，而她喜欢的那个人也从未改变。

他仍旧拥有真挚而热忱的一颗心，是这个世界上最温暖美好的少年。

4

赵天佑送去医院的那名患者，最终也被确诊为突发性肺部感染。西洲医院召开紧急会议，宣布立即启动重大疫病应对方案。林念恩散会后打了江牧的电话，但一直没有接通，她心中生隐隐有些不安。

今天她给重症那边打了招呼，如果江东元有任何问题就通知她。但这样还不够，她得了空就去 ICU 转一圈，显得亲力亲为一点。

结果这消息不知道为什么传开了，所有人都说她是在照顾未来的公公。林念恩心中五味杂陈，干脆关上门，充耳不闻。

傍晚，江牧终于出现在她眼前，他看上去有些疲惫。

林念恩挽住他的胳膊问："你下午究竟去哪儿了？看新闻了吗？今天又增加了好几例肺部感染，大家都在说迁移的事，西洲可能真的要被放弃了。"

江牧拍了拍她的肩膀："新闻我看到了，你先别急。我下午去查了十八年前的资料。还记得我爸之前在科研所说的话吗？如果平行时空的交叉节点出现，就会有奇观异象。现在的那道裂缝就是我们改变过去的契机，我想，我们可以抓住最后一次进入梦境的机会，改写历史。"

"等等……让我消化一下。"林念恩只觉脑袋嗡嗡直响，心跳也莫名加快了。

她的脑海中像是突然闪过了什么："你的意思是，我们可以像那部电影《Dreams Return》里的少年一样，用梦境改变未来？也就是说，这次梦境里发生的所有事情都会影响现在？"

"没错。其实 2000 年 11 月 15 日，是 γ 计划正式公布的那天。当年你父亲对 γ 元素也存有质疑和担忧，所以他在计划的提案中也写到了自毁装置，只要将一枚芯片插入 γ 装置的主程序，这个计划就中止了。"

林念恩问："那芯片现在在哪儿？"

"在这儿。"江牧摊开手，掌心的位置正是一枚芯片。

他解释道："你父亲将它放在了相框里，那天我帮你拆包裹，相框散架，就正好发现了它。我找人研究了很久，都没有弄明白它究竟是什么。直到我今天查到十八年前的报道，才知道这个芯片的作用。"

林念恩看着他手里的东西，一时间有些反应不过来。

“你相信吗？我总觉得冥冥之中，我哥借助这个笔记本在指引我们去寻找真相，这个日期……甚至这部电影，都是他给我们的提示。”

办公室里除了正在运转的空气净化器，四下里静悄悄的。

5

入梦前，江牧找赵天佑要了两个记者实习证，还顺带拿走了江东元的工作证以及指纹模具。

他去林念恩家时，她正在和妈妈打电话。

不知道是不是母女连心，虽然两人和往常一样闲聊家常，林母还是隐隐觉得女儿不对劲，一再问她有没有发生什么事，但林念恩都否认了。

这晚她趴在江牧的胸口，两人和衣而眠，江牧忽然说：“下个月有双子座流星雨，到时候我带你去看吧。”

“好。”林念恩说完，意识便渐渐模糊了。

2000 年 11 月 15 日，西洲科研所。

梦里正是清晨，但科研所的门前围了不少媒体。今天是 γ 计划最终敲定的日子，所有人都希望为自己的东家争取头条。

林念恩和江牧拿着赵天佑准备的工作证假扮成记者顺利混了进去。他们故意走得很慢，趁人不注意脱离了队伍。

γ 元素被存放在科研所最大的实验室里，江牧来之前已经确定了它的基本位置，两人顺利抵达。但不巧的是，他们刚走进大门，就迎面撞上了一个人。

林念恩本来就高度紧张，抬头见着来人，手一哆嗦，工作证就掉在了地上。准确来说，是掉在了对方的脚边。

他弯下腰替林念恩起来，照着上面的字念道：“西洲日报……你们俩看着眼生，新来的？”

十八年前的江东元穿了一身白色的防护服，鼻梁上架着一副眼镜，看上去还是壮年，只是精神不足，像是整夜未睡。

“前辈也会过来，我们是实习生，所以先过来做准备工作。”林念恩双手接过，尽量让自己的笑容看上去甜美而无害。

江东元点点头，又问："那你们怎么在这里？记者应该都去会议室了吧？"

林念恩一愣，刚要解释，便听江牧将话接了过去。

"会议室挖不到大新闻，γ 计划的对外保密工作一直做得很好，我们想在今天正式公布前先做点爆料。"

江东元笑着眯起眼睛："哦？可是你们在这儿也不会有什么收获，年轻人还是要脚踏实地一点，不要总是想着捷径。"

"听说这个计划是由林所长带着团队赶出来的结果，世人都把目光聚焦在他的身上，但是如果您现在带我们进去参观一下……"江牧弯了弯嘴角，"我保证，新闻上只会出现您的名字。"

江东元仔细打量着江牧，良久，他笑了笑："跟我来吧。"说完，转身进了门。

林念恩在背后默默对着江牧竖起了大拇指。她忽然想到，其实江东元应该早就对父亲林柏森存了别的想法，他们的确是好兄弟，但同样也是竞争对手。

原本两人还准备了江东元的指纹模，如此一来倒省去了麻烦。他们跟着江东元站在了实验室前，"嘀——"成功验证的声音响起，由无数个六边形组成的气密门缓缓向两边移动，密密麻麻的仪器和显示屏赫然出现在眼前。

正中间的试验装置里，有鲜红的物质不断涌出，那正是万众瞩目的 γ 元素。

江东元好整以暇地观察着他们，悠悠开口："这个 γ 元素是所长带着我们整个团队一起研发的，这个东西一旦投入生产，会产生难以想象的巨大生产力，很快，我相信不出三年，你们就会看到一个截然不同的西洲。"

林念恩下意识地问："这个东西不会有害环境吗？难道不违背自然规律？"

江东元笑了笑："自然规律？这里可是人类社会，人才是主导。"

电话铃声响了起来。

"抱歉。"他说完，转头去接电话。

"快！"林念恩无声地提醒江牧。

偌大的实验室里，江牧走向了 γ 装置的主机，林念恩的心跳骤然加快。然而芯片成功插入主机的那一刻，自毁程序并没有成功开启，原来还有一层密码保护。

"你们……"

江东元话音未落，便被人用刀抵住了脖子。

"你们究竟是什么人？"

江牧将他带到主机前：“这不重要，你现在要做的，就是帮我把程序解锁。”

“年轻人，你这样……我没法动啊。”江东元讪笑着。

林念恩接话道：“你说，我做。”

江东元无奈，只好照做。很快，程序解锁，屏幕上出现了一个进度条。他大惊失色：“你们……你们做了什么？强行启动自毁装置会出事情的！快停下来！”

看到程序启动，江牧长吁了一口气：“我们只是在做江野未完成的事，γ 计划本来就不该存在。”

听到这个名字，江东元有一瞬间的失神。他瞳孔微缩，死死盯着江牧：“这和小野有什么关系？”

进度条不断增加，四下里响起了警报声。

“他只是希望，能将所有的错误终结在最开始的时候。只要这个东西没了，后面的一切都不会发生了。”

江东元突然笑了：“人的欲望是无止境的，你以为毁了它就能天下太平了吗？那一切都不是我害的，是他们自己！”

话音刚落，地面霎时间像是开裂般，周围的一切都开始剧烈地晃动。林念恩一个没站稳，江牧慌忙松手去扶她。

江东元趁机冲向了 γ 装置，他的手指快速敲击着键盘，企图让这一切停下来：“不能功亏一篑！不能功亏一篑！”

一股巨大的冲击波袭来，江牧脚下的地块突然凹陷下去，林念恩慌忙抓住他的手。视线中混沌一片。

眼前的这一幕像是和她最初的那个梦境渐渐重合在一起，巨大的拉力让她不堪重负，到最后她甚至说不出话来，只是看着他，眼泪滴下去，落在了他的鼻尖上。

“放开。”他挣脱开，目光平静。

那时梦境中的一切都在此刻一一上演，视线逐渐变得模糊，所有的事物暗淡之后又重新亮了起来……

林念恩不知道自己是否还处在梦境中，眼前像是在播放老电影。

她看到赵泽远将一份礼物递到江东元的手里，说：“希望以后能好好合作。”

紧接着，她又看到赵泽远从办公室里走出来，接了个电话说：“江博士，年永春那边我已经按照你的意思交代过了，他到时候应该会出现在法庭上，帮我们做伪证。”

之后的场景，是在高尔夫球场。

她看到江东元对周振说：“拆迁的事情要抓紧，工厂必须尽快重建，多耽搁一天，对你可没有半点好处。”

这些场景逐一从她的眼前划过。

最后，她来到了一片熟悉的大海边，看到金灿灿的阳光下，一个男孩拼命带着一个女孩游向岸边。

“我可能以后永远都看不见了。”

“如果真的有那么一天，你就来找我。到时候科技发达了，没什么不能解决的。”

“哦……谢谢你。”

“好了，我最讨厌女孩子哭哭啼啼了。”

……

江牧坠入了无尽的黑暗。

光影渐渐暗下来，最终汇聚成一个圆点。一个人影逆光朝着他走来，十几岁的少年，白衬衫、黑长裤，他的手里拿着一个鲜红的笔记本。

“小牧。”

“哥哥？”

“见到你我很高兴，也很难过。高兴的是，你能跟着我走到这里。难过的是，我只能陪你走到这里。你要记得，毁灭即重生，裂缝吞噬善良，吞噬真诚，吞噬美好，但它吞噬不了希望。只要希望还在，一切都为时不晚……”

笔记本快速翻动起来，江野的身体像是被切割成一颗颗莹白的粒子，悉数落在了纸页里。不知从哪儿燃起了一簇火焰，本子迅速被火苗吞噬，不断扭曲、蜷缩，最后燃成了灰烬……

6

梦外，2018 年 11 月 16 日。

赵天佑打算辞职离开西洲。他思前想后，觉得离别前还是要和林念恩打个招呼。他犹豫再三，还是鼓起勇气打了她的电话，可一直都没打通。

他心不在焉地过了一天，傍晚就跑去敲她家的门，敲了好半天都没人应，反倒是卢卡叫得特别凶。他心中隐隐觉得不安，直到他再拨电话时，听到里面有手机铃声传来，顿时知道不对劲，连忙报了警。

警察破门而入后，发现林念恩和江牧在床上相拥而眠，所有人都尴尬了两秒。还好，至少他们穿戴整齐。

很快，警察发现那两个人并非睡觉，而是已经陷入昏迷。

救护车随即赶到，林念恩被抬上担架时，手里的红色笔记本掉在了地上。赵天佑被那抹鲜艳的红色吸引了视线，凭着多年来做新闻的敏感，他的脑海中突然闪过一个念头，心想这个笔记本可能和他们的昏迷有关。

于是他把笔记本带走了，企图找到一些蛛丝马迹。

可是两天过去了，林念恩和江牧完全没有要醒过来的征兆，而赵天佑也没从笔记本中得到什么线索。

西洲日报总社。

夜深了。赵天佑坐在办公室里，愁眉不展。他的面前放着那个红色笔记，本子里面空白一片，除了一行字：毁灭即重生。

这句话让他完全摸不着头脑。

他将这个笔记本反反复复地看了很多遍，去哪儿都带在身上。他也带着它去拜访了很多专家，可依然无果。

以前，他一直认为自己是个崇尚科学的人，但此时的状况让他不得不产生怀疑……他有一个大胆的猜想，也许林念恩和江牧的灵魂钻进笔记本里穿越去了遥远的古代，抑或是未来？

意识到自己的这个想法，赵天佑自嘲地笑了笑。他本来已经戒烟很久了，此时心中烦闷，又忍不住抽了根烟点燃。

白色的烟雾在眼前缭绕，明明抽烟能使人清醒，可他却觉得越来越困、越来越困……

不知过了多久，他被一阵灼烧之后的刺痛感惊醒。

他定睛一看，只见那个红色笔记本已经燃着了，他连忙找水想将它浇灭，可那火势猛烈，还没等他完全回神就已经烧尽了。

不知为什么，他的心突然咯噔一下，脑海中闪过一个念头。

他现在把这个笔记本烧了，万一那两个人真是通过它穿越的，那岂不是再也没办法回来？

想到这里，他的背脊一阵发凉。

电话铃声突然大作，他吓了一跳，愣了半晌才接起来。一分钟后，他匆忙挂断电话，然后手忙脚乱地拿了车钥匙就往外跑。

原来是林念恩和江牧醒了。

没人知道他们究竟为什么昏迷，也没人知道他们是怎么醒来的。

但赵天佑更关心的是，自己不经允许拿走了别人的东西，还因为失误烧毁了它，这实在太不道德。

他终于鼓足勇气坦白从宽，可江牧和林念恩非但没有怪他，反而请他吃了一顿大餐，搞得他更加惶恐。

他绝对想不到，如果没有他，他们可能真的再也醒不过来，永远地留在平行时空。

毁灭即重生，竟然是要将一切都烧尽才能迎来生机。

这世上有千百种因与果，总有让人想不明白的机缘巧合。

至少赵天佑永远都没机会得知了。

7

那一场梦过后，肺部感染的病情终于被控制住。

周振和赵泽远的案子引发了社会舆论的关注，那些淹没于黑暗之中的真相终于一点一点被挖了出来，最终拼凑成型。

科顿集团、西洲医院、科研所。三个原本毫不相干的地方成了所有阴谋的据点，十八年后，他们不得不接受审判、问责、洗牌和重组。

江东元仍旧闭着眼睛，像是熟睡了一样。没人知道他什么时候会醒，也没人知道他是不是还在做梦。

西洲还是老样子，仍旧有人拖着箱子离开这里，林念恩的妈妈还在催促她搬离。

可是当阳光重新洒在这片土地上，又有什么不同了。

十八年前的一纸计划，让多少人迷失其中。有人说它是天灾，因为那是人类和自然对抗后遭受的浩劫。也有人说它是人祸，因为如果不是对权力和金钱的渴求，西洲走不到今天这一步。

一周后，西洲日报总社。

“上周二凌晨，西洲市肺部感染的几例危重症患者的病情得到了控制和好转。一直积聚在城市上空的灰色气体也开始驱散……”

刚熬了夜的赵天佑正在门口伸懒腰，没想到江牧又找上了门。不知为何，他背后的汗毛都竖了起来。

江牧手里攥着一个文件袋：“无事不登三宝殿，有事求助。”

赵天佑无奈地看着他：“我们……没这么熟吧？”

话虽这么说，他还是将江牧带进了办公室。十分钟后，江牧说明来意，他沉默了几秒，然后从沙发里站起来：“谢谢你找到我，我想我可以做好。”

江牧笑道：“谢谢。”

“不用。”赵天佑说完，拿着江牧给的材料去了领导办公室。这次的忙，他说什么也要帮。不管是为了自己，还是为了这个他从小长到大的城市，他都志在必得。

西洲医院，社工部。

江牧过来时，给办公室的姑娘们都带了奶茶，霎时空气里飘起一股浓郁的香甜。

林念恩忍不住揶揄道：“哟，没看出来啊，这么会笼络人心？”

她手里拿着一条纯白的长围巾，一双手自然地从她手中接过，而后捧到空中替她绕在了脖颈间。

“那要看为谁。”

江牧细心地调整围巾，指尖偶尔擦过她的皮肤，那地方敏感，她忍不住捉住他的手：“嘴巴抹蜜糖了？”

“嗯。”下一秒，他俯首在她的嘴唇上轻轻啄了一下，问，“甜吗？”

林念恩一愣，慌忙去看虚掩着的门，小声道：“你这个人啊……”

江牧笑着牵过她的手，一把塞进风衣外面的口袋：“出发。”

夜幕降临，街道上难得出现了很多人。

林念恩出神地望着车外，喃喃道：“这情景，差点以为又去了梦中。”

江牧一手抚着方向盘，一手握住她的，来回摩挲：“现在还像梦吗？”

林念恩笑而不语，另一只手伸过来，又紧紧握住他的。

西洲，敬亭山。

冬日的山风凛冽而刺骨，整座山也黑漆漆的，在暮色中显得格外阴森。

“确定要上去？”

江牧瞥了她一眼：“你为什么一脸被人拐卖的表情？”

“对啊，谁让你大晚上把我往山里带？”

“别怕，干坏事也不会挑这里。”

两人一路到了观星台，只可惜现如今这里只剩下半人高的杂草和嶙峋的巨石，锈迹斑斑的铁链拖在地上，了无生机。

八年前，这里因一场流星雨名声大噪。

八年后，同样作为流星雨的最佳观测点，这里已人迹罕至。

两人一路到了山顶，林念恩哆嗦着身子，和江牧并排坐在石头上，不远处屹立着西洲市的老钟，还有辉煌不再的城市夜景。

她仰起头看着苍茫的夜幕：“其实我小的时候一直特别想看流星，因为我当时有很多愿望，总觉得看到流星就能帮我实现。结果好不容易等到一次，眼睛却伤了。我当时是真害怕，而且第一反应就是再也不能看到流星了。恰好那时太奶奶病重，爸妈带我去乡下找老中医做针灸，我遇到了一个男孩，他安慰我说以后一定有办法能让我见到光明，如果我的眼睛一直好不了，就去找他。”

江牧问：“那他告诉你名字了吗？”

林念恩摇摇头。

“那地址呢？”

林念恩又摇摇头。

江牧静默了半晌，忽地伸手敲了敲她的脑袋：“你可真好骗啊。”

“其实他也没骗我什么，这么久了，我一直特别想和他说声谢谢。”

话音刚落，天空中忽然有什么飞速划过。

“是流星。”林念恩连忙闭上眼，十指交叠抵住下巴，“快许愿。”

江牧没有照做，而是侧过头看着女人白皙的一张脸。晚风拂过她额前的碎发，飘到他的鼻尖，痒痒的。

不用谢，他想。毕竟，他救的也不是别人啊。

“你猜我许了什么愿望？”林念恩神秘兮兮地凑到他旁边。

江牧思索道：“希望和我生生世世不分离。”

“皮厚！”林念恩笑起来，“其实我是想让你帮我催个眠，让我能够忘记寒冷，这里实在太冷了……”她说完，忍不住又打了个哆嗦。

江牧静静地看着她，仿佛在思考什么。

良久，他沉沉道：“上次在白城，我和你说过，一次激吻能抵得上一片止痛药的功效。其实它还能加快心率，产生热量。”

山间的风带起她额边的发，明明冷得让人发颤，可她又觉得脸颊发热。

“不正经。”她嘟囔着推开他。

“不要算了。”江牧说完，突然觉得脸颊被什么撞了一下，软软的、温温的。

“有用吗？”她抱着双臂，得意和窃喜都写在脸上。

他伸手抚过她吻过的地方，兀自回味：“如沐春风。”

8

2018年12月17日，这将是西洲史上最值得纪念的一天。

一份名为“R计划”的城市重建项目计划书刊登在了《西洲日报》的头版头条，在之后的七天里，该报继续刊登了相关倡议书，呼吁还留在这个城市的人能够贡献一份力量。

一天、两天、三天……一周过去了，这份重建计划并没有引起任何反响。

赵天佑苦恼地盯着办公桌上的电话，在它响起来的那一瞬间，他就接了起来。

“我是建霖地产的负责人。我看到你们报纸上的城市重建计划，这几天公司一起开了会，我们决定也出份力……”

紧接着，电话就再也没有停下来。

“我虽然只是个出租车司机，也没什么钱，但是我年纪大了，对这里有感情。西洲就像我的家一样，反正你们有什么需要推广和宣传的都可以交给我，别的不敢说，做这事儿我们绝对靠谱！”

在这些人里，有很多都是普通得不能再普通的平凡人。

但是此时此刻，他们都是西洲人。

几天过后，赵天佑的朋友建议他可以考虑再扩大影响，最好找个明星来给西洲拍摄公益宣传片，这样绝对能事半功倍。可惜赵天佑动用了所有关系，也没能联系到人。

对方一听是西洲，立刻就说没档期。的确，以现在西洲目前的状况，根本不会有明星愿意来。

结果某天晚上，他在半睡半醒间突然接到一个经纪人的电话，说徐哲哲要出演这个宣传片，片酬好商量。

他顿时清醒了。

原来有些孽缘……他越想躲，就越躲不掉。

没过多久，宣传片顺利拍成，果真在网上引起了轰动。

之后他桌上的电话就再也没消停过。

林念恩永远都记得，几年前日本福岛发生核泄漏，所有人几乎是在一夜之间搬离，原本生机勃勃、安静美好的小镇成了永远的记忆。很多年后，有居民在接受采访时说："我没法舍弃这个地方。"

在这个世界里，每个人都会犯错，每个人都有执念。

但犯了错不一定会醒悟，做了梦不一定会醒来。

我们改变不了过去的事情，但能改变他们对我们的影响。我们改变不了别人，但能试着改变自己。

"R"代表Reborn，是重生，是希望，是着眼现在，用我们的双手去改变未来。

苍穹之下，所有人同呼吸共命运。

那些错误在心中留下伤痕，它吞噬人心，吞噬不了希望。

只要希望还在，一切都为时不晚。

—全文完—

后记

一生太短，此刻即此生

六月签约，十月交初稿，十一月等来修改意见，圣诞节交稿，直至最近几天又改完了最后的细节……老实说，这本书是我写过最难的一个故事，中间有好几次都想放弃，但当我改完最后一个字，然后关上文档的这一刻，我又无比感激那个坚持至今的自己。

为什么要写这样一个故事？为什么不写甜宠这样既简单又迎合市场的题材？主要原因还是当时的我特别想将自己的生活体验和感悟融入写作，这样最后的故事才会永久留下我自己的烙印。读研的两年间，我以医务社工的身份一直在医院实习，甚至频繁出入ICU，这段经历对我触动很大。原来生活中的一切烦恼在生死面前都显得微不足道。那时看多了生死离别和世态炎凉，我一个乐天派都变得有些多愁善感。恰好我又是一个特别爱做梦的人，一晚上可以做好几个不同的梦。实习结束后，我将实习期间看到的、感受到的东西都融进了这本书。梦与临终关怀，就有了现在这个故事的最初样貌。

老实说，这个故事实在经历过太多变迁，有一段时间好几版大纲在我的脑海里穿插，我一不小心就会张冠李戴。开头写了七八个？应该不止，那会儿山山都被我弄得有点无语："什么？你竟然又写了个新开头？"俗话说得好，万事开头难，我想着只要熬过开头，后面的一定都会顺利，结果我又打脸了。暑假是我集中赶稿的时间，那时候我刚考完博，等着九月开学，整整两个月窝在房间里打字，连距离我家不远的商场我都没去过。

可我还是很悲催地卡文了……

这个故事原先的设定不是你们现在看到的这样，它本该是一个个独立的单元剧，每个故事之间并没有这样有如蝴蝶效应般的关联。可是我突然意识到，这样的故事缺少一根贯穿始终的命脉。所以我停笔了一段时间，每天无比痛苦地和自己作斗争，我想了很多种改良方案，但最终都失败了。后来我才知道，凡事有舍有得。因为我舍不得自己前面写的几万字，所以才会束手束脚，得不到本质的改变。我开始回过头重新修订人设和前面的剧情，推翻前面很多已经成熟的梗，开始定一个全新的框架。我粗略统计过，当时为了一个新大纲，我废弃了近七八万字。

读博之后的日子忙得让我时常感受不到时间的存在。别人学习，我在写稿，别人休息，我在学习。我曾一度觉得自己没必要如此拼命，这不过是一个故事、一个业余爱好，为什么要搞得自己那么辛苦？可直到这一刻，我才明白所有的辛苦都是值得的。虽然此刻的我并不知道合上书的你会如何评价它，但对我而言，只要我已经足够尽力，就没有什么可遗憾的。

人生路漫漫，要做到没有遗憾，实在太难。就像这书里的故事，大都因为遗憾和悔恨而起。如果林柏森没有主动提出 γ 计划，如果姜珞没有放开周璇的手，如果顾怀生没有炸毁工厂，如果周振没有负责拆迁，如果年永春没有做伪证……这一切的因与果都不会出现。可是人生没有如果，哪怕他们回到过去，也终将是一场黄粱美梦。

小时候看电视剧，好像习惯了最后的反派都会改邪归正，邪恶如容嬷嬷也会一针一线地给紫薇缝喜服。这个故事里有很多人物，他们都不是完美的，每个人都有自己无法宣之于口的秘密。人都会犯错，但不是每个人都能知错就改。可这样的人生才是真实而鲜活的。就像我的这个故事，它一定不是完美的，但见证了我在写作过程中的成长。即便我以后还会写很多故事，但《吹梦到西洲》是独一无二的存在。

结局我写了这么几句话：我们改变不了过去的事情，但能改变它们对我们的影响。我们改变不了别人，但能试着改变自己。那些错误在心中留下伤痕，它吞噬人心，吞噬不了希望。只要希望还在，一切都为时不晚。

——这，就是我想用全书二十万字传达给你们的。

我很喜欢《无问西东》里的一句话：“一生太短，也许此刻就是此生。”

唯有珍惜当下，用力去活着，才能无愧于心。

听说后天要迎来初雪，现在是凌晨 12 点 32 分，愿你今夜好眠。

2018 年 1 月 22 日